천 상 병 의 시 연 구

무욕과 자유의 사이

정유선 지음

천 상 병 의 시 연 구

무욕과 자유의 사이

정유선 지음

국학자료원

책머리에

"죄 없는 자의 피는 씻을 수 없다."
　　　　－ 천상병, 「새」, 1966. 7. 『문학』

　'우리 시대 최후의 서정시인'인 천상병은 시작 40여 년 동안 적지 않은 시를 발표했다. 그러나 천상병은 자신의 시가 시집으로 묶여 발표되는 것을 원하지 않았다. '동백림(東伯林, 동베를린) 사건'의 가장 억울한 희생자인 천상병이 이 사건의 고문과 후유증으로 서울시립정신병원에 입원했을 때, 지인들의 뜻과 도움으로 『새』가 유고시집으로 발간된 것은 독자들에게는 크나큰 행운이 아닐 수 없다. 이를 계기로 대중들은 그의 첨예한 시적 감각과 감수성을 접할 수 있었기 때문이다.

　천상병(1930~1993)이 세상을 떠난 지 23년이 흘렀다. 전통적 서정시를 계승하면서도 자신이 살아온 절박한 시대에 대한 과제에 답하고자 시와 비평을 겸했던 천상병은 타계 후 여러 연구자들에 의해 다양한 평가를 받아왔다.

　천상병의 내밀한 시를 더 이상 새롭게 조망하고 진척시키기란 어려운 일일 것이다. 그러나 그의 시문학에 대한 논의와 문단의 이면사를 실은 글들을 검토하면서 천상병이 무욕과 자유의 사이 또는 그 너머를 응시하고자 했음을 알 수가 있었다. 천상병은 시안詩眼의 확장을 통해 소외와 불안으로 마주한 전기시의 세계와, 희망과 믿음으로 맞이한 후기시의 세계 그 입구에 같이 서 있다는 것을 알 수가 있었다. "나 하늘로 돌아가리"에서 보여주는 시대를 넘어선 포괄적인 자위행위는 "죄 없는 자의 피는 씻을 수 없다"라는 굳은 심지에서 비롯됐으며 현실을 타개하기 위한 시인의 또 다른 지혜는 우여곡절 끝에 『주막에서』, 『천상병은 천상 시인이다』, 『저 승가는 데도 여비가 든다면』, 『요놈 요놈 요 이쁜놈!』, 『나 하늘로 돌아가네』로 묶이게 되었으나 이러한 시인의 내면 과정은 『괜찮다 괜찮다 다 괜찮다』로 오히려 더 탄탄하게 꿰어졌다는 것을 천상병의 시를 읽는 사람들은 놓치지 말기를 기대하고자 한다.

이 책은 학위 논문을 재구성해 책으로 엮은 것이다. 천상병 시인 이해에 조금이나마 도움이 되었으면 하는 바람을 가져본다. 천상병이 보여준 무욕과 자유의 사이, 또는 그 너머에는 실존이 자리하고 있고 그 실존에는 우리의 모습도 어김없이 투척되어 있으며 시인으로서의 천상병을 주목하는 사람이라면 그것은 언제든지 반사, 유추될 수 있을 것이라고 믿어 마지 않는다.

이 책이 출판될 수 있도록 천거해 주신 김선학 교수님과 출판사 관계자 여러분께 사의를 표한다. 이 책의 출판에 앞서 논문이 나오기까지 아낌없는 조언을 해주신 김석봉, 김윤정, 최학출, 박슬기 교수님께도 감사드리며 소래섭 지도 교수님께 다시 한 번 깊은 감사의 인사를 드린다. 구하기도 힘든 귀한 책을 선뜻 빌려주신 한사 정덕수 시인님과 바쁜 일정에도 불구하고 부탁드릴 때마다 시간을 내주신 천상병기념사업회 김병호 이사님께도 감사드린다. 지금에 이르기까지 오랜 시간을 묵묵히 기다려준 엄마와 아빠께도 고마움을 전한다. 이 책이 나오기까지 너무나 오랜 시간이 걸린 탓에 고마운 마음을 넘어 사과를 해야 할 사람도 있다. 내 딸 연주와 내 동생 희야와 오앨리에게 고마움과 사과를 대신해 이 책을 선사한다.

2016년 7월 20일
아일랜드로 출국을 앞두고
연주 엄마

차 례

1. 머리말

1.1. 연구사 검토 및 문제제기

천상병은 1949년『죽순』11집에 시「공상」,「피리」를 발표하면서 문단에 등장했으며 1951년 송영택, 김재섭 등과 함께 동인지『처녀지』를 발간하기도 했다. 이후 1952년『문예』지에「강물」이 유치환에 의해 추천되고, 5 · 6 합본호에「갈매기」가 모윤숙에 의해 추천되면서 등단이 완료된다. 그는 1953년『문예』신춘호에 발표한「나는 거부하고 저항할 것이다」와 11월호에 발표한「사실의 한계─허윤석론」이 조연현에 의해 추천을 받음으로써 비평가로도 정식으로 등단했다.

천상병은 40여 년 동안 시집을 비롯해 시선집, 시화집 등 13권의 저서를 펴냈으며[1] 등단 이후 1993년 타계할 때까지 시인과 비평가로서

---

[1] 천상병,『새』, 조광출판사, 1971.
_____,『주막에서』, 민음사, 1979.
_____,『천상병은 천상 시인이다』, 오상, 1984.
_____,『구름 손짓하며는』, 문성당, 1985.
_____,『저승 가는 데도 여비가 든다면』, 일선, 1987.
_____,『귀천』, 살림, 1989.
_____,『도적놈 셋이서』, 인의, 1989.
_____,『괜찮다 괜찮다 다 괜찮다』, 강천, 1990.
_____,『요놈 요놈 요 이쁜 놈!』, 답게, 1991.

문단사에 중요한 토대를 구축했다. 『신작품』, 『문예』, 『현대문학』, 『창작과 비평』 등을 중심으로 활동하면서 첨예한 감각과 감수성을 지닌 작품을 통해 당대 문단을 선도했으며 일생동안 시인으로서의 자부심을 가지고 살았다. 천상병은 현실에 대한 인식을 내면화시켜 시적 형상화를 이루고자 했고 그 자의식을 근거로 시적 경향을 비평으로 남기기도 했으며 무엇보다도 전통적 서정을 계승하면서 시대적 과제에 답하고자 했다.

천상병에 대한 논의는 1971년 시집 『새』의 발간 이후 조태일과 김성욱에 의해 시작된다. 천상병에 대한 최초의 평가자인 조태일은 당대 한국 시단의 무감동한 시를 비판하면서 천상병의 맑은 서정과 동심, 삶의 초연성을 극찬했다.[2] 그가 극찬한 작품은 「귀천」, 「크레이지 배가본드」, 「서대문에서」, 「한낮의 별빛」 등이다. 천상병의 시가 문학적 방법론을 통해 본격적으로 분석·연구된 것은 김성욱에 의해서이다. 김성욱은 천상병 시의 서정에 대해 김소월, 조지훈, 서정주, 박재삼 등과 더불어 전통 서정 시인의 맥을 이을 만큼 예술성이 깊다고 보았다.[3] 이 시기 고은은 1971년 『세대(世代)』지에 연재되며 독자들의 폭발적인 반향을 얻어냈던 글을 모아 엮은 『1950년대』에서 당대 문단 풍경을 이야기하면서 '방랑과 구걸도 당당할 수 있다는 것을 보여준 시인'으로 천상병을 회고한다.[4] 이건청은 천상병과 김춘수, 신동문의 전쟁시 비교를 통

_____, 『아름다운 이 세상 소풍 끝나는 날』, 미래사, 1991.
_____, 『나는 할아버지다 요놈들아』, 민음사, 1993.
_____, 『나 하늘로 돌아가네』, 청산, 1993.
_____, 『한낮의 별빛을 너는 보느냐』, 영언문화사, 1994.
2) 조태일, 「민중언어의 발견-다섯 분의 시를 중심으로」, 『창작과 비평』, 창비, 1972 봄호, pp.81~94.
3) 김성욱, 「새의 오뇌-천상병의 시」, 『시문학』 1972, 8월호.
4) 고은, 『1950년대』, 민음사, 1973.

해 이들의 내면공간을 살피고 있다. 이건청은 김춘수와 신동문의 경우, 전쟁의 폭력적인 현실과 폭력 속에서 환멸을 경험했으나 역사에 대한 극도의 혐오감과 허무함을 내면공간으로 직접적으로 이입하지는 않는다고 보았다. 그러나 천상병의 경우, "천상병의 전쟁을 테마로 한 시들은 비정하리만큼 현장감이 넘"치며 "인간 생명의 존폐 문제를 목전에 둔 전쟁이라는 대상을 바라보는 시인의 눈은 날카롭고 예리하다"고 평가했다. 이건청은 천상병이 존재와 부재를 한국전쟁과 직접적으로 결부시킴으로써 실존의 흔들림에 반응하고 있다고 봄으로써 당시의 상황을 차갑고 예리하게 보고 있는 천상병을 비호庇護해야 한다고 덧붙인다. 이건청의 단평은 전쟁에 관한 천상병의 시를 최초로 거론했다는 데의의가 있다.[5]

이후 홍기삼과 김우창이 연구에 가세한다. 이들은 각각 시평과 월평을 통해 천상병의 서정성에 대해 논의를 이어가며 천상병의 가난과 후기시의 문제를 검토한다. 홍기삼은 천상병의 시에 자주 등장하는 '새'가 가난하고 지배당하는 현실의 절망과 고통을 보여준다면서 그 속에 안착된 삶의 긍정적 자세를 높이 평가했다.[6] 김우창의 글은 비록 단평이기는 하나 전기시부터 70년대의 시까지 아우르며 천상병 시에 대해 최초로 종합적이고 구체적인 평가를 했다는 점에서 의의가 있다.[7]

이상의 논의와 회고를 통해 천상병의 삶과 시세계가 수면 위로 드러나긴 했지만 이후 천상병에 대한 언급은 한동안 유보되었다. 이는 천상

---

5) 이건청, 「전쟁과 시와 시인:김춘수, 천상병, 신동문의 경우」, 『현대시학』 65, 현대시학사, 1974, 8, pp.72~74.
6) 홍기삼, 「새로운 가능성의 시」, 『세계의 문학』 13, 1979, 9, p.179.
7) 김우창, 「순결과 객관의 미학─천상병 씨의 시」, 『창작과 비평』 51호, 1979 ; 「예술가의 양심과 자유」, 『궁핍한 시대의 시인』, 민음사, 1979 ; 「잃어버린 서정, 잃어버린 세계」, 『천상병 전집』, 평민사, 1996.

병이 이 시기에 산발적으로 작품을 발표했을 뿐만 아니라 문필활동을 중단하던 시기마저 있어 평단의 관심에서 멀어졌기 때문이다. 당시 문인들은 문단의 지위를 막론하고 문단의 움직임에 민감하게 반응해야만 했다. 그들에게 문단의 질서에 편입되는 것은 '생존'과 관련된 문제였기 때문이다.[8] 그러나 천상병은 4·19 혁명 이후 문단에 대한 거부감으로 문협 활동을 제대로 하지 않았으며 이로 인해 문협의 주류에서 멀어졌다. 문협에서 멀어져 '생존'이 어렵게 된 천상병에 대한 연구는 자연스럽게 문학 외적인 측면에 초점을 맞추게 된다. 1980년대 논자로 서수경을 들 수 있는데, 서수경의 논의는 전기적 사실에 집중하여 가난과 기행, 순수한 삶 등 특정 분야에 편중된다. 그는 천상병이 '정신의 순수'를 지켜나가기 위해 가난을 자발적으로 선택함으로써 '삶에 대한 참으로 깨끗한 관용'을 유지했다고 보고 있다.[9]

1993년 천상병이 타계하면서 그의 문학에 포괄적인 분석이 시도되었다. 김재홍은 천상병의 무소유와 자유의 정신이 반어적으로 고차원의 정치성을 지닐 수도 있다며 이는 삭막한 시대에 대한 인간성회복의 메시지이자 시적 양심선언에 해당한다고 보았다. 김재홍의 이러한 논의는 천상병의 무욕과 자유에 사회적 의미를 부여하는 성과를 거두었다.[10] 박재삼은 천상병 시의 기법에 대해 언급했다. 그는 천상병의 작품들이 묘한 공감을 일으키는 까닭은 그의 죽음에 대한 인식이 아주 박진하고 처절하기 때문이라고 보았다.[11] 이후 정한용이 김종삼, 박용래, 천상병 등의 비교연구를 통해 천상병 시의 특징을 '초월지향성'이라 규

---

8) 임영봉, 『한국현대문학 비평사론』, 역락, 2000, p.49.
9) 서수경, 「술, 가난, 그리고 시」, 『현대문학』, 현대문학사, 1987, 8, p.58.
10) 김재홍, 「무소유 또는 자유인의 초상」, 『나 하늘로 돌아가네』, 청산, 1993; 「무소유 또는 자유인의 초상」, 『한국현대시인비판』, 시와시학사, 1994.
11) 박재삼, 「아무것에도 묶이지 않는 '새'」, 『나 하늘로 돌아가네』, 청산, 1993, p.87.

정했다.[12] 최동호도 천상병의 시가 현실을 넘어서는 초월에 대해 말하지만 궁극적으로는 생존의 현장으로 돌아온다며 그가 죽음을 말하면서도 허무주의나 슬픔에 빠지지 않는 것은 가난을 말하면서 구차스러워지지 않는 것과 같다고 보았다.[13]

1996년 『천상병 전집』[14]이 발간되면서 천상병에 대한 연구는 새로운 변화를 겪게 된다. 그가 남긴 작품에 대한 접근이 용이해지면서 시기적 변모 양상이나 작품들 간의 논리적 관계 등이 고려되기 시작한다. 『천상병 전집-산문』의 발간은 전기적 삶과 작품의 유기적 연관에 대한 논의를 가능하게 했으며 천상병 연구의 범위와 폭을 확장시켰다. 전집 발간 이후 천상병이 처음으로 문학사에서 거론되기도 했다. 권영민은 김종삼과 천상병이 시정신의 정결성과 천진성이라는 점에서 비교될 수 있으며 이들 중 천상병이 김종삼의 경우보다 훨씬 더 서정적이라고 평가한다. 권영민의 언급은 비록 간략하지만 천상병의 시를 처음으로 문학사에서 거론했다는 데 의의가 있다.[15]

『천상병 전집』의 발간 이후 본격화된 천상병 시에 대한 연구는 천상병 전기와 문학사를 다룬 작가론[16]과 작품론으로 나눌 수 있는데, 후자

---

12) 정한용, 『한국 현대시의 초월지향성 연구-김종삼 · 박용래 · 천상병을 중심으로』, 경희대 박사논문, 1996.
13) 최동호, 「천상병의 무욕과 새」, 『아름다운 이 세상 소풍 끝내는 날』, 1996.
14) 이정옥, 『천상병 전집-시』, 평민사, 1996 ; 『천상병 전집-산문』, 평민사, 1996. 이하 약칭 전집-시, 전집-산문으로 표기한다.
15) 권영민, 『한국현대문학사』, 민음사, 1999, pp.106~107, p.187.
16) 이필규, 「천상병 전기시의 '새'와 가난」, 『북악논총』 제18집, 국민대 대학원, 2001. 김석준, 「시인의 운명-천상병론」, 『시안』 11권, 시안사, 2001. 이건청, 「무욕의 정신과 자유인의 시」, 『현대시학』, 제34권 2호 통권395호, 현대시학사, 2002, 2, pp.198~215. 송희복, 「탈속의 방외인, 노래하다」, 『우리말글교육』 제7집, 우리말글학회, 2005. 강외석, 「유토피아를 향한 노래」, 『배달말』 통권 42호, 배달말학회, 2008.

는 다시 시 전반의 특성과 양상을 다룬 주제론,17) 동 시대의 작가 또는 작품과의 비교연구18), 도교나 기독교적 사상과 연관된 정신사적 연구19) 등으로 세분화된다. 이러한 논의 중 자아와 타자의 관계 양상과

17) 이양섭, 「천상병 시 연구」, 경희대 석사학위 논문, 1992.
　　이자영, 「천상병 시의 공간과 시간」, 동아대 석사논문, 1997.
　　채재순, 「이미지 고찰을 통한 천상병의 시의식 연구」, 강릉대 석사논문, 1998.
　　신익호, 『한국 현대시 연구』, 한국문화사, 1999.
　　김희정, 「천상병 전기시 연구」, 서강대 석사논문, 2000.
　　배상갑, 「천상병 시의 시간성과 공간성 연구」, 대구대 석사논문, 2002.
　　김영민, 「천상병 시의 초월지향성 연구」, 건국대 석사논문, 2002.
　　박성애, 「천상병 시 연구」, 성신여대 석사논문, 2002.
　　구중서, 「천상병 시의 재평가」, 『내일을 여는 작가』 통권 33호, 한국작가회의, 2003.
　　문세영, 「천상병의 시의 모성회귀성 연구」, 전북대 석사논문, 2003.
　　이진홍, 「천상병의 <새>의 심상 연구」, 『대구산업정보대학 논문집』 제17집, 2003.
　　전현미, 「천상병 시세계 연구」, 인천대 석사논문, 2003.
　　홍금연, 「천상병 시 연구」, 강원대 석사논문, 2004.
　　이은규, 「천상병 시 연구」, 한국교원대 석사논문, 2005.
　　강성미, 「천상병 시 연구」, 목포대 석사논문, 2006.
　　박순득, 「천상병 시 연구」, 한남대 석사논문, 2006.
　　강보미, 「천상병 시 연구―동시적인 요소를 중심으로」, 명지대 석사논문, 2008.
　　박지경, 「천상병 시연구 :세계인식을 중심으로」, 조선대 석사논문, 2008.
　　김지은, 「천상병 시의 세계인식 연구」, 경희대 석사논문, 2009.
　　방수연, 「천상병 시 연구」, 창원대 석사논문, 2009.
　　김지연, 「천상병 시의 변모양상 연구」, 숙명대 석사논문, 2010.
　　박　설, 「천상병 시의 세계인식 연구」, 청주대 석사논문, 2010.
　　서경숙, 「천상병 시에 나타난 '주변인' 양상 연구」, 대전대 석사논문, 2010.
18) 김종호, 「한국 현대시의 원형 심상 연구」, 강원대 박사논문, 2006.
　　이경철, 「한국 순수시의 서정성 연구―천상병, 박용래 시를 중심으로」, 동국대 박사논문, 2007.
　　김성리, 「현대시의 치유시학적 연구―김춘수 · 김수영 · 천상병의 시를 중심으로」, 『한국문학논총』 제59집, 한국문학회, 2011.
19) 신익호, 「천상병 시 연구」, 『한남어문학』 제21집, 한남대 한남어문학회, 1996.
　　박미경, 「천상병 시 연구」, 동아대 석사논문, 1997.
　　민경호, 「천상병 시 연구―시 세계의 변모 양상을 중심으로」, 서남대 석사논문, 2000.
　　성낙희, 「천상병 시의 도가적 특성」, 『한중인문학연구』, 한중인문학회, 2005.

'물'의 이미지가 지닌 미학적 가치에 천착해 천상병의 전 시기를 체계적으로 고찰한 홍금연과 김은정의 논의는 천상병 시에 대한 다양한 논의들이 형성될 수 있는 발판을 마련했다.20) 또 천상병의 시 해석에 정신분석학의 방법론을 최초로 채택한 이필규의 논의는 천상병 시의 변모양상과 시작 구분의 기준을 새롭게 제시하고 있어 가치가 있다.21) 이건청은 김재홍이 제시한 천상병의 '무욕'과 '자유'의 정신을 확장해 논의하면서 한국근대시사에서 천상병을 '자유인'의 계보에 속한다고 보고 있다. 그는 천상병이 시대와 불화를 겪으면서도 가난에 대하여 담담하고 세계와 화해를 할 수 있었던 것은 무욕의 정신에 기인한 것이며 이러한 정신의 바탕은 영원한 자유에의 의지에 있다고 보았다.22)

천상병에 대한 기존의 연구 결과를 가장 체계적이고 포괄적으로 포섭함으로써 천상병 시의 변모양상과 시작 구분의 기준을 새롭게 제시하고 있는 논자로 문병욱, 이민호, 김종호, 이경철, 송희복 등을 들 수 있다. 문병욱은 천상병의 시를 '자연 속의 시세계', '世間삶의 詩情', '시적 자아의 세계'로 분류해 천상병의 시의식을 살피고 있다. 이에 앞서 문병욱은 천상병 시의 서지적 정리를 통해 천상병의 시 318편이 처음과 끝 시집을 제외한 8종의 시집과 시선집 등에 연 500회에 걸쳐 중복 게재되어 있다고 밝힌다.23) 이민호는 천상병의 중요한 시적 모티브를

이민호, 「무위와 소멸의 시학−천상병론」, 『흉포와 와전의 상상력』, 보고사, 2005.
강성미, 「천상병 시 연구−기독교적 세계를 중심으로」, 목포대 석사논문, 2006.
김권동, 「천상병의 소릉조 연구」, 『인문과학연구』 제15집, 대구카톨릭대 인문과학연구소, 2011.
20) 김은정, 「천상병 시의 물 이미지 연구」, 『신경림의 시인을 찾아서』, 우리교육, 1998, p.344.
21) 이필규, 앞의 글.
22) 이건청, 「무욕의 정신과 자유인의 시」, 『현대시학』 제34권 2호, 통권395호, 2002, 2, 현대시학사, pp.198~215.
23) 문병욱, 「천상병 시연구−그의 서정 경향에 관한 작품론적 고찰」, 『성심어문논집』

'외상(트라우마)'에 두고 1967년과 1988년을 기점으로 천상병의 시를 구분한다.[24] 김종호는 박재삼, 박용래, 천상병 등 세 시인의 비교연구를 통해 그들 작품에 나타난 원형과 보편적인 가치를 탐색했다. 그는 세 시인의 작품에서 파악되는 총체적 의미는 한국적이고 근원적인 삶의 실상과 본질에 대한 추구라 보았는데, 천상병의 경우, '새'와 '하늘'을 통해 우주적 심상의 순환 원리를 포착하고 있다고 평가했다. 또 그는 천상병의 시가 자연 심상의 상징과 변용을 통해 현실의 극복과 자유를 지향하며 모성회귀를 통해 원형적 여성 심상을 발산한다고 보았다.[25] 이경철은 순수 서정성에 입각해 천상병의 시세계를 '현실 인식과 시적 공간', '서정성의 형상화'로 양대별시켰다. 이경철의 논문에서 주목되는 것은 천상병을 현실에서 해방시키고 각성시키는 것으로 술을 들고 있다는 것이다.[26] 송희복은 세속적인 명리를 초월하면서 한 시대의 어려움을 극복하고자 했던 천상병의 둔세遁世적 삶의 의식이 새롭게 조명되어야 한다고 주장한다. 송희복에 따르면, 천상병은 1960년 이후 한국 문학의 '절대부류'로 급부상했으나 제도권의 문화 주류에 포함되기를 스스로 꺼린 탓에 '방외인의 경계'에 들어서게 된다. 그는 시문학계의 방외인들이 기인이나 주벽 등에 매몰될 것은 경계해야 할 일이나

제22집, 카톨릭대 국어국문학과, 2002.

24) 이민호는 한국전쟁의 흉포와 역사의 와전을 골자로 그것을 견뎌낸 시인들의 상상력과 문학사를 지배한 시인의 와전된 상상력을 연구했다. 그는 제1부에서는 전후 시인인 박재삼, 천상병, 이수복, 김종삼, 송욱의 시학을, 제2부에는 미당 서정주의 이데올로기에 대해 거론하는데, 천상병은 '무위와 소멸의 시학'을 추구했다고 보았다. 이 논의가 기존의 연구와 차별화되는 것은 천상병에 대한 문학성과 독자 간의 대중성에 대한 반성을 요구하기 때문이다. 이민호는 천상병 시의 특질로 흔히 쓰이는 대표어들을 감안할 때 그의 기행은 상업적 이미지에 불과하다고 일침을 가한다. 이민호, 앞의 글.

25) 김종호, 앞의 글.

26) 이경철, 앞의 글.

그럼에도 천상병의 무욕이 보여준 계보적 의미망은 천착되어야 한다고 평가했다.27)

천상병을 전체적으로 새롭게 조망하려는 시도는 2007년『천상병 평론』의 발간으로 재개된다.『천상병 평론』은 2006년 4월에 경기문화재단 주최로 열린 '천상병 문학제'의 심포지엄 자료를 토대로 기획된 것으로, 고영직은 여기에 3편의 논문과 이에 대한 <질문>과 <답변>을 싣고 있다.『천상병 평론』은 새로운 양식의 학술적 연구를 통해 천상병에 대한 문학사적 평가를 시도했다는 점에서 중요하다. 고봉준28)과 이경수29)는 천상병의 시세계를 중심으로, 홍기돈은 천상병의 평론과 산문을 중심으로 논의하고 있는데, 홍기돈의 논의는 천상병의 평론에 집중한 최초의 논의라는 점에서 의미가 있다.30)

시인이자 비평가를 겸했던 천상병의 문학에 총체적으로 접근하기 위해서는 그의 비평에 관한 연구사도 검토해야만 한다. 그러나 천상병의 평론은 그 수가 적지 않음에도 불구하고 여전히 연구가 미진하다. 1950년대 한국 비평을 논하는 자리에서 천상병을 언급한 연구자로 김윤식, 강경화, 김영민, 전기철, 임승빈 등을 들 수 있다. 이들은 1950년대 신세대론을 다루면서 천상병을 1955년을 전후해 등장한 전문 비평가들 중 하나로 소개하고 있다. 광복 이후 한국문학은 휴머니즘과 계급주의를 벗어난 순수문학을 추구하다 한국전쟁 이후 새로운 국면을 맞

---

27) 송희복, 앞의 글.
28) 고봉준,「귀소(歸巢)의 새/순수의 초상:'새'와 '물'의 이미지를 중심으로」,『천상병 평론』, 고영직 엮음, 답게, 2007.
29) 이경수,「천상병 시에 나타난 '가난'의 의미와 형식」,『천상병 평론』, 고영직 엮음, 답게, 2007.
30) 홍기돈,「날개 꺾인 세대의식과 배반당한 혁명」,『천상병 평론』, 고영직 엮음, 답게, 2007.

게 된다. 전쟁으로 인한 절망적 현실과의 대면은 기성세대에 반대하는 새로운 세대의 각성을 촉발시켰으며, 이로써 전후세대는 필연적으로 기성세대와 신세대간의 간극을 생성하게 되었다. 이에 한국 비평은 부정과 합리화 사이에서 필사적인 대결 구도를 형성하게 되었는데, 기존의 비평이 문학지나 신문 등을 통한 실천비평이 주가 되었다면 기성세대에 반대하는 신세대들은 학문적 지식에 바탕을 둔 강단비평이라는 새로운 장을 마련하였다. 김윤식과 강경화는 대학 교육을 기반으로 한 전문 비평가의 하나로 천상병을 들고 있다.[31] 임승빈도 1950년대의 신세대론을 고찰하는 자리에서 천상병을 거론했다.[32] 임승빈은 백철과 조연현을 구세대론자로, 천상병, 이봉래, 이어령, 김병익, 김윤식 등을 신세대론자로 들어 1950년대의 세대 논쟁을 재조명하고 있다. 그는 신구 간 논쟁에서 천상병이 기성세대에 대한 강력한 거부와 부정만이 새로운 문학 현실을 열어가는 길이라는 것을 주장함으로써 신세대 논자 중에서도 가장 과격한 견해를 제시했다고 평가했다. 김영민도 1950년대의 신세대론과 1960년대의 순수 · 참여문학론의 장에서 천상병을 다루고 있다. 그가 표집한 천상병의 비평은 1953년 2월 『문예』지를 통해 발표한 「나는 거부하고 반항할 것이다」이다. 이를 통해 김영민은 기성세대가 이룩한 업적들에 대한 강력한 거부와 용감한 도전만이 새로운 문학 현실을 이어갈 경첩이라고 판단한 천상병의 목소리를 통해 비평가로서의 면모보다는 신인 작가, 신세대로서의 면모를 부각하고 있다.[33] 이후 전후 문예를 논하는 자리에서 전기철과 김익균에 의해 천상

---

31) 김윤식, 「1950년대-전후세대의 비평」, 『한국 현대 문학 비평사』, 서울대학교 출판부, 1982, p.279 ; 강경화, 「1950년대 비평 인식과 현실화 연구」, 성균관대 박사 논문, 1998, pp.28~29.
32) 임승빈, 「1950년대 신세대론 연구」, 『새국어교육』 제82호, 한국국어교육학회, 2009, pp.645~664.

병의 비평이 다시 논의의 대상에 오른다. 전기철은 천상병의 비평을 반성적 논리에 기반을 두지 않은 감상문 수준의 단적인 예로 지적하고 있다.[34] 김익균은 1950년대 중반 신비평에 대응하기 위해 새롭게 개발된 동양시론의 일환인 서정주의 신라정신을 소개하고 천상병의 불교 정신이 소승불교론자인 서정주의 그것과 일맥상통한다고 보았다.[35] 김세령은 홍기돈과 더불어 천상병 비평에 대한 논의의 범위를 확장했다. 김세령은 비평사에서 주목을 받지 못하고 있는 천상병의 초기 비평들을 재검토함으로써 그의 비평이 지닌 가치를 새롭게 정위하고자 했다. 김세령은 천상병이 전후 세대 시인 비평가이자 전문 비평가의 면모까지 갖춤으로써 자신만의 고유한 작품 세계를 보여주고 있다고 평가했다.[36] 김세령과 홍기돈의 논의는 천상병이 비평 정신 및 전후 한국문학의 정체성을 치열하게 모색한 비평가였으나 그간의 천상병 문학 연구가 시와 비평의 양측에서 치밀하게 논의되지 않았다는 반성을 일으킨다.

　『천상병 전집』과 『천상병 평론』의 발간 이후 천상병에 대한 논의가 본격화되면서 천상병의 연구에 대한 실증 자료의 문제가 대두된다. 그간의 천상병 문학 연구가 실증적 자료 없이 진행되어왔다는 비판은 한정호에 의해 제기되었는데 한정호는 천상병의 초창기 문학 활동에 대해 전집에 실린 내용을 수정하고 보완했다. 그에 따르면, 천상병의 초창기 문학활동이 배면에 깔린 이유는 광복기와 한국전쟁기를 거치는

---

33) 김영민, 「1950년대의 신세대론」, 『한국 현대문학 비평사』, 소명출판, 2000.
34) 전기철, 「불안의식의 수용과 내재화 과정」, 『한국 전후 문예 비평 연구』, 국학자료원, 1994, p.77.
35) 김익균, 「서정주의 신라정신과 남한 문학장」, 동국대 박사논문, 2013.
36) 김세령, 「천상병의 비평 연구」, 『한국문학 이론과 비평』 제39집, 한국문학이론과 비평학회, 2008, 6 ; 「1950년대 비평의 독립성과 전문화 연구」, 이화여대 박사논문, 2005.

동안 그의 문학 활동이 마산과 부산지역에서 이루어졌기 때문인데, 전
집의 편자들이 이를 간과했기 때문이다.[37]

경기도 의정부 일원에서 열리는 천상병예술제와 경남 산청 일원에
서 열리는 천상병문학제가 자리를 잡아가면서 그에 대한 연구도 확장
되고 있다. 천상병에 관한 최근 논자로 김성리, 김권동, 박정선, 정선희,
서경숙 등을 들 수 있다. 이들은 기존 논의로부터 제공받은 해석을 근
간으로 삶에 대한 시인의 인식과 시적 형상화와 관련하여 새로운 주제
와 방법론을 제시하고 있다. 김성리는 '시쓰기가 삶의 고통을 치유하는
가'를 밝히기 위해 김춘추, 김수영, 천상병의 시에 나타나는 고통의 양
상과 치유과정을 고집멸도라는 불교 4성제의 관점에서 살피고 있다.[38]
김권동은 천상병의 「소릉조」에 대해 집중적으로 논의하고 있다. 그는
천상병의 시가 가난과 외로움, 그리움 등을 노래한 작품이 많다는 점에
서 천상병과 두보의 연관성을 밝혔다.[39] 정선희는 천상병의 술 제목시
와 술 내재시로부터 음주 행적과 시작 간의 연관성을 추적함으로써 시
인의 존재의식을 추출하고 있다.[40] 정선희는 천상병의 삶에서 술은 냉
혹한 현실을 살아온 시인의 고초를 극복하기 위한 도구였으며 그의 문
학에서 술은 시공의 거리를 지움으로써 동심의 세계를 불러들이는 내
재된 장치로 기능한다고 보고 있다. 그러나 정선희는 술을 물의 변형태
로 보고 술 제목시나 술 내재시가 아닌 '비', '강물', '이슬', '시냇물', '계

---

37) 한정호, 「천상병의 초창기 문학살이 연구」, 『영주어문』 제18집, 영주어문학회,
   2009.
38) 김성리, 「현대시의 치유시학적 연구—김춘수 · 김수영 · 천상병의 시를 중심으로」,
   『한국문학논총』제59집, 한국문학회, 2011.
39) 김권동, 「천상병의 소릉조 연구」, 『인문과학연구』 제15집, 대구가톨릭대 인문과
   학연구소, 2011.
40) 정선희, 「천상병의 문학과 술 연관성 연구」, 동국대 석사논문, 2012.

곡물', '바다', '울음', '땀', '눈물' 등 물을 소재로 한 시들까지 살피고 있어 지나치게 그 대상을 확장했다. 옥가희는 천상병의 시를 대상으로 정신적 외상으로 인해 생긴 불안의식을 주이상스의 일환인 죽음 충동을 통해 역설적으로 극복하려는 주체의 의지를 추적한다.[41) 박정선은 한국문학 연구의 주된 테마 중 하나인 고향을 주제로 천상병의 문학을 살피고 있다. 박정선은 천상병에게 있어 고향은 존재의 시원, 마음의 근원, 자기 정체성 확보의 조건이었다고 보고 있다. 이 논의는 고향에 대한 천상병의 시적 인식을 고찰하는 데 유효한 개념과 방법론을 제시하고 있다.[42)

서경숙의 논의는 기존의 주제와 확실히 차별성을 두고 있어 주목된다. 서경숙은 아비투스 이론의 시사점과 그 적용 가능성을 탐색함으로써 이에 대한 문학 연구의 확장을 시도한다. 서경숙은 천상병을 동백림 사건 이전까지 누구보다도 독재 정권에 비판적인 시각으로 작품을 쓴 저항시인으로 간주하고 천상병의 문학을 독재 권력의 시대에 나타나는 아비투스의 양상과 억압적인 구조로서의 시대적 상황에 대한 세계 인식과 문학적 응전력이라는 두 가지 측면에서 살피고 있다. 서경숙은 천상병이 저항시인으로 활동한 기간을 한국전쟁 이후부터 4·19 혁명과 5·16까지로 전제한다. 그러나 그는 천상병이 타자적인 삶을 살면서도 역사의 주체가 되어 사회 현실에 대응한 것으로 간주함으로써 아비투스의 양상을 후기시에까지 적용시키고 있다. 행위는 사회구조를 내면화하는 아비투스에 의해 표출된 것이므로 아비투스란 결국 객관적 규칙성의 외적 구조를 내재화하는, '외재성의 내재화'의 기제인

41) 옥가희, 「천상병의 시에 나타난 불안의식 연구」, 경남대 석사논문, 2013.
42) 박정선, 「천상병 문학에 나타난 고향」, 『한민족어문학』 제65집, 한민족어문학회, 2013. 12.

동시에 '내재성의 외면화'의 기제이기도 하다. 그가 사회의식과 역사의식을 통해 천상병 문학의 논의를 확장하기 위해 아비투스라는 개념을 제시하고 있는 것으로 파악되나 아비투스의 양상은 주체와 타자의 관계보다 타자와 타자성이 고려되어야 하는 문제이다. 아비투스의 관점에서 천상병의 권력에 대한 암묵적인 의식과 성향을 후기까지 적용하기에는 이를 입증할 자료가 부족하다. 이와 관련해 홍기삼은 천상병이 빈곤에 시달리면서도 가난한 계층을 대변해서 부유한 자를 저주하는 사회적 응전력은 보이지 않는다고 본다.[43] 더욱이 천상병의 비평이 당대의 사회 참여적인 정신을 포함하고 있다는 것은 『천상병 평론』의 각론에서 이미 피력된 바 있다.[44] 그리고 그것은 어디까지나 산문에 한정된 해석이었다. 1950~60년대의 문학은 이데올로기의 배타성에 대한 휴머니즘의 고양으로서 그 주요 성격이 규정된다. 그것은 궁극적으로는 한국전쟁의 특수성이 파생시킨 이데올로기의 분극화에 의해 비롯되었고, 남북의 갈등이 이러한 것을 더욱 심화시켰다는 사실과 연관된다. 이 시기 천상병의 문학은 아비투스의 양상이라기보다는 이데올로기와 정치주의에 대응하여 인간성을 옹호하는 휴머니즘의 증대로 보아야 할 것이다. 서경숙 자신도 인정하고 있듯이 "천상병에 대한 자료는 타 시인에 비해 그 양이 지극히 부족하다." 천상병의 사회비판적 시각을 포착하고 이를 규명한 홍기돈의 논의가 천상병 문학에서 사회비판적 경향을 일정 시기에 한정하고 현실과의 길항을 포기한 시를

---

43) 홍기삼, 앞의 글, p.179.
44) 천상병의 초기 비평의 한계는 현실에 대한 구체적인 진단이나 부정의 내용과 방향, 방법 등이 생략되어 있다는 것이다. 이러한 한계는 시인으로서의 감각이 전면화된 데 기인한다. 홍기돈의 지적대로 천상병의 세대론은 신인으로서 내보이기 마련인 미숙함을 내장하고 있었으며 이로 인해 천상병의 전기시와 산문이 불협화음을 이루게 되었다. 홍기돈, 앞의 글, pp.116~117.

언급한 것도 이러한 이유에서이다.[45]

　이상의 논의를 종합해보면, 천상병이 타계한 지 22년이 지난 지금
까지도 천상병의 문학에 대한 논의는 여전히 미진한 편이라고 할 수
있다. 기존연구의 문제점을 몇 가지로 요약하면 다음과 같다. 첫째, 천
상병 문학 전부를 포괄하는 연구가 부족하다. 천상병 문학에 대한 포괄
적인 연구가 미흡한 근본적인 이유는 자료 발굴과 해석이 적극적으로
이루어지지 못하고 있기 때문이다. 기존의 연구는 시집과 전집에만 기
댄 채 자료 발굴을 위한 노력은 소홀했으며, 이로 인해 기존의 논의는
이미 알려진 천상병 삶의 편린들을 통해 재구될 수밖에 없었다. 천상병
의 시와 평론은 여전히 발굴되고 있으며 해석을 기다리고 있다. 그의
작품을 더 발굴하고 해석할 때에만 천상병 문학의 온전한 실체가 드러
날 것이다.

　둘째, 천상병의 시는 일부만 집중적으로 분석되고 있다. 통시적 연구
의 경우에도 시작 전 시기에 걸친 의미 부여가 균형 있게 이루어지지
못하거나 일관된 기준에 의해 시의 변모양상이 설명되지 못하고 있다.
천상병의 후기시는 '첨예한 시적 긴장감'[46]을 지니고 미학적 성취를 이
뤄낸 전기시에 비해 후기시로 갈수록 그러한 것이 점차 상실돼 간다는
이유로 논자들로부터 외면당해 왔고 그 연구도 소수에 불과하다. 이와
관련하여 주목할 만한 것이 천상병 시에 나타나는 '새'의 이미지이다.
천상병 시에서 '새'의 이미지는 전기에서 후기에 걸쳐 꾸준히 나타나
며, '새'의 영혼은 작가의 그것이며 기존의 모든 영역을 전복시킬 수 있

---

45) 서경숙, 「천상병 문학 연구―1950~60년대 아비투스의 양상을 중심으로」, 대전대
　　박사논문, 2014 ; 「천상병의 저항의식 연구」, 『인문과학논문집』제51집, 대전대학
　　교인문과학연구소, 2014, 2.
46) 최동호, 앞의 글, p.170.

는 영혼이기도 하다. 그러나 기존의 연구는 '새'의 모티브에 대한 작가의 인식이 어떻게 감각성을 지니고 있는가에만 주목했을 뿐 천상병의 시작 전체에서 어떤 양상으로 변화와 단절 혹은 발전 지속되는지를 통시적으로 조망하지 못하였다.

셋째, 천상병 문학의 시기 구분에 대해 다양한 견해가 엇갈리고 있다. 천상병의 전시기를 통시적 흐름에 따라 고찰한 연구자는 김우창, 김훈, 이양섭, 박숙애 등 소수에 지나지 않는다. 천상병의 시세계는 전·후기 또는 세 시기로 구분된다. 천상병의 시세계를 전기·후기로 구분하는 연구자로 김우창, 김훈, 이양섭, 박숙애, 문세영 등이 있다. 김우창은 천상병 시의 통시적 흐름에 대한 선구적 고찰을 진행했다. 그는 천상병의 시를 1970년대를 기점으로 '욕망의 억제에서 비롯된 초연함'을 노래한 서정적 스타일의 전기시와 '조촐한 대상에 의한 욕망의 충족에서 오는 초연함'으로 특징되는 리얼리즘 스타일의 후기시로 나누고 있다.[47] 김훈은 1970년대를 기점으로 삶의 하중을 가두고 있는 전기시와 이를 개방한 후기시로 나누고 있다. 이양섭과 박숙애는 비극적 세계인식의 개입에 따라 비극적 세계가 투영된 초기시와 이를 초월한 후기시로 구분한다. 문세영은 천상병 시세계 전반에 관류하는 '모성회귀성'에 따라 모성회귀를 자극하는 비극적 이미지들이 나타나는 전기시와 모성회귀 의지가 구체화되는 후기시로 나누고 있다. 홍금연은 현실을

---

47) 김우창에 따르면, 전기시는 순수서정의 세계를 그리움, 기다림, 슬픔 등의 정조와 고독과 죽음을 통해 삶을 돌아보며 거기서 삶의 아름다움을 동시에 노래하고 있다. 후기시는 리얼리즘의 객관성을 보여주는데 비시적(非時的)인 것과 시적인 것, 일상생활의 관찰과 철학적 의미, 초연한 관조와 정치적 관심, 소박한 표현과 깊은 내면을 통합하는 독특한 시 세계를 보여준다고 보았다. 그리고 그의 철학적 거점이 김수영에 비해 전근대적이라고 지적했다. 김우창, 「순결과 객관의 미학」, 『창작과 비평』, 창비, 1979, 3.

바라보는 서정적 주체의 태도와 관점에 따라 1970년대를 기준으로 전기 초기와 후기로 구분한다. 천상병의 시세계를 초기·중기·후기의 세 시기로 구분하는 연구자로 김은정, 박성애, 이은규 등이 있다. 김은정은 낭만적 서정의 방법에 따라 서정의 세계를 주관적으로 표현한 초기와 서정의 주관화를 지양한 중기시로 구별하고 미래지향적 태도가 반영된 이후의 시를 후기로 본다. 박성애는 존재에 대한 인식에 따라 초기·중기·후기로 나누고 있다. 이은규는 시적 상황과 특징에 따라 1970년대 이전을 초기, 이후를 중기시로 나누고 미래지향적 태도가 반영된 1990년대의 시를 다시 후기시로 구분한다. 천상병의 지인인 조해인 시인은 동백림 사건과 결혼을 시적 분기점으로 상정해 세 시기로 나누고 있다.[48]

천상병의 시를 통시적으로 살펴본 연구의 시기 구분에서 공통으로 견지되는 것은 천상병 시의 흐름에 내밀한 내면의식이 함유되어 있으며 여기에 동백림 사건[49]이 개입되어 있다고 보는 것이다. 동백림 사건

---

48) 천상병의 인생은 크게 셋으로 나눌 수 있다. "비수처럼 날카로운 펜을 휘두르며 명징한 목소리로 노래를 하던 시절. 천상병 문학의 성과는 대부분 그 시절에 건져 올린 것이라 해도 과언은 아닐 것이다. 그 다음은 '아이롱 밑 와이셔츠같이' 기관원들에게 당하고 나서 술을 마시고 다니다가 정신병원 신세를 지고. 그리고 목순옥 여사와 결혼을 했던 그 이후의 시절이다." 조해인, 「우리들의 싸부」, 『나 하늘로 돌아가네』, 청산, 1993, p.137.

49) 1967년 7월 8일 김형욱 당시 중앙정보부장은 동베를린을 거점으로 한 반정부 간첩단 사건으로 이른바 '동백림 사건(동베를린공작단사건)'을 발표한다. 유럽에 거주하는 많은 지식인, 예술가, 유학생들이 1959년 9월부터 동베를린 소재 북한대사관을 왕래하면서 간첩활동을 했고 그중 일부는 북한에 들어가 노동당에 입당한 뒤 귀국해 이적활동을 했다는 것이다. 이 사건은 당시 철학박사였던 임석진이 귀국해 자수함으로써 밝혀졌는데 이와 관련해서 국제적으로 큰 말썽이 일어났다. 한국 중앙정보부가 이응로, 윤이상 등 저명한 예술가와 학자들을 그들이 거주하는 프랑스·서독 등지에서 불법적으로 잡아왔기 때문이었다. 그 나라들은 자국 영토 안에서 벌어진 외국 정보기관의 이 같은 주권침해 행위에 강력히 항의하면서 외교관계 단절까지 시사했다. 이런저런 이유 때문에 이 사건은 관련자 194명 가운데 1심에서 6명

의 후유증은 신경림, 염무웅, 정규웅 등에 의해 증언된 바 있다. 이중 염무웅은 동백림 사건 이후 천상병의 시가 예술적 집중이 가장 높은 수준에 이르렀다고 평가했다.[50] 고영직, 홍기돈, 한정호도 천상병의 시적 흐름에 동백림 사건이 영향을 미쳤을 것으로 보고 있다.[51] 그러나 이들은 동백림 사건을 하나의 시적 분기점으로 보지는 않는다.

동백림 사건을 분기점으로 제시한 논자로 앞서 언급한 이민호를 들수 있다. 이민호는 동백림 사건 이후의 시적 변화를 트라우마에 대한 단서로 포착하고 있다. 그는 정신분석학의 방법론을 최초로 채택한 이필규[52]의 논의에 이어 천상병의 중요한 시적 변화의 모티브를 '외상(트라우마)'에 두고 있다. 그가 제시한 분기점은 천상병이 동백림 사건과 만성간경화로 사선을 드나들던 때이다. 그에 따르면, 1967년 이전의 시는 전후 시인들이 소유했던 서정과 인식을 공유하고 있으며, 1967년을 기점으로 비판정신과 실존적 정서를 상실하고 평화와 무구를 갈구하게 된다. 또 1988년 이후의 시편에서는 실오라기처럼 남아 있던 서정의 존재마저 사라진다. 이민호의 논의는 시적 변화의 분기점에 동백림사건과 만성간경화를 상정함으로써 새로운 시기 구분의 축을 제시했다

에게 사형, 4명에게 무기징역을 구형할 만큼 법석을 떤 간첩사건이었음에도 최종심에서 간첩죄가 인정된 피고는 아무도 없었고 그나마 1970년 12월에는 두 명의 사형수까지 풀려남으로써 감옥에는 아무도 남아있지 않게 됐다. 그러니까 그 시점에서 이미 이 사건은 후일(2006년 1월 26일) '진실위'(국정원 과거사건 진실규명을 통한 발전위원회)가 발표한 대로 "박정희 정권의 정치적 목적에 의해 터무니없이 과대포장된 것"임이 드러났던 것이다. 고영직,『천상병 평론』, 답게, 2007 ; 염무웅, 앞의 글 참조.

50) 염무웅,「과거사 한두 장면-천상병이 살았던 시대」,『문학과 시대현실』, 창비, 2010 ;「가난과 고통을 이겨낸 시의 순결성-천상병 시대에 관한 회고적 단상」, 천상병 예술제:추모 20주기 천상문학포럼, 2013, 4, 27, p.13 참조.
51) 고영직,『천상병 평론』, 2007, 답게, 한정호,「천상병의 초창기 문학살이 연구」,『영주어문』제18집, 영주어문학회, 2009.
52) 이필규, 앞의 글.

는 것과 중기시의 범위를 확장함으로써 서정의 영역을 확대했다는 데 의의가 있다.

그러나 이민호의 시기 구분에는 몇 가지 문제가 있다. 먼저 동백림 사건을 기점으로 시기를 구분해 통시적으로 고찰하는 데는 어려움이 있다. 1967년까지 발표한 시가 불과 20여 편 남짓이기 때문이다. 『천상병 평론』에서 발굴한 작품 「별」,[53] 「미광」,[54] 「바다로 가는길」,[55] 「불」[56] 등을 합해도 24편에 불과하다. 또 1988년 이후를 후기로 보는 데도 동의할 수 없다. 정신분석학적 차원의 방법론은 연대기적 사건보다는 특정 사건에 나타난 정신의 경향이 특정 작품과 어떤 연관이 있는지를 집중적으로 분석하는 것이다. 그러나 프로이트의 정신분석학이 시의 방법론에 제대로 적용되려면 시인의 출생을 포함한 성장환경 뿐만 아니라 이 사건이 시인의 시세계의 토대나 창작 계기와 연관된다는 전제가 있어야 한다.[57] 그러나 이를 증명할 기초 자료와 실증적 자료가 충분하지 않다.[58] 또 천상병이 동백림 사건 이후 일시적으로 정신 황폐증을

---

53) 동인지『제2처녀지』, 1952, 10.
54) 동인지『제2처녀지』, 1952, 10.
55) 『협동』54호, 1956, 1.
56) 동아일보, 1956, 12, 17.
57) 김윤식은 한국근대작가를 연구함에 있어 부딪히는 고충이 여러 가지가 있을 터이나 그중 하나로 기초 자료의 미비를 들고 있다. 그에 따르면, 이 기초 자료에는 일기, 편지 등 작품이 최고의 가치를 지닌다. 작가가 남긴 기초자료가 작가론을 해부하는데 있어 유용성을 지니려면 작품 이외에도 '내면기록의 조명'이 불가피한데 작가론이 평면적이거나 픽션에 그치는 것을 방지하는 이 내면기록에는 작가와 관련된 문단의 이면사가 도움이 된다. 김윤식, 『한국근대작가론고』, 일지사, 1974 참조.
58) "천상병의 경우 누구에게도 자신의 일상을 말하는 사람이 아니었다고 한다. 말년에 '귀천'을 찾아온 사람들에게도 그저 찾아온 사람들에 대한 답례로 수락산 아래 사는 생활을 간단히 답했을 뿐이었다. 그를 보러온 '귀천'의 손님들은 이조차도 돈벌이를 나간 목순옥 여사에 대한 미안함으로 자행된 것임을 훗날 목 여사를 통해서 알게 되었다고 한다." 노광래, 「선생님과 함께한 십년 세월」, 『문예운동』겨울호 통권 116호, 2012, pp.67~68 ; "천상병은 남이 자기를 무시하거나 푸대접을 하여도

겪은 것과 만성간경화 진단을 받은 것은 다른 차원의 증상이다. 만성간경화는 말 그대로 그의 숙환이므로 사건이라고 보기 어렵다.

그러므로 지금까지의 선행 연구가 제시한 시기 구분은 각 시기별 변인의 분류 기준 혹은 그 기준에 타당한 변이를 제대로 선정하지 못하고 있다는 결론에 이르게 된다. 이는 천상병 문학 전체에 대한 조망을 어렵게 하는 요소이므로 일관된 기준에 의해 설정할 필요가 있으며 시기 구분에 앞서 선행되어야 할 작업은 자료의 발굴이다.

천상병 문학에 대한 보다 진척된 논의를 위해 본고는 먼저, 전집에 수록되지 않은 시와 평론에 대한 해석을 통해 천상병 문학의 외연을 확장하고 그의 문학에 대한 통시적 연구를 위한 기본 자료를 확대하고자 한다. 또한 천상병 문학에 대한 종합적인 연구를 위해 그의 문학에 나타난 주체의 타자에 대한 인식을 기준으로 시와 평론을 포괄하여 천상병 문학에 통시적으로 접근하고자 한다. 천상병 문학에 대한 통시적 접근을 위해 주체의 '타자에 대한 인식'을 주목하는 이유는 천상병의 전기 작품부터 타자에 대한 인식이 첨예하게 드러나고 있으며 이는 후기 작품에까지 일관되게 나타나고 있기 때문이다. 이에 본고는 천상병의 시를 전기와 후기로 구분하고자 한다. 전기는 1949년 『죽순』에 발표된 「피리」, 「공상」과 『문예』지 1월호와 합본호에 실린 「강물」, 「갈매기」부터 동백림 사건 이후부터 그가 사망한 것으로 추정하고 출간된 '유고시집' 『새』의 시편들까지이며, 후기는 1972년 이후의 모든 시편들이 그 대상이다.

화를 내지 않았다. 적어도 겉으로 드러내는 일은 없었다. 속상하면 남이 못 알아듣는 소리로 구드덜거리는 정도였다고 한다." 민영, 「짜릿한 박하술 맛」, 『나 하늘로 돌아가네』, 청산, 1993, pp.101~102.

1.2. 연구의 시각

천상병의 시 연구가 본격화되고 시간이 흘렀지만, 여전히 천상병 문학에 대한 전체적 조망은 부족한 편이다. 그의 후기시는 전기에 비해 그 상상력과 재능이 충분히 인정받지 못했다. 따라서 천상병의 문학을 전체적으로 조망하고 그의 시를 총체적으로 논의하기 위해서는 더 많은 텍스트와 자료를 확보할 필요가 있다.

이에 본고에서 『천상병 전집』에 미수록되거나 보완될 작품을 제시하고 이를 분석하고자 한다. 본고에서 분석하고자 하는 작품은 전집에 미수록된 시 11편과 전집에 미수록되거나 보완되어야 할 평론 17편이다. 우선, 전집에 미수록된 시 11편은 천상병 문학을 전체적으로 조망하는 데 두 가지 측면에서 의미가 있다. 첫째, 그 시편들은 지금까지 발표지가 확인되지 않아 시기가 확정되지 않았던 기존 작품의 연대 추정을 위한 자료가 될 수 있다. 둘째, 미수록된 11편을 통한 기존 작품의 연대 추정은 전기의 모더니즘적 경향이 후기에도 지속되고 있음을 입증하는 중요한 단서로 기능함으로써 천상병 문학에 대한 통시적 접근을 위한 주요한 텍스트가 될 수 있다.

다음으로, 『천상병 전집』에 미수록되거나 보완되어야 할 평론 17편은 아직까지 학계에 수용되지 않았거나 지나치게 소략된 것으로, 이에 대한 분석은 천상병 초기 비평의 특성과 비평의식의 핵심에 보다 근접할 수 있을 것이다. 또 이러한 분석은 천상병의 초기 비평이 사회와 현실에 대한 성찰과 반성을 호소하는 반면 전기시는 황폐한 현실을 도피함으로써 전기시와 비평이 분리되어 있다는 기존의 논의 경향에서 벗어나 천상병의 시의식이 비평의 자의식과 조화를 이루고 있음을 입증할 수 있을 것이다.

천상병 문학이 총체적으로 조망되기 위해서는 이명원의 지적대로, 천상병의 시가 지향하는 의식과 의미화가 직관화되어야 하며 이를 위해서 그의 세대의식이 더욱 정밀하게 논의되어야 할 것이다. 천상병의 세대의식이 보다 논리적으로 개진되기 위해서는 이른바 전후세대에 속한 천상병의 의식과 무의식에 대한 고찰이 선행될 필요가 있는 것이다.[59] 그러므로 천상병 시 세계의 전반을 꿰뚫는 구조의 원리를 추출함과 동시에 거기에 내재된 시 의식을 하나의 의미 범주로 아우르기 위해서 거시적 안목으로 돌아갈 필요가 있다. 본 연구의 이러한 판단은 비록 단평 또는 부수적이긴 하나 천상병 시에 죽음의식이 나타나고 있다는 데서 연유한다.[60] 천상병의 전기시에 드러나는 시의식은 죽음과 같이 더 이상 손 쓸 수 없는 존재 조건과 관련되어 있다. 그의 시작을 추동시킨 것은 거기서 싹튼 주체의 적극적인 의지와 구체적인 삶의 감각이라 할 수 있다. 이에 본고는 천상병 시에 나타나는 죽음에 대한 천착이 삶에 대한 의지임을 소명하는 변증법적 논리의 기반임을 살피고 이러한 이미지와 시의식의 역동성이 그의 시작 전반과 관련되어 있음을 주체와 타자와의 관련 양상에서 찾고자 한다.

---

59) 고영직, 앞의 책, pp.141~143.

60) 지금까지 천상병 문학에 있어 죽음의 문제는 주로 시에 대해 제한적으로 논의됐고 그 내용도 천상병의 전기를 통한 언급이 대부분이다. 천상병 시의 죽음과 관련한 논자로 김훈, 박재삼, 조태일, 최동호, 박재삼, 조병기, 박성애, 이민호, 박설, 옥가희 등을 들 수 있다. 이중 이민호와 고봉준의 논의가 주목을 끈다. 이민호는 천상병 시기별 변모 원인을 정신분석학 측면에서 고려하고 있다. 그는 천상병 시인의 기행과 그의 시가 보이는 퇴락적 현상의 기저에 외상이 자리하고 있다고 보았다. 그 외상(trauma)의 원인으로 동백림 사건과 1988년 만성간경화를 들고 있다. 이민호, 앞의 글. 고봉준은 '새, 초월의 도상학', '물, 영원을 향하는 생명', '가난이라는 운명과 죽음의 초월성'이라는 각 장들을 제시하면서 천상병 시가 특정 이미지를 통해 전기와 연관돼 있으며 그의 시에 삶과 죽음이 관류함을 통시적으로 보여준다. 고봉준, 앞의 글.

천상병의 시적 변이가 현실과 이반된 것이 아니라 타자와의 긴밀한 관계에 연루되어 있음에 주목하는 또 다른 이유는 천상병의 전기시가 자연물과 지속적으로 관계를 이어가는 모습을 그려내고 있기 때문이다. 천상병의 전기시에 나타나는 대상에 대한 욕망은 대상이 자신과 더불어 탄생됨을 보여주는 노력으로 드러나며 이때 대상은 독자성을 현시하는 하나의 주체로 성립된다. 이러한 생산적인 관계는 후기시에도 나타나는데, 후기시의 주체는 사람들과 더불어 살아가는 세계의 일상에 자족하며 타자를 적극적으로 받아들이고자 한다. 이는 개별자의 자유를 옹호하는 것과 같은 의미이며 진정한 자기 인식의 표명이라 할 수 있다. 그러나 주체와 타자의 관계 양상을 고찰하는 것을 연구의 초점으로 삼은 보다 중요한 이유는 이러한 관계 양상을 통해 인식의 과정에서 무의식이 구조화되는 양상을 살필 수 있기 때문이다. 외적 요인과는 무관한 순수한 의식의 현현뿐만 아니라 의식이 미처 의식하지 못하는 의식, 곧 무의식의 차원을 여는 것은 무의식은 곧 타자의 담론이라는 라캉의 전언으로 볼 때 주체와 타자가 교섭하는 상호작용을 해명하는 단초가 될 수 있다. 기존의 관점에서 벗어나 보다 확장된 시각에서 천상병의 시를 새롭게 조망하고 검토하기 위해서 천상병 시에 나타나는 존재론적 입장, 정확히 말하면 타자의 인식에 대해 살펴볼 필요가 있는 것이다.

주체와 타자는 문학을 비롯해 철학, 정신분석학에서 매우 포괄적인 개념으로 사용되고 있는데, 천상병 시에 포착된 죽음에의 인식이 어떠한 경로로 자아와 타자의 교섭양상과 관련되어 있는지를 살펴보기 위해서는 먼저 자아와 타자의 개념 및 그 범위가 상정되어야 한다.

문학 텍스트에서 자아와 타자의 문제는 하나의 미적 질서를 창출하는 작동 기제이다. 자아와 타자의 구도는 시적 주체와 대상 간의 관계를 나타내는데, 이러한 것의 성격과 관계 양상 등은 문학을 이해하고 구조화하는 가장 일반적인 방법론으로 적용돼 왔다. 시 텍스트에서 '나'로 지칭되는 자아는 타자를 대상화하거나 지배함으로써 동일화를 꾀했다. 따라서 주체로부터 소외된 객체와 고립된 채로 자가 발전하는 주체의 불균등한 관계, 일방적이고 독백적인 주체 우위의 관계를 상정한다.61) 이러한 것은 주체의 관점에서 모든 대상이 사유됨을 전제한다. "20세기 이후의 현대시는 기존의 방식이 전도된 입장을 취하는데 시인은 이제 상상력이나 비 실재적인 관점에 토대를 둔 변형력을 동원해 그 자체로는 빈약한 의미밖에 갖지 않는 임의적인 소재를 시험하는 시적인 지성으로서, 언어의 조작자로서, 그리고 예술가로서 관여한다."62) 이러한 의미에서 아리스토텔레스는 문학과 예술은 역사보다 더 철학적이라고 말했을 것이다. 왜냐하면 역사는 이미 일어난 일들을 보여주는 반면, 문예 작품은 인간 삶에서 일어날 법한 일들을 보여주기 때문이다. 이제 더 이상 단일한 의식과 목소리를 지닌 자아가 존재하지 않으며 자아는 타자와 공존하거나 그 흔적이 사라진 채 시 텍스트 속에 존재한다. 시 텍스트에서 흔적이 사라진 자아를 찾기 위해서는 타자성으로 명명되는 철학의 사유를 경유해야 한다.

데카르트는 서양 근대 철학의 아버지라 불리는데, 이는 그가 서양 철학의 계몽사상을 주도했음을 의미한다. 그는 철학적 사유의 영역에서도 이성의 능력에 대한 믿음을 바탕으로 새로운 원칙들을 발견해 냄으

---

61) 박현수, 「서정시 이론의 새로운 고찰」, 『우리 말글』 제40집, 우리말글학회, 2007 참조.
62) Hugo Friedrich, 장희창 역, 『현대시의 구조-보들레르에서 20세기까지』, 한길사, 1996, p.45.

로써 세계에 대한 정확한 정보들을 연역해 낼 수 있다고 믿었다. 데카르트의 '코기토'가 현대의 주체 개념과 연결된다는 것은 이미 잘 알려진 사실이다. 데카르트 이후 현대 철학은 세계 인식과 이해의 중심을 자아에 두고 이외의 모든 것들을 대상화 시켰다. 즉 '자아'는 자기 자신에 대한 의식을 통해 '자기'와 관계 맺는 당사자를 일컫고, 타자는 자아가 인식하는 대상으로 주어진 존재로 받아들였다.[63] 칸트는 타자를 '나의 표상'으로 출현하는 대상으로 보았다. 즉 의식을 가진 자아가 자신 앞에 대상을 세움으로써 주체 스스로 대상과 관계를 설정한다. 이때 타자는 의식을 가진 타자가 아니므로 자아와 타자의 교류는 타자 존재에 대한 '개연적 인식'만을 얻을 수 있다. 자아는 결코 타자의 존재를 직접 경험할 수 없고 감정이입이나 공감 등의 간접적인 방법에 의해 타자를 이해한다. 타자와의 관계는 자아가 스스로 정하기 때문에 자아는 타자를 개연적 접근을 통해서만 경험할 수 있다. 이는 자아가 타자를 개연적으로 이해할 수밖에 없다는 한계를 생산하게 된다.[64] 칸트를 비롯한 현대성의 담론에 니체가 끼어들면서 논증은 근본적인 변화를 맞게 된다. 니체는 이성이라는 개념의 수정을 포기하고 계몽의 변증법과도 결별한다. 그는 현대 사회에서는 자신의 척도를 스스로 창조할 수 없다는 점에 대해 문제를 제기한다. 현대인은 자기 자신으로부터 아무것도 가지고 있지 않기 때문이다. 하이데거도 주체를 파생적 존재로 인식하며 합리적이고 이성적인 주체 이념을 극복하기 위해 '존재의 진리에 대한 물음'을 제기한다.[65] 그는 세계—내—존재인 '현존재'가 타자라는 익명의 다수에 의해 동요되지 않기 위해 자아는 극한의 죽음과 항상 마주하

---

63) 강영안, 『주체는 죽었는가』, 문예출판사, 1996, p.74.
64) 서동욱, 『차이와 타자』, 문학과 지성사, 2000, pp.165~167 참조.
65) Martin Heidegger, 신상희 역, 『숲길』, 나남, 2008, p.160 참조.

고 있음을 인지하고 본래적인 자기−존재를 되찾아야 한다고 주장한다. '공동존재', 즉 타자는 언제나 현존재의 존재 가능성을 드러내기 위한 실존 범주로 간주될 뿐 현존재의 내적 상태에 개입될 여지가 없는 대상이다. 타자에 대한 이들의 윤리의식은 타자를 주체와 상호적인 관계로 간주하지 않으며, 자아는 타자를 억압하고 동일화하는 결과를 초래한다. 자아가 지향하는 동일화는 결국 타자와의 소통 또는 단절을 불러일으키고 끝없는 욕망을 불러온다.

이에 대한 비판으로 현대철학은 타자에 대한 인식을 달리하게 된다. 타자의 시선을 통해 자아가 발생한다고 사유하는 철학적 논의들은 주체가 현실을 어떻게 바라보는가를 타자성에 무게를 둠으로써 동일자로 환원되는 사유의 한계를 벗어나고자 한다. 천상병의 시에 나타나는 타자의식을 검토하기 위해 유용한 거점을 제공하는 것은 라캉과 레비나스, 사르트르의 통찰이다. 라캉을 비롯한 포스트구조주의자들은 통합된 주체를 모든 인식의 원천으로 간주하는 지배적 사상을 비판한다. 그들은 인간의 정신은 세상의 인식으로 조직되어 있는 외부로부터 인식과정을 통해 인식을 받아들이며, 인식은 외견상 투명한 언어매체로 표현된다고 믿는 서양 형이상학을 비판한다. 이러한 비판은 주체와 객체를 분리된 영역으로 나누기를 거부하는 포스트모더니즘 이론의 근본적 특징이기도 하다. 인식이란 언제나 주체의 경험에 선행하는 담론들로부터 형성되며, 주체 자체도 자율성, 통합성, 동일성 등을 갖추고 있지 않다는 것이 라캉의 주장이다. 즉 주체는 끊임없는 변증법적 과정 속에서 계속되는 수정을 거쳐야만 하는 것으로, 언제나 형성 중에 있으며 영속적으로 불안정한 분열된 상태라는 것이다. 따라서 자기의식의 전개, 즉 주체는 과정 중에 있는 주체로 설명될 수밖에 없다.[66]

레비나스 또한 자아와 타자의 인식을 주체에 포섭되지 않는 타자에 대한 사유의 관계로 예감하며, 자아와 세계의 관계를 자아중심이 아닌 타자 중심의 세계관으로 전치시킨다. 주체와 타자간 분리는 어떤 개념적 매개로 인해 가능한 것이 아니라 모든 존재자와 동일하게 타자는 그 본성상 분리해서 사유되어야만 한다.[67] 레비나스의 독창성은 '나'가 '무한한 대화' 속에서는 절대로 '너'를 만날 수 없다는 통찰에 있다. 여기서 무한이란 누군가가 대화를 요청할 때만 존재하는 대화자의 조건과 같다. 따라서 레비나스의 존재론은 타자와의 무한한 관계라는 범주 속에서만 사유될 수 있다. 레비나스는 주체는 주체로서 이미 자신의 지배를 상실했고 타자의 존재 자체가 곧 타자성이라고 파악한다. 주체는 미리 짐작하거나 계획 세울 수없는 타자성과 마주함으로써 상호 본질적인 요소로 자리한다. 이때 타자와의 관계는 주체로 환원되지 않는 외재성을 지닌 하나의 신비의 관계이다. 죽음에 직면해 설 수 있는 존재만이 타자와의 관계가 가능한 영역에 주체를 세울 수 있다. 이 관계가 존재론적으로 이해될 때 주체의 영역은 그 범위를 확장한다. "이것이

---

66) 거울 단계의 주체 형성에서 볼 수 있었던 것이지만, 라캉이 말하는 주체는 오인의 구조로 형성된 에고에서 시작하여 상상계의 나르시시즘적 환상을 버리고 상징계로, 즉 문화와 언어의 상호 주관적 구조로 진입해 욕망의 변증법적 운동을 통해 형성되는 것으로, 늘 "과정 중에 있는 주체"이다. 그 주체는 사유 주체로서 절대 주체가 될 수 있는 것이 아니라 사회적 구조에 대하여 이차적인 지위에 있다. 또 그 주체는 사회적 구조에 선행하는 존재가 아니며, 대타자를 타자로 인정함으로써, 즉 대타자의 관점과 자기에 대한 대타자의 견해를 고려함으로써 비로소 진정한 주체가 될 수 있다. "나는 생각한다, 그러므로 나는 존재한다"는 데카르트의 기본명제와 "나는 내가 존재한다는 것을 당신이 생각한다는 것을 내가 생각한다는 것을 알고 있다, 그러므로 나는 존재한다"는 라캉의 명제를 비교해 보면 라캉의 주체개념의 특징을 분명하게 알 수 있다. 윤효녕·윤평중·윤혜준·정문영, 『주체개념의 비판』, 서울대학교 출판부, 1999, p.68, p.100 참조.
67) 서동욱, 앞의 글, pp.161~212 참조.

타자와의 진정한 관계이다. 나와 다른 궤도상으로 존재하는 타자는 '얼굴의 현현'을 통해 접근되는데 타자의 얼굴은 보편적인 인간성을 이르는 것이며 주체는 타자를 수용함으로써 인간의 보편적 윤리성을 확보한다."[68]

라캉과 레비나스가 인식하듯 사르트르 또한 지금까지의 철학적 사유에서 동일자는 타자를 인식적으로 소유하는 방식이며 이러한 사유 속에서 진정한 타자의 의미가 구현되기는 어렵다고 보았다. 즉 자아와 타자의 존재적 관계에서 타자는 주체의 인식물이 아니며 타자가 주체의 인식 안으로 포섭될 경우 그 고유성을 상실한다고 보았다. 사르트르가 보기에 타자의 출현은 이 인식의 밖에서 주어진다. 주체가 알 수 없는 미지의 영역에 타자가 존재하고, 이 타자의 등장으로 주체에게 던져지는 타자의 '시선'을 통해 반성적인 '자아'가 나타난다. 이때 주체 앞에 선 타자가 아니라 타자 앞에 선 주체가 출현하게 된다. 새롭게 등장한 주체는 타자의 존재를 훼손하지 않고 타자를 경험하게 되며 타자는 주체의 존재 규정에 깊숙이 관여하게 된다.[69]

이렇듯 현대철학은 타자에 의해 발생하게 되는 주체의 존재 방식에서 주체의 존재에 개입하는 타자의 역할과 그 범위를 확장함으로써 동일자로 환원되지 않는 타자성을 발견하고 주체와 타자의 존재적—내적 관계에 관해 통찰하고 있다. 라캉과 레비나스는 타자와의 관계를 통해 존재의 의미를 얻는 주체, 즉 타자에게 위협당하기보다 타자와의 관계를 통해 세워지는 주체를 강조한다. 그러나 라캉에게 주체는 구조 속에 갇힌 존재로, 실체 타자일 수도 있고 '거울 속에 비친 나'일 수도 있다. 즉 주체가 자신을 확인할 수 있는 모든 대상이 타자이므로 선험적이고

---

68) 강영안, 『타인의 얼굴—레비나스의 철학』, 문학과 지성사, 2005, p.36.
69) Jean Paul Sartre, 손우성 역, 『존재와 무』, 삼성출판사, 1990, pp.390~493 참조.

절대적인 자아란 없다. 레비나스의 타자성은 주체와 타자 간 차이와 독립성이 보존되는 동시에 윤리적이고 관계론적인 측면도 포함하므로 라캉과 다르다.[70] 또 사르트르의 타자는 '나를 바라보는 자'로 레비나스의 '약한 사람, 가난한 사람, 과부나 고아'로서의 타자와는 차별화된다. 사르트르의 타자는 주체의 자유를 억압하는 존재이며 주체의 자족적인 세계에 균열을 내는 존재로 부각된다.

이상을 토대로 천상병의 시의식을 살피기 위해서는 다시 정신분석학적 사유를 경유해야 한다. 정신분석 비평의 방법론은 시인을 대신해 화자의 내면을 분석하고 기술하는 데 유용하게 적용될 수 있고 주체와 타자의 관계성에 대한 반성을 이끌어낼 수 있기 때문이다. "영감의 근원은 과거에 받은 경험의 생생한 지각인상"[71]이므로 무의식의 차원을 여는 것은 천상병 존재 이해에 대한 근본적인 비판점으로 작용할 수 있다.

프로이트는 거부감을 느끼는 어떤 표상을 의식에서 완전히 추방하는 억압과 그 표상으로 향하던 감정의 카텍시스를 다른 곳으로 빼돌리는 억압이 있음을 밝히고 억압을 일으키는 동인의 본질이 무엇인지 논의한 바 있다. 라캉은 의식과 무의식으로 분열된 주체가 타자와 세계와의 양상에서 맺는 관계와 이 관계 속에서 생겨나는 병리적 상황을 벗어나기 위해 프로이트 정신분석학의 주체이론을 해체한다. 라캉이 보기에, 프로이트가 지닌 최고의 가치는 무의식의 존재 여부를 떠나 무의식이 특정한 구조를 가지고 있으며 그 구조가 의식 활동에 개입되어 증상, 꿈, 행위 등을 통해 스스로 그 모습을 드러낸다는 점이다. 그러므로 주체성은 의식이 미처 의식하지 못 하는 의식, 즉 무의식이 병행되어 있는 과정이기도 하므로 '무의식이란 타자의 담론'이다.[72] 무의식의 전

70) 윤대선, 『레비나스 타자 철학』, 문예출판사, 2009, pp.130~159 참조.
71) 조두영, 『프로이트와 한국문학』, 일조각, 1999, p.71.

능함을 내세웠던 라캉은 인간의 죽음에 대한 잠재성을 자연과 사회 문화의 관계에서 찾고 있다. 에로스는 부단히 타나토스를 극복하고 죽음으로 향하는 것을 방해하고 지연시키지만 삶이란 죽음의 우회에 불과하므로 에로스는 결국 타나토스에 귀결된다.[73] 그리고 그것의 극한은 죽음이다. 인간은 본질적으로 파괴적 충동을 가지고 있는 반면 지속적인 생명력을 추구하는 에로스적 충동을 갖춘 모순적인 존재이다. 삶과 죽음에 관한 논의는 인간 존재의 본질을 탐구하는 것으로 이를 가장 잘 표현하는 것이 문학이다. 이에 본고는 천상병 시에 나타나는 삶과 죽음에 대한 인식은 시인의 의식 속에서 재해석돼 자신의 지향성을 나타내는 도구로서 작용함을 밝히고자 한다.

본론은 크게 세 부분으로 나뉜다. 2장에서는 전집에 미수록되거나 보완되어야할 작품들을 소개하고 그 의미를 분석하고자 한다. 2장 1절에서는 전집 미수록 시 11편을 분석하고 그 의의를 찾고자 한다. 이 시들이 천상병 시의 의미를 총괄하는 척도는 아니나 천상병 시의 해석의 영역을 확장하는 데 의미가 있다. 2장 2절에서는 전집에 미수록되거나 분석이 필요한 비평을 다루고자 한다. 이 비평들은 전쟁을 거치면서 붕괴에 가까운 주체성의 상실을 경험하면서도, 사회의 가시성으로부터

---

72) 주체와 타자의 관계에 대한 인식은 김상환 외, 『라깡의 재탄생』, 창작과 비평사, 2002, p.126 ; 이부영, 『분석심리학』, 일조각, 1987, pp.41~42 ; Anika Lemaine, 이미선 역, 『자크라캉』, 문예출판사, 1994, pp.110~111, p.327, p.371, p.379 참조.
73) 이와 관련해 바따이유는 인간이 삶의 지속과 더불어 자신의 존재론적 입지를 확고히 한다는 점에서 에로스가 정신적 가치와 연계됨은 물론 나아가 존재론적 차원으로 확대될 수 있다고 본다. 다시 말해 삶의 원동력인 에로스는 자신을 포함해 보다 큰 통일체를 지향한다. 에로스가 보존하고 통일하려는 충동의 총합, 곧 삶을 진지하게 탐구하고 이를 통해 삶의 의욕을 다지는 충동이라면 타나토스는 파괴의 본능이다. 에로스가 통일체를 구성하는 힘이라면 타나토스는 그것을 해체하고 파괴하는 힘인 것이다. Antony Easthope, 이미선 역, 『무의식』, 2000, p.253.

주체화를 추구하는 천상병 초기 비평의 경향을 잘 보여 줄 뿐만 아니라 기존의 시 해석을 새롭게 하는 실증적 단서로도 기능한다. 또『현대한국문학전집』의 평론들은 현실과 문학에 대한 비판의식이 피력되고 있다.[74] 이 평론들은 전쟁에 이어 정치적으로 가중된 불안의식을 극복해 나가는 주체의 실존의식이 분명하게 제시되어 있어 기존 논의를 보다 충실히 해명하는 데 그 가치가 있다.

3장에서는 프로이트의 정신분석학적 해석과 이를 주체화 과정으로 재해석한 라캉과 레비나스의 이론을 바탕으로 타자에 대한 주체의 인식과 확대에 대해 살펴보고자 한다. 3장 1절에서는 새, 주변 문인들, 가족과 고향 이라는 세 가지 소재와 이미지를 중심으로 거기에 나타난 소외의식의 발현과 극복 양상을 살펴보고자 한다. 소외의식의 발현과 극복 과정에 나타난 타자의 양상에 대해 살펴볼 것이며, 자아의 전체성으로 동화되는 타자, 즉 자기 성찰로 이끌고 나아가게 한 타자가 무엇인가를 밝힐 것이다. 3장 2절에서는 주체의 입지를 마련하는 과정에서 천상병이 현실에서 느낀 공포가 무엇인가를 추적함으로써 타자에 대한 인식이 어떻게 나타나는지를 설명하고자 한다. 또 현실에 대한 공포가 어떻게 죽음의식과 연관되는지를 살펴봄으로써 죽음의식의 표출에 나타난 타자 인식을 설명하고자 한다.

4장에서는 천상병의 후기시에 나타난 주체와 타자와의 관련 양상에

---

74) 초기 문학과 관련된 천상병의 견해는 몇 있는데 그중 「독자성과 개성에 대하여」(『자유문학』, 1959. 3)에서는 문단과 현실에 대한 비판의식이 노골적으로 드러난다. 이 글에서 천상병은 현실과 문학을 대립적으로 보고 있으며 '거짓이 진리인 현실적 합리적 생활'을 하고 있는 당대의 시인들이 '거짓을 재구성할 줄 아는 능력'으로 시를 쓰고 있다고 보았다. 그가 보기에 현실에 안주하고자 하는 당대의 문인들은 진리를 볼 안목이 없으며 문단은 이미 그러한 문인들의 작가정신이 팽배해 있다고 보았다.

대해 살펴보고자 한다. 본장에서는 레비나스의 타자론을 분석틀로 삼아 타자의 시선 속에 놓이지만 자유에 대한 제한을 받지 않고 윤리적 주체로 세워지는 주체의 면모에 대해 살펴보고자 한다. 4장 1절에서는 술과 동심의 관련성을 통해 후기시의 화자가 현실을 극복하고 타자와의 화해를 모색하는 경로를 살펴본다. 4장 2절에서는 이미 완성돼 있는 신의 세계에 안주함으로써 세계와 화해를 시도하고 있는 주체의 면모에 대해 살피고자 한다. 주체가 어떻게 타자와 관계를 맺음으로써 윤리적 주체로 거듭나는가를 살펴봄으로써 현실극복이라는 테제에 대한 천상병의 미학적 응전 양상이 동시에 서술될 것이다. 한편 본고는 2007년 평민사에 출간된 『천상병 전집―시』, 『천상병 전집―산문』, 『천상병 평론』을 주 텍스트로 하되 전집에 미수록된 시와 비평은 최초의 발표지를 따른다.75)

---

75) 전집의 작품 배열이 연대기에 상응하나 반복 수록으로 인한 표기 차이나 행과 연의 재구분 등 빈번하게 문제가 발생하므로 시 작품의 출전은 발표 시기를 따져 최초의 것을 싣는다.

2. 천상병 문학의 텍스트 확장

2.1. 전집 미수록 시 11편에 대한 분석

천상병 시 연구가 원활하지 못한 주요한 원인은 텍스트와 관련된다. 주요 텍스트가 되고 있는 전집은 원전 확보의 문제를, 시집은 원전 훼손의 문제를 안고 있다. "천상병의 경우 중복 게재된 시들에서 개작을 하거나 가필 또는 퇴고를 한 흔적은 보이지 않는다."[1] 그러나 천상병의 시집은 일반적인 시집 간행 기준과 작품 수록 기준을 따르지 않고 있다. 첫 유고시집『새』를 제외한 대부분의 시집에 시편이 중복되어 실려 있다.『저승 가는 데도 여비가 든다면』,『요놈 요놈 요 이쁜 놈!』,『아름다운 이 세상 소풍 끝나는 날』등의 머리말과『천상병은 천상 시인이다』의 발문 등을 통해 천상병이 시집의 간행과 편집에 관심을 기울였음은 짐작할 수 있으나 일반적인 통례를 따르는 것을 좋아하지 않았던 천상병의 선천적 기질 때문에 이러한 결과가 비롯되었다. 이러한 결과는 그의 시에 대한 연구를 더디게 하였으며 그 평가 영역을 축소해버리는 맹점으로 작용했다. 그리하여 그의 문학에 대한 총체적 분석을 저해하고 있다.

---

1) 문병욱,「천상병 시 연구—그의 서정 성향에 관한 작품론적 고찰」,『성심어문논집』제22집, 성심어문학회, 2000, p.12.

전집이 발표 연대를 추적해서 기록하고 있기는 하나 원전 확보의 측면에서 볼 때 천상병 전집의 상태도 만족스럽지 않다. 전집이 사료로서 제대로 기능하기 위해서는 보다 많은 원전이 확보되어야 한다. 천상병 시의 외적변화가 시인의 내적변화와 직접적으로 관계된다는 점을 정당화하고, 시기별 변모 과정을 보다 정치하게 추적해 폄하된 후기시의 의미를 온전히 규명하기 위해서는 보다 많은 원전 확보가 요구되는 상황인 것이다. 이와 관련해 본고에서 확인한 전집 미수록 시는 1997년 『시인정신』 가을호에 실린 11편이다. 이 작품들은 천상병의 후기시와 전기시의 연속성 및 차이를 밝히는 단서를 제공함으로써 그의 시에 대한 통시적 접근을 용이하게 하는 데 도움이 될 것으로 기대한다.

이정옥이 편한 『천상병 전집』은 그간 간행된 6권의 시집(시선집 제외)에 실린 작품들과 문예지에 발표되지 않은 6편의 시, 문예지 등에 발표는 됐으나 어느 시집에도 묶이지 않은 30여 편을 추가로 수록함으로써 천상병의 시를 시기적으로 정리했다. 이 전집은 원전을 확인할 수 있는 중요한 토대를 이룩함으로써 천상병의 시의변모과정을 살피거나 통시적으로 접근하는 연구가 가능하게 했다.

이후 각각의 시편이 가지는 의미를 보다 내실 있고 체계적으로 접근한 연구는 문병욱에 의해서 이루어졌다. 문병욱은 「천상병 시 연구— 그의 서정 성향에 관한 작품론적 고찰」에서 천상병의 시에 대한 논의와 고찰이 가능하기 위해서는 서지적 정리가 선행되어야 한다고 보고 시편들의 게재 양상을 면밀하게 분석했다. 문병욱에 따르면, 천상병이 전 생애 동안 지은 시작품은 318편 안팎이며 이 작품들이 그의 시집에 수록된 편수는 823편에 이른다. 천상병의 시는 처음과 끝 시집을 제외한 8종의 시집과 시선집 등에 연 500회에 걸쳐 중복 게재되어 있는데,

이는 시집과 시선, 신작, 구작 등으로 작품을 수록하는 시집의 수록 통례를 전혀 따르지 않은 것이다. 이에 문병욱은『새』,『주막에서』,『천상병은 천상 시인이다』,『저승 가는 데도 여비가 든다면』,『시와 삶』,[2]『도적놈 셋이서』,『요놈 요놈 요 이쁜 놈!』,『귀천』,『아름다운 이 세상 소풍 끝나는 날』,『나 하늘로 돌아가네』등 시집별 게재 현황을 시집권수, 신작품수, 구작게재연편수, 총게재연편수 등으로 수록·집계하고, 수록·집계된 시편들은 다시 '작품 나열형'과 '소제목 구성형'으로 대별한 후 다시 '신·구 작품 분할형'과 '신·구 작품 혼합형'으로 분류하고 있다. 그는 매우 복잡한 상황으로 수록되어 있는 천상병의 중복 수록 시편을 다시 중복 편수와 중복 수록 시집별 편수, 신작품수 등으로 나누고 있는데, 천상병의 시 중 1회 발표로 끝난 것은 190편이며 중복 게재된 시는 128편이다. 그는 128편의 시가 중복 수록되어 연 편수가 총 823편에 이른다는 치밀한 텍스트 고찰을 통해 천상병 전기시들이 각 시집에 반복 게재되면서 그의 전 시기의 시세계를 지탱해주고 있다는 결론을 이끌어낸다. 이러한 결론을 바탕으로 문병욱은 천상병의 시를 '자연 속의 시세계', '世間삶의 詩情', '시적 자아의 세계'로 대별하고 자연과 世間 삶과 자아가 다른 시인의 삶과 어떻게 다른가를 살피고 있다. 천상병 시세계의 통시적 고찰에서 그가 내린 결론은 천상병의 시적 생애가 자기중심적 고독으로 일관되어 있다는 것이다.[3]

전집의 편집자들이 천상병의 원본 작품을 발굴하고 미발굴 자료를 찾아 보충함으로써 천상병 시에 대한 총체적 연구의 틀을 마련하는 업적을 이루었다면, 문병욱은 작품 목록과 각종 자료를 수집 대비시켜 전

---

2) 1885년 문성당에서 발행된『구름 손짓하며는』이 1987년『시와 삶』으로 제목이 바뀌어 개정판이 출간되었다.
3) 문병욱, 앞의 글, pp.5~144 참조.

집의 미비를 보완함으로써 전집과 대등한 학문적 성과를 이룩했다고 할 수 있다. 그러나 이 연구들은 천상병 시의 원전을 추적할 수 있는 발판을 마련했으나 시집 판본 위주로 시들이 수록되거나 분석되고 있어 천상병 시 연구의 진척을 위해서는 시집에 수록되지 않은 원전 확보가 여전히 과제로 남게 되었다.

이러한 과제를 수행한 것은 『천상병 평론』이다. 고영직은 『천상병 평론』에서 천상병의 작품 목록을 덧붙이고 미발표된 네 편의 시를 발굴했다. 『천상병 평론』이 발굴한 전집 미수록 시는 1952년 10월 『제2처녀지』에 발표된 「별」, 「미광(微光)」과 1956년 1월 『협동』 54호에 발표된 「바다로 가는 길」과 1956년 12월 17일자 『동아일보』에 발표된 「불」 등이다. 이외에 「인간상(人間象)의 새로운 성(城)」이라는 평론을 소개했는데 이 평론도 1952년 10월 『제2처녀지』에 발표되었다. 『천상병 평론』이 발굴한 전집 미수록 시들은 생명의 흐름을 노래하기도 하고, 이를 우주적 대상으로 확장해 '별', '미광', '불' 등을 노래하기도 한다. 이 시편들의 발굴은 천상병의 공인된 초기 정서를 더욱 공고히 했다는데 의의가 있다.

동서양의 철학과 문화사에 일가견이 있었던 천상병은 후기에 들면 시적 전환을 이루게 된다.4) 그는 현실에도 독자와 소통할 시적인 흥미

---

4) 어려서부터 책벌레였던 천상병은 이후 동서양의 철학서적들도 탐독했으며 이 분야에 일가견이 있었다. 천상병은 타계하기 40여 년 전, 친구인 신봉승의 집에 기거한 때가 있었다. 신봉승에 따르면, 젊은 시절 천상병은 철학사와 문화사를 줄줄 외고 있을 정도였다고 한다. 신봉승이 그것을 확인한 때가 있었는데, 천상병의 강론은 책과 같았다고 한다. 어느 날 신봉승 가족은 천상병과 함께 텔레비전 퀴즈 프로그램을 함께 보기도 했는데, 일곱 문항의 정답을 맞추면 텔레비전 한 대를 상품으로 준다고 했다. 금성사는 1966년 8월 우리나라 최초로 흑백텔레비전 500대를 생산했다. 당시 텔레비전 한 대 가격은 6만 8000원으로, 당시 쌀 약 27가마에 해당하는 거금이었다. 그런데 천상병은 퍼드러진 몰골로 벽에 기대어 앉아서 천둥치는 듯한 트림을 뱉어

가 있다고 보고 그 진수를 얻고자 실험했다. 천상병은 평범한 일상에서 흥미를 끄집어 낼 수 있는 재기 발랄함이야말로 진정한 시인의 가치라 여겼고, 그 안에서 자족하고자 했던 것이다. 천상병은 이렇게 쓴 시를 출판사에 보내려 하지 않았고 그 성과를 인정받으려 하지 않았다. 발표를 하더라도 다른 사람의 의뢰에 응하지 않고 자신의 의지에 따라 발표했다. 이러한 사실을 고려해 천상병의 글 중에는 아직도 발굴되지 않은 후기시가 더 있을 것으로 추측되었으나 발표지면의 유실과 '기인'이라는 인식이 가중되어 원전 확보가 어려웠다. 그러던 중 천상병 후기시의 원전 확보는 부인 목순옥 여사에 의해 이루어진다.[5] 1999년과 2003년 천상병의 시 「세월」과 「달빛」이 목 여사에 의해 세상의 빛을 보게 되는데, 목 여사는 당시 신문사와의 인터뷰를 통해 「세월」[6]은 춘천의료원에서 퇴원해 집에서 지내던 1991년에, 「달빛」은 천상병이 입원하기 직전인 1987년 연말에 쓴 것으로 보인다고 밝혔다.[7] 이중 「세월」은 천상병의 「귀천」을 연상케 하는 작품으로, 천상병 후기시의 가치관 및 현실의식이 초기 시심의 연속임을 입증하는 몇 안 되는 자료이다.

이후 천상병 추모 20주기를 앞둔 2013년, 김병호 천상병기념사업회 상임부이사장에 의해 「비 3」, 「비 4」, 「비 6」, 「간판 2」, 「내집 2」 등의

가며 정답을 맞히기 시작했는데 놀랍게도 단 한 문제도 틀리지 않았다고 한다. 신봉승, 「그래 그랬었지, 상병아」, 『나 하늘로 돌아가리』, 1993, pp.74~75 참조.

5) 목순옥 여사는 2010년 8월 26일 오후 3시 16분, 복막염에 의한 패혈증으로 향년 72세를 일기로 사망했다. 천상병 시인의 열렬한 팬이자 든든한 후원자였던 목여사는 타계하기 전까지 김병호 상임부이사장과 함께 천상병 기념사업회를 추진했으며 미발굴 시와 산문을 발굴해 공개하는 등 천상병의 문학적 업적을 기리기 위해 노력했다.

6) 「세월」의 전문은 다음과 같다. "세월은/하늘이 주시는 것이다./세월은/大地가 주시는 것이다.//오늘도 가고/내일도 갈 세월이여/얼마나 永遠하며/얼마나 언제까지냐?//아침이 밤되는 사이에/우리는 생활하고/한달이 한해되는 사이에/슬픔도 있고 기쁨도 있으니"

7) 국민일보, 2009, 12, 22 ; 문화일보, 2003, 4, 14.

작품이 새롭게 공개됐다. 당시에 공개된 「비」 연작시는 원고지가 아니라 'APPOLO MUSIC HALL'이라는 음악다방의 메모지에 쓰여 세간의 주목을 받기도 했는데, 이 시편들은 1970년대 중반, 즉 결혼 후 생활에 안정을 되찾으며 쓴 작품으로 추정된다. 김병호 상임부이사장은 당시에 공개한 시 8편 외에 미발표 원고가 더 있을 것으로 보이나 아직 제대로 파악하지 못한 채 분류, 보관만 하고 있다고 밝혔다.[8]

본고에서 분석하려는 전집 미수록 시 11편은 「古木(3)」, 「古木(4)」, 「金大中 총재 만세!」, 「막걸리」, 「청년에게 고하는 민족시—일어나라」, 「청년에게 고하는 민족시—깃발」, 「사랑」, 「하늘」, 「희망」, 「빛」, 「소리」 등이다.[9]

---

8) 고영직은 "천상병 시인은 비, 간판, 내집 등을 제목으로 1972~1974년 연작시를 발표한 바 있다. 새로 발굴된 작품은 이 시기 쓰고 발표하지 않은 작품으로 보인다."고 말했다. 시 「비」에서 "나이가 四二(42)세니 이제는 靑春(청춘)은 가고 없고"란 시구는 이런 추정을 뒷받침한다. 천상병 시인은 1974년 문예지 『창작과 비평』 가을호에 「비 7」 등 비 연작시 5편을, 이듬해 『현대문학』 11월호에 시 「비」를 발표한 바 있다. 1974년 출간한 시집 『주막에서』에는 「내 집」이란 제목의 시가 실렸다. 그의 작품은 간결하고 압축된 표현을 통해 우주의 근원과 피안으로서의 죽음, 비참한 인생의 현실 등을 담는다. 장식적 수사나 지적인 조작을 배제하고 현실을 초탈한 삶의 자세를 담백하게 표현했다. 고영직은 "새로 공개된 작품은 소박하고 천진한 천상병 특유의 시 의식을 표현한 작품"이라고 평했다. (『한국일보』, 2013, 2, 17.) 한편 김 상임부이사장은 당시 "이번 공개를 계기로 미발표 원고를 추가로 더 모아 20주기 특별 기념집을 만들 계획"이라고 밝힌 바 있으나 그 뜻은 아직 이루어지지 않고 있다. 기념사업회 조차 아직 파악하지 못한 라면 박스 50개 분량의 유품은 여전히 창고에서 방치되고 있고 김문원 전 의정부시장이 목 여사에게 약속한 문학관 건립도 현 시장으로 바뀌면서 흐지부지된 상태다.

9) 『시인정신』 가을호 통권 2호는 양재일 주간의 '창간정신 구현을 재다짐하는 맹세'라는 권두언에 이어 특집으로 시인 천상병의 미발표시 11편을 발굴 수록하고 있다. 여기에는 천상병 미발표시 발굴 및 수록 경위가 간략하게 수록되어 있고 이어 천상병의 연보가 실려 있다. 연보에 이어 목순옥 여사가 1997년 4월 26일자에 쓴 "천상의 남편에게 띄우는 편지"가 소개되고 있으며 목 여사의 편지에 이어 유한근의 평론 「'새'의 상상력과 그 이미저리—천상병의 '새'를 모티브로 한 시를 중심으로」가 실려 있다.

이 시편들에서 우선 눈에 띄는 것은 표제어이다. 이 표제들은 「金大中 총재 만세!」, 「청년에게 고하는 민족시－일어나라」, 「청년에게 고하는 민족시－깃발」, 「사랑」, 「소리」의 부류와 「고목」, 「하늘」, 「희망」, 「빛」, 「막걸리」 등의 부류로 대별된다. 전자의 부류는 지금까지 한 번도 표상되지 않은 표제어이며, 후자의 부류는 기표상된 표제어이다. 전자는 다시 「金大中 총재 만세!」, 「청년에게 고하는 민족시－일어나라」, 「청년에게 고하는 민족시－깃발」의 부류와 「사랑」, 「소리」의 부류로 나눌 수 있는데, 「사랑」, 「소리」의 부류는 「막걸리」를 제외한 후자의 부류와 함께 천상병의 시세계 전반을 아우르는 주제인 순수세계가 표상되어 있다. 이 시들의 공통점은 시적인 진술로 다 표현할 수 없었던 내적인 삶의 견해를 직설적으로 묘사하고 있어 전형적인 후기시의 특징을 보인다는 점이다. 그러므로 이 시편들에서 우선 확인할 수 있는 것은 작시점이 후기에 해당된다는 것이다.10) 후기시로 추정되는 이 시들은 두 가지 의미와 가치를 지닌다. 첫째는 이 작품들을 통해 기존 작품의 연대추정이 가능하다는 점이다. 둘째는 시적대상에 대한 지각과 사유의 폭이 확장된 새로운 실험 양상이 발견된다는 점이다. 이는 후기시를 다른 각도로 규명할 단서를 제공한다.

기존 작품의 연대 추정과 관련된 작품으로는 「古木(3)」과 「古木(4)」가 있다.

---

10) 『시인정신』 가을호 통권 2호에는 양재일 주간이 목 여사로부터 천상병의 미발굴 시를 건네받은 당시의 정황이 다음과 같이 언급되어 있다. "여름 수해가 전 국토를 휩쓸고 갔다. 천 시인이 살던 의정부 장암동에도 수마가 할퀴었다. 천 시인의 부인 목 여사는 이 와중에도 비에 젖은 천 시인의 유품을 정리하던 중 그의 미발표시 11편을 찾아내었다." 이 밖에도 같은 시를 쓴 원고지의 규격과 크기, 글씨체 등을 고려할 때 이 시편들의 작시점은 후기임을 알 수 있다.

(1)
이 古木이야 말로,
李氏朝鮮末葉 이야기를,
속속드리 해준다.

나라가 뺏겼단 이야기,
어지러웠단 이야기,
叛乱이 일어났단 이야기.

그래도 이 古木은,
어지러웠던 세상을 살아오고,
우리나라 역사 일페이지를 열고 있다.
                    ─「古木(3)」전문, 1997.『시인정신』

(2)
아름드리 못난 자죽.
그 자죽에 아로색인 역사여.
古木은 그렇게 하여 늙는다.

앞아리는 하나도 없고,
둥치만 쿰직막한 나무여.
사방이 둘러싸여. 조용하구나….

왜 그렇게도 늙었니?.
젊었을 때는,
쟁쟁 했을텐데….
                    ─「古木(4)」전문, 1997.『시인정신』

이 시편들에서 '고목'은 숱한 비극을 겪은 천상병의 일생을 관통한
인내의 화두로 표상된다. (1)의 화자는 시들어가는 고목이 아니라 모진

추위와 더위를 견디며 '어지러웠던 세상을 살아' 온 '古木'의 감동을 그려내고 있다. '古木'의 이야기는 '李氏朝鮮末葉'부터 시작된다. 이 고목은 나라를 빼앗기고 어지러웠던 지난날의 이야기를 가슴 속에서 두고 두고 담아 왔고 그 이야기는 곰삭고 곰삭은 끝에, '우리나라 역사 일 페이지'로 그 결실을 맺고 있다. (2)의 시에서 '고목'은 (1)의 시에서의 '고목'과 같이 더 이상 크지 않을 정도의 오래된 나무를 뜻하지는 않는다. 시인의 그러한 감정은 '자죽'으로 형상되는데, 화자는 아로 새긴 '역사'를 마음속에 똑똑히 품고 있다. 그러나 그 마음은 밑동뿐인 고목의 자죽에 새겨진 까닭에 화자는 처연해진다. 화자는 지금은 거의 흔적을 찾아볼 수 없는 늙은 시인의 위엄을 고목의 눈으로 바라보고 있는 것이다.

천상병 전집에서 고목이 표제가 된 시는 2편이다. 「고목」은 전집의 제4부인 1990년부터 1993년 사이에 실려 있고 「고목 · 2」는 전집 제2부인 1972년부터 1979년 사이에 실려 있다. 「고목」은 1990년 『문학정신』에 발표된 것으로 발표지와 발표 연대가 확실하나 「고목 · 2」는 그 연대를 추정할 수 없었기 때문에 전집의 편자는 표제어의 서정성과 시풍에 주목해 제 2기에 넣은 것으로 보인다. 단언하기는 어려우나 「고목(3)」과 「고목(4)」의 시가 동시에 발견된 현 상황에서 「고목」의 연작시는 동일한 시대에 쓰였을 가능성이 크다. 「고목 · 2」의 "내 그늘이 길다."라는 시구와 "바둑이가 신기한 듯, 쳐다본다. 꼬리를 살살 흔든다."라는 시구 또한 이러한 추정을 뒷받침한다. 우선 '고목'에 감정을 이입시킨 "내 그늘이 길다."에서 화자의 실제 나이를 연상할 수 있으며 「고목 · 2」에 등장하는 '바둑이'라는 시어를 통해 연대추정이 공고해진다. 이 시에 등장하는 '바둑이'는 '똘똘이'나 '복실이'일 가능성이 크다. 똘똘이는 천상병이 기르던 노란색깔의 강아지이고 복실이는 똘똘이가 낳은 새끼인데 천상병은 이 강아지들을 자식같이 생각하며 말년을 함께 보냈다고 한다. 다음의 시는 똘똘이와 복실이를 형상화한 시편들이다.

똘똘이는 우리 집에서
기르는 개 둘 중의 하나다.

또 한 마리는 복실인데
한 살짜리 복실이는
똘똘이가 낳은 개다.

똘똘이가 짖는 것을
니는 한번도 들은 적이 없다.

그만큼 온순하고 점잖은 개다.
말하자면 침묵의 개다.

인간을 평등하게 대하니
도둑이 들어오면
어쩌나 하고 나는 걱정거리다.

　　　　　　　　　　　　　　　　　　　－「똘똘이」 전문11)

똘똘이는 우리집 개다.
복실이는 똘똘이의 아들인데
제 엄마보다도 크다.
어떻게 영리한지
감탄할 지경이다.
하나님의 은총을 받았는가 보다.

---

11) 전집―시, p.411.

내가 시내에 갔다 오면
반가와서 어쩔 줄 모르고
오줌도 밖에 나가 누고
할 말 없이 영리하다.
똘똘이는 노란 색깔이고
복실이는 하얀 색깔이다.

― 「똘똘이와 복실이」 전문[12]

화자가 기르는 강아지는 두 마리이다. 이 두 마리 강아지는 모자 관계인데 똘똘이가 어미이고 복실이가 그 새끼이다. 화자가 보기에 똘똘이는 '침묵의 개다.' 똘똘이는 화자가 짖는 것을 한 번도 들은 적이 없을 만큼 온순하고 점잖기 때문이다. 화자는 집에 도둑이 들어오는 것이 걱정이다. 그것은 똘똘이를 무척 어렵게 하는 일이기 때문이다. 화자는 모든 인간을 평등하게 여기는 똘똘이가 주인을 위해 짖어야 할지 도둑의 불쌍한 처지를 생각해 짖지 말아야 할지 고민하는 것이 가엽고 측은하기만 하다. 그만큼 똘똘이에 대한 화자의 사랑이 깊다. 복실이에 대한 사랑도 이와 다르지 않다. 하얀 색깔의 복실이는 '어떻게 영리한지 감탄할 지경이다.' 복실이는 화자가 외출했다 돌아오면 반가워서 어쩔 줄 몰라 한다. 오줌도 밖에 나가 누는 것을 보면 복실이는 '하나님의 은총을 받았'다고 밖에 볼 수가 없다. 화자에게 있어 이 강아지들은 큰 자랑거리이다. 그래서 천상병은 이 강아지들과 시도 함께 썼고 복실이와는 잠도 함께 잘 수 있었다. 부산의 고관에 있는 형님 댁에 머물 때 누구보다도 조카를 귀여워했고 조카 자랑을 많이 하고 다닌 것이 천상병이 보낸 중년의 고독한 생활의 한 단면을 보여주는 것과 같이 이 강아지들과 함께

---

12) 전집―시, p.422.

한 시간은 천상병의 말년의 고독한 생활의 일면을 보여준다. 「고목·2」의 "말을 못 하는 게 안타까울 뿐이다."라는 표현은 '고목'에 존재와 사유의 감정을 확장시킨 것으로, '바둑이'는 '고목'과 동일선상에 있다. 화자의 직관과 통찰의 프리즘을 통해 고목과 바둑이가 재탄생된 것이다. 요컨대 앞서 언급한 「고목(3)」과 「고목(4)」의 시가 『시인정신』을 통해 한꺼번에 발굴된 점, 「고목·2」의 "내 그늘이 길다."라는 시구와 "바둑이가 신기한 듯, 쳐다본다. 꼬리를 살살 흔든다."라는 시구 등의 연관관계를 통해 이 시의 작시점을 추정할 수 있다. 「고목·2」의 "말을 못 하는 게 안타까울 뿐이다."라는 시구는 이러한 연대 추정을 더욱 공고하게 하는 것이다. 「고목(3)」과 「고목(4)」의 작시점을 1990년과 1993년 사이로 본다면 발표지가 확인되지 않아 「고목·2」의 창작연대를 1972년부터 1979년 사이로 분류한 것은 전집의 착오라 할 수 있다.[13]

천상병의 후기시에 나타난 새로운 실험 양상을 알 수 있는 작품으로는 「청년에게 고하는 민족시 — 일어나라」와 「청년에게 고하는 민족시 — 깃발」이 있다.

---

13) 모든 연구에 대상을 구분하는 유별(類別)작업은 우선 선행되어야 한다. 분류의 항목은 연구 문제에 따라 정해져야 하며 그것은 전체를 포괄하는 동시에 상호배타적이어야 할 것이다. 그러한 점에서 연구자의 사료와 같은 전집의 원전 확정은 무엇보다도 중요하다. 그러나 천상병 전집의 분류 기준은 앞서 언급한 문제점들로 인해 결함을 지니고 있다. 전집의 배열에 오류가 생긴 일차적 원인은 천상병 본인에게 있을 것이나 김훈은 출판사의 이차적 책임을 강하게 제기한 바 있다. 김훈은 "천상병의 시집들은 1971년의 『새』를 제외하면 그 책들을 펴낸 출판사의 에디터십이 철저히도 무너져 있음을 보여준다. 많은 부분들이 겹쳐져 있고 겹쳐진 작품들은 아무런 계통이나 구획도 없이 서로 뒤섞여 있을 뿐 아니라 작품의 발표 연대를 꼼꼼히 추적해서 기록한 출판사도 없다. 한 시인이 40년 가까이 써온 작품들이 시간의 흐름을 따라가는 가장 단순한 배열 원칙조차 지켜지지 않은 채 마구잡이로 뒤섞여 있는 시집들은 독자를 혼란시킨다."라고 말했다. 김훈, 『풍경과 상처』, 문학동네, 1994, p.187.

(1)
청년이여 서슴없이 일어나라
오림픽도 열리는 한국이
세계에 발돋음 하는 이때에
고함지르며 삼일정신처럼 일어나라

아슴한 안개를 뚫고
내일의 영광을 위해
빛나는 태양아래
청년이여 앞으로 가라

세상은 혼탁하여도
우리는 맑고 깨끗하다
하늘의 구름처럼 별처럼
빛나게 나아가자
　　　－「청년에게 고하는 민족시－일어나라」 전문, 1997. 『시인정신』

(2)
청년이여 깃발을 들라
태극기는 빛이오 보람이다
나아가라 세계로
빛나는 날까지

한국은 이제 외롭지 않다
오늘을 딛고 번영을 향하여
내일의 희망을 향하여
줄기차게 뻗어 나가야 한다

하늘은 손짓하며 부른다
우리의 일어남을

그리고 아낌없는 노력을 다하고

세계의 일등국이 되게 힘쓰자

　　　　　－「청년에게 고하는 민족시－깃발」전문, 1997.『시인정신』

　천상병은 후기에 들어 자신의 마음 상태를 남기기 위해 일기체의 시를 쓰기도 했다.[14] 위 시편들에서는 이전 시기와는 다른 종결법을 사용하고 있는데, 전혀 새로운 양상은 아니다. 천상병의 후기시는 경어체를 사용함으로써 감정의 절제를 보이기도 하고 청자와 함께하는 행위를 강조하기 위해 청유형의 종결법을 사용하기도 했기 때문이다. 그런데 「청년에게 고하는 민족시－일어나라」와 「청년에게 고하는 민족시－깃발」의 연작시는 청년을 대상으로 한 명령문의 형식을 취하고 있다. 이 시편들을 통해 천상병 후기시의 실험은 또 다른 양상으로 나타나고 있음을 발견할 수 있는데, 그것은 화자가 청자에게 어떠한 행동을 직접적으로 요구하고 있다는 점이다. 우리말 용언의 활용은 말본의 관념을 나타내도록 되어 있으며 종지형의 어미에 의하여 의미 범주가 결정된다. 종지형 어미 중 화자가 청자에게 행동을 요구하는 경우는 명령문과 청유문이 있다. 명령형과 청유형은 화자와 청자의 태도에 있어 상호 관계적이다. 명령형은 화자가 청자에게 어떤 것을 하도록 요청하는 데 그 고유 의미가 있다. 명령형이 청자에게 일방적인 시킴의 뜻이 있는 반면

---

14) 한정호는 천상병 후기시의 실험정신을 일기시를 통해 새롭게 해석하고 있다. 그는 천상병의 후기시의 시적 특성을 일기시의 전형으로 보고 있다. 그는 천상병의 후기시가 '나'와 '오늘'을 중심으로 표현되고 있으며 이외에도 작시점의 날짜와 날씨 등이 구체적으로 명시된 점 등으로 보아 일기의 기본 작법을 따르고 있다고 본다. 한정호에 따르면, 이러한 천상병의 일기시에는 자기 성찰과 사물에 대한 스스로의 가치 평가가 스며있으며 사물을 관찰하고 인생을 사색함으로써 보다 높은 차원의 시경지를 지향하고자 하는 시심과 연관되어 있다. 한정호, 「일기시 연구」,『현대문학이론연구 50집』, 현대문학이론학회, 2012, pp.291~317.

청유형은 화자와 청자가 함께 움직임을 요구한다는 데 차이가 있다. 위의 시는 화자가 청자에게 어떤 형태의 움직임을 직접 요구하는 연결어미가 붙는 꼴로서 형태론상 명령형이다. 그러나 명령문은 다른 문장 유형에 비해 통사적으로 비정형화된 모습을 보인다.[15] 시에서는 더욱 그러하다. 명령은 아무래도 강자가 약자에게 사용할 때 어울리는 말이다. 여기서 강자라 함은 일반적으로 나이의 많음, 지위의 높음, 힘 셈 등을 뜻하는데, 위 시편들의 어미는 소망 또는 기원이 섞인 명령의 뜻을 지니고 있다. 소망 또는 기원이 섞인 명령이 적절하게 실현되기 위해서는 몇 가지 조건이 충족되어야 한다. 이중 가장 중요한 것은 사태의 실현 가능성이다. 명령문은 화자가 수행되기를 원하는 행위가 있고 이러한 행위를 수행할 수 있는 청자가 있으면 발화가 가능하다. 그러나 발화가 일정의 성과를 얻기 위해서는 발화수행자가 화자의 요청을 받아들일 수 있다는 믿음이 전제되어야 한다. 화자와 청자 간의 신뢰는 '함께 움직임'의 뜻이 내재되어 있으므로 위 시편은 청유형의 의미구조를 지닌다고 할 수도 있다. 청자에 대한 화자의 태도가 분명하게 나타나는 이러한 종결형의 표현은 화자의 바람이나 요구사항이 솔직하게 드러난다는 점에서 전형적인 후기시의 특성을 지닌다.

명령형의 종지법을 통해 화자의 마음이 역동적으로 표출되고 있는 이 시편들에서 다시 주목할 점은 '청년'이라는 대상이다. 청년이란 정신적 신체적으로 한창 성장하거나 무르익은 시기에 있는 사람을 이른다. 지금까지 천상병의 시심은 '동심'을 중심으로 논의되어 왔다. 천상병 시작의 전 시기에 걸쳐 청년이 표제화된 것은 이전까지 밝혀진 바로는 단 한편도 없다. 제목이 아니라 시어에서 청년이 등장하는 시는

---

15) 허웅, 『언어학』, 샘문화사, 1982 ; 최현배, 『우리말본』, 정음사, 1978 참조.

1974년『현대시학』에 발표된「간(肝)」이 유일하다. 그런데「청년에게 고하는 민족시—일어나라」,「청년에게 고하는 민족시—깃발」외에도 미발표시「하늘」,「희망」,「소리」등의 시편에서는 '청년'이 등장한다. '청춘남녀'도 정신적 신체적으로 한창 성장하거나 무르익은 시기에 있는 사람을 이르므로「사랑」의 시편도 그 대상이 청년으로 수렴된다고 할 수 있다. 즉 전집의 미수록시 11편 중 앞서 논의한「고목」의 시편들과「김대중 총재 만세!」,「막걸리」,「빛」등을 제외한 6편의 시가 청년을 대상화하고 있는 셈이다.

(1)의 시에서 화자가 호명하는 대상은 '오림픽도 열리는 한국이 세계에 발돋음 하는 이때에'의 시어로 보아 88올림픽이 화제가 되던 시기의 청년으로 추정된다. 그런데 천상병은 1991년 8월『녹십자』에 다음의 글을 발표한 바 있다.

> 나는 비록 가난하지만 마음만은 부자인 것이다. 내가 살아온 길이 평탄한 길이 아니었지만 그런대로 보람도 있었다. 다만 좀더 좋은 시와 평론을 쓸 수 있을지 모른다는 아쉬운 후회가 있을 뿐이다.
> 이제 젊은이들에게 하고 싶은 말이 있다면 이런 이야기를 남기고 싶다.
> "시간은 머물지 않고 눈 깜짝할 사이에 지나는 것이니, 젊었을 때 무슨 일이든지 열심히 하면 좋은 열매를 맺을 수 있을 것이다"는 것을 들려주고 싶다.
> 어떤 일이든지 자기가 하는 일에 열중할 때 그것은 곧 자기의 길이며 모습이리라. 떳떳하고 자신있게 설 수 있을 때 그것은 가장 위대한 주춧돌이리라.
> —「청춘이 그립다」, 1991.『녹십자』

이 글은 「청춘 발산을 억제하지 말라」이후 청년이 재등장하는 작품이다. 청춘 발산을 억제하지 말라」는 1990년 간행된 산문집 『괜찮다 괜찮다 다괜찮다』에 실린 작품이다. 천상병은 이 책의 서문에서 "이 책의 내용은 84년도 『구름 손짓하며는』과 『나 하늘로 돌아가네』의 책이 출판사 사정으로 중단하게 되어 그 두 권의 책에서 추린 것과 60년도 후의 원고를 정리하며 나머지는 근자에 써서 모은 것들이다."라고 밝히고 있다.16) '근자에 써서 모은 것들' 외에 그가 알리고자 한 1960년대 미발표작은 발표지가 없을 경우 작품의 연대추정이 어렵다. 그러나 다행인 것은 이 작품은 글의 내용을 통해 시기 추정이 가능하다는 점이다. 이 글의 작시점은 "나의 나이는 작년에 스물 아홉, 그러니까 서른이 되던 해", 즉 1969년에 쓰였다. 천상병은 이 글에서 이십대의 회한이 무겁고 불가피한 짐이 되어 자신을 압도하고 있다고 당시 심경을 밝히며, 한국의 청춘은 "이름만의 청춘, 따라서 비정상적인 청춘, 청춘이 아닌 청춘"이었다고 말한다. 4·19를 통해 "다시 복권한 우리들의 청춘은 사랑에 대하여 적극적이어야 합니다. 싼 술에 팔려 가는 청춘보다는 사랑을 위해 발산되는 청춘이 정상적이요 옳은 일입니다. 더욱더 많은 우리들의 청춘의 발산법이 앞으로의 '한국의 청춘'을 빛낼 것입니다. 그것은 각자의 문제요 누가 간섭할 성질의 것이 아닙니다."라 토로한다.

---

16) 『구름 손짓하며는』은 그가 춘천의 요양원에 입원하기 전인 1985년에 이미 간행이 되었으나 출판사 사정으로 절판되었고 『괜찮다 괜찮다 다 괜찮다』가 간행된 1990년은 유고시집인 『나 하늘로 돌아가네』가 출간되기 전이다. 천상병이 이 책들을 따로 언급한 것을 보면 이 책들에 각별한 애착과 기대가 있었던 것으로 보인다. 현 시점에서 추측건대, 천상병은 자신의 첫 시선집인 『구름 손짓하며는』에 심혈을 기울였는데 그 이유는 이 시선집이 자신의 유고 시집이 되리라 믿었기 때문인 듯하다. 그러나 무슨 사정에서인지, 그의 바람과 달리 『괜찮다 괜찮다 다 괜찮다』가 산문집으로 간행되었다. 이 『괜찮다 괜찮다 다 괜찮다』에 실린 산문 중 상당수의 비평이 처음 발표지와 제목을 다르게 수록하고 있다.

「청춘이 그립다」에서 천상병은 시간은 머물지 않고 눈 깜짝할 사이에 지나는 것이니, 젊었을 때 무슨 일이든지 열심히 하라고 조언한다. 그러나 어떤 일이든지 자기가 하는 일에 열중할 때 그것은 곧 시간을 초월해 자기의 길을 최상에 위치에 놓이게 한다고 믿는다. 그가 보기에 20대든 30대든 청춘에는 평균치라는 것이 없기 때문이다.

「청년에게 고하는 민족시 — 일어나라」, 「청년에게 고하는 민족시 — 깃발」의 내용과 관련된 1988년은 그가 만성 간경화로 춘천의료원에 입원했을 때이고 1989년은 3인 시집인 『도적놈 셋이서』가 간행된 해이다. 1988년은 그의 병세가 위중해 사경을 헤맬 때이고 1989년은 새 책이 발간된 해이다. 이 시기 천상병이 시를 새로 썼을 가능성과 신작시를 빼고 시집을 발간했을 가능성은 낮아보이므로 이 시편들의 작시점은 '이제 젊은이들에게 하고 싶은 말이 있다면 이런 이야기를 남기고 싶은' 「청춘이 그립다」를 발표한 1991년 전후일 가능성이 크다.

(1)의 시에서 화자는 청년들에게 서슴없이 일어나라고 (2)의 시에서는 깃발을 들고 빛날 때까지 세계로 나아가라고 말한다. 시적 대상인 청년은 기성세대에 비해 특권적 계층에 속하나, 불안한 기성세대를 경험하고 전 세대를 겪어온 화자로서는 이들에 대한 걱정이 앞선다. 그리하여 화자는 (1)에서 '오림픽도 열리는 한국'이며 '세계에 발돋음 하는 이때'라는 한국의 안정성을 확인하고 인정한 후에서야 청년들에게 전진할 것을 요청한다. 여기서 명징하게 와 닿는 것은 '청년'들에 대한 화자의 애정이다. 화자는 청년들에게 어떤 것을 요청하고 있지만 그것은 어디까지나 현실의 안정이 확보된 이후이다. 또 그것은 일방적인 시킴이 아니라 자신과 함께 움직일 것을 요구하는 것이다. 청년에 대한 애정은 (2)의 시에서도 나타나는데 오늘을 딛고 내일의 희망을 향하여 줄

기차게 뻗어 나가야 할 시점은 '한국은 이제 외롭지 않다'고 판단한 이후이다.

'이제 외롭지 않다'는 것은 현재 이전의 시기는 외로웠다는 것을 전제한다. 화자의 내밀한 감정을 통해 화자와 청년의 심층적인 의미 관계가 드러나는데, 그것은 이들이 가지는 이방인과 특권자로서의 지위이다. 「청춘 발산을 억제하지 마라」가 쓰인 1970년대의 청년은 이데올로기의 폭압과 경제 호황이라는 배경 속에서 출현하는데 "한국의 이십대는 술 아니면 그들의 청춘의 감정을 발휘하지 못했다."[17] 이 시기의 청년들은 술을 고집함으로써 일종의 반항을 이루어 낸 것이다. 이러한 부정정신의 표출이 기성에 대한 거부이기는 하나 적극적 의미의 대항이라고 보기는 어려웠다. 1950년대 청년을 추동한 그의 현실의식은 이념적 기반이나 방법적 지향이 다른 여타의 신진 문인들과 함께 잠식되고만 것이다. 화자가 지금까지 살아온 것과 같이 이 시기의 청년은 현대라는 사회 구조 속에서 이방인이다. 그러나 청년은 현실을 있는 그대로 인식할 수 있는 특권적 입장에 서 있기도 하다.[18] 화자는 이러한 의미 관계에 있는 '청년'과 더불어 자기실현을 추구하고자 한다. 그리고 그것은 화자가 이들에게서 희망을 전제하고 있기 때문에 가능하다.

---

17) 천상병, 「청춘 발산을 억제하지 마라」, 전집—산문, p.170.
18) "1980년대 말에서 1990년대 초반은 대외적으로는 베를린 장벽이 무너지고 소련을 비롯해 사회주의와 동구권이 몰락하며 이념적 지평이 변화했다. 대내적으로는 올림픽 개최국이 되기도 했으며 '문민정부'가 들어섬으로써 부분적 민주화가 진행되기도 했다. 이러한 사회 분위기를 타고 등장한 청년들은 '신세대 문화'를 만들어 갔다. 이 신세대 문화는 '기성의 사회문화적 전범에 대한 거부와 해체, 소비와 쾌락에 대한 거리낌없는 태도, <나는 나다>라는 식의 표현에서 드러나는 개인주의적 태도, 그리고 영어나 팝음악적 요소의 거침없는 사용 등으로 나타나는 지구화한 감성' 등의 다차원적 모습으로 등장한다." 김창남, 「청년문화의 역사와 과제」, 『문학과학』 37호, 문학과학사, 2004, p.182.

천상병은 "시는 가장 진실하다는 것이다. 거짓말하는 시는 시가 아니다. 시는 가장 진실의 진실이다. 우리는 진실을 떠나서는 살 수가 없다."[19]라고 말했으며 타계하기 직전까지 시와 산문을 써왔다. 말년에 쓰인 위 시편들은 화자와 모습과 겹친다고 할 수 있으므로 이 청년들은 화자의 이면이기도 하다. 화자의 이면이기도 한 청년의 맥락을 보다 충실하게 이해하려면 외재적인 가치 기준에 의하여 설정된 다양한 사회적 요구나 규범들을 고려해야 한다. 이런 문제들은 두 가지 불안요인으로 대신할 수 있다. 첫 번째는 도덕적 지평들의 실종에 따른 삶의 의미의 상실이며, 두 번째는 도구적 이성 앞에서 소멸하는 삶의 목표들에 관한 자유 의지의 상실이다. 화자는 청년들에게 더 이상 사회적 요구나 규범들에 수용되지 말고, '오직 서슴없이 나아가라'고 말하고 있다. 그것은 서슴없이 나아가지 못 했던 화자 자신의 이상 표명이기도 하다. 이 청년들의 마음만은 소외가 미치는 영향으로부터 지켜질 수 있을 것이라 믿었기 때문에 화자는 일어나서, 힘쓰며, 나아가자며 이들을 적극적으로 종용한다. 화자는 '청년'이라는 대상을 통해 개인적 차원의 문제를 사회적 차원의 성찰로 확대하고자 한다. 청년은 새로움으로 갱신하고자 하는 화자의 다른 얼굴인 것이다.

미수록 시편의 '청년'이 지닌 보다 내밀한 의미를 따져보기 위해서는 천상병이 '이제 외롭지 않다'고 판단하기 이전의 시와 대비해 살펴볼 필요가 있다.

여기다 여기다 여기다
아무렇지도 않게 소리없이 있으면서

---

19) 천상병, 「나의 시작의 의미」, 『괜찮다 괜찮다 다 괜찮다』, 도서출판 강천, 1990, p.142.

고향의 온 사람을 울리고 있는
간쪼각을 말리는 자리는 여기다

흙가루에 덮인채
흐터진채 쪼각인채
떨어진 이것은

한때 한 청년이 소리치며 돌격한 그
쬐그만 흔적이다

그대로는 더 갈 수 없는 데를 가려고
청년은 목숨을 던진 것이다
간을 던진 것이다

그 청년의 이름을 우리는 모른다
한때 이 간이
누구의 뱃속에 있었던가를 우리는 모른다

우리들이 모르는 그 이름이여
청년이여
햇살에 말라 쭈글해진 간이여

－「간(肝)」전문, 1974.『현대시학』

천상병의 전기시에서 청년이 제목이나 시어로 표상된 시는 1974년
『현대시학』에 발표된 「간(肝)」이 유일하다. 시는 시인의 것인 동시에
독자의 것이다. 독자는 자신이 놓여 있는 시공간 안에서 그것을 해석할
수밖에 없고 시는 독자에 의해 해석됨으로써 존재한다. 그러나 시인의
상상력과 그 재능이 제대로 평가받기 위해서는 시 속에 잠식되어 있는
또 다른 요소를 고려해야 한다. 그의 전기시에 대한 상상력과 재능은

시의 창조 과정이 내포한 비의적 체험을 면밀히 밝힘으로써 독자로부터 환대받을 수 있는 이중의 장치로 구조화되어 있기 때문이다. 이러한 비의적 체험은 어느 날 보게 된 무덤에서 시작된다.

「간(肝)」에서 '간'은 장기의 하나로서 해부학적 뜻도 있지만 마음속에서 우러나는 참된 마음, 즉 충심을 뜻하기도 한다. 위 시에서 화자는 전장에서 죽어간 청년 희생자들의 고결한 마음을 노래하고 있다. 목숨을 던져야만 하는 곳, 전장. 가서는 안 되는 곳이지만 더 이상 버티고 안 갈 수 도 없는 곳으로 청년들이 떠난다. 그 청년들은 그곳에서 "목숨을 던진 것이다" 그리고 그것은 "간을 던진 것"과 같다. 그들의 "간쪼각을 말리는 자리가 여기"에 있지만 사람들은 그 청년의 이름을 알지 못 한다. 고향 바로 여기에 그 청년들이 주검이 되어 돌아왔지만 "흙가루에 덮인 채 흐터진채 쪼각인채 떨어진 이것은" 지금 "쬐그만 흔적"으로만 남은 채 고향 사람들을 울리고 있다. 고향 사람들만 알고 우리들이 모르는 그 이름, "햇살에 말려 쭈글해진 간"을 우리는 기억해야 한다. 화자의 마음속에는 늘 다른 사람을 대신해 죽어간 존재가 있었다. 그들은 다름 아닌 '청년'이었다. 좀 더 구체적으로 이야기 하자면 이들은 전쟁으로 인해 타자를 대신해 죽어간 대한민국의 젊은이들이었다. 이처럼 간절한 현실의식이 있음에도 불구하고 천상병의 전기시는 현실의식이 전면화되지 않았다. 염무웅에 따르면, 4 · 19 이후 천상병이 사회적 현실의 문제를 자신의 문학적 사유 안으로 끌어안았지만, 당시에도 천상병은 자신이 예술적 순수를 고수한다고 자부했으나 그가 말하는 순수는 단순히 비정치를 내세운 현실도피가 아니라 타협주의 내지 정치적 굴종과의 단호한 결별의 자세였다. 천상병은 1969년 신동엽의 죽음을 계기로 다시 문필활동을 시작하면서 신동엽을 비롯해 김관식, 박봉우와 같은 저항시인에게 동지적 연대감을 표명하기도 했지만 이 경우에도 그가 그들에게서 본 것은 진보적 이념이나 저항적 자세가 아니라 '진정한 의미의 순수'였다. 천상병은 순순한 마음으로 청년들을 노래하고 있지만, 이러한 사회 역사적 모더니티가 침전된 알레고리, 특히 총체성을 파괴하는 표현은 '청년'이 '간'이 되듯이 파편화가 강할수록 본질의 의미와 멀어진다. 「간(肝)」의 시편에서 화자는 제대로 피어보지도 못 하고 전쟁에서 희생당한 청년들의 암울한 정서로부터 도피하고자 시어의 파편화를 시도한다. 언뜻 보기에 이들 시편들에서 상관관계를 찾기란 어렵다. 이 시편들에서 화자가 머물러 있는 시적 공간은 현재이기 때문이다. 현재라는 것은 현재성뿐만 아니라 과거성에 대한 의식도 동시에 포함하는 역사의식을 내포하고 있기 때문에 이러한 의식은 현재가 과거의 영향을 받듯이 과거 역시 현재에 의해 수정되고 발전된다는 의미를 포함한다. 1961년 10월 『자유문학』에 발표된 「장마」, 1965년 3월 『여상』에 발표된 「새」, 1966년 7월 『문학』에 발표된 「새」 등에서 「간」과 같은 반성과 아픔이 묻어난다. 실존주의적 입장이 내재된 미수록 시편들이 이러한 것을 견지하고 있다는 것도 배제할 수 없다. 「청년에게 고하는 민족시─일어나라」와 「청년에게 고하는 민족시─깃발」의 시편들은 이데올로기의 희생양이 되었던 화자의 '청년'에 대한 사랑과 연민이 추동되어 발화한 것이기 때문이다. 이러한 경향은 아이라는 대상의 병치를 통해 후기에도 이어진다.

2.2. 전집 미수록 및 보완 비평 17편에 대한 분석

천상병 시의 지향점을 충분히 살펴보기 위해서는 그의 비평도 함께 이해해야 할 것이다. 그가 비평에서 피력한 문학의 사유체계는 시의 세계관을 추출하는 데 있어서 유용한 의미를 지니는 동시에 그의 시 전반을 보다 정치하게 이해할 수 있는 실증적 자료가 되기 때문이다.

천상병은 1950년대부터 본격적으로 활동한 시인이자 전문 비평가이다. 그는 시단뿐 아니라 비평문단에도 정식으로 등단했는데, "1950년부터 1960년대 중반까지 그는 시보다 오히려 평론 분야에서 더 왕성하게 활동을 했다."[20] 그는 1953년 10월『문예』지 신춘호「신세대 사유」란에 발표된「나는 거부하고 반항할 것이다」와 11월호의「寫實의 限界—허윤석 論」이 조연현에 의해 추천이 완료됨으로써 정식으로 평론가로 활동하게 된다.[21] 당대 최고의 비평가로 평가되는 조연현의 추천을 받고 비평계에 등단했다는 것은 그가 시단뿐만 아니라 비평계에서도 데뷔부터 주목을 받았음을 의미한다.[22] 이후 천상병은 1953년 10월

---

20) 염무웅,「과거사 한두 장면—천상병이 살았던 시대」,『문학과 시대 현실』, 창비, 2010, p.603.
21) "『문예』와『현대문학』의 두 잡지를 통해서 추천을 가장 많이 한 분은 시에 서정주, 소설에 김동리, 그리고 평론에는 나였다. 나는 모두 38명을 추천했으며 최초로 추천 받은 사람은「문예」때의 천상병 이었다. 6 · 25후의 일이었는데 아직 나이가 너무 젊다고 마땅치 않게 여기는 사람들도 있었다. 김양수는『문예』에 1회의 추천을 받았으나『문예』가 폐간되는 바람에 추천완료의 길이 막혀 있다가『현대문학』이 창간되어 추천이 완료되었다. 그러니까 천상병은 내가 추천한 최초의 평론가이고, 김양수는『현대문학』의 평론부문에서 추천을 완료한 최초의 평론가가 된다. 그런 이유 때문만은 아니지만 이 두 사람에 대한 기대가 아주 컸다. 두 사람 다 병약해서 왕성한 활동을 하지 못한 것이 늘 아쉬웠지만, 최근에 와서 천군은 평론 쪽보다는 좋은 시를 쓰는 시인으로서 좀더 부각되어가고 김양수는 그래도 쉬지 않고 월평이나 작가론 같은 것을 계속해 주고 있어 나의 기대는 여전히 강하게 남아있다." 조연현,「문학지를 통해 본 문단 비사—50년대 "문예"지 전후」, 중앙일보, 1978, 7, 28.
22) 염무웅은 1965년 처음으로 천상병을 만났을 때 천상병이 자신에게 이론가의 면모를 보이고 싶어 했다고 회고했다. 당시 천상병은 당시 신구문화사에서 출판되던 전집 뒤에 붙는 작가론과 작품해설을 가장 많이 집필한 평론가 중 한 사람이었다. 이시기까지만 해도 천상병은 비평에도 시 못지않게 공을 들였음을 알 수 있다.

『현대공론』에「사람들을 방위하는 유일한 관계」를 발표했으며 다음 달인 1953년 11월『협동』지에「실존주의 소고: 그 총체적인 관점에서 볼 때」를 발표한다. 이 비평들은 전쟁과 이데올로기로 인해 야기된 불안의식을 실존주의적 관점에서 문학과 매개하고 있다. 이후 발표된 비평들도 이러한 실존주의적 경향으로 현실을 직시하고 있는데 다음의 비평들이 있다. 1956년 3월『신세계』를 통해 발표된「숙명의 문학 평론가−곽종원 씨의 평론집」, 1956년 10월『신세계』에 발표된「신인작가 좌담회를 간다」, 1957년 10월 18일과 20일, 21일『자유신문』에 발표된「문학과 지성」, 1957년 12월 17일『조선일보』에 연재된「현대시의 리리시즘 문제−십이월의 시평」, 1958년 8월『현대시』에 발표된「현대 동양시인의 운명− 방법과 본질의 이율배반성」등이 그것이다. 이후의 평론으로 1963년『국제신문』에 발표된「식자우환」,「문화제 소감」,「잘못 판단하면」,「선거소화(選擧笑話)」,「밀가루변색」,「무서운 성의」,「세대 교체」등이 있다.

천상병의 초기 비평에 대한 연구는 1952년 9월『상대평론』에 발표된「탁상의 역사」를 비롯해 1953년『문예』신춘호와『협동』11월에 각각 발표된「나는 거부하고 반항할 것이다」와「실존주의 소고: 그 총체적인 관점에서 볼 때」를 바탕으로 논의되어 왔다. 1950년대부터 1960년대의 많은 평론들이 대부분 시효를 상실한 것과 달리 당시 발표된 천상병의 비평은 지금까지도 유용하다. 그러나 비평문의 수가 많지 않은 탓에 비평가로서의 성과는 아직까지 잘 살피고 헤아려지지 않고 있다. 천상병 비평을 본격적으로 살핀 연구자로 김영민23)과 홍기돈24)

---

23) 1950년대 한국문단의 흐름은 광복과 남북분단, 한국전쟁 등으로 인해 그 판세를 달리한다. 한국문단은 광복이후 좌익과 우익의 대립과 조직기를 거치게 되며 1948년 남북 분단 이후 남한에서는 우익세력이 주축을 이루게 된다. 이 시기 민족문학

을 들 수 있다. 이들은 천상병 비평의 의의와 한계를 잘 규명하고 있으나 동시에 일면만 부각하거나 특정시기와 결부해 논의하고 있어 그 한계 또한 드러난다. 이러한 결과의 원인은 앞서 언급했듯이 시작품과 마찬가지로 비평 또한 그 수가 많지 않기 때문이다. 따라서 천상병이 남긴 작품을 모두 찾아내고 갈무리해야 하는 과제를 지닌 연구자들에게 그의 초기 비평에 대한 발굴은 가장 중요한 일거리이다.

이러한 과제를 수행한 연구자는 김세령이다. 김세령은 전집에 미수록된 천상병의 초기 비평 6편을 소개하고 있다. 그가 소개한 비평은 「실주의 소고: 그 총체적인 관점에서 볼 때」(『협동』, 1953, 11), 「신인

을 지표로 한 순수문학을 추구하다 한국전쟁 이후 새로운 국면을 맞게 된다. 한국전쟁은 새로운 세대들의 현실에 대한 각성을 촉발시켰으며, 이들은 기성 가치를 부정하게 되었다. 신세대들의 이러한 기성세대에 대한 부정정신으로 인해 기성세대와 신세대는 부정과 합리화 사이에서 갈등의 국면을 맞게 된다. 이 시기는 과거에 비해 신문과 잡지의 발행이 늘어났으며 신인작품 현상모집이 점차 자리를 잡아갔다. 신인 추천제가 확산됨에 따라 양적으로 적지 않은 신인들이 대거 등단한 것도 이 시기의 일이다. 신인들의 등장 초기에는 기성세대들과 신인들이 모두 이들에게 희망을 보이기도 했으며 이들을 하나의 독립된 문학 세대로 인정하면서 '신인론'은 '세대론'으로 전환되었다. '신세대론'이 신인에 대한 단순한 기대 혹은 비판을 넘어서 새로운 세대의 등장이라는 문제로 정리되면서 기성세대와 신세대는 피할 수 없는 대결을 펼치게 되는 것이다. 이 시기 백철은 1955년 2월 『사상계』를 통해 「신세대적인 것과 문학」을 발표했는데, 신세대의 작품은 기성세대의 그것과는 질적인 차이를 지니는 것으로 평가한다. 김영민은 이러한 1950년대 신세대론의 장에서 천상병을 최초로 거론했지만 비평가의 면모보다는 '신인'과 '신세대'의 입장을 부각시키고 있다. 김영민, 『한국현대문학비평사』, 소명출판, 2000 참조.

24) 홍기돈은 천상병의 초기 비평은 부정과 저항 정신으로 세대의식을 표출했지만 4·19를 거치면서 이러한 세대의식은 강한 현실의식의 표출로 전회한다고 보았다. 주지하듯이 한국전쟁 이후 한국 문단을 주도한 것은 김동리, 서정주, 조연현 등을 중심으로 한 문인협회 세력이었다. 4·19를 거치면서 '전후문인협회'가 출현하고 '청년문학가협회'가 결성됨으로써 문협 단일지배는 점차 붕괴의 조짐을 보이기 시작하였다 그러나 그는 '문협의 황태자'였던 천상병 비평이 지니는 의의와 한계를 4·19와 연관된 현실의식과 결부시키면서 이와 관련된 초기 비평에 대한 구체적인 분석과 해명은 소홀한 경향이 있다.

작가 좌담회를 깐다」(『신세계』, 1956, 10),「한국의 작가와 현실」(『동아일보』, 1960, 9, 8),「숙명의 문학 평론가—곽종원 씨의 평론집」(『신세계』, 1956, 3),「비평의 방법 — 그 서」(『현대문학』, 1957, 7),「문학과 지성—비지성적 경향의 증상」(『자유신문』, 1957, 10, 18, 20, 21) 등이다.[25] 김세령의 비평 발굴은 선구적 비평가의 자질을 평가받았던 천상병의 초기 비평의 실재와 전모를 밝히는 데 매우 유용할 뿐 아니라 이기간 내내 그가 비평의 영역에서 나름의 활발한 활동과 그 명성을 쌓아가고 있었던 것을 입증해 주는 근거를 마련해 주고 있다.

본고에서 살펴볼 전집 미수록 및 보완 비평은 총 17편이다. 전집 미수록 비평은 1957년 3월과 6월 『현대문학』에 발표된 「창작 월평」과 1957년 5월에 동지에 발표된 「시단시평」이 있다. 또 1966년 12월 20일 『동아일보』에 실린 「罪없는 者의 피는…」도 전집에 빠져 있다. 이외에도 1967년 신구문화사에서 발행된 『현대한국문학전집』의 평론들이 전집에 미수록되어 있다. 『현대한국문학전집』의 미수록 작품은 「善意의 文學—吳永壽론」, 「愛憎없는 原始社會—은냇골 이야기」, 「近

---

25) 김세령에 따르면, 천상병은 다른 신인 비평가들과는 달리 '전통'의 '동양'('민족')적 요소를 극복해야 할 대상으로 폄하하거나 전통론자들처럼 '현대'의 '서양'('세계')적 요소를 부정하지는 않았다. 비록 '동양'이라는 인식을 통해 '한국인' 작가로서의 정체성을 추상화시키고 있다는 한계를 드러내고 있지만, 서구 문학과는 다른 '현대', '한국' 문학을 치열하게 모색하고 있다는 중요한 의미를 갖는다. (김세령(2008), 앞의 글, pp.185~210.) 김세령은 1950년대의 비평을 다루면서 천상병을 당대의 전문비평가로 분류했다. 그는 1950년대의 천상병의 비평문을 구체적으로 논의하며 천상병이 한국문학이 서구문학과 같지 않음을 강력하게 인식시키고자 했으며 1950년대 비평의 전문성과 독립성 확보라는 측면에서 기여하고 있다고 새롭게 평가하고 있다. 그러나 일부 비평문만을 연구 대상으로 삼음으로 인해 천상병을 1950년대 다른 전문비평가와 다른 차별화를 규명하지 못했다고 스스로 그 한계를 밝히고 있다. 김세령, 「1950년대의 비평의 독립성과 전문화 연구」, 이화여대 박사논문, 2004 참조.

代的 人間類型의 縮圖－꺼삐딴 · 리」, 「舊秩序에의 안티테제－暗射地圖」, 「生存의 막다른 地域－山莊」, 「욕구불만의 인텔리－왜가리」, 「純化된 形相世界－崔一男론」, 「自己疏外와 客觀的 視線－韓末淑론」, 「非情의 愛情－黃色의 序章」, 「自己告發의 誠實性－鄭乙炳」론 등 10편이다.

전집의 보완 비평으로는 1955년 5월『현대문학』에 발표된「韓國의 現役大家－主體意識의 觀點」, 1959년 4월에 발표된「현실에 책임을」, 1960년 9월『자유문학』에 발표된「4 · 19 以前의 文學的 贖罪 : 왜 現實的이 되지 못 했던가」 등이 있다. 이 비평들은『천상병 전집－산문』에 실리긴 하였으나 최초 수록지와 발표연대가 밝혀지지 않고 있다. 이는 전집의 편자가 1990년 강천에서 간행된 산문집『괜찮다 괜찮다 다 괜찮다』와 1994년 영언문화사에서 간행된 유고 산문집『한낮의 별빛을 너는 보느냐』에서만 자료를 수집했기 때문이다. 텍스트 원전에 근접했다고 평가되는『천상병 평론』도「韓國의 現役大家－主體意識의 觀點」와「4 · 19以前의 文學的 贖罪 : 왜 現實的이 되지 못 했던가」의 경우, 발표 연대는 밝히지 않고 수록지만『괜찮다 괜찮다 다괜찮다』로 밝히고 있으며「현실에 책임을」의 경우, 발표 년도와 수록지를 각각 1989년 6월,『르네상스』로 밝히고 있다.26) 더욱이『천상병 전집－산문』

---

26)『천상병 전집－산문』편자는 천상병의 산문이 도서관에서조차 보관이 어려운 사보 같은 것에 주로 실려 자료 수집상 어려움이 있었다고 토로하고 있지만 기본적인 텍스트조차 자료수집에 동원하지 않았다는 것은 자료의 정확성 면에서 문제가 된다.『천상병 평론』의 편자는 천상병의 생애와 작품 세계 전반에 대한 이해를 돕고자 "지금까지는 그다지 알려지지 않았지만 당대 문학에 대한 평론가로서의 면모를 동시에 확인"되는 생애와 작품 목록을 싣고 있다. 그러나 현재까지 출간된 천상병의 기존 텍스트를 그대로 답습함으로써 이 비평들의 수록지를『괜찮다 괜찮다 다 괜찮다』로 밝히고 있다.『천상병 평론』의 편자가 최초 수록지를 기준으로 발표지를 밝혔다면 이 비평들의 수록지는 1990년 강천에서 간행된『괜찮다 괜찮다 다 괜찮다』가 아니라 이보다 출판 연대가 빠른 1985년 문성당에서 발행된 문학선집인『구름 손짓하며는』이 되어야 한다.

과『천상병 평론』은「韓國의 現役大家-主體意識의 觀點」,「현실에 책임을」,「4 · 19 以前의 文學的 贖罪 : 왜 現實的이 되지 못 했던가」의 제목도「한국 초기 형성 문학의 공과」,「작가의 책임」,「4 · 19 의 문학적 범죄」등으로 최초 발표본과 다르게 수록하고 있어 독자와 연구자들에게 적지 않은 누를 끼치고 있다.『천상병 전집-산문』과『천상병 평론』이 연구 자료로서 제대로 기능하기 위해서는 이에 대한 실수를 바로 잡아야 하며 천상병과 비평의 올바른 이해를 위해서도 반드시 수정 · 보완되어야 할 것이다. 본고에서 발굴한 미수록 및 수정 · 보완 비평을 표로 제시하면 다음과 같다.

전집 미수록 및 보완 평론

작품명	년도	수록된 곳
한국의 현역대가-주체의식의 관점에서	1955년 5월	현대문학
창작 월평	1957년 3월	현대문학
창작 월평	1957년 6월	현대문학
시단시평	1957년 5월	현대문학
현실에 책임을	1959년 4월	현대문학
4 · 19이전의 문학적 속죄:왜 현실적이 되지 못했던가	1960년 9월	자유문학
죄없는 자의 피는…	1966년 12월 20일	동아일보
선의의 문학-오영수론	1967년	현대한국문학전집 제1권
애증없는 원시사회-은냇골 이야기	1967년	현대한국문학전집 제1권
근대적 인간유형의 축도-꺼삐딴 · 리	1967년	현대한국문학전집 제5권
구질서에의 안티테제-암사지도	1967년	현대한국문학전집 제7권
생존의 막다른 지역-산장	1967년	현대한국문학전집 제9권
욕구불만의 인텔리-왜가리	1967년	현대한국문학전집 제9권
순화된 형상세계-최일남론	1967년	현대한국문학전집 제10권
자기소외와 객관적 시선-한말숙론	1967년	현대한국문학전집 제13권
비정의 애정-황색의 서장	1967년	현대한국문학전집 제14권
자기고발의 성실성-정을병론	1967년	현대한국문학전집 제17권

전집 미수록 및 보완 비평 중 1955년『현대문학』에 발표된「韓國의
現役大家-主體意識의 觀點에서」, 1966년『동아일보』에 실린「罪없는
者의 피는…」, 1967년 신구문화사27)에서 출간된『현대한국문학전집』28)

27) 이 전집의 출판사인 신구문화사는 1951년 설립되었고 설립자는 우촌(于村) 이종익
   (李鍾翊)이다. 이종익의 3주기인 1992년 于村이종익추모문집간행위원회에서 펴낸
   『출판과 교육에 바친 열정』 부록편에 따르면, 이종익은 1951년 서울대 상대를 졸
   업했다. 그는 1954년 서울대 상과대를 수료한 천상병과는 동문 선후배지간이 된
   다. 당시 신구문화사는 을유문화사, 정음사에 이어 출판계에서 사세로는 3위 정도
   였다고 한다. 그러나 신구문화사는 기획, 편집에서는 1위였다고 한다. 그래서 동업
   타사보다 월급이 박했지만(3분의 2 정도 수준) 입사희망자가 많았다. 당시 이종익
   사장은 출판계에서 편집의 귀재로 통했는데, 그는 '고향의 봄' 작사가로 유명한 아
   동문학가 이원수에게서 편집 일을 배운 것으로 알려져 있다. 이종익은 피난지 부산
   에서 신구문화사를 창립했다가 서울 수복 후 중구 소공동 17번지(전 한일은행 본
   점 자리)에 둥지를 틀고 2년 뒤 정식 출판사 등록을 했다. 1956년 3월 사세 확장으
   로 종로구 관훈동 155-1번지(현 안국동 로터리 인근)로 사무실을 이전했다. 당시
   사무실은 2층 건물이었는데 1층엔 학창서림이 세 들어 있었고, 신구문화사는 2층
   을 사용했다. 정운현,『임종국 평전』, 시대의 창, 2006, p.200, p.202 ; 우촌 이종
   익 추모문집간행위원회 편,『출판과 교육에 바친 열정』, 우촌기념사업회출판부,
   1992 참조.
28)『현대한국문학전집』의 기획을 보면, 작가는 해방 후에 등단한 작가에 국한했으며
   문단에 데뷔한 순서를 원칙으로 배열하고 있다. 작품은 개화소설 등을 제외한 전
   작품 중에서 그 작가의 전모를 조감할 수 있도록 선정했으며 장·중·단편의 순서
   로 배열했다. 해설은 작가의 문학과 사상을 전체적으로 소개하는 작가의 주변과 그
   작가의 개성이 뚜렷한 대표적인 작품을 분석·해설한 작품의 세계를 실었으며 연
   보는 1965년 8월까지의 간단한 약력과 상세한 작품연보를 실었다. 이밖에 맞춤법
   과 외래어, 부호 등 표기에 관해 일러두고 있다. 전집은 모두 18권으로 나뉘는데 제
   1권은『오영수 박연희』, 제2권은『유주현 강신재』, 제3권은『손창섭』, 제4권은
   『장용학』, 제5권은『정한숙 전광용』, 제6권은『이범선』, 제7권은『오상원 서기원』,
   제8권은『이호철』, 제9권은『차범석 오유권 추식』, 제10권은『곽학송 최일남 박
   경수 권태웅』, 제11권은『박경리 이문희 정인영』, 제12권은『선우휘』, 제13권은
   『하근찬 정연희 한말숙』, 제14권은『최상규 송병수 김동립』, 제15권은『이병구
   한남철 남정현 이영우 강용준』, 제16권은『최인훈』, 제17권은『13인 단편집』, 제
   18권은『52인 시집』등이다. 이 중『13인 단편집』에는 김승옥, 박용숙, 백인빈, 서
   승해, 서정인, 송기동, 송상옥, 오학영, 유현종, 이광숙, 정을병, 최현식, 홍성원 등
   의 작품을『52인 시집』에서는 고원, 고은, 구상, 구자운, 김관식, 김광림, 김구용,
   김남조, 김수영, 김영태, 김윤성, 김재원, 김종문, 김춘수, 마종기, 민재식, 박봉우,

등의 평론들은 천상병이 한국 문예 비평의 선구자로서 치열하게 한국 문학을 모색하고 있던 초기 비평의 경향을 잘 보여주고 있어 주목된다. 1966년 『동아일보』에 실린 「罪없는者의 피는…」은 1966년 7월 『현대 문학』에 발표된 「새」를 해석할 실증적 자료로서 비평의 영역뿐만 아니라 시의 영역에서도 그 가치가 충분히 인정된다. 「韓國의 現役大家－主體意識의 觀點에서」는 한국의 문단이 새로운 기류 속에 놓이기 시작한 1960년대 이전 이러한 기류의 선봉에 천상병이 자리하고 있었음을 여실히 보여주고 있으며, 『현대한국문학전집』의 평론들은 그러한 선구적 위치에서 천상병이 비평가로서 활동하고 있었다는 것을 확증해 준다.29) 특히 「韓國의 現役大家－主體意識의 觀點에서」는 최남선을 비롯

박성룡, 박인환, 박재삼, 박태진, 박희진, 성찬경, 신기선, 신동문, 신동엽, 신동집, 유경환, 유정, 이경남, 이동주, 이성교, 이영순, 이원섭, 이신석, 이중, 이창대, 이현기, 장호, 전봉건, 전영경, 정공채, 정한모, 조병화, 한무학, 한가운, 홍윤숙, 황금찬, 황동규, 황명걸, 황운헌 등의 작품을 소개하고 있다.

29) 1950년대 한국 문단을 주도한 김동리, 서정주, 조연현 등의 문인협회 세력의 활동은 출판사 잡지사 신문사 등을 기반으로 이루어졌다. 이 가운데서도 이들 문인협회 주류세력에 장악된 『현대문학』이 단연 패권적 지위에 있었다. 『문학예술』, 『자유문학』, 『문학춘추』 등 여러 문예지들이 경쟁적 입장을 표방했으나 『현대문학』의 영향력에 미치지는 못했다. 염무웅에 따르면, 천상병은 문협이라는 조직을 싫어한다고 공언했음에도 인맥으로 볼 때 엄연히 문협의 주류에 속한다. 그의 스승이 김춘수이고 그를 시인으로 추천한 사람이 유치환이며 평론 추천자는 조연현이었기 때문이다. 시와 비평 등 다방면으로 실력을 겸비한 1950년대의 천상병은 가히 '문협의 가장 유력한 황태자'라고 할 수 있었다. 조연현은 1956년 1월에 『문학예술』을 통해 「우리나라의 비평문학－그 회고와 전망」을 발표한다. 여기서 조연현은 백철이 1955년 2월 『사상계』를 통해 발표한 최초의 신세대론인 「신세대적인 것과 문학」과는 약간의 견해 차이를 보이는데, 그는 신인들의 문학활동에 기대를 보이면서, 문단에서 정말 중요한 것은 기성과 신인의 구별이 아니라 단편적 지엽적 정열과 포부를 넘어선 본격적 정열과 포부에 있다는 점을 강조한다. 조연현은 「비평의 신세대」(『문학예술』, 1956, 3)를 통해 신세대를 정리한다. 조연현은 여기서 비평전문가의 등장을 주시하고 환영하는데, 평단이 독립적으로 형성되고 있다는 사실과 신세대의 대변자가 준비되고 있다는 사실로 받아들인다. 조연현은 이미 이러한 신세대로 장용학, 이형기 천상병 등을 꼽았다. 그러나 천상병은 차츰 '문협의 이

한 이광수, 박종화, 김동인, 염상섭, 오상순 등 한국문학계의 거장들을 구체적으로 지명하며 '현역대가'들의 과오를 지적함과 동시에 한국문학과 신진작가들이 나아가야 할 방향을 구체적으로 제시하고 있어 연구자들의 새로운 관심을 높이는 기회를 제공하고 있다.30) '초기한국근대문학형성자'인 '현역대가'의 명예를 깎아 내리는 풍광은 한국문학 사상 그 전례를 찾아볼 수가 없을 만큼 회귀하나 이 평론은『한국현대문학대사전』31)에 그 존재만 알려져 있고.『천상병 전집』과『천상병 평론』도 최초 발표지와 연대를 제대로 밝히지 않고 있어 연구자들에게 혼선을 주고 있다. 그 결과 원전 확정의 기본적인 절차가 무시된「韓國의 現役大家—主體意識의 觀點에서」는 비평의 영역에서 정치하게 논의된 바가 없다. 본 장에서는 이 세 평론을 구체적으로 살펴보고자 한다. 먼저「韓國의 現役大家—主體意識의 觀點에서」의 도입은 다음과 같다.32)

단아'로 낙인찍히기 시작했다. 우선 추측할 수 있는 이유는 술로 인한 기행이다. 수필「무복(無福)」과「술잔 속의 에세이」에서도 알 수 있듯이 그는 평소 선생님으로 깍듯이 받들던 조연현에게 취중에 욕설을 퍼부으며 대드는 실수를 하기도 했다. 염무웅은 이러한 천상병의 주사(酒邪) 행태를 '속물적 처세에 대한 그의 본능적 거부 때문'이라 보고 있다.

30) "최근 한국의 문단은 새로운 기운 속에 놓여 있다. 뚜렷한 유산을 남기지 못한 선배들의 업적을 냉철히 비판하는 소리가 높아 가는가 하면 옥석(玉石)이 뒤섞인 우리 문학의 풍토에서 진위를 가려내는 청소작업이 또한 시작되었다고 해도 과언이 아닐 것 같다.",「시단에 흐르는 새 기류」,『동아일보』, 1963. 3. 12.

31) 권영민,『한국현대문학대사전』, 서울대학교출판부, 2004 참조.

32)『현대문학』1955년 5월호 '평론'의 첫 지면은 양주동이 번역한 T. S. 엘리어트의『시의 세 가지 목소리 THREE VOICES』가 실려 있고 그 다음으로 이 글이 등장한다. 천상병은『현대문학』을 통해서 1957년 4월과 1957년 7월에 각각「창작월평」과「비평의 방법—그 서」를 썼으며 같은 해 12월 김양수, 김우종 등과 함께「1957년의 문단과 문학」을 발표하기도 했다. 1962년 5월에는「독설재건(毒舌再建)」이라는 비평을 발표했으며 이후 1964년 3월에는「서울부재」라는 산문을, 타계하던 해인 1993년 6월에는「사월을 여는 이야기」라는 산문을 이 잡지를 통해 발표했다.

一

老白髮의 尊嚴性의 不可侵. 옛날부터 내려온 이 東洋道德의 빛나는 悠久한 冠. 東洋的世界觀을 여지껏 이루워온 核心은 自然至高觀念이다. 東洋의 自然이란 山이었다. 山에서도 숲이 보다 더 東洋文化的象徵으로 認識되고 왔다. 그리고 그 숲에는 언제나 老人이 있었다. 自然과 山과 숲과 老人이라는 이 秩序는 東洋精神成立過程에 있어서 不可缺的秩序였다. 東洋精神秩序自體라고 해도 좋을 것이다. 이 秩序의 嚴嚴性은 東洋人의 손톱끝 까지도 스며들어 갔다. 老白髮崇高는 東洋人의 世界觀의 變形이다. 그러므로 이 老人絶對的倫理律의 意義는 重視되어도 좋다. 歷史上 이 倫理律은 東洋의 最嚴律法으로서 絶對的이었다.

오늘도 이 倫理律의 道德的權威는 그대로다. 그러나 그 反面, 이 倫理律의 意義는 消滅한다. 이 理律이 美德일 것을 그만 두고 惡德化해졌으므로, 重大한 課業實踐에 혹은 價値判斷에 이 倫理律的殘滓觀念이 不當하게 干涉하는 例를 우리는 많이 보았다. 惡德이라할 수밖에 없을 것이다. 그러나 이 倫理律은 東洋道德에서 너무도 壓倒的이었으므로, 오늘도 아직도 東洋人의 精神的生理 속 깊이 스며 들어가서 潛在하고 있다. 行動하는 表現하는 젊은 東洋人의 自由를 妨害하고 制約하고 拘束하면서—.

내가 이렇게 이같은 通俗的事實을 말해온 이유는, 지금부터쓸 이 大家論에서 可及的이면 나의 自由를 保障하기 위해서다. 여기서의 나의 自由란 물론 老人絶對的 倫理律의 全面的 廢遮다. 그러므로 나의 이 大家論이 現在大家에 對한 無條件尊敬表明이 아닌 것은 當然하다. 不敬일 수 있을 것이다. 그러나 敢行해야 할 不敬도 있다.『差를 爲하여서는 破鏡하지 못할 法則은 없다』(베에토오벤)를『韓國文學의 來日을 爲해서는 敢行하지 못할 不敬은 없다』라고 나는 修正한다.

『韓國文의 來日』이 다른 아무것도 아니고『新進作家의 오늘부터의 活動』이라는 것은 어디까지나 正堂하다. 旣成文壇的 舊秩序를 破壞하고, 現代文學的新秩序를 意志하는 新進作家에서 보다 더 有效한 指向點을 暗示할 제일 確實한 鏡???點은 선인들의 過午究明이라고 나는 생각한다. 그들의 過誤는 왜 있어졌던가. 不可避的이었던가. 可避的이었던가. 그 根本原因은? 이러한 著疑問에의 解答에 있다고 나는 생각한다.

必要以上으로 나는 내가 이 大家論을 쓸것에 辨明해 왔다. 나에게도 그 倫理律的 殘滓觀念이 强하게 作用하고 있다는 立證인가.

그리고 이 大家論은 어디까지나 槪觀이다. 앞으로 쓸 個別的作家論을 爲한 상??備的노오트로써 쓴다. 그러므로 一切의 引用은 省略한다. 諸大家들의 이름은 이제 人格的 名稱이 아니고, 文學的 名稱이라고 생각하므로 尊敬도 省略한다.

二

(전략)『韓國近代文學이 初期形成』에 參加한 『歷史』의 實諦가 무엇인가를 알기전에 아니 보다 더 正確하게 正當하게 알기 위하여, 朴鍾和의 歷史小說의 文學的性格을 究明하는 것이좋다. 이 究明에서 우리는 그微妙한 關係가 어떤 關係였던가를 알게 될것이므로. 그關係가 그 後의 韓國文學에 어떤 反應과 結果를가져오는 가를 알게 될것이므로.

李光洙의 歷史小說도 있으나 그러나 朴鍾和歷史小說이 그래도 우리들의 文學的位置에 가깝다.『洪景來』에서 朴鍾和歷史小說의 文學的性格의 全部를 그缺陷과 特徵을 明確하게 規定지을수가 있을 것이다.

그 理由는, 洪景來라는 歷史的人物을 歷史的人間像刑象에 까지끌고가는가, 가지 못하는가를, 同著者의 다른어떤 小說에서 보다도더 具體的으로 알수가 있을터이니까. 끌고갈수가 있었다면 歷史小說『洪景來』는 歷史小說로서의 存在理由를 가질수가 있고 못끌고 가는 限 그反對다.

歷史小說의 特殊條件의 그 主條件은 歷史的人物像의 形象化 乃至歷史的 前事實의 現代的再現化다. 이 形象化와 이 再現化는 同一體의 二面이다. 重要한 面은 前者다. 歷史的人間像刑象自體에도 問題는 많지만,『洪景來』에서는 단지 그 可能性程度만을 얼마 程度의 可能性이 있는가 或은 全然 없는가.

여기서 나는 獨斷的으로 밖에 말하지 못할 것이다.『洪景來』에서의 洪景來라는 主人公의 位置는 第二次的이다. 第一次的이어야 할 그 위치가. 第一次的位置는 事件乃至스토오리다. 原則的으로는 第三次的第四次的이어야 할 그 位置가. 洪景來라는 이 歷史的人物에 關한 文學的刑象程度는 제로다. 그의 行動의 生命的飛躍은 機械的反復에 終始一貫한다. 그 無意味한 會話. 그 認識以前의 描寫 그 世俗性. 이 小說에서의 洪景來의 役割은 小說家構上의 一動機에 지나지 않고, 기껏 事件과 事件의 連絡係라는 엉뚱한 것이다. 그의 義賊的叛逆思想의 一片도 없다. 물론 그 現代的意味도 이리하여『洪景來』라는 小說에서 洪景來라는 歷史的人物의 歷史的人間像이 形象化할 可能性全部는 作者自身의 손으로 徹底하게 거?되고 있다.

그 可能性은 全然 없었던 것이다. 그리하여 朴鐘和歷史小說의 文學的性格의 全部를 그 缺陷과 特徵을 알게 되었다. 그 全部는 그 缺陷은 그 특징은 한말에 끝난다. 朴鐘和歷史小說은 非歷史小說的小說이다라는 이것이 그것이다. 洪景來의 人間의 刑象을 全面的으로 度外視한 非歷史小說『洪景來』는 그러나 在來韓國文學에서는 歷史小說로서 通用되어 왔다. 單純히 歷史的前事實을 素材로 해서 지어졌다는 意味에서 萬一 이 歷史的前事實素材가 歷史小說의 特殊條件일수가 있다면 小說的作文全部는 歷史小說일수 있다고 極端的으로 말하므로서, 나는 否認 것이다.(후략)

「韓國의 現役大家─主體意識의 觀點에서」는 총 6장으로 구성되어 있다. 1장은 개별 작가론에 대한 전초 작업으로서 '현역대가'들의 과오를 규명한 '대가론'에 대해 쓰고 있다. 2장은 초기 한국근대문학 형성자들의 과오를 추적하고 있는데, 최남선을 시작으로『홍경래』가 그 논단의 가운데 놓이게 된다. 3장은 당대 한국문학의 초기 형성에 역사가 관계된 원인으로 한국근대문학이 형성된 1900년대 초기의 상황을 들고 있다. 천상병은 문학을 도입한 초기 작가들의 문학의식의 절대 기준을 인간성이 배제된 역사민족적 감정으로 보고 있다. 4장은 근대 초기 문학의 본질과 형식을 착각하고 있는 개별 작가들을 직설적으로 고발한다. 여기에는 염상섭을 비롯해 박종화, 전영택, 홍효민, 주요섭 등이 거론된다. 5장에서는 '초기형성소설가를 압살'한 것과 같은 상황이 한국 초기시인에게서도 발견된다고 보고 이러한 왜곡된 주체의식을 지닌 시인으로 오상순을 비롯해 변수주, 김동명, 오상수, 이병기 등을 지목한다. 6장은 '한국문단의 고난과정'을 끝내고 문단에 영향을 미친 '근원적 악'을 제거하는 치유법으로 '입체적 의식'을 정립할 것을 주장한다. 이 입체적 의식이란 냉철한 지성으로 무장된 자기성찰이다.

'노백발의 존엄성의 불가침'을 엄숙하게 인정하고 있는 천상병이 고심 끝에 이 글을 쓴 이유를 보다 잘 이해하기 위해서는 이 글의 전모를 파악해야 한다. 이 글은 현실에 대한 부정정신을 담고 있으며 이러한 진보의식의 고취가 순수한 문학적 인식이라는 데에서 출발하고 있다. 천상병은 사회역사적인 인식을 유지하면서 모순된 당대의 문학장을 쇄신하고 그 이후를 전망하고자 한다. 과거와의 결별을 통해 현재를 쇄신하고자 한 부정과 변화의 중심에서 그가 거론하고 있는 것이 '현역대가론'이다. 뚜렷한 대립적 관계 인식을 표명하는 대상은 '선인'과 '신진작가'로 드러나고 있다. 이때 '대가'는 현실을 자각하게 하는 계기를 만들어주는 대상이자 비평가로서의 자신에 대한 자탄을 일깨워준 대상이다. 그러나 그는 '대가'들의 협착한 처지를 폭로함으로써 상대적으로 '신진작가'들의 경험 협착을 해소하고 문학에 대한 일깨움을 주고자 한다. 즉 그가 대가론 사상의 전통을 우호적으로 받아들이는 이유는 비판적 인식을 통해 현실을 직시하자는 의미에서이다. 천상병이 보기에 '노백발의 존엄성의 불가침'은 유구하고도 빛나는 동양도덕의 '자연지고 관념'으로서 이 동양적 세계관은 늘 존중되어 왔다. 이 절대적 노인윤리의 의의는 앞으로도 중시되어야 한다. 그러나 그는 이 윤리의 명분이 현실과 충돌하는 것을 목도하고 있다. 그는 이 윤리를 비윤리적이라는 것이라고 보는 것이 아니라 윤리적 잣대가 맞지 않은 곳에 이 윤리가 행해지는 것을 항구적으로 묵수해야 할 필요는 없다고 본다. 즉 그는 어떠한 윤리가 늘 절대적 가치를 지닐 수는 없고 어떤 분야든 하나로 규정지을 수 있는 윤리란 없다고 보고 있는 것이다. 그래서 그는 중대한 과업 실천이나 가치 판단에 위배될 때 과도한 윤리 지향은 자제해야 한다고 결론 내린다.

천상병은 고정된 인간성적 의식을 지닌 '현역대가'로 우선 최남선[33]을 언급한다. 이어 변화의 가치를 존중하지 않고 새로운 기준에 의한 시대적 타당성을 무시하고 있는 작가로 이광수와 박종화를 들고 있다. 그가 이들의 과오를 규명하는 것을 '감행'하고자 하는 이유는 분명히 존재한다. 그것은 "현대문학적 신질서를 의지하는 신진작가에서 보다 유용한 지향점을 암시할 제일 확실한" 방법이기 때문이다. 문학은 몰락한 자들을 내세워 변화와 개혁을 유도해왔다. 문학의 급진성은 시대를 막론한 필연성을 띠고 있으며 삶의 위중을 급진적으로 보여주면서 삶의 변화와 사회 개혁의 중심에 있어야 한다. 그러나 천상병은 이들의

---

33) 최남선은 1890년 4월 26일에 태어나 1957년 10월 10일 사망했다. 천상병의 글은 최남선이 타계하기 두 해 전에 발표된 것으로 당시 최남선은 그야말로 한국문학의 대가로 평가받았다. 최남선의 명성이 이미 고착될 대로 고착된 시점에서 천상병이 이러한 전무후무한 비평을 쓰게 된 이유는 '기성문단의 구질서를 파환하고 현대문학적 질서를 의지할 신인작가에서 보다 더 유효한 지향점을 암시'하기 위해서이다. 그리고 그가 내린 해결책은 '선인들의 과오규명'이었다. 그러나 "필요이상으로 아는 내가 이 대가론을 쓸 것에 변명해 왔다. 나에게도 그 윤리율적 잔재관념이 강하게 작용하고 있다는 입증인가."라는 문구에서 그가 선인들의 과오를 규명함과 그 원류에 최남선을 거론함에 있어 무척 고심한 흔적이 드러난다. 그가 이렇게 고심하면서도 "인격적 명칭이 아니고, 문학적 명칭이라고 생각하므로 존경도 생략"하며 이 비평을 감행한 것은 그의 문학에 대한 반성과 애착에서 비롯되었다고 할 수 있다.

문학, 즉 역사소설은 변화와 개혁의 중심에 있어 온 것이 아니라 민족주의라는 하나의 윤리만을 강조함으로써 문학적 가치를 발휘하지 못하고 있다고 본다. 그러므로 어떤 경우에도 문학은 현실보다 위중할 수 없으며 이는 문학을 통해 최대화되어야 한다. 그는 이러한 문학적 성과를 이루기 위해서 우선 숙고해야 할 것이 작가의 주체의식이라고 본다. 그러나 천상병은 초기 한국 근대문학의 형성자로 평가되는 이 대가들의 주체의식을 의심한다.

그가 주체의식이 소홀한 문인으로 가장 먼저 거론한 최남선은 당대에도 그랬지만 지금까지도 한국 근대문학 형성자의 한 사람으로 평가된다. 그러나 사실 최남선은 「해에게서 소년에게로」라는 신체시를 발표한 후 역사학으로 전환했고 이후의 문학적 성과는 없다고 보아도 과언이 아니다. 천상병은 "필요 이상으로 나는 내가 대가론을 쓸 것에 변명해 왔다. 나에게도 그 윤리율적 잔재 관념이 강하게 작용하고 있다는 입증"을 하듯 최남선의 이후 행보에 대해 구체적으로 밝히기를 꺼려하고 있지만 자신의 소임을 다하기 위해서 이 '대가론' 논박의 최우선점에 최남선을 두는 것은 불가피한 선택이었을 것이다. 최남선은 1908년과 1914년에 종합 월간지 『소년』과 『청춘』을 각각 창간했으나 문학으로의 행로는 접고 1924년 시대일보를 창간해 사장으로 취임하게 된다. 1927년에는 총독부 조선사편찬위원회 위원으로 위촉되었고 1938년에는 조선총독부 중추원 참의와 만몽일보 고문을 역임하였다. 이후 1943년에는 도쿄 재일조선인 유학생 학병지원을 권고하는 강연을 펼치기도 했으며 누적된 친일행위로 1949년에는 친일 반민족 행위로 기소되었다가 병보석으로 석방되었다. 천상병이 보기에 최남선의 주체의식은 재평가될 필요성이 있다.

천상병은 당대의 문단을 진단하기 위해서 한국근대문학에 참가한 역사의 실체를 짚어보아야 한다고 보고 이광수와 박종화의 역사 소설을 거론한다. 그러나 천상병은 이광수의 역사소설보다는 '박종화의 역사소설이 그래도 우리 문학적 위치와 가깝다'고 판단함으로써 박종화의 『홍경래』를 통해 역사소설과 문학적 성격의 결함과 특징을 규명하고자 한다. 이광수는 전·근대적 서사문학의 형식을 바꾸고 우리 국어가 현대문학에 적합한 문자라는 주장으로 그 성과를 인정받았다. '현대문학적 신질서를 의지하는 신진작가들'에게 이광수는 하나의 상징이 되었고, 그것은 그대로 당대문학의 서사를 구축하게 되었다. 그런데도 천상병이 이광수보다 박종화를 거론한 것은, 그가 이광수의 과오를 인정하지 않는 것이 아니라 그의 과오보다는 현대문학적 신질서를 의지하는 신진작가들에게 보다 유효한 지향점을 제시하고 나아가 역사가 한국문학에 어떤 반응과 결과를 가져왔는지를 구명하고자 함에 있어 박종화가 더 효과적이라고 판단했기 때문일 것이다.

박종화의 역사소설에 대한 천상병의 평가를 결론부터 말하자면 '재래한국문학에서는 역사소설로서 통용되어' 온 박종화의 『홍경래』는 인간적 형상을 전면적으로 도외시한 비역사소설이다. 천상병은 "역사소설의 특수 조건의 그 주 조건은 역사적 인물상의 형상화 내지 역사적 전사실의 현대적 재현화다. 이 재현화는 동일체의 이면이다. 중요한 면은 전자이다."라고 간주한다. 천상병이 보기에, 박종화의 『홍경래』는 역사적 인간상의 형상 자체에도 문제는 많지만 홍경래라는 주인공의 위치가 제이차적이라는 점이 더 문제이다. 한국 근대 초기 역사소설에서 문학과 역사 사이에 필연적으로 내재되어야 할 주체의식이 매도된 '홍경래의 생명적 비약은 기계적 반복에 시종일관하고 무의미한 회화,

인식 이전의 세속성만 반복된다'고 말한다. 인간적 형상이 전면적으로 도외시된『홍경래』는 역사소설이 아닌 비역사소설인 것이다. 그럼에도 불구하고 박종화의 역사소설은 재래한국문학에서 통용되어 왔다. 그러나 천상병은『홍경래』가 소재화하고 있는 역사적 사실은 오직 유사성과 실증성에 의해 인정되었다고 본다. 천상병이 보기에 박종화의 소설에 등장하는 의복, 두발, 대화 양식 등 단순한 유사성과 실증성으로만 역사소설이 구성된다면 구체적인 현실 대응 방식은 고사하고 현실의 본질이 제대로 반영되지 않은 자연과학과 이론물리학의 물리학적 이론도 문학이라고 칭해야 할 것이다. 오해의 소지가 있으나 천상병의 대가론은 당대의 현역대가를 상대로 문학성의 높고 낮음을 평가하고 있는 것이 아니라 그들의 문학적 주체의식을 통해 한국문학 전반을 진단하고자 하는 것으로 보아야 할 것이다. 즉 개별적 작가론을 위한 전초작업으로 그 윤리율을 잠정적으로 지양하고자 하는 것이다. 그렇다면 당대의 한국문학을 비문학적 방향으로 우회하게 한 이 특수한 역사가 어떤 동기와 과정으로 한국근대문학에 참가하고 작용되었는가. 그것은 필연적으로 시대적 상황과 연관된다.

　　三

　韓國近代文學形成 初期는 어떤 時期였는가. 初期形成作家들은 作家이기 前에 民族意識者였다.

　一九〇五年의 海牙密使事件. 一九〇九年의 安重根의 伊藤暗殺. 一年後의 亡國 一九一四年의 第一次世界大戰勃發. 一九一九年의 三一獨立運動. 一九二九年의 光州學生事件. 이其間은 그後의 其間과 더불어 受難的韓國民族의 其間이다. 더구나 初期形成期는 그 受難的最高潮 期다. 그 最高潮期에 그들이 그들의 民族意識을 至上命令으로 認識하고, 그 具體的方法으로, 그들의 民族史를 不明確하게라도, 把握

保存할려고 한 것은 當然하다. 民族史가 그民族의 將來의 可能性의 源泉이 되고 그 受難期民族의 精神의 基本이 된다. 이 경우, 그들의 民族意識自體는 一種의 歷史意識이었을 것이고, 이 意識은 意識이라고 하는 것보다도 더 感情에 가까웠을 것이라고 생각한다. 이것을 나는 歷史的民族感情意識이라고 假稱하다. 이 歷史的民族感情意識은 그리하여 初期形成期作家들의 精神的乃至肉體的行爲의 絶對基準이었다. 이 意識이 抵觸하는 全部에 對하여 이 意識은 君臨한다. 이 意識이 없이는, 이 基準이 없이는 아무것도 생각할 수가 없던 民族主義者. 이를 初期形成期作家들이 作家 되기 前의 人間뿐이었다. 이 民族主義者가 次次, 文學에 가까이 가게 된다. 韓國近代文學이 韓國에 形成되어가던 時期는 이같이 韓國民族이 歷史的民族感情意識을 意識하는 그 最高潮期에 該當한다.

初期形成期作家들은 文學을 導入하게 되었다. 그러나 보다 더 正確하게, 더 實質的으로 이것을 表現한다면 文學導入活動을 한 本人은 初期形成作家들이 아니고 그들의 그 絶對基準, 그 歷史民族感情意識이다. 이 歷史民族感情意識에 하나하나 結合하여 가는 近代 文學的諸要所는 次次, 韓國에 文學的地盤을 가지게 되어 갔다. 이때의 이 結合의 特殊性에 韓國文學諸問題의 根本原因과 必然性이 內在하고 있는 것이다. 그것을 말하기전에, 좀더이 結合이 可能하게하는 두 개의 要所를 알 必要가 있다. 그 하나는 歷史的民族感情意識이라했고, 充分히 말했다. 다른 하나는 近代文學的要所가운데서, 어떤 部分이 最初에 韓國에 移入되어 갔는가. 라는 것이. 그러니까 初期現象的近代文學的論諸素는 무엇인가라는 것이다. 近代文學的諸要素라고 해도 나는 嚴密히 말해서 아직 作品創作以前의 文學精神의 限界內의 諸要素를 問題삼고 왔으므로, 이것은 一種의 文學意識이라야 한다. 初期現象的意識의 典型은 무엇인가.

近代文學에서의 初期現象現文學意識은 무엇인가 라는 이 常識的疑問에 애쓸 必要는 없을 것이다. 너무나 明白한 것이므로, 그것은 人間性的意識이다. 이 人間性的意識이 이 人間性的意識을 母體로하는 主體意識이다. 主體意識의 이 主體의 意味는 어떤 外的事物에 의해서도 變動支配 拘束되지 않는 獨自性이다. 이같은 獨的 主體意識은 獨自的이고 主體的이므로, 一面으로는 無色하고 透明하다 어떤 種類의 人間的 感情에도 浸透해 들어가고 妥當하다.

　初期形成作家들은 그들의 그 歷史的民族意識은 이 初期現象的文學意識과 結合한 것이다. 結合한 것은 感情的意識과 主體的意識이었다. 初期作家들은 그들의 그 感情的意識을 絶對基準이라고 알고 있었으므로 結果로는 이 感情的意識이 主體的意識을 任意로 裁斷하고, 攪亂하고, 破壞해 내리는 것이 되었다. 初期現象的文學意識으로서의 主體意識은 그 無色性과 浸透性 때문에, 民族感情意識에 依하여, 壓迫을 받고 또 變色하고 歪曲한다. 民族的精神의 色彩로 變色한 歪曲主體意識을 基盤으로, 그리하여 初期韓國近代文學은 出發한다. 主體意識으로서가 아니라 感情的意識이 韓國文學의 水源池가 되었던 것이다. 結果的으로는 이렇게도 무서운 結末을 가져온 것이다.

천상병이 판단하기에, 초기 작가들에게 역사적 민족감정과 그 의식은 정신적 육체적 행위의 절대 기준이었다. 이 의식 없이는 아무것도 생각할 수 없었던 민족주의자들이 차차 문학 가까이에 가게 되었고 한국에 문학적 지반을 가지게 되었던 것이다. 그가 보기에, 문학과 민족의식이라는 이 특수한 결합에 한국문학을 저해하는 근본적 원인과 필연성이 내재되어 있다. 그가 더욱 문제시하는 것은 한국의 근대문학을 저해하는 이 같은 요소로 인해 당대의 작가들은 문학의식 그 자체가 부재한다는 것이다. 초기의 작가들은 그들의 감정의식을 절대기준으로 믿었고 다양성을 인정하지 않는 그들의 주체의식은 하나의 잣대로 인해 '임의로 재단되고, 교란하고, 파괴'되었던 것이다. 이 왜곡된 주체의식은 한국문학적 오류의 원인이 되었고 1950년대의 한국문학은 오류와 허위의 영역에서 부단히 표류하는 양상을 낳게 되었다. 신 · 구간의 대결이 있기는 하였으나 1950년대의 문학은 주로 기성세대 문인들이 담당해 왔으며 광복 전 문학과 유사하다. 여기서 기성 문인이란 광복 전 기성 문단에서 활동했던 문인 '초기형성작가들'을 일컫는다. 천상병이 보기에 진보와 개혁이 아직 이루어지지 않은 1950년대의 문학의 수준 역시 광복 전의 문학보다 높아진 것이 결코 아니었다. 지금으로 보아서 그들이 가치 있는 문학을 구가하지 못했던 이유로는 광복 후 찾아온 이데올로기의 혼란과 남북분단으로 인한 문단의 혼란과 대립 및 문학 역량의 분화와 축소를 들 수 있으나 당시 천상병이 당대의 상황에서 더 진지하게 고려한 것은 초기 작가들의 문학의식이었다. 초기 작가들은 문학활동이 침체되고 중단되던 시기 새로운 출발을 위하여 기성세대의 민족문학과 결부해 새로운 현대문학을 추구했다. 그러나 천상병이 보기에, 이러한 오류로 인해 1950년대 문학의 소설계는 여전히 신변적이거나 세태묘사에 머물렀고, 시에서는 구태의연한 감상이 이어졌으며 평론계도 기성세대의 시평時評을 답습하는 등 허위의 바다에서 무한히 표류하게 된 것이다. 천상병은 문학의 본질과 형식이 무시된 문단의 처지를 토로하며 이 전형적 실례를 사실주의의 양상에서 찾고 있다.

四

初期의 그들은 文學의 本疾과 形式을 錯覺한다. 形式을 本質自體라 認識한다. 主體意識缺乏이라는 致命傷을 입은 初期作家들은 近代文學的本質에 抵觸할수도 없었고, 把握할수도 없었던 것이다. 自然主義 浪漫主義, 寫實主義, 現代主義, 이같은 文學方式的形式을 文學的本質自體라고 錯覺한다는 것은 例를 들면 어떤 目的地로 갈려고 하는 電車를 이 電車自體를 目的地라고 錯覺한다는 것이다. 初期作家들은 지금도 永遠한 姿勢를하고 이 電車안의 不自由스런 자리에 앉아 있는 것이다. 錯覺을 잘거듭하는 그들이 앉은 椅子를 또 電車라고 알고 있는지도 모른다.(중략)

基本的으로는 다른 文學的諸主義와 조금도 다름없이 主體意識을 基盤으로 成立하는 寫實主義를, 非主體意識的作家, 廉想涉이, 絶對的으로 信念하다는 것은 어찌된 일일까. 廉想涉의 信念이 虛僞의 것이 아니고 眞實하다면 寫實主義의 基本이 主體意識이 아니든지, 廉想涉이 非主體意識的作家가 아니든지, 이들가온데의 하나는 否定되어야 한다 그러나 이 둘가온데의 그어느하나도 否定될것이 아니다. 그러면 어찌된 일일까. 이 問題는 어떻게하여 解明될 것인가. 이것을 풀어낸 열쇠는 하나 뿐이다. 廉想涉이 信念하는, 寫實主義는, 이 正常的寫實主義와 別個의 것일 때, 問題는 簡單하게 說明될 것이다. 廉想涉的 寫實主義는 正當的寫實主義와 어떤 점에서 다른가.

　　決斷적으로 말한다면 廉想涉的寫實主義는 廉想涉의 文學方式에 씨의진 韓國文學의 意味下의 名稱이다. 廉想涉的文學方式에 寫實主義라는 稱이 씨어진 理由는 寫實主義描寫法의 外觀과 그의 思考方式乃至 文章의 外觀이 같다고 錯覺한 데 있다. 寫實主義의 描寫法의 外觀이란 그客觀描寫일 것이다. 그러므로 廉想涉的文法方式의 客觀描寫라는 이點이 唯一한 廉想涉의 寫實主義의 基點이다. 廉想涉이 信念한 것은 이 客觀描寫였고 더 正確하게는 이 客觀描寫의 一般的樣想 즉, 그 固定性과 不變性이었다. `이 固定과 不變의 度數가 絶大하다는 것이 또 廉想涉의 個性的面이었다. 이 固定과 不變에의 努力은 固定되고 不變한 하나의『型』을 形成한다.『型』形式이 完了하면 이『型』에 敵黨한 名稱이 씨어야 한다. 그리하여 廉想涉의 그『型』에는 이『型』과 類似한, 寫實主義라는 이름이 씨어졌다. 이것뿐이다. 그 후는 이『型』을 죽을 때 까지 固執하고 死守한다는 것이 全部다. 이『型』이 韓國文學에 導入된 文學的諸主義全部가 입지않으면 안되었던 喪服이다. 廉想涉은 이『型』을 文學精神的으로 確信하였고 다른 諸作家는 能力不足補充的으로 이『型』을 盲信하고 崇拜하였다.(후략)

　　이 글에 따르면 초기 작가들 중에는 문학의 본질과 형식을 착각하고 있는 이가 있다. 천상병이 고발하고 있는 이들 작가들은 일제 강점기환경 속에서 자란 세대인데, 여기서 그가 비판하고자 하는 것은 주체성이 결여된 이들의 태만하고 타협적인 문학 태도이다. 그리고 그가 옹호하는 것은 문학의 본질에 대한 인식이다. 고은은 1950년대를 "아아 50년대! 라고 말하지 않으면 안 된다. 모든 논리를 등지고 불치의 감탄사로 말하지 않으면 안 된다."라고 말했으며 "1950년대의 문학은 한국문학에서 마이너스의 운명을 감수하고 '아아 공허한 시대여!'라는 썩은 영탄을 읊조리게 하는 것이다."라고 표현한 바 있다. 이 말은 한국전쟁으로 인한 정신적 상실감을 표현한 것으로 당대의 사람들뿐만 아니라 문학에 있어서도 비관주의나 허무주의가 팽배했음을 의미한다. 대중이 전쟁으로부터 안정감을 찾을 수 있었던 것은 1960년대에 들어섰을 때이고 문학 활동이 제대로 행해진 것도 이때에 와서이다. 1960년대에 들어서야 현실에 대한 합리적 인식과 관련해 주체성의 문제는 기존과 다른 새로운 질서를 세우기 위한 행보에 들어서게 되었고, 문학에 있어서도 이러한 노력이 시도되었고 이에 대한 합리적 인식이 가능해졌던 것이다. 그러나 천상병은 현실에 대한 합리적 인식과 선구자적 문학의 안목과 감각으로 다른 문인들보다 앞서 한국문학사의 행보에 오류가 행해지고 있음을 지각하고 있었다. 그리고 이 오류를 해결하기 위해 부단히 애쓰고 있었던 것이다. 그런데 자신보다도 더 합리적으로 상황을 모색해야할 기성세대, 그것도 '현역대가'로 대접받는 이들이 이 곤경을 적극적으로 해결하려고 하지 않고 안일하게 대처하고 있었다. 이들을 대신해 스스로 문학적 쇄신을 모색하고자 천상병이 가장 먼저 거론하고 있는 대가는 염상섭이다.

횡보橫步 염상섭廉想涉은 앞서 언급된 최남선과 마찬가지로 한국 근대문학의 형성에 지대한 영향을 미친 작가로, 현대소설의 문법을 개척

하고 완성했다고 평가받고 있다. 그러나 천상병은 염상섭을 통해 오인된 사실주의를 지적하고자 하며, 이러한 관점에서 염상섭의 『임종』을 평가한다. 천상병은 우선, 염상섭이 사실주의를 문학적 본질파악을 위한 문학방법적 일형식이라고 보지 않고 문학적 본질 자체라고 착각함으로써 크나큰 문학적 허위를 범하고 있다고 일격한다. 염상섭의 지나치고 절대적인 형식의 고수는 그가 보기에는 결국 "제사실주의 작가의 사실주의에 대한 애착에 불과하다. 그러므로 사실寫實주의적 묘사법에 대한 신념은 그 묘사법의 안이성에 대한 신념이란 작가 자체의 능력 부족에 대한 신념의 별명"이 되고 만다. 염상섭의 이러한 경향도 결국 비주체적 성격과 결부된다. "착각을 잘 거듭하는 그들"처럼 비주체적 성격을 자신의 개성이라고 착각한 나머지 문학적 본질 자체를 망각한 채 그릇된 사실주의를 펼치고 있다. 천상병은 염상섭의 문학이 사실주의적 문학정신에 기인한 문학이 아니라 하나의 묘사법에 지나지 않으며 이는 묘사 가운데에서도 가장 몰개성적이고 안이한 묘사라 주장한다. 천상병은 사실주의가 문학에서 하나의 방법론 내지 형식으로 기능하려면 문학적 사실주의의 개념부터 명확히 알아야 한다고 본다. 여기서 사실寫實이란 인식되어진 진실을 뜻한다. 그러므로 사실주의란 사실寫實적인 표현과 사의寫意적인 표현의 사이에 있어야 한다. 그러나 염상섭의 사실주의는 실제와 유추 사이에서 비껴 있다고 천상병은 본다. 즉 염상섭이 지니는 묘사주의적 문학적 신념은 비주체적 문학정신에의 신념에 가깝다. 이는 염상섭이 비주체적 성격을 자기 자신의 개성이라고 판단한 것에서 연유하는데, 그렇다고 천상병이 염상섭의 현실주의적 묘사법에 전면적으로 문제를 제기하는 것은 아니다. 그는 염상섭이 그 나름의 묘사주의적 문학정신에 신념을 가지는 희유한 작가라 여긴다. 그리하여 염상섭의 비주체적 개성은 나름의 고정된 '형型'을 형성할 수 있었던 것이다. 그런데 천상병이 보기에, 그 형상은 너무 일정하다. 현실과 대좌하고 있는 것은 염상섭의 사실주의가 아니라 고정된 사실주의의 형상 그 자체가 된다. 염상섭은 자신이 적응하고 있는 현실만 인정하고 자신이 적응하지 않는 현실은 부정하고 있는 것이다. 이는 곧 현실에 안주함으로써 문학적 가능성의 탐색을 포기한 염상섭의 작가 역량을 문제시한 것이다. 그간 염상섭 연구에서 가장 집중적으로 조망했던 부분은 민족주의라는 이데올로기와 사실주의적 창작기법이다. 그러나 천상병은 민족주의적 전망을 우선시했기 때문에 치밀하고 총체적인 사실주의를 펼치지 못하고 있다고 본다. 그는 『임종』에서 염상섭만의 고착화된 형상으로서의 죽음에 주시한다. 이 고착화된 형상의 죽음에는 "가열할 만큼 무자비한 철벽성이 나타나 있다." 이 '철벽성'은 결국 작품세계와 현실을 완전히 차단시키고 작가와 독자를 분리시킴으로써 문학적 성과를 기대하기 어렵게 만든다.

그런데 그가 더욱 문제시된다고 파악한 것은 문학적 신념이 부족한 당대의 작가들 중에는 이 '형型'을 맹신하는 부류가 있다는 것이다. 천상병이 고발하고 있는 사실주의에 대한 신념은 사실주의적 문학정신에 의한 신념이 아니라 일방적이고 맹목적인 것이었다. 그가 판단하기에, 이 사실주의는 가장 기초이고 일반적이라는 의미에서 몰개성적인 묘사법이라 할 수 있다. 그런데 문학적 기법에 대해 명확한 인식이 없는, 즉 사실주의를 제대로 이해하지 못 하는 일부 작가들은 염상섭식 사실주의를 모방하고 있었다. 당대의 사실주의가 한국문학에서 하나의 문학적 방법론 내지 인식으로 애용되었던 것에는 현역대가와 그를 추종하는 또 다른 대가들 사이에 천상병 자신으로서는 이해할 수 없는 별도의 필연적 애착이 있었던 것이다.

요컨대 근대 초기 한국문학의 사실주의적 문학의 기법에 대한 안이성은 일방적 가치를 추구한 현역대가들이 낳은 문학적 결과물이다. 천상병은 사정이 이렇게 된 현실적 원인으로 두 가지를 들고 있다. 첫째는 근대문학적 전통이 없었다는 것이다. 근대문학적 전통의 단절로 인해 개인의 최고도의 재능에도 한계가 뒤따르게 되었던 것이다. 둘째는 사회환경적 분위기와 연관된다. 일제 강점기라는 사회적 현실로 인해 문학의 방법은 서양으로부터 직접 도입된 것이 아니라 일본문학으로부터 간접 도입되었다. 근대 초기 한국문학의 사실주의적 문학적 기법에 대한 안이성의 문제는 결국 주체의식의 파괴로 수렴된다.

그렇다면 천상병이 주시하는 사실주의란 무엇인가? 그가 정당하다고 보는 사실주의는 객관적 현실과 객관적 태도에 의한 현실주의이다. 사실주의는 객관성이 우선 고려되면서 더 많은 것과 더 정확한 것을 두루 포섭하는 엄밀한 현실을 그려낼 수 있어야 한다. 그리고 객관적 현실과 객관적 태도를 매개하는 것이 작가의 주관이며 이 주관은 낭만주의적 주관보다도 더 강렬한 것이어야 한다. 객관에 대항하는 주관은 낭만에 대항하는 주관보다 더 순수하고 강력한 작용력을 가져야하기 때문이다. 천상병은 문학의 방법적 한 형식을 문학 본질로 착각한 현역대가들의 참상을 밝힘으로써 그 본질을 강조하고 신진작가들에게 통속적 사실주의의 전철을 밟지 않을 것을 당부한다. 사정이 이렇다보니 민족과 역사를 떠난 문학은 존재할 수 없다고 역설하며 스스로 민족을 주제로 하는 역사소설을 쓴 시인 겸 소설가인 "박종화의 낭만주의도 낭만주의적 모방이었고" 민족주의에 대한 경각심이 두드러진 『붉은 산』의 저자 "김동인의 자연주의도 자연적 모방이었고 '형'이었고 참극이었다." 천상병은 동시대 작가인 전영택, 주요섭, 홍효민 등이 모두 '형'의 비본질적 규범을 엄수함으로써 박종화, 염상섭 등과 같은 처지에 있다고 판단하고 있다.

민족의식과 결부된 '통속적 사실주의자'를 논하기 위해서는 이러한 것을 제대로 인식하고 있는 당대의 '현역대가'를 추적해 볼 필요가 있다. 이 글에 등장하지 않는 다른 분야의 대표적 통속적 전통론자로 백철과 조연현을 들 수 있다. 백철은 고전검토운동을 통한 전통계승을 주장했으며[34] 조연현은 민족의 개성을 드러내는 문학이 민족문학이며 개성 있는 민족문학들이 모여서 인류적 보편성을 띤 세계 문학을 이룬다고 주장했다.[35] 그러나 이들은 앞서 고발한 '현역대가'와 달리 한국문학이 어떻게 전통화, 체계화되는가를 고려하면서 전통을 취사·선택하여 수정·보완하자는 입장을 취하고 있다. 천상병은 전영택, 주요섭, 홍효민 등이 당대의 또 다른 '대가'인 백철과 조연현 등의 주체성을 제대로 인지하고 있다고 판단한다. 이들이 당대에 제안한 민족문학의 이론들, 즉 민족문학 구현을 위한 리얼리즘 문학의 중요성, 민족문학과 세계문학의 연관성, 그리고 분단극복을 위한 민족문학의 역할에 대한 논의는 오늘날까지 중요한 위치를 차지한다. 그가 보기에 1950년대 비평사에서 전통에 대한 논의는 단순한 과거 문학 형식의 복원이나 부활을 위한 것이 아니었다. 그보다는 과거의 문학 유산 속에 스민 문학 정신을 바탕으로, 현시대 한국문학의 발전을 도모하는 데 근본적인 취지가 있었다. 과거를 계승하며, 혹은 반성하며 미래를 준비하려는데 목적이 있었던 것이다.

그러나 1943년 일본의 대륙 침략에 협조하지 않는다는 이유로 중국 추방령을 받아 귀국한 주요섭은 1946년부터 1953년 사이에 상호출판

---

34) 백철, 「고전문학과 현대문학」, 『현대문학』, 1957, 1.
35) 조연현, 「전통의 민족적 특성과 인류적 보편성」, 『문학예술』, 1957, 8.

사 주간과『코리아타임스』의 주필을 역임할 당시「김유신」을 발표했으며 인도주의자로 평가되는 전영택은 1950년에「소」를 통해 분단의 비극에 의한 남북 간 상호 증오와 적대 관계의 심화과정을 그린 바 있으며 민족적 사실주의자로 평가되는 홍효민도 이 시기「문학전통과 소설전통」을 쓴 바 있다. 천상병이 이들의 작품에 대해 부정적인 시각을 보이고 있는 이유는 이들이 전통의 개념과 민족문학의 본질, 고전에 대한 새로운 인식이 부족하다고 판단했기 때문이다. 이들의 역사의식, 주체성에 대한 불신은 비평정신의 부재와 연관되어 재론된다. 그가 소설에 이어 그 다음으로 논하고자 하는 것은 시다.

五

初期詩人들로『歪曲한 主體意識』을 出發點으로 해서 出發해왔다 그 結果, 그들에게도 本質과 形成의 錯覺은 必然의 일 수밖에 없었다. 近代文學에 있어서의 詩精神的根據는 批判精神이다. 自己主體性을 基準으로 自己自身을 對象으로 하고 그리고 對象化된 自己自身이라는 驛을 通過하므로서, 처음으로, 世界에 對한, 民族에 對한, 永遠에 대한 어떤 可能性에 到達하는 批判精神이다. 이것은 하나의 近代詩的 公理다. 이 批判精神을 初期詩人은 認識할 수가 없었다. 主體意識이 批判精神의 根本條件이었으므로 主體意識缺乏이 歪曲主體意識이 韓國初期詩人과 批評精神과의 關係를 切斷한다. 批判精神을 認識할 수가 없던 初期詩人은, 그들의 先天的 詩人氣質을 詩精神的 根據로 하고 노래할수밖에없었다. 先天的詩人氣質이란 觀念的傾向乃至幻想的 傾向이다. (후략)

5장은 '형'이 초기형성소설가를 압살하고 있었던 같은 기간에 한국의 초기시인은 무엇에 의지하여 왔는지를 자문하며 소설가의 '형'과 유사한 시인적 '형'을 추적하고 있다. 천상병이 보기에, 왜곡된 주체의식으로 인해 초기 소설가뿐만 아니라 초기 시인들도 문학의 본질과 형성에 대해 착각을 했다. 그는 이러한 양상의 원인을 초기 시인들의 비판정신의 결여에서 찾고 있다. 문학에 있어서 시정신적 근거는 비판정신이다. 비판정신은 주체성을 기점으로 자기 자신을 대상화하고 대상화된 자기 자신이라는 역을 통과함으로써 세계와 민족과 영원이라는 타자에 대한 어떤 가능성에 도달하는 정신이다. 이러한 주체의식은 하나의 공리다. 그러나 천상병이 보기에 초기 시인들은 이 비판정신을 인식하지 못 한다. 주체성이 결여된 한국 초기시인들은 비평정신과의 관계마저 절단하고 만다. 비판정신을 제대로 인식하지 못 하는 초기시인들은 그들의 선천적 기질을 시정신의 근본으로 여겼다. 천상병은 이러한 시인으로 오상순을 지명하고 있다.

천상병이 보기에, 오상순의 대표작인 「아세안의 밤」에서 '밤'은 그야말로 표상되지 않은 "대암흑" 그 자체이다. 그는 이 시가 현실을 초월하는 비현실적 공간, 즉 환상적인 대관념만을 부각시킴으로써 그 시적 공간은 무대상과 같은 실재 몽상을 연상시킨다고 평가한다. 이 시적대상은 자기 자신도 아니고 타자도 아니도 그렇다고 세계도 아닌 비현실적 대공간 속의 비실재 몽상인 것이다. 이러한 "환상대관념이 시적표현양식에 편승하고, 한국초기시인의 두상의 비현실적 대창공 속에서, 무궁무진한 형이상학적 비상을 해왔다." 오상순의 '환幻'이라는 시적 장치는 소설의 '형型'과 대조적이다. 초기 소설가가 문학의지에 대한 안이성으로 현실을 배반하고 주체성을 상실했다면 오상순과 같은 초기 시인은 비현실적 공간속에 자기를 투신시키는 양상을 표출하고 있다. 그가 이해하기에 변수주, 오상수, 김동명, 이병기 등은 이 환상적 대관념에 의거해 비실재적 대몽상을 꿈꿈으로써 주체성을 상실했다. 변수주와 오상수는 여전히 '환'의 구도 안에서 안주하고 있으며 김동영은 무대상적 허위의 반동으로서 해방 후에는 민족의식이라는 문학장으로 이행해 갔다. 이 감정은 앞서 언급한 역사적 민족감정의식과 그들의 깊은 관계를 입증한다. 또 이병기는 고전에로 '도피'하게 되었다고 봄으로써 일종의 퇴행을 자행한다고 천상병은 판단한다.

천상병은 현실 전복에의 의지를 구현함으로써 당대의 문학장을 적극적으로 쇄신하고자 한다. 자신의 진실로 인해 '나'의 삶과 '세계'가 붕괴될 수 있으나 그 붕괴 속에 '강제된 물음', 즉 진실이 있다고 보고 이를 감행하고 있는 것이다. 천상병은 문학의 보편성과 객관성이 전제된 당대의 문학장에서 주체적인 주관을 내세울 것을 주장한다. 그 주장이 문학적 성과를 이루기 위해서 문학인은 20세기의 특수한 상황에 대한 문학의 명확한 개념 파악이 우선시 되어야 한다고 본다. 즉 그가 주장하는 바는 냉철한 지성 그 자체인 것이다. 그러나 모든 것이 그의 바람대로 실행되기는 어려웠다. 천상병은 이 비평이 발표되기 전부터 「나는 거부하고 반항할 것이다—내일의 작가와 시인」(『문예』, 1953, 2)을 통해 기성세대에 대한 거부감을 강력하게 표출한 바 있다. 천상병의 신세대론은 1956년 10월 『신세계』를 통해 발표한 「신인작가 좌담회를 간다」를 통해서도 살펴볼 수 있는데, 여기서 신세대가 가지고 있는 반항감이 분명하게 포착된다. 이 신세대로서의 반항감은 전통에 관한 반항이며 이는 '관념적인 저항'이 아니라 '전통을 거부하고 반항한 새로운 작품의 창조'를 통해서 해결될 수 있다.

1960년대의 비평은 영미 신비평의 소개와 형식주의적 문학론의 시도와 더불어 문학의 사회적 기능에 대한 관심의 증가로 인해 이전 시기에 비해 다소 활기를 띠었다. 이데올로기의 확산으로 인해 비평의 범주 또한 확대되었으며 확대된 비평에 대한 관심으로 인해 그 지면의 폭도 확대되었는데 신문과 전집류의 해설란을 통해 문학적 쟁점이 부각된 것도 이 시기의 일이다. 1966년 『동아일보』에 실린 「罪없는 者의 피는…」과 1967년 신구문화사에서 출간된 『현대한국문학전집』에 실린 천상병의 평론에는 이를 뒷받침할 현실적 내용들이 비교적 잘 나타나 있다.

다음의 글은 1966년 『동아일보』에 실린 「罪없는 者의 피는…」의 일부이다.

老教授 「러셀」의 平和에의 意志에 대하여 우리는 "우리들의良心"의 이름으로 挑戰하지는 못 한다. 그러나 그가 越南戰爭犯罪者裁判을 提衣하고 실지로 그 裁判長에 샤르트르를 지명했다는 소식을 들었을 때(그것이 만일 사실이라면) 우리들의 良心은 銃口처럼 사나워졌다.

한 文學者의 입장에서 나도 우리나라의 越南派兵에 대하여 개인적인 심정적인 극심한 괴로움을 아니 느낄 수 없었다.

그리고 그러한 心情的인 괴로움이 눈 앞의 현실에서 한 마리 昆蟲처럼 너무나 無力했을 때 바위와 같은 침묵만이 남았고 極東의 한 조그만 가난한 나라에 태어난 자기의 存在를 再認識하는 것으로 그것은 끝나고 말았다. (중략)

全世界에 대하여 자유가 어느 쪽에 있다는 것을 증명한 金選手는 지워질 수 없는 역사의 證人이 되고 그것이 罪가 되어 지금 그는 밥 먹는 동물이 된 것이다.

샤르트르 裁判長 앞에 우리는 詩人으로서 金選手의 반송장이 된 肉滯를 내세우자. 자유와 평화가 어떤 것인가를 證케 하고 實存이 무엇인가를 제시하게 하고 그것이 결코 觀念上의 장난이 아닌 것을 직접 눈으로 보도록 하지 않으면 안 된다.

그리고 우리는 소리 높여 외쳐야 할 것이다. 이 현대의 시지프스에게 차라리 죽음을 주라고! 罪없는 者의 피는 씻을 수 없다고! (후략)

이 글에서 천상병은 월남 파병에 대한 '극심한 괴로움'을 표출하고 있다. 그리고 그러한 심정적인 괴로움은 '현실' 앞에서 '한 마리 곤충'을 떠올리게 한다. 그 곤충은 너무나 무력한 '극동의 한 조그만 가난한 나라에 태어난' 파병군이다. 무력하기 짝이 없는 이들은 죽음조차 선택하지 못하는 부당한 현실 앞에서 바위와 같은 침묵만으로 일관하고 있다. 이들의 '괴로움'이 '극심한' 이유는 가슴 아픈 존재를 재인식하는 것 외에는 아무 것도 할 수 없기 때문이다. 천상병은 러셀이 말한 전쟁 범죄자에 대한 언급을 전면적으로 부정하는 것은 아니다. 그러나 그는 러셀이 처한 상황과 월남참전국의 한 지식인으로서의 사정은 다르다고 인식하고 있다.

베트남전 파병은 건국 이래 최초로 행해진 해외 파병으로 1965년 가을부터 본격적으로 시작되었다. 베트남전 파병으로 우리나라는 거의 10년 가까운 전쟁기간 동안 10억 달러의 외화를 획득했으며 이는 경부고속도로의 재원이 되기도 했다. 제3세계와 친서방국가의 비난에도 불구하고 미군 월급의 3분의 1 수준에 남의 나라 전쟁에 뛰어든 대한민국의 청년은 5000여 명이 무고하게 희생되었다. 러셀이 과연 '월남참전국의 한 문학자의 지식과 자기 존재의 재인식을 무슨 죄목으로 수형할까' 이미 천상병 스스로 '곤충으로' 수형했다. 천상병은 월남참전국의 한 문학인이자 지식인으로서 만일 그 재판이 열린다면 그 증인으로 김귀하金貴河 선수를 내세울 것이라 말한다. 공산국가 소속인 김귀하 선수는 당시 망명을 요청했으나 북한으로 강제 이송되었다. 북으로 강송된 김귀하金貴河 선수를 통해 그를 강송시킨 당대의 이데올로기에 '衝擊(충격)'을 받았으며 이 상황은 시지프스로 함축된다. 시지프스는 그리스신화에 나오는 인물로, 커다란 바위를 산 밑에서 산꼭대기로 밀어 올

려야만 하는 형벌을 받았다. 그러나 무게로 인해 산꼭대기에 이르면 바위는 다시 아래로 굴러 떨어지곤 하는데 이러한 고역을 영원히 되풀이하는 것이 시지프스의 운명이다. 천상병은 이데올로기의 폭압 앞에서 희생된 김귀하 선수는 '밥 먹는 동물'로 철저히 전락되었다고 본다. 그는 김귀하 선수가 전 세계에 대해 자유가 어느 쪽에 있다는 것을 증명했으나 이는 철저히 외면당했고 이로 인해 김 선수는 지워질 수 없는 역사의 증인이 되고 말았다고 분노하고 있는 것이다. 그리고 곳곳에서 희생당하고 있는 죄 없는 한국의 청년, 그 '罪없는 者의 피는 씻을 수 없다고!'고 외친다.

천상병은 『현대한국문학전집』의 해설란을 통해 당대 작가의 문학과 사상을 평가하기도 했는데 여기서 개인과 사회 전반에 대한 자신의 견해를 밝히기도 한다. 『현대한국문학전집』은 1965년 11월 초판이 발행되었다. 『현대한국문학전집』은 제1권부터 제18권까지 기획됐는데, 각 권은 작가와 작품, 해설, 연보 등의 순으로 수록돼 있다.36) 『현대한국문학전집』의 평론자들은 당대의 현대작가들이 망라돼 있어 당시에도 주목을 받았다.37)

---

36) 좀 더 정확하게 말하면 『현대한국문학전집』은 1965년에 6권, 이듬해 12권으로 완간되었다. 당시 세계전후문학전집의 성공에 고무된 신구문화사는 그 후속 작업으로 1964년 노벨문학전을 간행하고 이어 18권짜리 현대한국문학전집을 기획하였다. 이 전집의 얼개를 짜고 작가들을 섭외하는 것은 신동문이, 내용을 채우는 것은 염무웅이 담당했다. 염무웅(2010), 앞의 글, pp.127~128 참조.

37) 1960년대에 들면 출판 시장은 전집 출판이 주도했는데, 전집과 같은 대형 출판물들이 급증하게 된다. 이와 관련해 이종호는 출판시장의 특수한 메커니즘을 사회경제적 맥락과 독서 대중과의 관계망 속에서 파악하고 있다. 그는 1960년대 전집 발행의 폭증요인을 분석하고 있는데, 이러한 증가는 읽을거리에 대한 대중적 욕망과 소비계층의 구매력 향상과 당시 출판사들의 새로운 마케팅 전략 및 차별화 전략 등이 맞물렸기 때문이다. 그에 따르면, 전집 출판의 승패 여부가 출판사의 존립을 결정짓는 당대의 상황 속에서 시장의 압박은 역설적으로 문학전집들의 내적 차별화

이 책에 실린 천상병 평론의 존재는 1960년대 신구문화사에서 편집자로 일한 적이 있는 염무웅에 의해 처음으로 알려졌다. 염무웅은 2013년 4월에 열린 제10회 천상병예술제 추모 20주기 천상문학포럼을 통해 「가난과 고통을 이겨낸 시의 순결성－천상병 시대에 관한 회고적 단상」이라는 짧은 글을 발표했다. 염무웅은 이 글에서 이 전집의 제1권과 7권, 9권, 10권에 천상병의 평론이 실려 있다고 언급하고 있다.[38] 이 글은 정식 출판물의 발행 과정을 거치지 않은 비공식적인 글로서 지금까지 연구자의 손에 닿지 않았다. 이로 인해 학계에도 수용이 되지 않고 있다. 본고에서는 염무웅이 언급한 책을 찾아 미수록된 평론의 존재를 확인했으며, 염무웅이 언급하지 않은 제5권과 13권, 14권, 17권 등에서

를 촉발시켰다. 특히 1960년대 중반 매스미디어의 범람으로 인하여 일종의 공통 감각으로서 문단 내부에 형성된 존재론적 위기감과 통속성에 대한 반감은 전집 편집 주체들의 욕망과 결합하면서 극단적인 방식으로 표출된다. 이종호는 당대의 문단 내부에 형성된 존재론적 위기감과 통속성에 대한 반감을 표출한 대표적인 출판사로 어문각과 성음사를 들고 있다. 그는 어문각이 간행한 『신한국문학전집』은 순문학의 외연을 확장시키는 순수에 대한 강박으로, 성음사가 간행한 『한국장편문학대계』는 건전한 대중성에 대한 적극적인 의미화라는 문학정전의 실험으로 발현됐다고 보고 있다. 이종호, 「1960년대 한국문학전집의 발간과 문학 정전의 실험 혹은 출판이라는 투기」, 『상허학보』 32집, 상허학회, 2011 참조.

38) 2013년 당시 염무웅이 새롭게 소개한 평론은 다음과 같다. 제1권의 「善意의 문학－오영수론」, 「애증없는 원시사회－은냇골 이야기(오영수)」, 제7권의「구 질서에의 안티테제－暗射地圖(서기원)」, 제9권의「생존의 막다른 지역－산장(오유권)」, 제10권의「욕구불만의 인텔리－왜가리(추식)」과 「순화된 형상세계－최일남론」 등이다. 이밖에 필자가 새로 발견한 평론은 다음과 같다. 제5권의 「近代的 人間類型의 縮圖－꺼삐딴・리」, 제13권의 「自己疏外와 客觀的 視線－韓末淑論」, 제14권의 「非情의 愛情－황색의 序章(김동립)」, 제17권의 「자기고발의 성실성－정을병론(정을병)」 등이다. 이후 염무웅은 올해 7월 『살아 있는 과거－한국문학의 어떤 맥락』을 출간했다. 이 평론집은 일제 식민지와 한국전쟁을 거쳐 독재정권 시기를 다루고 있는데, 신구문화사에서 출판한 『현대한국문학전집』의 상세한 정보를 적었다. 이 책은 총 3부로 구성되어 있으며 식민지 시대 일본 유학을 경험한 시인들의 행보와 시세계를 다룬 1부에서 천상병을 거론하고 있다. 염무웅, 『살아 있는 과거－한국문학의 어떤 맥락』, 창비, 2015 참조.

천상병의 평론을 새롭게 발견했다. 따라서 『현대한국문학전집』에 천상병의 평론이 수록된 권수는 제1권, 5권, 7권, 9권 10권, 13권, 14권, 17권 등 총 8권이며 편수는 10편에 달한다.[39] 『현대한국문학전집』에 실린 천상병의 비평은 전쟁과 정치적으로 가중된 당대의 불안의식을 극복해 나가는 주체의 사회현실에 대한 태도를 보이고 있어 주시할 필요가 있다.

> 그 <놀이>가 吳永壽文學의 종착역이었다면 그처럼 현대 한국 문명에 대한 외로운 反逆兒는 없었던 것이 된다. 行爲로서가 아니라 정신으로서, 정신으로서가 아니라 문학으로서 소리 없이 이 작가는 그 일을 진행시켜 왔다. 그것을 가능케 한 그 원동력은 무엇이었을까. 그의 서민문학은 결코 市民 문학이 될 수 없었다. (중략)
> 그러니까 그의 문학의 主劑는 한 인간의 無垢한 善意와 그로 말미암아 다치 사람들에게 또한 無償의 善意로써 대하여 더욱 더한 피해를 입힘으로써 쫓기게 되어 길이 막히는 데까지 숨지 않으면 안 된 것이었다고 말해도 좋다. 그러니까 그의 <庶民>과 <農民>은 동일선상의 極과 極으로서 異質의 것이 아니다. 그의 善意는 문학에 대한, 인간에 대한 그의 絶對의 신념이었다. 그러나 그 絶對性이 그로 하여금 깊이 막히는 데까지 도피하게 했다면 그것은 대단한 아이러니컬한 결론이 된다.[40]

> 이 소설은 한 개<이야기>일 뿐이다. 현대의 척도로써 본다면 전연 彼岸의 것이다. 그러한 <피안의 광경>을 그리면서도 환상적인 虛構性이 없고 實生活같은 映像이 짙다는 것, 여기서 吳永壽의 문학

---

39) 「非情의 愛情—黃色」의 序章이 『현대한국문학전집』 제17권의 '차례'에는 「非情의 人間愛」로 표기되어 있는데, 이는 편집의 오류로 보인다.
40) 「善意의 文學—吳永壽論」, 『현대한국문학전집』 제1권, 백철·황순원 외 편, 신구문화사, 1967, p.452. 이하 이 책의 저자, 출판사, 연도의 표기는 생략한다.

이 가지는 좋게 말해서 獨自性, 나쁘게 말한다면 테크닉이 있다. 그
와 같은 전연 非現實的인 세계를 가장 현실적인 농민의 假面 위에서
형성하는 오영수 문학의 테크닉의 한계를 그러나 우리는 이 작품에
서 본다.41)

『현대한국문학전집』의 제1권은 오영수와 박연희의 해방 직후 문단
데뷔부터 당시까지의 작품을 앞서 언급한 대로 수록하고 있다. 전집의
서문은 "오영수와 박연희의 정신세계와 혹은 세계와 현실을 바라보는
두 사람의 눈과 얼굴을 통해 독자들이 인간에 대한 사랑이 어떤 것인지
재문할 것"이라고 밝히고 있다. 천상병은 이 전집의 제1권에 2편의 평
론을 기재했는데, 제1권에 2편이나 그 지면이 할애가 되었다는 것은 당
대 문인으로서의 천상병의 위치를 짐작하게 한다. 그는 「선의의 문학 –
오영수론」에서 "오영수의 소설, 그 문학은 이 나라의 서민계층의 상변
과 하변을 그려 내는 선의의 렌즈였다."고 평했다.42) 그러나 천상병은
오영수가 현실의 행위로서가 아니라 현실인식도 없고 문학정신도 없
는 문학에 기대어 그 일을 진행시켜 왔다고 비판했다. 「애증없는 원시
사회 – 은냇골 이야기」에서도 "억울함, 비굴함, 멸시를 그냥 받고 있어
야 하는 상황(狀況), 우리의 그 누군가 실제로 당하고 있었던 일들이다.
그보다 더한 일을 당하고도 벙어리가 된 사람들, 가난하다는 죄밖에 없
다. 하지만 가난은 결코 죄가 아니다. 그러나 가난을 타고 깔고 뭉개는
강간(强姦), 인간의 목소리로 그 강간을 항의한다. 그토록 강렬한 테에
마를 왜 멜로드라마로 그렸는지 알 수가 없다. 정면(正面)으로 파고드
는 태도가 아쉽다."며 작품에 대한 자신의 입장을 밝힌다.43)

---

41) 천상병, 「愛憎없는 原始社會 – 은냇골 이야기」, 『현대한국문학전집』 제1권, p.469.
42) 위의 글, p.444.
43) 위의 글, p.472.

이 소설의 주인공 이 인국 박사의 인간상은 우리 나라 근대화 과정
이 어쩔 수 없이 빚어낸 슬픈 인간유형의 縮圖이다. 일제치하, 해방,
국토양단, 군정, 건국, 6 · 25라는 역사적 소용돌이의 체험자로서, 그
리고 아직도 오늘을 살고 있는 老世代가 겪은 歷程은 바로 역경과 비
극의 연속이었다. 그 역경과 비극의 重壓을 정신적으로 물리친 승자
도 없지 않았지만, 보신적인 처세술만으로 그때그때를 모면해 온 패
자들의 모습이 그 일반적 樣相이었다. 이 인국 박사는 그 후자의 인간
형의 표본이다.[44]

제5권에 실린 해설 「근대적 인간유형의 축도-꺼삐딴 · 리」에서 천
상병은 작품에 등장하는 이인국 박사의 인간상이 우리나라 근대화과
정이 빚어낸 슬픈 인간유형의 축도라고 보았다. 천상병은 이러한 것이
전광용이 독자에게 전하고자 하는 메시지라 보고 당대의 독자들에게
과제를 주는데 "우리는 그의 그들 세대에 대한 고발정신에 더 한층 비
중을 주어야 할 것이다."라고 조언한다.[45] 천상병의 이러한 진단은 사
회 전반에 대한 자신의 입장을 표명한 것이다. 천상병은 세대간의 격차
를 통해서도 사회를 조망하는데, 그가 다룬 추식과 한말숙 등의 작품은
주제 면에서 인간정신의 타락에 대한 항변이 종래의 것보다 훨씬 구체
적인 작품들이다. 그래서 이들 작품에 대한 당대의 평가는 호불호가 뚜
렷했다. 특히 천상병이 해설을 붙인 한말숙의 『老派와 고양이』는 근자
에도 회자된 바 있다.[46]

---

44) 천상병, 「近代的 人間類型의 縮圖-꺼삐딴 · 리」, 『현대한국문학전집』 제5권, p.480.
45) 위의 글, p.480.
46) 이어령은 이 작품을 언급하면서 한말숙이 미문은 아니나 문체와 어법에 개선될
사항이 다분하다고 지적했다. 그는 한말숙 자신이 아무리 좋은 생각과 가치관을
지녔더라도 이러한 문체와 어법으로는 한말숙 자신의 사상을 독자에게 전달하는
데 무리가 있다고 보았다. 이어령, 『장미밭의 전쟁』, 문학사상사, 2003, pp.228~229,
pp.247~248 참조.

필요 이상으로 이 대목을 길게 인용한 데는 그만한 까닭이 있다. 첫째 이 문체에 유의해야 한다. 추억이라는 것은 情感의 가장 具象的인 형태의 하나다. 그런데 이 대목의 문체를 캐고 들면, 효과적으로는 독자에게 처절한 인상을 줄 만큼 강령한 추억의 묘사지만, 추억의 <흔적>을 냉혹하게 나열할 따름 <정감>적인 글귀가 하나도 없다는 것을 알게 된다.

이 문체에 있어서의 냉혹성은 韓末淑의 하나의 특징이다. 그것은 곧 散文에 투철하다는 것이고, 더 말한다면 객관적인 인식이 주관적인 인식보다 앞선다는 것을 말한다. 각설하고, 이 노파가 이렇게도 처절한 추억에 몸부림치는 까닭은 물론 그녀가 현실(가족)에서 너무 지나치게 소외되어 있기 때문이다.

그런 그녀의 행동은 어떻게 나타나지 않으면 안 되는가. 그것은 그녀 자신이 현실(가족)에 능동적으로 작용해 가야 한다는 일뿐이다. 그러나 그 行動半徑이 비록 좁은 한집안 안의 가족에 대한 사소한 범위를 벗어나지 못하는데도 불구하고 사사건건이 좌절되는 이유는, 현실(가족)을 좀 이해하겠다는 태도로서가 아니라 오직 그녀의 <호기심>만을 충족시키겠다는 욕망으로 작용을 하기 때문이다.[47]

이 평론은 한말숙의 『老派와 고양이』라는 작품의 주인공 노파의 인간상과 그 정신 구조를 분석하고 있다. 한말숙은 이 소설을 통해 나이가 들어감에 따라 고양이만이 자신의 친구로 남게 된 명문 출신 노파의 소외된 신경증을 세대 차이를 통해 그려내고 있다. 이 글에서 천상병은 나이가 들어감에 따라 가족에게조차 완전히 소외된 존재가 되어버린 노파가 결국은 '머릿장'에 어머니라는 의미부여를 하고 있음에 착안한다. 그가 보기에 이 노인이 소외에서 벗어나기 위한 유일한 방법은 현실(가족)에 능동적으로 적응해 가는 것뿐이다. 그러나 노인은 여전히

---

47) 천상병, 「自己疏外와 客觀的 視線―韓末淑論」, 『현대한국문학전집』 제13권, pp.481~482.

가족 간의 사소한 갈등조차 해결하지 못한다. 그가 보기에 그 이유는 그녀가 현실(가족)을 이해하고자 하는 의지가 빈약할 뿐 아니라 손녀를 통해 오직 호기심만을 충족시키고자하는 욕망이 앞섰기 때문이다. 천상병은 세대 간 갈등의 원인을 일반적인 시점에서 날카롭게 지적하면서도 노인이 처한 개별적 상황을 결코 간과해서는 안 된다고 본다. 그래서 "우리나라 여류작가들은 자기가 자기 스스로를 소외하기 위하여 자기 아닌 외부 세계에 모든 관심을 집중하지 않을 수 없었으니 대단히 골치 아픈 아이러니이다"라고 말하기도 한다. 이러한 점에서 천상병은 이 노인과 한말숙이 역설적으로 일치한다고 보았다. 천상병을 남달리 호평하는 이남호 교수는 "우리 사회가 지식인을 중요하게 생각한다면 그 이유는 바로 엄격한 비판 정신과 사회적 책임감에 있을 것이다. 신 지식인은 이러한 지식인의 근본적 의미를 완전히 무시한다"고 말 한 바 있다.48) 이러한 관점에서 본다면 『현대한국문학전집』에 실린 천상병의 평론은 천상병이 엄격한 비판정신과 사회적 책임감을 지닌 당대의 지식인이었음을 판명하는 단서가 된다.

> 이 작품의 전편을 흐르는 삼요소는 까토의 스토익한 <양심>과 케에사르의 <폭력>과 폼에이우스의 <우매>인 것이다. 양심과 폭력과 우매, 이것은 오늘에도 통용할 뿐만 아니라 東西古今을 막론할 것이다.
>
> 그 폭력과 우매 앞에서 양심은 다만 무력할 따름인 것이다. 그 양심의 無力性을 이렇게 소리없이 시현하면서도, 그러나 <어쨋든……케에사르에게 잡혀, 명예를 더럽히기보다는 죽음으로써 내 자유를 끝까지 지킨다는 것이 내게 주어진 신들의 마지막 은총이야……>라는 까토의 독백처럼 그 양심과 명예의 존엄성에 이 작자가 한 가닥의

---

48) 경향신문 특별취재팀, 『민주화 20년－지식인의 죽음』, 후마니타스, 2008, pp.19~20.

희망을 걸고 있다면, 그것은 바로 문학의 어떤 가치에 대한 認定이라고 봐야만 한다. 그런 뜻에서 이 작품이 이 작가에게 있어서의 획기적인 작품이 된다는 것이다. 그러므로 鄭乙炳의 그 <풍자>는 <진실>이고 <味覺>이 아니라 바로 문학의 생명인 올바른 현실 감각인 것이다.

≪개새끼들≫의 자기 고발의 정신에서 출발한 鄭乙炳이 이와 같이 他外의 역사에서 취재하면서도 우리들에게 人間事의 한 靑寫眞을 여실히 말해 주었다는 것은 앞으로의 우리 나라 문학의 한 지표가 될 것이다. [49)]

천상병은 마지막 권인『13인의 단편집』에서는「자기고발의 성실성－정을병론」을 통해서 독자의 자기 성찰을 부각시킨다. 성을병의『까토의 자유』는 로마시대 스토아 철학자인 까토를 대상으로 한 작품으로, 독재자 술라와 까토를 비롯한 주변인은 제3공화국 박정희 대통령과 그 주변의 독선적 정치세력을 빗댄 것이다. 이 작품의 주제는 자유는 반드시 지켜져야 한다는 것이며 이 자유는 절제와 도덕성이 기반이 되어야 한다는 것이다. 정을병은 작품 속에 등장하는 까토가 자신의 경의의 대상이자 철학신조라고 밝힌 바 있다. 그는 논쟁에서 최선의 무기는 칼이 아니라 인간의 정신임을 강조한다. 또 그는 자유가 지켜지지 않을 때에는 까토처럼 목숨까지도 버릴 수 있어야 한다고 여긴다. 천상병은 "고발의 정신이란 무엇인가. 그것은 우선 자기를 고발하지 않으면 안 된다. 자기의 고발이라는 것은 자기를 현실에 도전케 하는 첫걸음이다. 그런데 이와 같은 정상적인 과정이 우리나라 문학에는 드문 현상이었고 거의 없었다. (중략)『개새끼들』의 자기 고발의 정신에서 출발한 정을병이 이와 같이 타외他外의 역사에서 취재하면서도 우리들에게 인간

---

49) 천상병, 「自己告發의 誠實性－鄭乙病論」, 『현대한국문학전집』 제17권, p.526.

사人間史의 한 청사진靑寫眞을 여실히 말해주었다는 것은 앞으로의 우리나라 문학의 한 지표가 될 것이다."라며 문단에 대한 견해까지 덧붙이고 있다.[50]

이상의 평론을 통해 천상병은 이 기간 내내 비평의 영역에서도 꾸준한 활동과 그 명성을 쌓아가고 있었던 것을 확인할 수 있다. 「愛憎없는 原始社會—은냇골 이야기」에서는 정면正面으로 파고드는 문학적 장치의 강화를, 「近代的 人間類型의 縮圖—꺼삐딴·리」에서는 세태에 대한 고발정신 확산을, 「自己疏外와 客觀的 視線—韓末淑論」에서는 현실(가족)간 능동적인 애정을, 「自己告發의 誠實性—鄭乙病論」에서는 도덕이 기반된 자유를 주문한다. 각 평론의 관점은 제각기 다르다. 그러나 천상병이 「韓國의 現役大家—主體意識의 觀點에서」와 이 평론들에서 공통적으로 지적하고 있는 것은 주체성이라 할 수 있다. 주지하듯이 한국 문학에서 주체성에 대한 인식은 1960년대 모더니즘 문학에서 본격적으로 사유되기 시작했다. 모더니즘 문학은 한국현대시사에서 전통서정시와 두 축을 이루면서 발전해 왔으며 1960년대 모더니즘이 추구하는 것은 현실의 재현이 아니라 당대의 사회문화적 조건에 대응하며 현실을 새롭게 인식하고 비판하는 것이었다. 즉 모든 원칙의 부정성과 변화라는 새로운 문학체계를 수행하고 있는 1960년대 모더니즘의 중심은 주체성의 인식에 있었다. 그리고 이상의 미수록 평론에 대한 분석을 통해 천상병의 초기 비평의 실재와 전모 또한 문학의 주체성 확립에 있었으며, 모더니즘 문학의 선봉에 천상병이 있었음을 확인할 수 있다. 천상병은 현역대가들보다도 한발 앞서 적극적으로 한국 모더니즘 발전을 도모했던 것이다.

---

50) 위의 글, p.481.

3. 전기 시에 나타난 주체와 타자의 관련 양상

천상병의 전기 시 세계를 요약할 수 있는 개념은 서정시이다. "전통적 서정시는 통어統御할 수 없는 현실이 주는 혼란에서 이를 극복하고자 하는 시적 기제 가운데 하나이자 분리주의적 세계에 대항하는 통합의 세계관을 지녔다."[1] 근대는 이성을 우선시했으며 이성에 의한 현실의 변화가 인간에게 희망을 심어주리라 기대했다. 그러나 한국전쟁은 희망을 무색하게 했고 한국전쟁 이후에도 현실의 진보와 발전은 좌절됐으며 자본과 권력의 지배, 그로 인한 가치관 상실 등 사회적 문제를 야기했다. 이러한 세태는 시인으로 하여금 주체의 분열 · 상실을 가져왔으며 감상 위주의 전통적 서정시는 적극적으로 쇄신돼 인간의 감각으로 파악된 삶의 현실을 노래하게 된다.[2] 이 시기 천상병은 김수영의 언급대로 예술적 충동을 삶의 근본적인 진실에서 뗄 수 없었기에 "현실의 정체와 좌절을 극복하고자 서정시를 고수한다."[3] 이러한 서정시의 상상력은 '새'를 비롯한 다양한 자연 상관물을 통해서 주조된다. 본장에서는 천상병이 황폐한 현실이라는 거대한 타자와 대면하면서 어떠

---

1) 송기한, 「서정적 주체 회복을 위하여」, 『서정시의 본질과 근대성 비판』, 다운샘, 1999, p.68.
2) 박철희, 「통일을 위한 문학 – 분단의 주제론」, 『자하』 2월호, 1986, p.77 참조.
3) 김우창(1987), 앞의 글, p.255.

한 방식으로 살아갔는지를 구체적으로 살펴보고자 한다. 천상병의 전기 시를 타자 인식의 차원에서 총체적으로 분석하려면 우선 전기 시의 주된 정서를 파악해야 한다.

3.1. 소외의식의 발현과 극복 과정에 나타난 타자의 양상

천상병의 전기 시는 전통 서정시의 형식을 고수하고 있다. 당대의 시단은 서정의 역할이 약화되고 현대적 사고 형태로서의 지성을 강조했다. 따라서 전통 서정시는 비애와 감상으로 점철된 감상주의로 간주됐다.[4] "1950년대 이후 빠르게 유입된 외국문학 사조의 영향으로 그에 걸맞게 재빨리 옷을 갈아입은 '낮도깨비 시인들'의 시는 저널리즘의 각광을 받았으나 그 밖의 순정한 서정시들은 '맹물같이 무의미하다'며 외면당했다."[5] 김우창은 이러한 서정성의 쇠퇴 과정에서 천상병이야말로 '우리 시대 최후의 서정시인'에 해당된다고 평가하며 특히 1950년대

---

4) 당대의 시 경향은 다음 두 시인의 인용문으로 가늠해 볼 수 있다. "과거로 돌아갈 수는 도저히 없는 일이 아니냐? 벌써 과거로 돌아갈 수 있는 아무런 여유도 우리에게는 허용되어 있지 못하다. 자연의 풍물에 교체된 현 문명 자체의 인상, 한오리 초하의 바람결 대신에 우리의 머리 위를 스쳐가는 젯트기의 속도가 얹어주는 인상—그런 것이야 말로 현대인의 새 서정을 마련해 볼 수 있는 동기가 되어야 할 것이다." (김규동, 「현대시와 서정—낡은 세대와 교차되는 신세대」, 조선일보, 1956. 6. 4. "현대시가 당면한 가장 중요한 과제는 서정의 변혁이다. 한국시에 있어서의 소위 '서정성'이란 대체로 다음과 같은 요소로 형성되어 왔다. 첫째로 그것은 극도로 고독한 개성의 집약에 불과하였다. 둘째로 그것은 시인이 현실에 대한 수동적인 자세로써 발산하는 영탄이었고 셋째로는 그것은 좁고 낡은 자기 자신이 지닌 존재방식에 대한 꿈의 변형에 지나지 못하였다. 그리하여 한국의 시인은 스스로의 비애와 감상을 자기의 미적 세계를 형성하는 유일의 거점으로 삼았기 때문에 그러한 시는 반현대적인 초속의 경지로 후퇴하지 않을 수 없었다." 이봉래, 「서정의 변형」, 조선일보, 1953. 3. 8.
5) 민영, 「천상병을 찾아서」, 『괜찮다 괜찮다 다 괜찮다』, 강천, 1990, p.65.

부터 1970년대까지의 천상병의 시 경향을 '독특한 감수성'으로 정의했다. 그가 말한 '독특한 감수성'이란 한편으로는 전통적으로 이어온 감정으로서의 시적 감흥을 말하며 다른 한편으로는 현대적으로 열려 있는 감수성으로서의 시적 변화를 이른다.6)

천상병 시에서 전통적으로 이어온 감정으로서의 시적 서정은 현실로부터 철저히 소외된 존재라는 주체의 인식에서 출발한다. 이러한 감흥이 드러나는 시에서 화자는 근원적 상실감으로 인한 소외의식에 대한 성실한 자기 고백을 담고 있다. 이러한 자기 고백은 근원적인 원죄와 운명적인 업고의 설움을 평이하고 단순한 언어로 표현하는데, 이는 천상병 전기 시가 가지고 있는 독특한 문학적 가치이다. 그러나 천상병의 전기 시가 겉으로는 순수하고 평이해 보인다고 해서 표면화된 상황을 그대로 읽어서는 안 된다. 언어를 평이하고 단순화할 경우 시작 자체가 철학적 사고를 감추어 버리기 쉽다. 전기 시는 단순히 논리적 기호성만으로 시가 지탱되는 경우가 아니다. 전기 시에는 근원적 상실감으로 인한 두 가지 삶의 정향과 기준이 나타나는데,7) 첫째는 소외의식이요, 둘째는 그 역경을 극복하려는 주체의 의지이다.

3장 1절에서는 천상병이 현실이라는 거대한 타자와 대면하면서 겪는 주체화 과정을 통해 소외의식의 발현과 극복 양상을 살펴보고자 한다. 이러한 양상은 새, 주변 문인들, 가족과 고향 이라는 세 가지 소재와 이미지를 통해 규명될 수 있는데 먼저, 새의 이미지를 통해 살펴보기로 한다.

---

6) 김우창, 「잃어버린 서정, 잃어버린 세계」, 전집-시, pp.9~24 참조.
7) 그러나 주체의 삶의 정향을 만드는 기준과 방식이 무엇인가 하는 문제는 생애와 관련된 좀 더 복잡한 철학적 고찰을 필요로 한다.

(1)
외롭게 살다 외롭게 죽을
내 영혼의 빈 터에
새날이 와, 새가 울고 꽃잎 필 때는,
내가 죽는 날
그 다음날

산다는 것과
아름다운 것과
사랑한다는 것과의 노래가
한창인 때에
나는 도랑과 나뭇가지에 앉은
한 마리 새.

정감에 그득찬 계절,
슬픔과 기쁨의 주일,
알고 모르고 잊고 하는 사이에
새여 너는
낡은 목청을 뽑아라.

살아서
좋은 일도 있었다고
나쁜 일도 있었다고
그렇게 우는 한 마리 새.

― 「새」 전문, 59. 5. 『사상계』

(2)
저 새는 날지 않고 울지 않고
내내 움직일 줄 모른다.
상처가 매우 깊은 모양이다.

아시지의 聖푸란시스코는
새들에게 恩寵 說敎를 했다지만
저 새는 그저 아프기만 한 모양이다.

―「새」 부분, 65. 3.『女像』

(3)
저것 앞에서는
눈이란 다만 무력할 따름
가을 하늘가에 길게 뻗친 가지 끝에,
점찍힌 저 절대 정지를 보겠다면은……

본다는 것은 무엇인가
있는 것과 없는 것의
미묘하기 그지없는 간격을
이어주는 다리(僑)는 무슨 상형(像型)인가.

저것은
무너진 시계(視界) 위에 슬며시 깃을 펴고
핏빛깔의 햇살을 쪼으며
불현듯이 왔다 사라지지 않는다.

바람은 소리없이 이는데
이 하늘, 저 하늘의
순수균형을
그토록 간신히 지탱하는 새 한 마리.

―「새」 전문, 67. 5.『현대문학』

천상병은 1959년 5월『사상계』에「새」를 발표한 이후 꾸준히 동일
한 제목의 시를 발표해 왔다. 전기 시 중 1959년 이후에 발표된 시편은

총 10편인데, 그 중 6편의 시들이 모두 새를 표제로 하고 있다.[8] 서구에서 새는 일반적으로 비상의지와 초월을 상징하며, 우리나라의 신화나 무속에서는 천공과 지상의 매개자나 죽은 사람의 영혼을 상징하기도 한다.[9] 「새」의 시편에는 그의 초기 시세계가 응축돼 있는데, 천상병의 『새』에 수록된 시와 이 기간에 쓴 시편들에 나타나는 대표적인 정서는 소외라 할 수 있다.[10] 소외는 한 개인이 자신이 속해 있는 사회와의 관계에서 통합되지 못하거나 거리가 있는 상태를 이르므로 개인과 사회 간 감정적 단절을 관념적으로 극복해야만 심리적 안정을 얻을 수 있다. 라캉은 인간의 욕망의 대상을 타자의 욕망으로 보았는데, 인간은 타자의 욕망의 대상이 되기를 원하고 타자로부터 인정받기를 원한다. 라캉은 인간의 욕망이 타자의 욕망을 통해 만들어진다는 것과 관련하여 소외를 명명한다. 이 소외의 개념은 온전한 자아실현의 실현이 이룩되고 난 후 모든 문제가 해결되고 모든 가치들이 조화를 이루는 이상적인 상

---

8) "천상병은 그의 시에 새와 하늘이 자주 등장하는 이유에 대해 새는 자유분방해서, 하늘은 자유로울 뿐 아니라 맑고 진실되고 영원한 것이기 때문이라고 밝힌다. '새'와 '하늘'의 이미지를 통해 나타나는 이러한 자유 추구는 물질이나 모든 욕망으로부터 해방된 것으로 스스로 삶의 진리에 대한 깨달음에서 얻을 수 있다." 신익호, 『한국 현대시 연구』, 한국문화사, 1999, p.150.

9) 김열규, 『한국의 신화』, 일조각, 1999, pp.106~107 ; 김태곤, 『한국무속연구』, 집문당, 1991, pp.300~306 참조.

10) 『새』에는 새가 제목이나 부제목으로 사용된 시편이 11편이다. 새가 제목이나 부제목으로 사용된 시편은 『천상병은 천상 시인이다』에 8편, 『저승 가는데도 여비가 든다면』에 11편, 『요놈 요놈 요 이쁜 놈에』에도 10편이 실려 있다. 그는 타계할 때까지 새를 주요한 모티브로 삼은 일련의 작품들을 지속적으로 발표했는데 시의 분위기는 시기별로 제각각 다르다. 천상병은 「시와 시학」의 인터뷰에서 새를 지속적으로 형상화하는 이유를 "새는 자유분방한 것이니까요. 저는 자유로운 것을 좋아합니다. 그것은 무엇보다 제가 하늘을 좋아하기 때문입니다. 새가 자유롭게 날아다니는 공간이기도 하고요. 또한 하늘은 맑고 진실되고 영원한 것이지요?"라고 말했다. KTV, 「인문학 열전」 118회, 새가 된 詩人, 천상병을 기억하다, 2010. 9. 14. 방송

태를 전제로 한다. 일종의 유토피아의 가능성을 함의하고 있는 소외는 세계 인식에 대한 필요성을 잠재적으로 포함하고 있으므로 이러한 존재론은 세계를 이해하고 세계를 변화시키기 위해 반드시 인식되어야 한다. 기존 연구에서 천상병의 시에 나타난 '새'는 존재론적 측면에서 현실의 고난, 죽음, 탐색 등 다양한 의미로 논의되어 왔다. 위 시편들에서 화자는 현실로부터 받은 상처와 좌절로 인해 자신의 존재를 '새'로 형상화해 그 지향점을 드러내고 있다.

(1)의 시는 시인의 낭만적 감상이 '새'로 형상화되었으며 죽어서 새가 되어 울고 있는 또 다른 자신은 현실에 묶여 있는 인간의 존재 상황을 그대로 감내하는 운명애적 모습을 보여준다. 이 시에서 화자가 속한 공간은 현실과 유토피아를 드나드는 빈 지대로서 '외롭게 살다 외롭게 죽을 내 영혼의 빈 터'이다. 화자가 죽은 후 영혼의 빈터에 살아난 '새'는 실존하는 주체와 삶을 초월한 이상적 주체로 형상된다. 새를 통해 삶과 죽음을 연결하는 1연에서 화자는 자신은 '외롭게 살다 외롭게 죽을' 것이라고 말함으로써 소외의 정서를 표상하고 있다. 인간은 본질적으로 자신을 대상화한 존재론적 성찰을 시도한다. 이때 극심한 자기 소외를 경험하게 된다. 자신의 대상화는 설령 그것이 자기 동일시를 전제한다고 해도 늘 심리적 불안을 감수해야 하므로 새를 통해 화자가 우울한 초상을 드러내는 것은 그리 이상한 것이 아니다. 2연에서 새는 화자인 '내가' 죽음으로써 '도랑과 나뭇가지에' 부활한 화자의 영혼으로 대치된다. 3연과 4연에서의 새는 부활한 화자의 객관적인 상징물이자 전생에 대한 객관적 회상으로 이해될 수 있다. 인간의 외로운 마음은 본질적인 것으로 삶의 외로움과 슬픔은 깊고 끝이 없지만, 그것은 현실에 소속되려는 자아의 강렬하면서도 본능적인 표현이기도 하다. 그래서

화자는 '슬픔과 기쁨의 주일(週日)', '알고 모르고 잊고 하는 사이에'로 형상화되는 현실 세계에서는 절망하거나 좌절하지 말고 현실과 조화를 이루며 나아가야 한다고 스스로 주문한다.

(2)의 시에서는 주체의 현실 상황이 표상된다. 여기서 '새'는 '상처가 매우 깊'고 '그저 아프기만' 하다. 그래서 새는 더 이상 '날지 않고 울지 않'는다. 새가 어떠한 연유로 억압되었는지는 구체적으로 알 수 없지만, 화자는 새를 통해 현실의 고뇌를 그려내고자 한다. 사물과 지속적인 관계를 이어가는 이러한 시편들에서 '새'는 소외와 외로움의 표상으로 나타나기도 하지만, (3)의 시에서와 같이 새는 '불현듯이 왔다가 사라지지 않는', '순수균형'을 '지탱하는' 결의의 표상으로 나타나기도 한다. '이 하늘'과 '저 하늘'을 날아오르며 새는 자유를 갈망하며 초월의 세계를 향해 비상한다. "그 초월의 세계는 어떤 절대의 세계, 즉 막연한 지향점이지만 시인의 상상력을 통해 인식된 자유의 공간이며 또한 원초적인 영원의 세계이다."11) '저 하늘'로 표상되는 초월의 세계는 '이 하늘'의 현실 세계와 대립을 이루는데, 새는 소리 없이 현실의 고통을 감내하고 있다. '저것'으로 표상되는 타자 앞에서 주체의 '눈이란 다만 무력할 따름'이다. 화자는 현실과 유토피아의 중간지대에 선 주체를 인식하고 그 속에서 존속하고자 근원적 상실감을 극복하려 한다. 시적 주체의 유토피아는 '가을 하늘가에 길게 뻗친 가지 끝에, 점찍힌 저 절대정지'로 제시된다. 여기서 화자는 현실에서 이상을 꿈꾸는 새로, 대상물과 동일성을 회복하지 못하고 소외된 상태에 있는 것처럼 보인다. 그러나 화자는 그 새가 '햇살을 쪼으며 불현듯이 왔다 사라지지 않는다'라고 믿고 있다. 그 믿음은 화자로 하여금 현실을 외면하지 않고 고독

---

11) 김종호, 앞의 글, p.154.

하고 진지하게 살아가게끔 한다. 고독하고 진지한 삶은 홀로 침묵함으로써 가능한데, 이러한 것의 다른 이름이 소외이다. 그리고 이러한 현실 극복이나 희망의 태도는 '새'를 통해 이룩된다. 즉 '새'를 형상화한 시편들에는 실존을 극복하기 위해 희망을 고수하려는 자세와 삶의 근원적 상실감이 노정되어 있다.

다음의 시는 천상병이 마산중학교 시절 발표한 시다.

> 피리를 가졌으면 한다
> 달은 가지 않고
> 달빛은 교교히 바람만 더불고—
> 벌레소리도 죽은 이 밤
> 내 마음의 슬픈 가락에 울리어 오는
> 아! 피리는 어느 곳에 있는가
> 옛날에는
> 달 보신다고 다락에선 커다란 잔치
> 피리 부는 악관이 피리를 불면
> 고운 궁녀들 춤을 추었던
> 나도 그 피리를 가졌으면 한다.
> 불 수가 없다면은
> 만져라도 보고 싶은
> 이 밤
> 그 피리는 어느 곳에 있는가.
>
> —「피리」부분, 49. 7.『죽순』

이 시는 "산만한 주관성 대신에 '피리'라는 구체적 사물을 중심으로 한 진술의 객관적 결정화를 볼 수 있다."[12] 화자는 피리라는 대상물을

---

12) 김우창, 앞의 글, p.196.

통해 자신의 견해를 표명하고 있는데, 이때 시인의 영감과 정서는 타자와의 대면을 꺼려 피리를 통해 그것을 형상화하고자 한다.

이 시에 나타나는 시적 장치를 동화나 투사라고 명확하게 확정짓기는 어렵다. 화자와 '피리'의 관계는 오히려 독립된 사물과 화자의 관계로 존재한다고 볼 수 있고, 이 시가 궁극적으로 추구하고자 하는 바는 상호간의 교감이다. 그러나 화자는 현실적 세계와 이상적 세계의 갈등 속에서 조화를 이루지 못하고 애상과 고독과 그리움 등의 감정을 통해 타자와 분리된 거리를 의식하고 있다. 여기에서 천상병의 전기 시에 내재된 타자 인식을 살펴볼 수 있다. 레비나스는 주체와 타자가 맺는 인식적 한계를 주체의 인식 안으로 포섭되지 않는 타자의 존재를 통해 이해하고자 한다. 이에 레비나스는 타자 담론의 핵심을 '분리' 개념을 통해 강조한다. 그에 따르면, 타자는 이타성으로 인해 나와 분리된 존재이다.13) 현실적 세계의 욕망이 효과적으로 실현되기 위해서 화자는 대상물과 일정한 거리를 유지하고 있다. 이 시에 드러나는 것은 세계에 대한 어두운 음영의 형상화라기보다는 생의 관조에 가깝다. 일견 비슷해 보이지만 생의 관조는 현실에 대한 도피라기보다 현실을 다른 각도

---

13) 레비나스에 의하면 타자는 만나는 것이지 구성되는 것이 아니다. 이때 만나는 타자는 어떤 식으로도 주체가 환원하거나 소유할 수 없다는 점에서 규정 불가능한 '무한자'이다. 무한성을 지닌 타자는 내가 응답하면 할수록 나는 점점 더 많이 책임을 지게 된다. 레비나스는 주체의 주체성, 즉 주체가 주체로서 자신의 모습을 갖출 수 있는 조건을 이론적 활동이나 기술적, 실천적 활동에서 찾기보다는 오히려 타인과의 윤리적 관계를 통해서 찾고자 한다. 주체가 주체로서 의미를 갖는 것은 지식 획득이나 기술적 역량에 달린 것이 아니라 타인을 수용하고 손님으로 환대하는 데 있다고 본 것이다. 이때 타자는 약한 사람, 가난한 사람이며 나(주체)는 부자이고 강자이다. 헐벗은 모습으로, 고통받는 모습으로, 정치적, 경제적, 사회적 불의에 의해 짓밟힌 자의 모습으로 타자가 호소할 때 그를 수용하고 받아들이고, 책임지고, 그를 대신해서 짐을 지고, 사랑하고 섬기는 가운데 주체의 주체됨의 의미가 있다는 것이다. 강영안, 앞의 글, pp.32~33 참조.

에서 대응하려는 이상적인 미의 추구라 볼 수 있다. 다음의 시에서도 이러한 양상이 나타난다.

> 사람들은 모두 그 나무를 썩은 나무라고 그랬다. 그러나 나는 그 나무가 썩은 나무는 아니라고 그랬다. 그밤. 나는 꿈을 꾸었다.
> 그리하여 나는 그 꿈 속에서 무럭무럭 푸른 하늘에 닿을 듯이 가지를 펴며 자라가는 그 나무를 보았다.
> 나는 또다시 사람을 모아 그 나무가 썩은 나무가 아니라고 그랬다.
>
> 그 나무는 썩은 나무가 아니다.
> — 「나무」 전문, 51. 12. 『처녀지』

이 시에 등장하는 '사람들'은 '나'를 제외한 타자를 지칭하고 있다. '사람들은 모두 그 나무를 죽은 나무라고 그랬다.' 그러나 '나는 그 나무가 죽은 나무는 아니라고 그랬다.' 그리하여 자아는 소외됐다. 나는 확신을 하고 '또 다시 사람들을 모아 그 나무는 죽은 나무가 아니다'라고 말하지만 돌아오는 답변은 없고 독백만이 남는다. 이 시에서 중요한 것은 '그 나무가 썩은 나무가 아니다'라는 진위 판별이 아니다. 화자는 그 나무가 썩지 않은 나무라고 믿을 때 적어도 자신의 마음(꿈) 속에서라도 그 나무는 무럭무럭 자라난다고 한다. 이 시는 이분된 현실과 꿈의 대립적 관계를 토대로 전개되지만, 이 둘은 단절돼 있는 것이 아니라 신념으로 인한 모순의 융합을 통해 서로에게 영향을 주고 있다.[14] 이 시에 등장하는 '사람들'이 주체의 자아가 주체 밖으로 투사된 것이 아닌 반면 '나무'는 주체에 내재하는 타자다. 그러나 천상병은 '나무'를 주체에 외재하는 타자의 자리에 놓고자 한다. 주체의 내적 원리를 타자의

---

14) 홍금연, 앞의 글, p.16 참조.

원리로 치환한 '나무'는 주체 내부의 감정을 극복하고자 그것을 타자의 위치에서 조망하려는 의지를 드러낸다. 화자는 나무가 푸른 하늘에 닿을 만큼 가지를 펴고 자라는 것은 현실에서는 불가능하다고 봄으로써 그것이 가능한 공간을 '꿈 속'으로 한정해 버린다. 소외된 주체는 '꿈'을 통해 상징계에 묶여 있는 '나무'를 상징적 질서 너머로 안치하면서 자기를 극복하고 있다. 이러한 심정은 다음의 시에도 나타난다.

> 내 머리칼에 젖은 비
> 어깨에서 허리께로 줄달음치는 비
> 맥없이 늘어진 손바닥에도
> 억수로 비가 내리지 않으냐,
> 비여
> 나를 사랑해 다오.
> 저녁이라 하긴 어둠 익숙한
> 심야(深夜)라 하긴 무슨 빛 감도는
> 이 한밤의 골목 어귀를
> 온몸에 비를 맞으며 내가 가지 않느냐,
> 비여
> 나를 용서해 다오.
>
> — 「장마」 전문, 61. 10. 『자유문학』

'저녁이라 하긴 어둠 익숙한 심야(深夜)라 하긴 무슨 빛 감도는 이 한밤' 화자는 자신이 처한 현실의 상황을 '비'를 통해 내비치고 있다. '비'는 '내 머리칼'과 '어깨에서 허리께로 줄달음' 쳐서 '맥없이 늘어진 손바닥에도 억수로' 내리고 있다. 이러한 시공간에서도 화자는 애절한 기도를 통해 소외와 외로움에서 느끼는 슬픔을 극복하고자 한다. 이때 '비'를 통해 형상화되는 감정은 주체가 대상물로부터 자극받아 발생되는 우발적인 감정이 아니라 이미 시인의 내면 깊숙이 존재하는 의식과 연관된다. 천상병에게 있어 자연은 현실의 슬픔에 대처해 가는 데 중요한 동반자와 같은 존재였기에 대상물을 상기하기만 하여도 소외의식은 시인의 의식 깊숙이 생겨난다.

이 시의 화자인 '나'는 '온몸에 비를 맞으'면서도 '비'를 통해 희망을 찾고자 한다. 이는 소외의 상황에서 탈출하려는 주체의 의지와 그 상황에 수용되고자 하는 주체의 이중적 욕구를 드러내는 것이다. 이러한 양가적 태도는 어느 하나의 방향을 선택하지 못함으로써 끝없이 욕망하는 모습을 보여준다. 화자는 존재의 실상과 이상의 갈등 속에서 괴로워한다.

『천상병 전집』에 따르면, 천상병이 등단 이후 1967년까지 발표한 시는 20편이다. 그는 아주 예민한 서정적 감수성의 소유자였음에도 자신의 천성을 시로 표현하는 일에만 전념하지는 않았다. 그가 새로 눈을 돌린 영역은 비평이었다. 평론 수가 많은 것은 아니나 1950년부터 1960년대에 쓰인 많은 평론들이 대부분 시효를 상실한 것과 달리 당시 발표된 그의 비평문은 지금 읽어도 취할 바가 적지 않다. 천상병은 1952년 3월부터 『신작품』 동인으로 참가했으며 1952년 10월 『국제주간』 9호에 「천사의 귀향: 비극의 초극」, 같은 해 10월 『제2처녀지』에 「인간상의 새로운 성」, 1953년 『현대공론』 창간호에 「사람들을 방어하는 유일한 관계」, 1953년 『협동』 41호에 「실존주의 소고」를 발표한 바 있다. 특히 천상병은 「나는 거부하고 반항할 것이다」(『문예』, 1953. 2)를 통해 '실존'에 대한 인식과 새로운 문학 건설을 위해 '저항'이 갖는 의미를 분명히 제시한다. 또 「사람들을 방위하는 유일한 관계」(『현대공론』, 1953. 10)를 통해 인간성 옹호의 방침으로 반인간적 상황과의 투쟁을 제안했다. 이에 대해 고봉준은 전후 한국 시단에서 가장 순수한 시를 썼던 시인 천상병과 역사의식에서는 부정과 저항을 주장한 비평가로서의 천상병의 초기 작품세계는 불협화음을 이룬다고 평가했다.[15] 이러한 고봉준의 평가는 초기 비평과 전기 시에 나타난 타자의식의 대비를 지적한 것으로, 비평의 이해에 주의를 요한다.

천상병은 사르트르의 이론[16]이 타인과의 관계 속에 성립될 수 있는 인간성마저도 부정할 수 있음을 지적하며 타자와의 관계 속에서 존재 이유를 설명한 기독교적 실존주의자 마르셀의 의견에 동조하기도 했다. 그러나 다음의 글은 타자에 대한 그의 인식이 모호함을 드러내고 있다.

> 타인의 사정을 내가 알 리가 없다. 내가 아는 것은 나의 사정, 나의 상황, 나의 이유다. 심야에 혼자 남은 나는 가만히 그냥 그대로 있는 것이 아니었다. 막연한 대로나마 나는 전날 일을 뉘우치고 있었고, 그 날 일을 깊이 돌이키고 있었고, 내일에 대한 설명하기 곤란한 공포감을 포착하고 있었다.[17]

천상병에게 문학은 관심이나 흥미의 차원이 아니라 삶 그 자체였다. 삶의 공동체로서 타인은 자신과 동일한 그 무엇이어야 했다. 그러나 천

---

15) 고봉준, 앞의 글, pp.18~20 참조.
16) 사르트르에게 타인이란 자기와 똑같은 개체이다. 이 존재는 자유로운 주체이며 '나'와의 관계 속에서 이루어진다. 그에게 변천하지 않는 것은 인간이란, 세상에 있고 세상에서 노력하고 타인과의 사이에 존재하고 거기서 죽어야 하는 필연성이다. 이 존재론적 구조는 자기와 타인이 함께 한다는 것을 전제한다. 그러나 내가 자유로울 때는 상대가 물(物)이 되고 상대가 자유로울 때는 내가 물(物)이 되지 않으면 안 된다. 이것이 인간 존재의 실상이다. Jean Paul Sartre, 정소정 역, 『존재와 무』, 동서문화사, 1994, pp.419~423, pp.1066~1068과 Jean Paul Sartre, 박정태 역, 『실존주의는 휴머니즘이다』, 이학사, 2008, p.37 참조.
17) 전집-산문, pp.204~207.

상병은 '타인의 사정'을 고려하기를 꺼리고 있다. 그가 무슨 이유로 타자를 배척하고 있는지는 알 수 없으나 그의 삶에서 '타인'은 내재되지 않은 타자이다. 화자로부터 정화된 대상물로서의 자연물은 주체와 타자 간의 결속을 다지는 역할을 한다.[18] 그러나 이러한 '타인'으로서의 타자는 주체의 상징계의 결핍을 메우지 못하는 존재이다. 피상적으로 보기에, '내일에 대한 설명하기 곤란한 공포감을 포착'한 그가 본 '타인'은 자아에게 환원될 수 없는, 다름을 지닌 타자이다. 그러나 다른 사람의 사정을 알 수 없다는 것은 다른 사람의 사정을 알지 않고도 다른 사람이 되어 보는 것, 타자를 동일시하지 않으면서도 이미 다른 존재와 같이 있는 것을 의미한다.

> 뭐라고
> 말할 수 없이
> 저녁놀이 져가는 것이었다.
>
> 그 시간과 밤을 보면서
> 나는 그때
> 내일을 생각하고 있었다.
>
> 봄도 가고

---

18) 여기서 '자연물'은 가족의 대체물이라는 관점에서 라캉의 '환상' 개념으로 이해될 수 있다. 라캉의 환상 구조는 언어에 의해 분열되고 소외된 주체가 소외화의 과정에서 불가피하게 떠맡게 된 존재론적 결핍을 보상해 줄 것으로 기대되는 어떤 욕망 속의 대상과 관계 맺는 관계로 설명된다. (박찬부, 『라캉-재현과 그 불만』, 문학과지성사, 2006, p.140.) 라캉의 현실은 잘 구성된 전체로서 경험되며 천상병의 시에서는 '잘 구성된 전체'는 자연물을 통해 이루어진다. 그러나 '자연물'은 잘 구성된 전체로서 경험될 뿐이며 실체는 아니다. 그렇기 때문에 전기 시에서 상상적 관계로 구축된 자연물의 이미지 역시 잉여 또는 결핍을 피할 수 없다.

어제도 오늘 이 순간에도
빨가니 타서 아, 스러지는 놀빛.

저기 저 하늘을 깍아서
하루 빨리 내가
나의 무명(無名)을 적어야 할 까닭을,

나는 알려고 한다.
나는 알려고 한다.

　　　　　　　　　　　－「무명」 전문, 52. 6.『新作品』

　이 시는 소외가 전경화됨으로써 화자의 존재적 상황을 형상화된 것
으로, 당시 잘 알려지지 않은『신작품』이라는 잡지를 통해 발표된 것이
다. 이 시도 대부분의 전기 시와 같이 "절대적 실재라는 큰 세계를 몸으
로 느끼고 있다. 이는 천상병이 일찍이 존재적 문제의식에 눈을 뜬 것
이며 지각된 홍분으로 서성거리는 행자(行者)의 몸짓이 된다."19) 이 시
의 화자는 '노을'이 지는 모습을 '뭐라고/말 할 수 없이'라고 표현한다.
노을이 지는 것은 타자의 부재, 소멸 등을 의미하는데, 화자는 이에 대
해 적확하게 명시하지 못하고 있다. 이때 화자는 분명히 '말하는 바'와
'의미하는 바' 사이에 존재하는 틈새를 인지하고 있다. 그래서 화자는
하루 빨리 '나의 무명(無名)을 적어야 한다'고 생각한다. '노을이 지는
것'과 '무명(無名)을 적어야'하는 관계는 주체의 상상적 관계 속에서만
그 고유한 의미를 갖게 된다. 그래서 이 시의 마지막 연에서 화자는 '알
려고 한다'를 반복하고 있다. 알려고 하는 화자의 욕망은 일시적인 것
이 아니다. 알려고 하는 자체가 다시금 새로운 기대나 희망으로 이어져

---

19) 구중서, 앞의 글, p.334.

있지만 '나'는 이에 대한 출구를 찾지 못하고 있다. 출구를 찾지 못하고 헤매는 화자의 심정은 시적 공간을 통해서도 나타난다. 이 시의 시적 공간은 저녁놀이 져가는 '그 시간과 밤' 과 '내일'이라는 시간 사이에 있다. 타자와 소통하지 못한 수많은 '밤'과 '봄'을 보냈던 '나'는 오늘의 끝자락에서 이에 대한 기대를 품는다. 화자는 타자와 소통하고 싶지만 현실이라는 시간에 속한 '나'는 '내일'과 '저녁' 사이에서 그 어느 것도 선택할 수가 없다. 어느 하나의 선택은 동시에 두 세계의 본질적인 포기를 의미하기 때문에 '나'는 출구가 막힌 '밤'의 가운데서 끝없이 방황하는 양상을 띠게 된다. 그러나 주체는 이러한 현실적 상황에 포섭되는 것을 원하지 않는다. 즉 천상병은 전쟁과 사회적 폭압으로 얼룩진 당대의 상황을 반성적으로 인식하면서도 이를 직접적으로 내면의 공간으로 옮기지는 않는다. 그러나 화자는 자신과 같은 상황을 겪고 있는 타자를 의식하고 있다. 하늘을 깎아서라도 소리없이 저물어가는 존재의 아픔을 밝혀야 하는 이유는 그 존재자가 '나의 무명(無名)'이기도 하기 때문이다. 다음의 시는 '새'를 통해 자아와 대상간의 거리가 없어진 상황, 즉 '거리의 서정적 결핍'[20]을 이루는 상황을 나타내고 있다.

> 그대로의 그리움이
> 갈매기로 하여금
> 구름이 되게 하였다.
>
> 기꺼운 듯

[20) 심리적 거리란 예술작품을 감상할 때 감상자가 자기의 사적, 공리적 관심을 해제한 심적 상태를 뜻한다. 시의 객관화는 시인이 자신의 감정을 어느 정도 억제하느냐 즉 제재에 대해서 어느 정도의 심리적 거리를 두느냐에 달려 있다. 김준오(1988), 앞의 글, p.36, pp.209~234 참조.

푸른 바다의 이름으로
흰 날개를 하늘에 묻어 보내어

이제 파도도
빛나는 가슴도
구름을 따라 먼 나라로 흘렀다.

그리하여 몇 번이고
몇 번이고
날아오르는 자랑이었다.

아름다운 마음이었다.

―「갈매기」 전문, 51. 12. 『처녀지』

그리움의 정서로 시작되는 이 시에서 화자는 '먼 나라'는 태초의 유
토피아를 동경한다. 현실은 인간의 순수한 욕망에 응답하지 않는다. 꿈
을 현실로 바꾸려면 그저 꿈을 꾸는 데 머물러서도 안 된다. 꿈을 현실
로 바꾸기 위해서는 부단한 노력이 뒤따라야 한다. 그렇기 때문에 사람
들은 병을 앓기도 한다. 그러나 시인은 그러한 욕망을 상상력을 통해서
미학적인 기원으로 충족시킨다.[21] 시인은 주체의 상상을 하나의 새로
운 현실로 형성하고자 하는데, 이 시는 '갈매기'를 통해 그것이 형성된
다. 화자는 '먼 나라'를 무한의 세계로, '파도'와 '빛나는 가슴'을 유한 세
계로 이해하고 있다. 갈매기로 하여금 '먼 나라'를 비상하도록 하는 것
은 그리움이다. '그리움'은 상징계를 벗어나고자 하는 주체의 욕망에
대한 표상이다. 이 정서는 '푸른색'과 '흰색'의 색채로 제시되며 이러한

---

21) 정영자, 『한국문학의 원형적 탐색』, 문학예술사, 1982, p.108 참조.

건강한 그리움은 '자랑', '아름다운 마음'이라는 시어에 의하여 뒷받침된다. 아름다운 마음은 화자의 영혼을 고양시키는 가장 순수한 자랑인 것이다. 3연에서 화자는 '갈매기'의 비상을 통해 현실의 '그리움'이라는 감정을 하나의 지점이 아니라 그것이 지양돼야 하는 지점에 위치시키고자 한다. 화자가 반복되는 '갈매기'의 비상을 그려내는 것은 그러한 비상의 행위가 일회적이 아니라 지속적이라는 뜻을 나타내기도 한다.

'갈매기'는 시인의 내면이 투사된 등가물로 '그리움—갈매기—하늘— 먼 나라—날아오르는 자랑—아름다운 마음'으로 이어지는 시어가 추상어와 구상어를 결합시키는 은유[22])에 의하여 그 의미 지향을 뚜렷이 드러내고 있다. '나'라는 존재는 '갈매기'라는 대상을 바라보며 현실을 묘사하는 것이 아니라 대상과 일체되어 존재실상을 드러낸다. 여기에서 주체와 대상은 차별성을 지닌 요소로 존재하는 것이 아니라 유사성을 지닌 존재로 존재하며 이를 바탕으로 서정적 동일시가 이뤄진다. 이러한 융합의 상태는 현실이라는 상황 속에서는 기대하기 어려운 것이며 내면의식을 통해 회구될 수 있는 것이다.

소외의 발현과 극복의 대상이 새의 이미지를 통해 전치[23])되고 있는 가운데 주체의 타자에 대한 인식은 문학과 문인의 관계를 통해서도 나타난다.

---

22) 김재홍, 『한국 현대시 형성론』, 인하대학교 출판부, 1985, p.37 참조.
23) 여기서 전치란 프로이트가 『꿈의 해석』에서 분석한 꿈 분석의 2가지 기제인 '전치와 응축' 중 하나이다. 프로이트의 전치는 무의식의 영역에서 자아를 모방한 것으로 자아를 재현한 것들 사이에서 나르시시즘을 유지하는 것이 상징적 체계이고 그러한 이중성을 지닌 상징의 체계에서 자아는 또 다른 모습을 드러낼 수 있다. Sigmund Freud(2003), 앞의 글, p.400. 라캉은 프로이트의 이 개념을 언어의 본질적인 모습으로 인식하고 이를 '환유와 메타포'라고 부른다.

(1)

현실에 대한 인간의 태세에는 반드시 하나의 필수 여건을 전제로 하였다. 그것은 인간은 '생각하는 갈대'라는 것이다. 파스칼은 이 말을 데카르트에게 '나는 사유한다. 그러니까 나는 있다'라는 말로 바꾸어서 말하도록 하였다. 여기까지는 좋았다. 헤겔은 그 후에 "현실적인 것은 합리적이고 합리적인 것은 현실적이다"라고 하였다. 그것은 균열의 시초였다. (중략) 이 시초를 얻은 세계의 난항은 지금까지는 필요 조건이었던 그 일정되었던 태세를 한 푼어치의 가격도 없는 것으로 만들어 버렸다. 나는 역사학에 대한 강의보다도 경제 사정에 관한 기사를 산문에서 찾는 일분 간의 시간이 더 인간적인 도리라고 생각하는 것이다. 이것이 나의 슬픈 패러독스라고 한다면 그래도 좋다.24)

(2)

'생각하는 갈대'라는 고전적 인간상은 그러니까 한국의 지식인들에게는 이미 해당되지는 않는다. 그들은 아예 생각하기를 거부했으니까. 자아가 없는 인간에게는 타인도 없다. 주관적으로나 객관적으로나 한국의 지식인은 그들의 인간을 어느 곳에서나 정립하지 못한다. 그래서 그 정립하지 못하는 '자기'를 자기 자신에게만 혹은 어떤 집단 내에 해소하려고 하는 것이다. 이 숙명적 비극을 정시하면 우리에는 절망밖에 남지 않는다. 죽은 까뮈는 그가 살다 죽은 생애에 소모된 생명보다 더 많은 질량으로 지금 우리들의 가슴에 살고 있다. 예술가들은 우리가 이 사람, 저 사람 차별 대우하는 것은 결코 아니다. 어떤 협정이 있어서 그러는 것은 결코 아니다. 그 기준은 우리가 암묵리에 약속한 것이다. 즉, 사이비가 아니고 '진짜'를 선택하는 것이다. 한국의 예술가들에게 이 '진짜'가 무엇인가를 묻지 말아야 한다. 슈프란가의 그 심미적 생활 형식에 해당하는 예술 분야의 이 나라의 내부를 살피면 숙명적 비극의 집약적 양상의 명중을 본다. (중략)

'자기가 자기를 말하고 싶지 않은 본능, 그 역리도 자연적이다. 즉

---

24) 천상병, 「탁상의 역사」, 전집—산문, p.133.

자기를 말하는 것이 아니라 타인의 욕을 한다는 것'이다. 이것도 심리적 타력 의존의 현상이다. 심리학 상의 자기방어 기능의 이론대로 우리는 결함이나 단점의 반대로 향해 달음질하는 관습이 이미 선천적 성격처럼 된 지 오래다. 다리 불구자였던 바이런의 시에 나오는 인물의 다리는 어떤 문학 작품상의 인물보다 미려하게 그려져 있는 것이다. 열등처럼 비열한 감정은 따로 없다. 이 열등감은 결정적으로 한국인 일반의 패배 의식을 지배하고 있다. 그 패배 의식의 구조는 이 열등감을 기초로 하여 거기에 상충식으로 도피 심정 억지 자조, 반발 심리, 고립감, 절망과 포기, 범죄적 공포로 되어 있다. 일종의 건전한 정신을 바란다는 것은 하늘의 별 따기 같지 않을까. 인간의 영원한 이상상, 이런 관념에 대하여 우리는 제 삼자적 존재가 되고 말았다.[25]

(3)
피차 살기 어렵기는 마찬가지다. 그런데 나라고 하는 작자는 한번 살아보겠다는 생각조차 아예 거부해 왔으니 사람 취급으론 개코나 조금도 다름없었다. 청춘의 혈기, 예술의 영원성, 하는 것들도 다 싱거워 식어지고, 이젠 쌀 한 홉의 값어치가 더 혈기적이요 영원적인 것이다. 이 섭리는 동서와 고금을 통틀어 사람을 지배해 왔다. 난들 어찌 '사람'이 아니겠는가.[26]

위의 글들은 예술과 예술가 주체의 윤리에 대해 언급하고 있다. (1)은 1952년 9월『상대평론』에 발표된 것으로, 그 내용은 (2)와 같이 패배한 것으로 보이는 당대에 대한 현실 고발로서 지식인의 위치를 문제시하고 있으며 (3)은『현대문학』1964년 3월에 발표된 것으로 지식인의 부류에 속한 자신의 처지를 솔직하게 고백하고 있다. 천상병은 예술의 주체를 현실과의 관계를 통해 따지고 있다. 현실을 도외시하는 것은

---

25) 천상병, 「독설재건」, 전집-산문, pp.107~113.
26) 천상병, 「서울 부재」, 전집-산문, p.17.

사회적 맥락을 배제한 문학이 되기 때문이다.

(1)의 글에서 천상병은 그의 시작이 이뤄진 1950년대를 '균열의 시초'로 인식한다. 세계의 균열에 대한 인식은 천상병의 경우에만 국한되는 것이 아니라 전후세대로 일컬어지는 이봉래, 이어령, 홍사중, 고석규 등 거의 모든 당대의 비평가들에게 공통으로 견지되는 바이다.27) 현실의 균열은 자신의 진지한 관심사로부터 극복되어야 한다. 천상병에게 있어 진지한 관심사는 글을 쓰는 것이었다. 현실과 문학에 대한 천상병의 인식은 그의 산문에서 더욱 구체적이고 명확하게 드러나는데, 이 글에서 천상병은 '현실적인 것은 합리적이고 합리적인 것은 현실적'이 돼버린 '헤겔'의 시대 속에서 살고 있다고 말한다. 헤겔은 이성의 비합리성을 탐사하여 그것을 좀 더 넓은 이성 속에 편입시키고자 했다. 헤겔에 대한 천상병의 평가가 전적으로 부정적인 것은 아니다. 하나의 실존 범주이자 근원적인 현상으로서 현존은 실재가 아니므로 현실적인 것은 합리적이고 합리적인 것은 현실적이라는 말에 압축된 기성질서의 옹호에 대해 문제를 삼은 것으로 보인다.

그와 같은 천상병의 인식은 그가 당대에 성행하던 현상학적, 인간학적 사유에 대한 비판가 중 한 명이었음을 나타낸다. 한국전쟁 이후 한국에 도입된 사르트르의 문학론은 이후 4·19 정신과 결합되면서 한 사회의 지식인으로서 작가가 어떻게 현실 세계에 능동적으로 대처할

---

27) 천상병 또한 당대의 삶 속에서 현실과 예술 양자를 모두 끌어안고 나아가려는 근대적 주체를 그대로 보여주고 있다. 김영민은 당대의 문단에서 신인과 신세대에 대한 관심이 높았지만 천상병을 비롯한 신세대들이 자신의 문학론에 대한 구체적 정의를 내리지 못하고 있다고 진단한다. 그가 보기에, 신세대론이 문제 제기만을 한 채 신세대의 특질을 구체적으로 정리하지 못한 데는 두 가지 이유가 있다. 하나는 과도기 사회에서 새로운 가치에 대해 정의한다는 사실 자체가 어려웠기 때문이며, 또 다른 하나는 신세대가 추구하는 새로운 가치의 공통적 특질을 추출하기 어려웠기 때문이다. 김영민, 앞의 글, pp.120~123, pp.140~141, p.149 참조.

것인가의 문제를 제기했다.[28] 천상병도 레비스트로스가 시작한 주체에 대한 부정적 담론을 현대성에 대한 비판으로서 이해한 사르트르와 유사한 사유를 하고 있었다. 그런데 이러한 실존적 경향의 모티브들은 '사물의 질서'에 대해 정면으로 도전한 사르트르보다 슈프랑거를 통해 그에게 도달하였다.[29] 이는 천상병이 자신의 가장 저명한 비평인 「독설재건」의 양식을 독일 철학자인 슈프랑거의 『삶의 형식들』을 빌린 것에서 알 수 있다. 헤겔에 대한 천상병의 이해도 이와 같은 맥락으로 이해되어야 할 것이다.

천상병은 「독설재건」에서 실존을 여섯 가지 형식으로 규정짓고 있다. 슈프랑거에 따르면, 삶의 형식들, 즉 현실을 이해하기 위해서는 역사 속에서 정신의 객관으로 현현하는 문화를 해석해 내는 일이 필연적이며 현실 의식은 예외 없이 의미 있는 내용을 토대로 해서만 스스로 구축된다. 그러나 천상병이 보기에 현실은 위기이다. 이는 역사의 위기이자 실존의 위기이다. 그는 비평가로서 비합리적인 것을 추방하는 것이 아니라 이를 숨기고 있을 따름이다. 그러나 비합리성은 합리성과의

---

28) 이에 대해 한국문단은 참여론적 입장과 순수의 입장으로 나뉘는데 최일수, 홍사중, 김우종, 김병걸, 김진만, 장백일, 신동한, 조동일 등이 참여론적 입장을 취하고 김상일, 이형기, 원형갑, 김양수 등이 순수의 입장을 취하게 된다. 김동리, 「생활과 문학의 핵심」, 『신천지』, 1948년 신년호와 임헌영 편, 『문학논쟁집』, 태극출판사, 1976, pp.510~511 참조.

29) 사르트르는 인식적 관계에서 인식 주체와 인식 대상으로서의 타자가 따로 단자적으로 존재할 뿐 타자가 주체의 존재 규정에 개입하지 못한다 점에서 이 관계는 외적 관계에 머문다. Jean Paul Sartre, 앞의 글, pp.400~401 참조. 슈프랑거는 인식적 관계에서 '역사 의미에 대한 인식'을 강조한다. 현실 인식은 역사로부터 의식되고 구축되며 슈프랑거는 이러한 내용들을 '문화(文化)'와 연관 짓는다. 이 문화는 역사 속에서 생성되는 정신구조의 산물로서 실체 개념과 동시에 과학이 전제될 때 온전한 인식의 대상이 된다. Eduard Spranger, 이상오 역, 『삶의 형식들』, 지만지, 2009 참조.

비교 속에서만 규정되는 것이지 그것 자체로는 존재할 수 없다. 그래서 천상병은 이러한 것을 '패러독스'라고 말한다. 자신이 비록 비합리적인 것을 숨겨졌지만, 합리성은 끊임없이 그리고 강박적으로 비합리의 영역 주변에 맴돌기 때문이다. 누구보다 실존의 의미를 잘 이해한 천상병은 이분법적 잣대로 현실을 구분하는 것이 더 이상 무의미하다고 본다.

(2)의 글에서 천상병은 타자를 배려하지 않는 주체에 대해 언급하고 있다. '나'의 존재 실현에 필요한 내용과 질료는 '나' 자신에게서 나오는 것이 아니라 '나'에게는 타자인 세계로부터 온다. 따라서 '나'는 타자에 의존할 수밖에 없다. '나'는 신체적 욕구를 통해 세계를 존재 실현의 바탕으로 수용한다. '나'는 '나' 자신의 욕구 속에서 기쁨과 행복을 발견한다. 역설적이게도 세계에 대한 의존성을 통해 '나'는 비로소 독립성과 자유를 확보한다. 여기서 분명한 것은 '나'는 내 안에서는 '나'를 실현할 수 없다는 사실이다.[30] 천상병은 '나'를 중심으로 세계와 대면해야 하며 그 세계를 나의 것으로 삼아 자신의 존재를 실현해야 한다고 말한다. 타자를 실존 범주로서 현존재의 긍정적 구성틀에 포함시켜야 한다고 인식하는 것이다. 그러나 자신의 인식과 달리 주변에 있는 사람들은 그렇지 않다. 여기서 천상병은 현실과 문학 사이에서 갈등한다. 문학적 창조는 언제나 의식의 확대, 상상력의 확장을 동반하게 마련이다. 문학을 위해서는 현실과 부단히 멀어져야 한다. 그러나 그것은 애초부터 불가능했다. 한국의 예술 분야를 보면 숙명적 비극의 집약적 양상이 명증하다. 천상병은 현실은 절망적이며 자신 또한 주체를 '어떤 집단 내에 해소하려고' 하는 다른 문인과 다를 바 없다고 본다. 그러나 천상병은 문협에 대한 구체적인 진단과 방향에 대한 더 이상의 언급은 피하고 있다.[31]

---

30) 강영안, 앞의 글, p.169 참조.
31) 이경철은 천상병 시는 참여문학의 목적을 지닌 시대의식과 정치의식을 배제하고

주지하듯이 당시 한국문단을 주도한 것은 김동리, 서정주, 조연현 등을 중심으로 한 문인협회 세력이었다. 이 가운데에서도 문인협회 주류 세력에 장악된『현대문학』이 단연 우위에 있었다.『문학예술』을 비롯한 몇몇 문예지들이 경쟁적 입장을 표방했으나『현대문학』의 경쟁 상대가 되지 못 했고『사상계』도『현대문학』중심의 문협 판도를 바꾸지 못했다. 천상병은 문협이라는 조직을 싫어한다고 공언했음에도 불구하고 인맥으로 볼 때 문협 주류의 계보에 속할 수밖에 없는 존재였다. 그의 평론 추천자가 조연현이었기 때문이다. 염무웅은 당시 조연현이 천상병을 자신의 비평 후계자로 간주하고 있었다고 회고한다.[32] 이처럼 천상병은 당대 문협의 가장 유력한 '황태자'였음에도 불구하고 (3)에서와 같이 현실을 '피차 살기 어렵기는 마찬가지'가 돼 버린 세계로 인식한다. '청춘의 혈기, 예술의 영원성, 하는 것들도 다 싱거워 식어지고, 이젠 쌀 한 홉의 값어치가 더 혈기적이요 영원적인 것'이 돼 버렸다고 여김으로써 주체와 타자와의 괴리를 극복하지 못한다. 천상병이 보기에 시를 쓴다는 것은 시인이 처한 현실에 절대적인 영향을 받으며 현실을 벗어나서 시는 생산될 수 없다는 것이다. 이는 '나는 무엇을 말하려고 이러한 보잘 것 없는 글을 쓰는가'라는 문학적 회의로 이어지기도 한다.

문학에 대한 그의 회의는 「지성의 한정성」에서도 여지없이 드러나는데, 그는 서구 현대시의 특징이 지성의 증대에 있다고 보았다. 그러나 그는 주지성을 강조하는 모더니즘 계통과 김춘수를 주류로 하는 모더니즘파에 대해 비판을 가했다. 이들은 '지성'도 없고 '리리시즘'도 상실했다고 말한다. 천상병 비평의 핵심은 '사이비'가 아니고 '진짜'를 선

있으며 비평은 자신과 자신의 시세계, 기존의 시단 및 지성계에 대한 비판의식으로 평가하고 있다고 본다. 이경철, 앞의 글, pp.27~36 참조.
32) 염무웅, 앞의 글 참조.

택하는 것으로 비현실적인 태도를 버리고 시대적 책임을 지는 작품의 창작을 호소하자는 것이다. 이 시기 천상병은 시의 원형을 파괴하고 전체주의적 횡포를 부리는 사회참여시를 극도로 부정하면서 문학의 순수성을 강하게 주장하고 있다.[33] 문학의 사회참여에 대한 천상병의 인식은 조시弔詩 「곡(哭) 신동엽」(『현대문학』, 1969. 6)에서 잘 나타난다.[34] 사르트르의 문학론인 사회참여론이 일면서 순수문학과 참여문학에 대한 논쟁이 한국문단에도 대두되었는데, 기성세대의 입에 발린 불평불만과 현실참여를 그는 '기만이요, 사기'라 본다. 그러나 신동엽의 시에 나타나는 '현실에의 투기'는 기성세대의 그것과 전혀 다르다. 그가 신동엽을 통해 주장하는 것은 참여의 거부가 아니라 오히려 진정한 참여, 즉 온몸을 현실 속에 던져 넣는 참여였던 것이다. 이 시기 발표된 「나의 비평과 방법 섭렵」(『현대문학』, 1960. 7)도 모든 가치가 해체된 현실을 진지하게 고민하고 있으며 주체성의 회복을 강조한다.[35]

천상병이 보기에 주체성의 회복이란 혼란스러운 현실로부터 자기 자신을 잃어버리는 것이 아니라 본래의 자기를 되찾기 위한 것이다. 시인으로서의 자질을 타고난 천상병은 동백림 사건 이후 "나는 시를 짓지 않는다. 입을 열면 그대로 시가 흘러나오고 내가 원고지에 적는 것은 모두가 시야"라고 문우들에게 말하곤 했다.[36] 이는 전기 시작법을 서술한 것인 동시에 전기 시작에 대한 강한 자의식과 그 중요성을 강조한

---

33) 김세령, 앞의 글, p.193 참조.
34) 천상병의 전기 시에서 주변 문인들을 시적으로 형상화한 시는 「곡(哭) 신동엽」(『현대문학』, 1969. 6)과 「김관식의 입관」(『현대문학』, 1970. 11)이 있는데 이에 대한 보다 구체적인 분석은 3장 2절에서 다루기로 한다.
35) 주체성을 반영한 대표적 평론으로 1955년 5월 『현대문학』에 발표된 「한국의 현역 대가─주체의식의 관점에서」와 1960년 9월 8일 동아일보에 실린 「한국의 작가와 현실」을 들 수 있는데, 이에 대한 논의는 본고의 2장 2절 참조.
36) 강홍규, 앞의 글, p.60.

것이다. 소외의 정서는 그의 내면을 지배하고 있는 잠재의식에 가깝다. 이 소외는 상기하려고 하면 언제든 발산되는 정서로, 시인의 의식 전체에 잠복해 있다. 시를 쓴다는 것이 천상병에게는 내적 필연성이라는 절박한 상황에서 행해졌음에도 불구하고 그의 문학에 대한 의식은 "어떤 외적 사물에 의해서도 변동, 지배, 구속되지 않는 독자성"에 기반하며 이 독자성은 "인간성적 의식을 모체로 하는 주체의식"에서 비롯된 것이다. 그가 주변 문인들에게 영향을 받지 않고 홀로서기를 통해 문학의 진지함을 추구할 수 있었던 것은 그 주체의식이 "일면적으로는 무색하고 투명하다. 어떤 종류의 인간 감정에도 침투해 들어가고 타당하다."라고 판단했기 때문이다.[37]

어떠한 인간 감정에도 침투 가능한 주체란 자아의 전체성으로 동화되는 타자라 할 수 있다 자아의 전체성으로 동화 가능한 타자는 주체를 자기 성찰로 이끌고 나아가게 한다. 다음의 시는 이러한 타자가 형상화되고 있다.

(1)
그날을 위하여
오후는
아무 소리도 없이……

귀를 기울이면
그래도
나는 나의 어머니를 부르며
울고 있다.

---

37) 천상병, 「韓國의 現役大家—主體意識의 觀點에서」, 『현대문학』, 1955, 5, p.36.

(중략)

귀를 기울이면
어머니를 부르는
소리가 들려온다.

- 「오후」 부분, 53. 『新作品』

이 시의 화자는 '귀를 기울'여 가며 '나의 어머니'와 같은 따스함을 갈
구한다. 인간은 결핍된 존재이고 그 결핍을 채우기 위해 끊임없이 욕망
을 재생산한다. 결핍에 대한 의식은 자신의 문제에서 비롯되기도 하며
그 문제 해결을 위해 타자 자체나 또 다른 타자를 필요로 하기도 한
다.[38] 화자는 어머니의 부재로 인해 더 이상 대면할 타자도 없어 이내
'슬픔'에 빠진다. 자신과 동행할 수 있는 타자가 곁에 없으므로 주체의
시야가 향하는 곳은 '멀리' 그리고 '떠도는 하늘'이 될 수밖에 없다. '하
늘'에는 '갈매기'가 있고 그 '갈매기'는 세계를 대신한다. 그것은 또 다
른 주체의 모습이다. 어머니에 대한 천상병의 욕망[39]은 주체가 상징질
서에 들어온 뒤에도 지속적으로 주체의 동일성을 동요시킨다. 이 주체
는 '귀를 기울이면'서 어머니를 떠올린다. 일반 주체가 상징 질서에 편
입하기 위해서는 원초적인 어머니에의 분리가 주는 상실감을 타자와
의 관계에서 극복해야 한다. 그러나 이 시에 나타난 주체는 지속적으로
'나의 어머니를 부르며' 울고 있다. 이러한 욕망의 양상은 화자가 '귀를
기울'였을 때 구체적으로 나타나는데, 그 욕망은 대상이 부재한다. 그

---

38) Maurice Blanchot, 박준상 역, 「부정의 공동체」, 『밝힐 수 없는 공동체, 마주한 공동
체』, 문학과 지성사, 2005, pp.17~18 참조.
39) 천상병에게 소외의식의 발현은 그 전형이 고향 또는 어머니의 부재로 나타난다. 천
상병이 상실감과 외로움에 처할 때마다 자신을 지속적으로 환기시켜 준 것은 어머
니의 존재였다.

러므로 어머니가 자신을 부르는 것이 아니라 '어머니를 부르는 자신의 소리'가 들려오는 것이다.

(1)
　서울에서 제일 외로운 공원으로 서울에서 제일 외로운 사나이가 왔다. 외롭다는 게 뭐 나쁠 것도 없다고 되뇌이면서…… 이맘때쯤이 그곳 벚나무를 만발하게 하는 까닭을 사나이는 어렴풋이 알 것만 같았다. 벚꽃 밑 벤치에서 만산(滿山)을 보듯이 겨우 의젓해지는 것이다. 쓸쓸함이여, 아니라면 외로움이여, 너에게도 가끔은 이와 같은 빛 비치는 마음의 계절은 있다고, 그렇게 노래 할 때도 있다고, 말 전해다오.

(2)
　저 벚꽃잎 속에는 십여 년 전 작고하신 아버지가 생전의 가장 인자했던 모습을 하고 포오즈를 취하고 있고, 여섯에 요절한 조카가, 갓핀 어린 꽃잎 가에서 파릇파릇 웃고 있는 것이다. 어머니, 어머니는 어디 계세요……
　　　　　　　　　　　　　　-「삼청공원에서」전문, 67. 7.『자유공론』

위의 시는 1967년 7월에 발표된 시로, 화자는 가족에 대한 깊은 심연을 노래한다. 시인의 내면에 깊이 자리한 소외감이 외로움과 슬픔의 정서와 연결되면서 시인으로 하여금 십여 년 전 작고한 아버지와 요절한 조카를 떠올리게 하고 있다. 여기서 소외의 정서는 주체의 주변에 있는 타자의 부재 또는 소멸에서 비롯된 것이다. '어머니, 어머니는 어디 계세요'라 흐느끼는 화자는 어머니를 찾고 있다. 어머니와 만나지 못하고 깊은 심연에 빠진 '서울에서 제일 외로운 사나이'는 '외롭다는 게 뭐 나쁠 것도 없다'며 스스로를 위로한다. 그리고 스스로의 시간을 '이맘때쯤'으로 돌려놓는다. 시간이란 '나'의 존재와 연결되어 있는 하나의 조건이다. 화자는 자기를 형성하고, 개체로서 자신을 실현하기 위하여 시간을 절대적인 시간으로 돌려놓는다. 이로써 그 '사나이'는 '겨우 의젓해지는 것이다.' 이 시에서 화자는 대상물의 근원적 결핍을 보호하는 과제를 수행한다. 화자의 벌거벗음과 연약함을 보호하는 역할을 하는 것은 사랑하는 가족인 것이다. 그래서 '악착같은 상극'의 '십여 년 전 작고하신 아버지'는 '벚꽃 잎'이 된다. 무의식에 침전되어 있던 '생전에 가장 인자했던' 아버지가 벚꽃의 이미지로 환기되는 순간에 '여섯에 요절한 조카'도 '갓핀 어린 꽃잎'이 된다. 그러나 화자는 '어머니, 어머니는 어디 계세요……' 라고 울부짖으며 어머니의 부재만은 영원히 유예시키고자 한다. 어머니는 모든 사람이 지닌 깊은 사랑의 근원이며 세월이 흐름에도 변하지 않는 그리움의 대상이기 때문이다.[40] 이 시에 관류하는 음영은 화자의 유년기 경험과 '공명'하고 있다. 여기서 말하는 공명은 "비의존적인 이질적인 항들 간의 '이웃 관계'의 조화"[41]로 정의할 수 있다. 마르셀 프루스트의 소설 『잃어버린 시간을 찾아서』에서 프루스트가 홍차에 적신 마들렌을 우연히 맛봄으로써 잃어버린 어린 시절을 한 순간에 떠올리는 것과 같이, 천상병은 벚꽃을 통해 비자발적으로 과거 자신의 잠재된 사건들을 상기하게 된다. 이러한 공명을 가능하게 하는 것은 그 자체로 존재하고 살아남는 잠재적 대상이 존재하기 때문이다. 이 잠재적 대상은 순수과거의 한 조각이며, 오직 잃어버린 것으로만 실존한다.[42] 아버지와 조카 영준이, 그리고 어머니가 시인에게 돌이킬 수 없는 과거로 존재하듯이 그들에게 돌아가고자 하는 주체의 욕망

---

40) 김홍규, 『한국 현대시를 찾아서』, 도서출판 푸른나무, 1999, p.222 참조.
41) 서동욱, 「공명효과—들뢰즈의 문학론」, 『철학사상』 제27집, 서울대학교 철학사상 연구소, 2008, p.129.
42) G. Deleuze, 김상환 역, 『차이와 반복』, 민음사, 2008, pp.232~234 참조.

이 클수록 소외의 정서가 더욱 커질 수밖에 없다.

이 시편들에 나타나는 가족은 그 범위를 확장시켜보면 근원적 주체의 사유와 연관된다. 근원적 주체로서의 자아는 세계를 구성하는 선험적 상호주관성의 공동주체들로서의 선험적 타자에 대한 나의 지평을 구성한다. 선험적 자아로서의 나 자신은 세계를 구성하고, 동시에 인간적 자아의 영혼으로서 세계 속에 존재한다. 이때 주체는 나의 안팎에 있는 타자와의 미메시스적 화해를 추구하는데, 전기 시의 화자는 근원적 주체로서 세계의 지평을 가족이라는 대상을 통해 구축한다. "가족은 인간 사회의 가장 보편적이고 기본적인 공동체일 뿐만 아니라 강한 애정에 의해 결합돼 있다."[43] 또한 개인으로부터 사회인으로, 인간본성으로부터 사회성으로 옮아가는데 가족만큼 중요한 역할을 가지는 것은 없다.[44] 물질적 공간인 집은 주거를 같이하는 가족 구조의 원리를 반영하는 동시에 따뜻한 모성의 가치와 보호의 기능을 갖는다.[45] 이러한 의미에서 고향은 가족과 동일선상에서 해석이 가능하다.

---

43) 최시한, 『가정소설연구』, 민음사, 1993, p.16.
44) 가족 로망스는 프로이트가 신경증 환자에게 나타나는 특징으로 설명하다가 이후 보편적 상상으로 재정의한 개념이다. 상상적 동일시의 대상으로서 이상적 자아와 상징적 자아는 주체화 과정에서 형성된다. 이러한 주체화의 과정은 외디푸스 단계를 거쳐 상징적 질서 내에 안착하는 과정에 상응하며 주체는 나르시즘적 일차적 동일시에서 소타자와 대타자와의 이차적 단계로 넘어간다. 여기서 소타자는 어머니, 대타자는 아버지가 해당된다. 자식의 외디푸스 콤플렉스를 유발시킬 수 있는 부모로 인해 아이라는 주체는 상징계로의 편입이 가능하다. 라캉에 따르면, 술에 취해 벌거벗은 상태로 잠이 든 아버지의 모습을 본 노아의 아들은 외디푸스가 될 수 없다. 그렇다고 프로이트의 가족 로망스처럼 이런 아버지를 회피하거나 조작하지도 않는다. 타자와의 동일시 과정이 극적으로 보여주는 장에서 주체가 이중의 동일시 과정을 통해 체득하는 자기 이미지와 그로부터 획득되는 주체의 성격 때문에 라캉의 가족 로망스는 주체화의 과정을 해명하는 참조틀로 활용된다. 가족 로망스에 대한 자세한 논의는 Freud, Sigmund, 김정일 역, 앞의 글 ; Philippe, Julien, 홍준기 역, 『노아의 외투』, 한길사, 2000 참조.
45) 이재선, 『한국문학 주체론』, 서강대출판부, 1989, pp.322~323 참조.

내 고향은 세 군데나 된다.
어릴 때 아홉살까지 산
경남 창원군 진동면이 본 고향이고
둘째는 대학 2학년 때까지 보낸
부산시이고
셋째는 도일(渡日)하여 살은
치바켄 타태야마시이다.
그러니 고향이 세 군데나 된다.

본 고향인 진동면은
산수가 아름답고
당산이 있는 수려한 곳이다.
바다에 접해 있어서
나는 일찍부터
해수욕을 했고
영 어릴 때는
당산밑 개울가에서
몸을 씻었었다.

제2고향은
보산시 수정동인데
산중턱이라서
오르는데 힘이 들었다.

제3의 고향인
일본 타태야마시에서는
국민학교 2학년부터
중학교 2학년까지 살았는데
일본에서도 명소(名所)이다.
후지산이 멀리 바라 보이고

경치가 아주 좋은 곳이요,
해군 비행장이 있어서
언제나 하늘에는
비행기가 날고 있었다.

— 「고향 이야기」 전문46)

「고향 이야기」에서 천상병은 자신의 고향이 '세 군데나 된다'고 말한
다. "어릴 때 아홉 살까지 산 경남 창원군 진동면이 본 고향이고 둘째는
대학 2학년까지 보낸 부산시이고 셋째는 도일하여 살은 치바켄 타태야
마시이다." 여기서 고향이란 나고 자란 공간이면서 소중한 추억이 남겨
져 있는 곳, 순수한 자아가 존재하던 곳, 언제든지 돌아가고 싶은 순수
영혼의 안식처이다. 천상병의 경우 실제 고향과 그의 시에서 그려지고
있는 고향이 불일치하고 있다. 고향은 하나이다. 인간은 설 수 있는 어
떤 지점이 있을 때 그 곳에서 세계를 만날 수 있다. 그러자면 사물을 구
별할 수 있어야 하고 개념을 만들 수 있어야 한다. 설 수 있는 지점을 스
스로 찾아내고 개념을 형성하고 사물을 다루려면 자신을 정립할 수 있
어야 한다. 이러한 자기 정립은 내면성의 문제만은 아니다. 그것은 밖으
로 표현될 수 있어야 하고 물리적, 공간적 가능성이 있어야 한다. 자기
자신으로 돌아옴, 자신을 스스로 통제할 수 있는 중심점을 '집'이라는
거주 공간으로 설정할 때 고향과 집은 하나의 의미로 고려될 수 있다.

한정호에 따르면 천상병은 1930년 음력 정월 초하루 아버지 천두용
千斗用과 어머니 김일선金一善 사이의 2남 3녀 중 차남으로 천기연(누
나), 천주병(형)과 같이 '진북면 대티리 799번지'에서 태어났다. 한정호
에 따르면, 천상병의 가족은 진북면 대티리에서 살다가 그가 네 살 되

---

46) 전집―시, p.372.

던 1933년 진동면 진동리로 이주하게 된다. 천상병은 1937년 진동보통학교(현재 진동초등학교)에 입학해 2년을 마치고 1939년 무렵 일본 다태야마시에서 초등학교를 다니다 1943년 일본 치바 현립 안방중학교에 입학하게 되며 1945년 11월 광복을 맞아 귀국해 마산중·고등학교에 편입하게 된다. 결국 천상병의 고향은 일본도 진동면도 아닌 '마산시 진북면 대티리'인 것이다.[47] 그러나 그는 자신의 고향에 대해 헛갈려하고 있다. 마산 진동이 고향이라고 했다가 일본에서 태어났다고도 했다. 그의 출생에 관한 정보는 천상병 자신의 기억이라기보다 가족이나 친척들의 말에 더 의존했던 것으로 보인다. 이는 고향에 대한 그의 잘못된 기억에서 비롯된 것으로 보인다. 왜냐하면 그는 줄곧 '진북면'과 '진동면'을 혼동하고 있기 때문이다. 이처럼 안식처가 되는 고향과 실제 고향이 불일치하는 이러한 고향의 혼재 양상은 일찍이 시작한 타향생활에서 기인하기도 하지만 그 고향이 일본이었다는 점이 시인의 자의식에 크게 작용한 것으로 보인다. 천상병은 자신이 일본에서 태어난 이유를 '천석꾼의 아버지가 일본인의 사기에 휘말려 재산을 다 날리고 일본에 건너가 살았기 때문'[48]이며 '그 왜놈의 희로(姬路)에서 1930년 1월29일' 태어난 것에 대해 '무슨 놈의 팔자출생(八字出生)'[49]이라고 회탄한 적이 있다. 당대의 일본 이주민들은 일제의 수탈로 인해 타자화된 공간을 떠나 생활의 터전을 잡고자 떠나는 것이 대부분인데 천상병

---

47) 한정호, 앞의 글, pp.164~167 참조.
48) 천상병, 「들꽃처럼 산 '이순(耳順)의 어린 왕자」, 『괜찮다 괜찮다 다 괜찮다』, 강천 1990, p.30.
49) 「친구」, 전집—시, p.207. 천상병의 고향에 대한 혼재의식은 시대와 무관하지 않으며 '재산을 탕진하고' 난 후 일어난 사건이므로 그의 시에 나타나는 주요 소재 중 하나인 가난과도 연관된다. 그러나 그의 전기 시에서는 가난을 소재로 한 작품이 단 한 편도 없다.

이 일본으로 이주하게 된 이유는 아버지의 잘못으로 인한 것이라는 확실한 이유가 있다. 천상병의 회고에 따르면 그는 대여섯 살 무렵 어머니에게서 처음으로 그리움이라는 것을 배웠고 어머니가 아니면 만사가 헛일일 만큼 이 무렵의 기억은 어머니밖에 없다.[50] 반면 아버지에 대한 기억은 '악착한 상극의 관계로 시작되었고 또 그런 식으로 끝을 맺었다'. '왜 그렇게 되었는지는 아직 다 풀 수는 없지만 어머니를 피를 토하게끔 때리던 아버지에 대한 소년시절의 복수심을 미련하게 나는 커서까지 발휘하고 있었는지도 모른다'며 이를 '순수증오'라 술회했다.[51]

구중서에 따르면, 천상병은 회갑을 맞은 나이에 고향 진동 마을과 마산의 모교를 둘러보고 올 만큼 고향에 대한 그리움이 남달랐다.[52] 천상병에게 있어 고향은 늘 "평화롭고 포근함이 함께 하는 곳"이었으며 자신이 시를 쓰게 된 까닭은 산과 바다가 있는 이곳에서 사춘기를 보냈기 때문이라고 회고한 바 있다.[53] 천상병에게 예술의 혼을 씌운 것은 자연 그 자체였던 것이다. 그렇게 영원히 안착하고픈 고향을 떠나온 것이 아버지의 영향이 컸다고 생각했던 것 같다. 그리고 그는 이러한 것을 후회라도 하듯 자신의 아버지의 장례식에서 그렇게 많이 울었다고 한다. 전기 시의 주체는 이데올로기의 상흔에 이어 고향의 혼재라는 이중의 상실감을 겪고 있다.

인간이 겪는 다양한 병리적 현상은 자신의 고유한 욕망을 포기해 버렸기 때문인데 소외를 극복하고 진정한 주체로 거듭나기 위해서 주체는 타자의 욕망으로부터 벗어나야 한다. 그러나 천상병은 아버지로부

---

50) 전집-산문, p.47.
51) 전집-산문, p.55.
52) 구중서, 앞의 글, p.337.
53) 천상병, 「변하지 않은 것은 모교 뿐」, 『괜찮다 괜찮다 다 괜찮다』, 강천, 1990, p.42.

터 결코 채워질 수 없는 욕망을 추구하며 주체의 욕망을 타자에게 양도
했기 때문에 소외를 경험하게 된다. 변형되고 재현된 주체, 즉 주체의
중요한 부분이 상실된 이 음영은 전시기에 걸쳐 고향과 연관돼 그의 시
편 속에서 관류한다. 그러나 시에서는 화자가 타자와 거리를 둠으로써
타자 또는 세계에 대한 주체의 인식을 정확하게 파악하기가 어렵다. 전
기 시의 주체는 '언어 자체가 그 사물이 되게 하는 시'[54]를 쓰고 있는 반
면 산문의 주체는 현실을 '바로보기'를 호소하고 있기 때문이다. 그러
므로 그가 자신의 사상을 직설적으로 나타낸 산문은 이러한 내면의식
을 추출할 수 있는 가장 직접적인 자료가 된다. 그것은 직접 자신의 감
정을 직접적으로 피력했기 때문이다. 천상병이 타계하기 1년 전 외할
머니를 추억하며 쓴 「외할머니 손잡고 걷던 바닷가에서」는 '의창군 진
동면이 내 어릴 적 고향이다'라고 말한다. 그는 진동면에서 유년기를
보낸 까닭에 그의 시심에 나타나는 본원이라 할 수 있는 고향을 진동으
로 추억하고자 한다.

천상병이 전기 시를 통해 추구하고자 했던 것은 그 대상에서 구체화
되는데, 천상병 시에 등장하는 사물로서의 자연과 타자로서의 가족은
연속적으로 흘러가는 시간을 새롭게 의미화하는 사랑을 상징한다. 사
랑과 관련해 천상병은 「김현승론」[55]을 통해 "사랑이라는 감정이 인간
세계에 얼마나 귀중한 보석인가를 알겠다. 이 보석은 고귀하다는 것을

---

54) 사물에 대한 기호체계인 언표로부터 역사성과 시간성을 제외하는 시학을 말한다.
    '언어 자체가 그 사물이 되게 하는 시'가 히메네스가 실천하려는 순수시다. 이를 통
    해 시어는 문명과 일상 속에서 오염되었던 의미를 지우고 사물의 본질에 도달할 수
    있어야 한다. 모든 주변적이고 장식적인 자질을 제거하고 지시물의 본질에 도달할
    수 있는 유일한 언어가 시어이며 시의 기능은 언어를 초역사적이고 초시간적인 원
    래의 모습으로 회복하는 데 있다는 것이다.
55) 전집-산문, p.317.

넘어서서 생명체인 것이다. 사랑은 생명의 연소이며 핵심"이라고 말한 바 있다. 천상병은 '가장 아름다운 열매를 있게 하는 부단한 노고이고 광채로운 결실'인 고향과 가족을 대상으로 주체의 안정을 구현하고자 한다. 전기 시에 형상되는 가족과 고향은 주체가 소외를 극복하고 포용으로 이끄는 동력이다.

> 그러노라고
> 뭐라고 하루를 지껄이다가,
> 잠잔다―
>
> 바다의 침묵, 나는 잠잔다.
> 아들이 늙은 아버지 편지를 받듯이
> 꿈으로 꾼다.
>
> 바로 그날 하루에 말한 모든 말들이,
> 이미 죽은 사람들의 외마디 소리와
> 서로 안으며, 사랑했던 것이나 아니었을까?
>
> 그 꿈속에서⋯⋯
>
> 하루의 언어를 위해, 나는 노래한다.
> 나의 노래여, 나의 노래여,
> 슬픔을 대신하여, 나의 노래는 밤에 잠잔다.
> ―「새 · 2」 전문, 60. 1.『자유문학』

앞서 살펴본 '새'의 시편들에서 화자와 '새'의 관계는 독립된 사물과 화자의 관계로 존재했으며 여기서 중요한 것은 상호간의 교감이었다.

전기 시에서 '새'를 통한 객관화는 주체와 타자와의 괴리감과 소외를 심화시키는 동시에 이러한 것을 해소시키기도 했으나 이 시편들은 화자의 이상과 존재 실상이 구조적인 대립을 지니고 있었다. 그러나 위의 시편에서는 '새'를 통한 '거리의 서정적 결핍'이 이뤄지고 있다. 이 시에서는 주체와 대상이 유사성을 지닌 요소로 존재하는 것이 아니라 아예 '나'는 '새'와 혼연일체가 돼 있는 상황이다. '새'는 차츰 자아의 내면으로 자리를 옮김으로써 상관물로서의 '새'와 주체로서의 '새' 사이에는 동일시가 이뤄지게 된다. 주체와 대상간의 간격이 사라졌다는 점은 의미심장하다. 전연을 통해 주체는 대상이 되고 대상이 주체가 되는 것이다. 주체와 대상의 거리감은 주체가 대상을 묘사하는 말의 사용에서부터 나타난다. 제목을 제외하고는 대상을 칭하지 않고 있다. 그만큼 주체와 대상 사이의 거리는 사라져 버리고 주체의 정서와 대상의 정서는 일체화된 것이다.

'슬픔을 대신하여'라는 정서를 통해 알 수 있는 것은 '나'라는 주체가 타자로부터 소외돼 있다는 것과 '새'는 이러한 감정을 해소해 줄 수 있다는 것이다. 이러한 소외의식은 천상병 전기 시에서 주로 '밤'이라는 자연 현상을 통해 드러난다. 시인은 홀로 있을 때는 철저하게 혼자여야만 한다. 만약 타자가 한 명이라도 곁에 있다면 자신의 반은 없다고 봐야 하기 때문이다. 위 시도 화자는 어떤 타자와도 대면할 필요 없는 '밤'이라는 시간 설정을 하고 있다. '잠'과 '꿈'이 동격으로 놓여있는 것을 볼 때 '나'는 잠을 잘 수 있고, 꿈을 꿀 수 있는 '밤'이 되어서야 비로소 '하루의 언어를 위해' 시를 쓰는 존재이다. 화자, 즉 시적 주체는 '그러노라고' 수긍하는 척, '아들이 늙은 아버지 편지를 받듯이' 아무런 대꾸도 못하고 '슬픔을 대신해' 시를 쓰고 있다. 이렇게 이 시에서는 '밤'이라는 시간 설정을 통해 주체가 자신의 외부를 향하고 있는 사물들을 자신을 향해 돌리고 난 후 '나의 노래'가 완성된다. 자신만의 언어로 존재를 표상시키고 난 후에야 '새'와 주체가 온전히 합일을 이루는 것이다. 시인이 타자와 동떨어져서 새와 혼연일체가 될 때 주체의 욕망은 해소된다.

천상병은 전기 시에서 주체를 고요한 상태로 내려놓음으로써 주체의 내부와 외부에서 전해지는 소리를 자신만의 감각으로 사유하고자 했다. 그것은 현실의식이 개입된 소위 불순한 서정시를 창작하기를 꺼려하는 시의식의 표명이자 문단과의 결별을 의미하며 그 결과 '새'와 가족, 고향에 안주함으로써 '나'의 서정시를 고수할 수 있었다. 이러한 것 상상적 구축은 자연을 그대로 감각하고 형상화하는 방식을 선택함으로써 전기 시의 서정성이 고수된 것이다. 동일한 소재로 시를 쓴다는 것은 어쩌면 시인의 내적인 절박감의 표명이라고도 할 수 있다. 새, 가족, 고향 등의 대상화를 통해 더 이상 시적공간을 확대하지 않은 것은 천상병이 어느 정도 의도한 것으로 보인다. 이러한 상상적 구축은 현실의 한계상황에서 성찰한 존재론적 조건에 기인하며 실존적 삶의 결단을 따르는 자기인식에서 비롯된 것이다.

3.2. 현실에 대한 공포와 죽음의식에 나타난 타자의 양상

1960년이 한국시의 현대적 성격을 규정하는 중요한 계기가 되듯이 1950년대와 1960년의 경계는 천상병의 문학에서도 동일하게 적용된다.56) 염무웅에 따르면 '문단의 황태자들 중 한 명'이었던 천상병은 차

---

56) 1950년대의 시사적 의의는 전통시와 모더니즘시의 대립구도에 있다. 전통시 존재

즘 '문협의 이단아'로 찍히기 시작하다가 4·19 이후 문협 주류를 떠나게 된다. 염무웅은 그 이유를 1960년 4·19를 겪으면서 천상병이 사회적 현실의 문제를 자신의 문학적 사유 안으로 끌어안기 시작했기 때문이라고 보고 있다.[57] 천상병은 1961년 중앙공론사가 간행한 『한국혁명의 방향』을 발표한다. 천상병은 『한국혁명의 방향』에서 일제침략, 8·15 해방, 건국, 6·25, 독재 치하, 4·19와 5·16 등 민족사적 대사건들이 아닐 수 없는 역사적 현실을 단시일 내에 체험한다는 것은 일련의 정신적 효과를 미치게 된다고 말하고 있다. 그가 보기에 강력한 주체의식을 가진 사람들에게 이러한 사건의 체험은 정신적 자양제가 되나 한국의 지식인이나 예술가들은 그러한 역사인식과는 동떨어져 있으므로 그들을 무성격자로 만들어 버렸다. 천상병은 이러한 무성격자들의 집단이 한국문화계요, 그들의 동향이 바로 민족의 문화사 현상이라고 보았다.[58] 그리고 다음해인 1962년 다시 이러한 '무성격자의 집단'에 대해 "이론이 감정화하면 이론이 아니라 억지가 된다. 억지가 유아독존을 지나서 모든 것을 부정하는 조소가 되고 파멸을 초래하는 원인이 된다.

를 비판하면서 출발한 『후반기』 동인들의 모더니즘시 운동은 전통 서정주의적 발상법에 대한 반성이다. 문명어를 채용한 모더니즘 시들은 그러나 전쟁을 매개로 기계문명에 대한 비판과 우수를 주조로 했다. 박재삼, 이형기, 김관식 등의 전통적 서정시와 송욱, 김춘수 등 주지적 서정시는 1950년대 시단의 주요 목록이다. 1960년대는 해방 후 이념적 혼란과 전란의 소용돌이를 마무리 짓고 현대라는 새로운 장을 전재시키는 출발선상에 있었으며 동시에 4·19와 5·16 등 이데올로기의 모순을 내포한 시기이다. 1960년대 시단의 전체적인 분위기는 자유와 평등을 지향했다. 유종호 외, 『한국 현대문학 50년』, 민음사, 1995, p.109.

57) 평론은 현실에 대한 작가의 개입이 일어나지 않으면 불가능하다. 이 시기 천상병은 시작 대신 평론 활동을 했으며 시인 내색을 하지 않고 평론가 대접을 받고 싶어 했다. 김관식, 전기수, 신동엽, 김현승, 김남조 등이 그가 주목했던 시인이었는데 특히 1969년 6월 월간문학에 발표한 신동엽에 대한 평론에서 문학에 대한 그의 열정이 돋보인다. 염무웅, 『추모 20주기 천상문학포럼』, 앞의 글 참조.

58) 천상병, 「문화재건」, 『한국 혁명의 방향』, 중앙공론사, 1961.

지적 체계 없는 지식의 이론은 감정의 노예가 되기 일쑤다. 한국 지식인들의 이론적 생활 형식은 억지, 이 한마디로 요약될 따름이다. 이 억지는 자기 고립 감정을 불러일으키고 따라서 반사회적이게 하고 그 결말은 도피 의식이다."59)라고 말하기도 했다. 당대의 문단이 이데올로기에 침윤되어 있으며 이를 변화시켜야 한다는 그의 주장은 현실에 대한 회의적이고 부정적인 시각을 드러낸다. 그럼에도 불구하고 천상병의 전기 시는 자기화할 수 없는 타자를 향한 주체화의 갱신을 통해 소외된 자아를 극복해 왔다.

그러나 한편으로 주체와 교섭하지 못하는 타자로 인해 주체의 정서는 불안 심리로 심화되기도 한다.60) 이러한 심리는 공포의 일면목이라 할 수 있다. 공포는 실제적인(신체적) 공포와 사고에 의한 심리적 공포가 있다.61) 프로이트는 공포의 대상이 될 수 있는 근간으로 세 가지를

---

59) 천상병, 「독설재건」, 『현대문학』8권 5호, 1962, pp.271~279.

60) 프로이트는 불안을 세 가지 유형 현실적 불안(realityanxiety), 신경증적 불안(neurotic anxiety), 도덕적 불안(moral anxiety)으로 구분하였는데 불안과 공포를 엄밀히 구분해서 사용하지 않고 공포보다는 불안을 더 포괄적 개념으로 받아들인다. 심리학 일반에서 공포란 뚜렷한 대상이 있지만, 불안은 뚜렷한 대상이 없이 느껴지는 생리적, 심리적 긴장 상태를 말한다. 프로이트의 '현실적 불안'은 외부에 있는 위험을 자각함으로써 오는 고통스러운 감정적 경험을 말한다. '신경증적 불안'은 원초아(id)의 충동이 의식될지도 모른다는 위협을 느낄 때 생기는 정서적 반응이다. 이는 본능으로부터 오는 위험성이 인지될 때 나타나는데 '도덕적 불안'은 위험의 근원이 초자아(superego)의 양심에 있다는 것이 차이점이다. 즉 프로이트의 세 가지 불안은 자아(ego)가 경험하는 외부 세계의 공포, 이드의 공포, 초자아의 공포라 할 수 있다. Ivan Ward, 태보영 역, 『공포증』, 이제이북스, 2002 참조.

61) 프로이트는 불안을 현실불안과 신경증적 불안으로 구분하고 전자는 정신적인 것, 후자는 병적인 것으로 보았다. 현실불안은 예상되는 위험에서 생기는 반응으로써 적절한 반응으로 이해할 수 있지만, 신경증적 불안은 위험이 예상되지 않는 데서 생기는 막연한 불안정신으로서 내부로부터의 리비도 발산이 저지당해 불안으로 전이된 것이다. 프로이트는 신경증적 불안을 다시 세 가지로 구분하였는데 예상불안, 공포증, 불안대리증 등이 그것이다. 예상불안은 미래의 가능성에 대해 미리 나쁘게 예상함으로써 지나치게 겁이 많거나 비관적으로 보일 수 있다. 공포증은 특정

들고 있다. 첫째는 자아에서 분열되는, 둘째는 억압된 충동의 투사이며, 셋째는 실제 공포의 대상으로의 전치이다. 소외의식이 확산돼 불안과 공포가 관류하는 시편들은 어느 한 가지 원인만이 아니라 두 가지 이상이 원인이 되어 발생되는데, 그 관계 양상은 미래에 대한 불확실성, 사회의 불합리와 모순에 대한 분노와 연관성이 깊다.62)

다음의 시는 주체가 느끼는 공포의 위험이 과장돼 나타나고 있다.

1
깊은 밤
멍청히 누워 있으면
어디선가 소리가 난다.
방안은 캄캄해도
지붕 위에는
별빛이 소복히 쌓인다.
그 무게로 살짝 깨어난 것일까?
그 지붕 위 별빛 동네를 걷고 싶어도
나는 일어나기가 귀찮아진다.

한 대상들이나 상황들이 심리적 요인과 결부됨으로써 그 대상을 피하거나 그 장면에 임할 수 없게 되는 것이며 불안 대리증은 일반인이 이해하기 어려운 공포증으로 위험이 감지되지 않는 상황에서 불안 발작의 형태가 나타난다. 이들 모두가 불쾌하다는 유일한 성질을 가지고 있는데, 공포증은 심리적 경계가 정해져 있어서 일정한 대상과 상황이 심리적 요인과 결부되어 특정한 타자나 상황들과 연결되어 나타난다. Sigmund Freud, 홍혜경 · 임홍빈 역, 『정신분석 강의』, 열린책들, 2004. pp.528~552 참조.

62) 동백림 사건 이후 그의 시적 세계는 변모 양상을 보이는데 이민호와 옥가회도 필자와 견해를 같이 한다. 특히 이민호는 천상병 시의 시적 변모의 원인은 동백림 사건으로 인한 정신적 외상 때문이라고 해석한 최초의 연구자로서 이 사건 이후 천상병이 세상과 자아의 불일치 속에서 시적 서정이 상실되었다고 보았고 옥가회도 이민호의 견해를 이어받아 이 사건 이후 천상병이 세상에 대한 반항과 거부를 버리고 자신의 세상으로 도피하고 있다고 설명하고 있다.

가만히 귀 기울이면
소리가 난다.
지붕 위
별빛동네 선술집에서
누가 한 잔하는 모양이다.
궁금해 귀를 쭈빗하면
주정뱅이 천사의 소리 같기도 하고,
도스토예프스키의 소리 같기도 하고,
요절한 친구들의 소리 같기도 하고…
아닐 게다.
저놈은
내 방을 기웃하는 도적놈이다.
그런데 내 방에는 훔쳐질 만한 물건이 없다.
생각을 달리 해야지.
지붕 위에는 별이 한창이다.
은하수에서 온 놈일지도 모른다.
그래도 나는 겁이 안 난다.
놈도
이 먼데까지 와서
할 일 없이 나를 살피지는 않을 것이다.
들어오라 해도
말이 통하지 않을 텐데…
그런데도 뚜렷한 우리말로
한 마디 남기고
놈은 떠났다.
「아침 해장은 내 동네에서 하시오」
건방진 자식이었는가 보다.

2
비칠 듯 말 듯

아소롬히 닿아 오는
저 별은,
은하수 가운데서도
제일 멀다.
이억 광년도 넘을 것이다.
그 아득한 길을
걸어가는지,
버스를 타는지,
택시를 잡는지는 몰라도,
무사히 가시오.
　　　－「은하수에서 온 사나이」부분, 71. 2.『월간문학』

　윤동주는 과거의 위대한 예술가를 상징하는 알레고리이다. 화자가
윤동주를 만나는 시공간은 '깊은 밤' 어느 '선술집'이다. 이 시의 화자는
교묘하게(대개 무의식적이지만) 시어의 장막으로 자신을 감추고 있다.
1연에서 '지붕위의 별빛'과 '지붕위의 별'은 아름다움과 평화를 그려낸
다. 그러나 그가 살고 있는 실상은 캄캄한 방안이며 그 방에는 훔칠 것
도 하나 없다고 제시됨으로써 현실에 대한 부정을 형상화하는 데 기여
한다. 1연에서 묘사되는 세계는 긍정과 부정이 대비를 이룬다. 화자에
게 윤동주는 세속적인 세계와 이데올로기에 동화되지 않은 예술가의
모범이며 화자가 윤동주를 추모하는 것은 그의 삶이 현실에서 추구할
만한 가치가 있었다는 것을 인정하는 것이다. 윤동주의 슬픈 운명을 누
구보다 절실히 잘 아는 화자는 자기 자신을 '주정뱅이'로 비하하다가
윤동주와 같이 시인을 '천명'받은 자신을 '천사'라 명하다가 도스토예프
스키를 좋아했던 윤동주의 시를 '도스토예프스키의 소리'라고 말한다.
그는 그러한 목소리를 지닌 채 자기를 응시해 주던 시인 일군을 그리워

하기도 하지만 그 일군의 시인들은 요절한 상태이다. 화자는 아름다움과 평화는 비현실적이며 현실은 혼란과 고통이라고 인식한다. 그러나 화자는 이내 '생각을 달리해야지'라며 마음을 다잡으며 반성적 인식을 이끌어낸다. '육첩방(六疊房)' 같은 '내 방'에서 화자를 위로해주는 '윤동주'는 천상병 자신과 유사성을 가진 인물이다. 화자는 '주정뱅이', '도스토예프스키', '요절한 친구', '도적놈' 등 자아의 분할, 구분, 교체를 반복하며 두렵고 낯선 '깊은 밤'의 분위기를 지속적으로 회귀시킨다. 화자는 너무도 심각한 현실적 괴로움에 부대끼고 있으며 그러한 것의 발로는 공포의식이다. 공포에 대한 위험이 과장되어 나타나는 것은 실제로 화자가 겪는 공포의 강도가 크기 때문이다.

"시인(詩人)이란 슬픈 천명(天命)인 줄 알면서도 한 줄 시(詩)를 적어"[63] 보는 심정으로 화자 역시 시를 쓰고 있다. 윤동주라는 대상과 시적 친밀화를 이루어 내게 된 연유는 어렵지 않게 추정할 수 있다. 그것은 첫째, 윤동주가 자신과 같이 쉬운 말로 진솔한 감정을 표현하는 시세계를 추구했다는 점이며 둘째, 화자가 서대문형무소에 수감되었듯이 윤동주 역시 사상범으로 체포되어 형무소에 복역했다는 사실 때문이다. 윤동주는 1943년 7월 방학을 맞아 고향으로 돌아갈 준비를 하던 중에 느닷없이 이른바 '재교토 조선인 학생 민족주의 그룹사건'에 휘말려 송몽규와 함께 일본 특고경찰에 체포되었다. 이후 윤동주는 1944년 3월과 4월 쿄토지방재판소에서 치안유지법 위반으로 각각 징역 2년의 형을 선고 받고 후쿠오카형무소로 이감되었으며 이듬해인 1945년 후쿠오카형무소에서 29세의 짧지만 굵은 생을 마감하였다. 느닷없이 당한 사건이라는 점과 그러한 이유로 형무소에 수감되었다는 점, 그리고

---

63) 윤동주, 「쉽게 씌어진 시」, 『하늘과 바람과 별과 시』, 정음사, 1948.

1945년 후쿠오카에서 윤동주가 죽던 해에 천상병 자신은 치바현(千葉縣) 타테시마(館山市)에서 마산으로 이주했다는 점은 윤동주와의 의도하지 않은 새로운 인연을 만들어주었다. "나에게 적은 손을 내밀어 눈물과 위안(慰安)으로 잡는 최초(最初)의 악수(握手)"를 청한 사람은 다름 아닌 "은하수에서 온 사나이"이다. 윤동주의 시집 "하늘과 바람과 별과 시"를 연상시키는 '은하수에서 온 사나이'는 현실에 부재하는 윤동주이다. 현실에 부재하는 비존재자는 현실에 존재하는 것과는 다른 의미의 타자이다. 화자는 현실의 부정성을 인식하며 이 비존재자를 진리로 간주한다. 즉 이 세상에 적합하지 않은 것만이 진실한 것이라 믿으면서 윤동주는 화자의 현실적 감각에 의해 재배열된다. 윤동주가 사랑했던 진정한 예술가인 정지용, 김영랑, 백석 등은 '요절한 친구'로서 '은하수'로 형상되며 윤동주는 '은하수 가운데서도 가장 먼 별'로 형상된다. '은하수 가운데에서도 가장 먼 곳에서 온 사나이'는 화자에게 있어 그만큼 존귀한 존재라는 의미가 포함되어 있다. 현실과 환상을 오가는 이들의 존재는 주체가 자신의 부정성을 외부의 대상에게 투사하는 방어기제를 통해 생산된 것으로 실제적으로는 주체가 두려워하는 대상들을 은폐하기 위해 가능한 한 '은하수에서 온 사나이'라고 표현했을 것이다.[64)]

투사의 상상력은 세계가 노정하는 타자 속에서 자신을 발견하고자 하는 데서 그 상상력이 작동된다. 여기서 투사란 억압된 감정과 욕구를

---

64) "자기방어란 앞으로 일어날 사건에 대해 가능한 한 자기를 보호하고자 하는 심리적 욕구로서 주위 환경으로부터 불안을 야기하는 위험과 위협을 무의식적으로 처리하는 일이다. 이런 심리적 욕구를 프로이트는 '방어 메커니즘'이라고 하는데, 방어 메커니즘이란 인간이 욕구불만이나 갈등, 불안을 해결하고자 하는 방법이다." Calvin Springer Hall, Jr, 이용호 역, 『프로이트 심리학 입문』, 백조출판사, 1980, p.106 ; p.141.

외부로 나타내 그러한 감정과 원인을 타자에게서 찾는 것을 이르며 원천적으로 이러한 불쾌의 감정은 화자 자신으로부터 기원한 것이다.[65] 이 투사의 작동은 자신을 무능하고 시시한 시인으로 몰아가는 현실 간, 즉 주체와 타자 간 연속성을 확보하는 기능을 하기도 한다. 이 시에서 타자는 화자에게 객체성을 일깨워 주는 존재로 인식된다. 주체는 불명확한 타자, 혹은 부재의 형식으로서의 타자와 대면하는데, 타자의 시선에 의해 보이는 대상, 즉 타자에 대한 객체로 전락하기도 한다.

다음의 시도 타자에 대한 투사가 장치되어 있다.

> 나는 원래 쿠데타를 좋아하지 않는다.
> 그 수습을
> 늙은 의사에게 묻는데,
> 대책이라고는 시간 따름인가!
>
> ─ 「간의 반란」, 70. 11. 『詩人』

이 시는 첫 행부터 외래어를 쓰고 있어 기존의 시풍과 시어 면에서도 차별화된다. 딱딱한 산문조의 이 시는 제목에서도 드러나듯이 술과 연관되어 있는데, '간의 반란'이라는 표제부터 난폭하게 사실적이면서 동

---

65) 동화와 투사는 외부세계와 자아의 동일성을 확보하여 개체성을 넘어서려는 상상력의 작용이다. 하나의 자아 즉 주체와 타자들 사이에 존재하는 불연속성을 해소하려는 상상력의 힘이다. 이때 동화는 "객관적인 세계를 시인의 내면으로 끌어들여 자아화"하는 것이며 여기서의 타자성의 공간은 시인이 구상하는 논리 속으로 수렴된다. 반면 투사는 "자신을 상상적으로 세계에 투사하여 세계 속의 자아를 발견"하게 된다. 동화와 투사는 자아와 세계의 일체감 및 동일성을 꾀하는 상상작용이라는 점에서 공통점을 지닌다. 그러나 동화는 타자 혹은 세계를 주체 안으로 끌어들이고자 하나 투사는 주체가 타자 혹은 세계 안으로 들어가 주체의 모습을 실현한다는 점에서 차이가 있다. 즉 투사는 세계가 노정하는 타자 속에서 자신을 발견하는 방향으로 작동하며 주체와 타자 간 연속성을 확보하는 것이다. 홍문표, 『시어론』, 창조문학사, 1994, p.75 ; 김준오, 앞의 글, p.40 참조.

시에 까다롭다.66) 이 시는 기존의 시 형식 및 시의식과 경향을 달리한다. '쿠데타'에 대한 수습이라고는 '시간' 밖에 없다고 결론짓는 화자에게서 결의의 표명 또한 희박해 보인다. 병에 걸린 자신에게 이 정도밖에 수습책을 제시하지 못 하는 '늙은 의사'는 화자 자신의 모습이기도 하다. 이는 타자를 금지하고 배제하는 복잡한 무의식적 과정의 일종으로, 화자는 긴박한 시대의 이데올로기로부터 응전의지를 잃은 소극적인 자신의 면모를 '늙은 의사'에게서 발견하게 된다. 타자를 발견하는 것은 자기에 대한 또는 자기 속 타자의 관계 및 영향을 아는 것이고 이러한 것이 자신과 친숙했던 '늙은 의사'에게 투사된 것이다.

주체가 타자 안으로 들어감으로써 주체의 모습을 실현한 '윤동주'와 '늙은 의사'는 도플갱어의 한 양상이라 할 수 있다. 이 도플갱어의 모티브는 주체와 타자 사이의 뚜렷한 경계를 해체하고 있다. 주체는 자아와 타자의 확장을 거듭함으로써 발견되고 결국 이 주체도 해체되는 것이다. 도처에 편재하는 주체가 겪는 혼란은 이제 도플갱어로 존재하게 된다.67) 타자가 되어버린 자신의 모습을 실제로 목격하는 도플갱어 현상은 '두려운 낯설음'이란 언캐니의 개념에 핵심적인 역할을 수행한다. '두렵고 낯선' 도플갱어의 존재는 신체와 의식이 미리 필연적으로 결합

---

66) 김우창, 「천상병 씨의 시」, 『귀천』, 민음사, 1979, p.168. 김우창은 이러한 시풍은 김수영의 딱딱하고 난해한 시풍에 영향을 받은 것이며 이 시는 김수영 시의 특징들을 그대로 재현한 것으로 보고 있다.

67) 프로이트는 언캐니에 대한 전제 조건은 낯선 대상이나 환경이 주는 지적인 불확실성에서 출발했지만 프로이트는 이 낯선 것을 향한 두려움의 원인은 오히려 오래전부터 친숙했던 것에서 발생한다는 역설적인 결론을 내린다. 두려운 낯설음이란 오래전부터 알고 있었거나 친숙했던 것에서 발현해 어떤 대상이나 상황이 주어졌을 때 친숙한 것이 불안감 또는 공포감으로 바뀌는 것이다. 유현주, 「도플갱어-주체의 분열과 복제 그리고 언캐니」, 『독일언어문학』제49집, 독일언어문학연구회, 2010, p.334~337 참조.

된 것이라는, 우리가 생각했던 근본적인 인간상을 거부한다. 도플갱어는 우리 내부 가장 깊숙이 숨어있는 무의식의 실제적 현현인 것이다. 도플갱어가 지닌 낯선 친숙함, 바로 나 자신과의—나조차도 인식하지 못했던—근원적인 유사성이 도플갱어가 주는 공포의 원인이다. 즉 무의식 깊숙이 억압돼 있었던 나 자신의 일부들, 어쩌면 초자아가 거부했던 부정적인 나의 일면들을 투사하여 등장하는 것이 바로 도플갱어인 것이다. 타자에 대한 공포가 주체의 외부보다 내면의 양상으로 표출될 때 주체는 도플갱어의 형태로 발산된다. 이 도플갱어의 발산은 자신과 무관한 타자를 부정적으로 인식함으로써 주체와 세계와의 소통에 장애를 빚는 형상을 보인다.

천상병의 지인인 신태범은 이 시기에 천상병이 극도의 정신적 황폐 현상을 보이기 시작했다고 회고한다. 그에 따르면 천상병은 추운 겨울에도 와이셔츠 바람으로 다니는가 하면, 이해 못할 기행과 대인 기피현상을 보이기도 했다.[68] 다음의 시에서 그러한 상황이 포착된다.

1
오늘의 바람은 가고
내일의 바람이 불기 시작한다.

잘 가거라
오늘은 너무 시시하다.

뒷시궁창 쥐새끼 소리같이
내일의 바람이 불기 시작한다.

---

68) 국제신문, 2001. 2. 19.

2
하늘을 안고
바다를 품고
한 모금 담배를 빤다.

하늘을 안고
바다를 품고
한 모금 물을 마신다.

누군가 앉았다 간 자리
우물가, 꽁초 토막……
  — 「크레이지 베가본드」 전문, 70. 6. 『창작과 비평』

　이 시의 '오늘의 바람이 가고 내일의 바람이 불기 시작한다'라는 시
구로 보아 화자는 새벽 거리를 헤매고 있다. 새벽길을 헤매는 화자는
'누군가 앉았다 간 자리'를 목도하는데, 그 자리는 '꽁초 토막'이 내팽
겨져 있는 우물가이다. 우물가 옆에서 화자는 '하늘을 안고 바다를 품'
은 채 한모금의 담배를 빨고, 한모금의 물을 마신다. 그런데 꽁초가 즐
비한 상태와 우물가라는 장소는 이 대상들의 개별적 윤곽이 너무 선명
하므로 화합되지 못하는 이미지를 연출한다. 대상들의 단절은 화자의
시적 장치로 볼 수 있는데, 화자는 대상과의 논리적 거리를 지움으로써
내밀한 상호작용을 이루는 다른 대상을 상징한다. 여기서 화자가 마시
는 '한모금의 물'은 술로 추정되며 '우물가'는 술집으로 볼 수 있다.
　화자는 새벽녘까지 선술집에서 담배를 피우고 술을 들이켜야만 하
는 무력한 상태이다. 이 무력한 현실을 화자는 '별 수 없이 오늘은 가고
내일이 온다'고 묘사한다. 화자에게 오늘은 '너무 시시'할 따름이며 무
력하게 하루를 보내고 있는 화자는 '뒤시궁창 쥐새끼'로 표상된다. 자

신을 뒤시궁창 쥐새끼와 동일시할 만큼 화자는 자신을 학대하고 있다. 갈 길이 없는 방랑자는 새날을 맞았지만 이를 온전히 누리지 못한다. 화자는 자신이 그어놓은 선에 한해서만 하늘을 보고, 바다를 보고, 산과 들을 보며 겨우 삶을 지탱하고 있는 것이다.[69] 소외가 불안 심리로 변모하고 불안 심리가 공포의식으로 확산됨으로써 주체는 내부의 위험을 마치 외부의 위험인 양 취급하기도 하고 리비도의 요구에 대해서 도주를 시도하기도 한다. 이 시는 현실의 취한 상태를 통해 현실을 다른 각도에서 대응하려는 심미적 태도를 표명하나 타자와 세계로부터 공포감을 느낀 화자는 '쥐새끼'가 되어 버린다. 화자는 주체의 피학의식과 낮아진 자존감을 술로 희석하고자 하나 '쥐새끼'란 시어를 통해 화자가 현실에서 느끼는 공포의 강도가 감지된다.

그렇다면 이러한 공포가 이 시기에 왜 생겨났는가를 살펴볼 필요가 있다. 그러기 위해서는 천상병이 공포의 원인이라 여긴 낯설고 두려운 외부의 대상이 무엇인가가 드러나야 하며 이 대상이 출현한 시점으로 돌아갈 필요가 있다. 소외가 공포로 확산된 양상은 그의 중심 이미저리인 '새'의 변화에서 먼저 발견된다.

다음의 시에서 무한한 세계와 유한한 세계의 분리를 체득한 새의 존재 상황이 형상된다.

---

69) 이경철은 천상병을 현실에서 해방시키고 각성시키는 것으로 술을 들고 있다. 천상병의 후기 시가 대긍정과 무위자연의 세계로 나아갈 수 있었던 것은 이 '환각의 리얼리티'로 서정적 실재를 현실로 받아들였기 때문에 가능했던 것으로 보고 있다. 초기와 중기 시에는 「주막에서」(1966. 6. 『현대시학』)을 제외하면 술을 표면적으로 노래한 작품이 없지만 후기 시는 술을 제목이나 직접적인 소재로 한 것이 상당수에 이른다. 이경철, 앞의 글 ; 정선희, 앞의 글 참조. 천상병 문학에 나타난 술이 자아와 세계에 어떻게 개입되는가를 살펴보는 것은 그것이 서정의 본질이 구체화되는 과정에서 어떤 역할을 수행하는지를 살펴보기 위한 필수 불가결한 전제로 보인다. 천상병과 술과의 연관성은 4장 1절에서 별도로 다루기로 한다.

최신형기관총좌를 지키던 젊은 병사는 피 비린내 나는 맹수(猛獸)
의 이빨같은 총구 옆에서 지루하기 짝이 없었다. 어느 날 병사는 그의
머리 위에 날아온 한 마리 새를 다정하게 쳐다보았다. 산골 출신인 그
는 새에게 온갖 아름다운 관심을 쏟았다. 그 관심은 그의 눈을 충혈케
했다. 그의 손은 서서히 움직여 최신형기관총구를 새에게 겨냥하고
있었다. 피를 흘리며 새는 하늘에서 떨어졌다. 수풀 속에 떨어진 새의
시체는 그냥 싸늘하게 굳어졌을까. 온 수풀은 성(聖)바오로의 손바닥
인 양 새의 시채를 어루만졌고 모든 나무와 풀과 꽃들이 모여들었다.
그리고 부르짖었다. 죄없는 자의 피는 씻을 수 없다. 죄없는 자의 피
는 씻을 수 없다.

―「새」전문, 66. 7.『문학』

　이 시는 얼핏 보면, 자아의 표출을 꺼리고 있다는 점에서 즉아적 태
도를 드러내고 있으나 우화적 이야기를 위주로 시를 전개하고 있다는
점에서 즉물적 태도로 이해할 수도 있다. 기존의 연구는 이 시의 발표
시기가 동백림 사건과 비슷하다는 점에서 이 시를 군부독재 시대의 상
황을 반영하거나 동백림 사건과 연관해 논의해 왔다.[70] 그러나 2장 2절
에서 언급한 1966년 12월 20일 동아일보에 실린「罪(죄) 없는 者(자)의
피는…」의 기사와 연관시켜 보면 지금까지와는 다른 해석이 가능하다.
　월남 파병에 대한 극심한 불만을 토로한「罪(죄) 없는 者(자)의 피

---

70) 이 시는 전후세대의 '반전시'로 해석되기도 하고 이 시가 발표된 시기를 고려해 이
　　데올로기를 억압하는 군부독재 시대의 상황을 반영한 것으로 해석되기도 한다. 문
　　병욱, 앞의 글, pp.86~87 ; 김희정, 앞의 글, p.61. 이러한 해석은 분명히 사회비판
　　적 의미내용을 담고 있으며 주체의 형이상학적인 기본개념들을 역사적 조건 위에
　　서 개념화하고 있어 이 시의 '새'를 생물학적 · 존재론적 차원에서 일반화하고 있는
　　논의보다는 진전되었다고 할 수 있다. 그러나 이들 견해는 역사적이고 정치적인
　　'새'의 필연적인 카테고리를 간과함으로써 '새'의 상징마저 흐리게 하고 만다. 그러
　　므로 한국전쟁과 군부독재 시대의 상황을 반영하거나 동백림 사건과 연관된 기존
　　의 논의는 재고될 필요가 있다.

는…」에서 천상병은 파병군들의 존재를 재인식시키고자 한다. 그는 이 글에서 러셀이 말한 전쟁 범죄자에 대한 언급을 어느 정도 인정하면서도 러셀이 처한 상황과 힘없는 극동의 작은 나라의 한 지식인으로서의 사정은 분명히 다르다고 말하고 있다.

이 시는 병사-천상병-새라는 알레고리를 매개로 자아와 세계의 분열을 형상화하고 있다. 순진한 산골 출신인 젊은 병사는 최신형기관총좌를 지키고 있다가 자신도 모르는 사이 서서히 움직여 최신형 기관총구를 새에게 겨냥하고 말았다. 순진한 어린 병사에 의해 희생된 새는 피를 흘리며 하늘에서 떨어졌으며 새의 주위에 몰려든 '모든 나무와 풀과 꽃들'은 부르짖는다. '죄없는 자의 피는 씻을 수 없다'라고. 그러나 피를 흘리며 쓰러지는 새는 어떠한 저항의 모습도 보이지 않고 있다. 천상병은 한국전쟁을 겪으면서 이유 없이 희생된 타자를 목도해야 했고 절망과 포기를 경험해야만 했다. 그런데 한국전쟁이 끝난 지금, 다른 나라의 전쟁에 끌려가 또다시 희생당하는 타자를 다시 목도해야만 했다. 이 타자는 월남파병으로 희생된 한국의 젊은이들이었던 것이다. 화자는 전쟁과 폭력의 비극적인 현실 속에서 아무런 이유 없이 희생당하고 있는 어린 생명들의 희생을 생각하고 있다. 또 여기에는 타자를 도구나 수단으로 인식하는 전쟁과 폭력에 대한 비판의 시선이 내재되어 있다. 화자가 병사-새를 통해 비인격적이고 파편적인 주체를 표출하는 것은 폭력의 시대를 극복하는 하나의 심리적 대응방식의 표출이라 할 수 있다. 그러나 천상병은 무고하게 희생당하는 '새'와 이데올로기적 폭력을 행사하는 '병사' 사이에서 딜레마를 경험한다. 결국 화자는 역사와 관념을 고발하고 그에 저항한다. "죄없는 자의 피는 씻을 수 없다고"에서 '죄없는 자의 피'는 주체의 바깥에 있는 타자가 아니라 주체에 내재하는 절대적 타자로 볼 수 있다. 주체에 내재하는 절대 타자의 통분이 새로 표출된 것이다. 사회적 억압을 폭로하는 이 지점에서 시적 주체의 소외의식이 개인적 차원에서 사회적 차원으로 확산되고 있음이 포착된다.

앞 절에서 논의한 '새'가 주체의 소외를 극복하는 시적 상관물로서 삶과 죽음의 경계를 뛰어넘는 절대적 타자로 형상화되었다면 위 시편의 '새'는 가해자와 약자의 이중적 타자가 형상화된 대상으로 포착된다. 이 시기 이후, 즉 동백림 사건[71] 이후의 '새'에서도 이중적 타자가 형상화되나 이상과 현실 세계의 조우를 타진할 수 없는 주체의 기능이 강화됨으로써 이 새는 더 이상 현실 세계를 벗어날 수 없는 존재로 형상된다.

천상병은 동백림 사건으로 중앙정보부 3개월, 교도소 3개월 고문과 취조를 받고 선고유예로 풀려났다. 신경림에 의하면 천상병은 이 사건에 연루돼 6개월 만에 풀려나긴 했으나 풀려난 지 1년여 뒤에 다시 나타난 천상병은 이미 옛날의 재기발랄하고 거칠 것 없는 사람이 아니었다. 정규웅은 고문의 후유증으로 천상병이 더 이상 글을 쓸 수도 없었

---

71) 신경림, 『신경림의 시인을 찾아서』, 우리교육, 1998, p.344 ; 정규웅, 「유고시집으로 살아 돌아온 천상병」, 『글 속 풍경 풍경속 사람들』, 이가서, 2010, p.35 참조. 천상병은 1970년 「젊은 동양시인의 운명」을 통해 당시의 심경을 고백한 바 있는데, 동백림 사건의 후유증은 더 이상 자신의 존재를 보전할 수 없을 만큼 컸다. 이 사건에 연루된 이후 천상병은 고문의 후유증으로 인해 문필 활동을 접게 된다. 이 무렵 그는 음주와 영양실조로 거리에 쓰러져 행려병자로 서울시립정신병원에 강제 입원되었으며 정신황폐증이라는 진단을 받게 된다. 동백림 사건의 후유증으로 인한 외상은 시인으로 하여금 불안과 공포의식을 불러왔고 이러한 정서는 천상병의 육체적·정신적 삶의 인식을 전환시키는 한 지점으로 상정될 수 있다. 천상병의 동료들이 그가 사망했다고 추정하고 유고 시집 『새』를 발간한 것이 이 시기의 일이다. 동백림 사건에 대한 당시의 관련 보도는 「北傀對南摘花工作團 사건 5次 발표」, 『동아일보』, 1967. 7. 14. ; 「東伯林 들러 北傀接線」, 『경향신문』, 1967, 7, 14. 참조.

고 수입도 전혀 없었다고 회고한다. 그에 따르면 천상병이 지인들에게 푼돈을 얻어 술을 마시는 일로 세월을 죽이기 시작한 것은 이 사건 이후부터이다.

다음의 시편들은 1969년과 1971년『월간문학』에 각각 발표된 것으로 동백림 사건과 폭음 등으로 심신이 황폐해져 형이 살고 있는 부산에 머무를 때 쓴 것이다. 이 시편들은 현실에 대한 한계상황을 표출함으로써 초월과 자유가 완전히 좌절된 주체의 면모를 드러낸다.[72]

(1)
참으로 오랜만에 음악을 듣는 것이다. 내 마음의 빈터에 햇살이 퍼질 때, 슬기로운 그늘도 따라와 있는 것이다. 그늘은 보다 더 짙고 먹음직한 빛일지도 모른다.

새는 지금 어디로 갔을까? 골짜구니를 건너고 있을까? 내 마음 온통 세내어 주고 외국 여행을 하고 있을까?

돌아오라 새여! 날고 노래하기 위해서가 아니고! 이 그늘의 외로운 찬란을 착취하기 위하여!
　　　　　　　　　　　　　　－「새－아폴로에서」전문, 69. 4.『월간문학』

(2)
이젠 몇 년이었는가
아이론 밑 와이셔츠 같이
당한 그날은……

이젠 몇 년이었는가
무서운 집 뒷창가에 여름 곤충 한 마리
땀 흘리는 나에게 악수를 청한 그날은……

---

72) "동백림 사건 이후 '새'는 비극적 예감과 영혼의 자유를 역설적인 시상으로 표현하고 있다." 성낙희,「천상병 시의 도가적 특성」,『한중인문학 연구』17, 2005, p.99.

내 살과 뼈는 알고 있다.
진실과 고통
그 어느 쪽이 강자인가를……

내 마음 하늘
한편 가에서
새는 소스라치게 날개 편다.
　　　　　　　　　－「그날은 －새」 전문, 71. 2.『월간문학』

　(1)의 시편에서는 화자의 좌절된 의지가 표상된다. 화자는 '참으로 오
랜만에' 자유를 경험하고자 한다. 화자는 고통스러운 현실에서 벗어나
오랜만에 음악을 들으며 삶의 이완을 기대하며 '새'를 불러 본다. 여기
서 주목할 만한 것은 화자가 '새'를 바라보는 태도이다. '새'는 주체의
내면의식이 반영된 것으로, 화자는 자신의 의식의 바탕 위에서 새를 바
라본다. 자기의식에 사로잡힌 주체가 '새'를 통해 현실과 접촉하고 있
는 것이다. 이 시에서 '새'는 현실의 '골짜구니' 속을 헤매거나 '내 마음
온통 세내어 주고' '외국'으로 떠나버렸을지도 모르는 존재로 형상된다.
이러한 새의 행적은 「그날은 －새」에서 화자의 마음 한 켠에 있던 새의
상징과 일맥상통하는 것으로, 화자는 '새'에 의지해 자유를 기대하나
새는 현실을 초월하지 못하고 현실 주위를 맴도는 도피적 성향을 보임
으로써 현실의 억압을 받는 존재로 전락한다.
　현실의 억압을 받고 있는 화자의 상황은 시 · 공간적 배경을 통해서
도 나타난다. '그늘'이라는 공간적 배경은 '햇살이 퍼질 때'라는 시간적
배경과 대립한다. 새는 햇살이 퍼질 때 날고 지저귀지 않으면 더 이상
새가 아니다. 화자가 제안한 '그늘'이라는 공간은 강요된 현실 상황을
드러낸다. 이는 새와 화자가 지닌 자유의 한계를 표상하는 것으로, 새

로운 공간으로의 이동이 불가함을 뜻한다. 그래서 화자는 새에게 '지금'은 날고 지저귀는 것을 포기해야 할 시점임을 알려주고 '새'에게 '날고 노래하는' 것을 포기할 것을 주문한다.

(2)의 시는 '새'를 통해 당시의 현실적 억압을 고발하고 있는데, 시인 자신이 겪은 동백림 사건의 고문체험을 말하는 것으로 보인다.[73] 이 시는 '아이론 밑 와이셔츠같이/당한 그날'에 대한 회상으로부터 비롯된다. '소스라치게 날개'를 펴고 있는 이 새는 이데올로기의 폭압이 화자에게 미친 영향이 어느 정도인지를 여실히 보여주고 있다. 그것은 '곤충'이라는 시어를 통해서도 확인되는데, 기존의 연구는 혹독한 고문을 당하고 있는 화자 자신을 곤충으로 표상하고 있다고 본다. 그러나 이러한 해석은 천상병이 동백림 사건에 연루된 때가 초여름이었다는 단서에서 비롯된 것으로 그 의미를 축소하고 있다. 따라서 이 시의 핵심 시어인 '곤충'은 보다 확대된 시각으로 재해독될 필요가 있다. 진실만 알고 고통을 몰랐던 현실 주체에게 1연의 '그날'은 공포스러웠고 진실과 고통의 비중을 명확하게 말하지 못한 2연의 '그날'은 시인 주체에게 치명적이었다. 1연의 '아이론 밑 아이셔츠 같이 당한 그날' 이후 주체는 뼈와 살로부터 벗어나는 길만이 살길이었다. 2연에서 그들이 '악수를 청한 그날'은 고통을 받고 있는 주체를 혼란스럽게 만들었던 날이었다. 화자는 '악수를 청한' 그들에게 '그날' 손을 내민 적이 없다. 그리고 그날 이후 화자는 진실과 고통 그 어느 쪽이 강자인가를 유심히 생각하다 자신의 마음 속에 늘 자리하던 새가 자신의 마음 한구석에 처박혀 있는 것을 발견한다. 이내 화자는 소스라치게 놀라 정신을 차려본다. 곤충의 '살과 뼈'가 현실 세계와 순수 세계에 대한 비중을 체감했기 때문이다.

---

73) 김재홍, 앞의 글, p.172.

그러나 진실은 무력하다. 주체는 '그날' 육체적 정신적 고문을 당했지만 몇 년이 흐른 지금 '진실'과 '고통'을 참아냈다는 것으로 자위한다. 화자는 이데올로기의 폭력 앞에 무력한 한 마리 '곤충'에 지나지 않는다. 그러나 '곤충'은 그를 고문한 타자로도 해석이 가능하다. 즉 이 시는 순수 세계를 지향하는 주체의 억압된 욕망의 표상이 새를 통해 형상화되고 있는데, 여기서 '자기 속의 타자'를 탐색하는 주체가 발견된다. 곤충은 '땀흘리는 나'로서의 화자 자신이자, 자신을 고문한 후 '악수를 청'했던 타자로도 볼 수 있는 것이다.

「외할머니와 손잡고 걷던 바닷가」74)에서 천상병은 "고문을 받았지만 진실과 고통은 어느 쪽이 강자인가를 나타내 주었기 때문에 나는 진실 앞에 당당히 설 수 있었던 것이다. 남들은 내가 술로 인해 몸이 망가졌다고 말하지만 잘 모르는 사람들의 추측이 뿐"이라고 말한다. 그는 그때 전기고문을 세 번씩이나 당했으며 그 후유증으로 아이를 낳을 수 없는 몸이 되었다는 사실을 스무 해나 지난 뒤에 1990년에 털어 놓은 것이다. 천상병은 비슷한 시기 대담을 통해 자신이 살아오면서 가장 괴로웠던 일이 '친구로 인해 67년 동백림 사건에 연루돼 심한 전기 고문을 받던 일'이라고 다시 고백하기도 했다. 후일 이 사건은 정부가 치밀한 계획 아래 납치작전을 벌였고, 이로 인해 무고한 희생자가 발생했으며, 서울대의 합법적인 동아리를 간첩조직이라고 날조한 것 등은 확인됐다. 그러나 수사 과정에서 발생한 천상병의 전기 고문, 윤이상의 물 고문, 김학준의 구타 등 불공정 가혹 행위에 대해서는 언급조차 없이 동백림 사건은 '공평하게' 진행되었고 '조용하게' 마무리됐다.75)

---

74) 1990, 5. 『월간조선』 ; 전집-산문, p.32.

75) 천상병과 함께 이 사건에 연루돼 고문을 받았던 윤이상은 1967년 12월 13일 제1심에서 종신형이 선고됐고, 부인인 이수자는 5년형을 선고 받았으나 집행유예로 석

동백림 사건은 천상병의 삶의 모습뿐만 아니라 시의 모습도 변화를 주게 되는 커다란 계기가 됐다.[76]

이데올로기의 폭압으로 인해 천상병은 '피투성'을 자각하게 만든 일련의 사건들을 경험하고 타자를 불신하게 되었다. 정신분석학적 용어로 표현하면 포스트모더니즘의 증상들은 '억압된 것의 회귀'이다. 정신분석학은 모든 현상(증상)에는 원인(외상)이 있다는 것을 인정한다. 명백히 자유의지에 따른 행위로 보이는 것도 실은 무의식적 원인을 가지고 있다는 것이 정신분석학의 기본 전제이다.[77] 억압된 것은 지운 것이

방된다. 윤이상도 1968년 제2심과 3심에서 각각 15년형, 10년형으로 감형됐다. 윤이상은 수감 중이던 1967년 10월에 작곡할 수 있는 허가를 받고 1968년, 교도소에서 '나비의 미망인'을 작곡했으며 1969년 3월, 쿤츠, 리케티, 헨체, 슈톡하우젠, 팔름, 스트라빈스키, 클렘페러, 카라얀 등 161명에 달하는 세계적 예술가 및 그의 동료 그리고 독일정부의 항의 및 노력으로 석방되어 베를린으로 돌아간다. 이후 독일과 여러 나라에서 제자를 가르치면서 작품 활동을 해왔고, 1995년 5월 한국에서 분신자살한 청년들을 위해 지은 교향시 '화염 속의 천사'와 '에필로그'를 마지막으로 11월 3일 베를린에서 눈을 감았다. 비교적 오래 수감생활을 한 이응노 화백은 300여 편의 작품을 남겼다. 이응노 화백은 1958년 유럽으로 건너가 눈부신 예술적 성공을 거둔 작가이다. 그는 또 하늘의 별따기보다 어렵다는 파리 화랑가의 전속작가였으며, 각국에 지사를 갖고 있는 타케티 화랑의 전속작가였다. 그러나 이 화백도 이 사건에 연루돼 2년 6개월 동안 옥고를 치렀다. 천상병의 경우 6개월간의 수감 기간 중 단기간에 심한 전기 고통을 받았다. 그는 옥중에서 작품을 썼다는 기록은 없으나, 이후 감옥에서의 생활은 작품 세계에 지대한 영향을 끼쳤다. 이수자(연구기관단체인),『내 남편 윤이상』상, 창작과 비평사, 1998 ; 주간경향, 2007, 9, 25.

76) 이민호, 앞의 글.
77) 프로이트적인 인간은 무의식적 요구에 시달리고, 치유 불가능한 양가적 태도와 원시적이고 정열적인 사랑과 증오를 드러내고, 외적인 제약과 내밀한 죄책감 때문에 간신히 제어되는 인간이다. 사회 제도는 프로이트에게 많은 의미가 있지만 무엇보다도 살인, 강간, 근친상간을 막는 댐 역할을 한다. 따라서 프로이트의 문명 이론은 사회 속의 삶을 강요된 타협이자, 본질적으로 해소 불가능한 곤경으로 본다. 인류의 생존을 보장하기 위한 제도 자체가 불만을 만들어낸다는 것이다. 이것을 알았기 때문에 프로이트는 완전하지 않은 상태로, 인간이 나아진다는 점에 관해서는 최소한의 기대만 하고 살 준비가 되었던 것이다. Peter Gay, 정영목 역, 『프로이트 II』, 교양인, 2011, p.348 참조.

아니다. 억압된 자료는 접근 불가능한 무의식의 영역에 저장되며 이곳에서 계속 번성하면서 만족시켜 달라고 다그친다. 따라서 억압의 승리는 기껏해야 일시적이며, 늘 의심스러운 것이다. 억압된 것은 대체물 형성 또는 신경증 증상으로 나타난다. 그래서 프로이트는 인간이라는 동물을 괴롭히는 갈등이 기본적으로 완화불가능하고 영속적이라고 본 것이다.[78] 공포의 원인이라고 여겼던 낯설고 두려운 외부의 대상은 우리 내부, 즉 무의식 깊숙이 존재하는 두려움을 은폐하기 위한 장치에 불과하다. 실제로 낯설고 두려운 것은 우리 내부에 존재하고 있는 것이다. 그리하여 동백림 사건 이후 '새'의 이미지는 앞서 논의한 영혼이나 정조와 대비시키기에는 곤란한 상황이 재현되었던 것이다. 그러나 한편으로 자신과 같이 무고하게 희생되는 죽음을 목도함으로써 자신 속의 타자를 발견하게 된다. 이 타자는 존재 결여에 대해 절망하면서도 끝없이 욕망을 추구하고자 주체가 교섭하는 타자이다. 이는 다른 타자로부터 벗어난 독립적인 존재로 자리하게 되며 주체의 내적 체험의 발산[79]을 가능하게 한다.

소외의식이 확산돼 불안과 공포의식이 점철돼 있는 시편들은 동백림 사건 이후에 쓰인 것임이 확인되었다.[80] 전기 시의 궁극적인 표징인

---

78) 위의 글, p.35.

79) 슈타이거에 따르면 서정시에는 대상과 주체 사이가 분리되지 않고 하나로 혼융된다. 그는 이를 '회감'이라고 말한다. 현대시에서 자연은 내적 체험을 강렬하게 표현하는 객관적 상관물이다. 천상병의 전기 시는 자연 상관물을 통해 타자와 대립적인 입장에 서는 것을 모면할 수 있었다. 그러므로 전기 시에 나타나는 자연은 더 이상 무위의 개념이 아니며 시인의 의식 속에서 재창조된 것으로 다가온다. Emil Steiger, 앞의 글, p.82.

80) 불안은 그것이 알려지지 않은 것일지라도 어떤 위험을 예기하거나 준비하는 특수한 상태를 일컫는 것이다. 공포는 두려워할 지정된 대상을 필요로 한다. 그러나 경악은 어떤 사람이 준비 태세가 되어 있지 않은 채 위험 속에 뛰어 들었을 때 얻게 되는 상태에 붙여진 이름이다. Sigmund Freud , 박찬부 역, 『쾌락원칙을 넘어서』,

소외의식이 공포로 심화되는 과정에서 죽음의식이 표출되기도 한다. 전기 시의 또 다른 양상을 보다 포괄적이고 구체적으로 살펴보기 위해서는 천상병 시의 중요한 의미 항목 중 하나인 죽음의식과 이에 상응하는 타자의식을 대해 살펴볼 필요가 있다. 전기 시에서 죽음이 어떻게 반복되는가의 측면뿐만 아니라 왜 반복되는가의 근본적인 질문 속에서 타자 인식을 살펴봄으로써 천상병 전기 시의 지향점과 그 의미가 보다 선명하게 드러날 것이다.

천상병의 시에 나타나는 죽음에 대한 인식은 다수의 논자에 의해 다루어져 왔다. 그들의 연구에서 죽음은 종교적 측면에서는 부활, 우주론적 측면에서는 생성, 인식론적 측면에서는 불가지론, 과학적 관점에서는 소멸의 대상 등으로 논의되었다.81) 천상병의 시에 나타난 죽음과 실존의 가능성을 타진한 연구자로 박재삼, 김종호, 홍금연, 이민호 등을 들 수 있다. 이중 이민호와 김종호의 논문은 본고의 관점과 그 맥락을 같이 한다. 이민호와 김종호는 프로이트와 융의 무의식의 측면에서 각각 삶과 죽음의 의미를 탐구하고 있다. 특히 이민호는 정신분석학 차원에서, 천상병의 기행과 그의 시가 보이는 퇴락적 현상의 기저에 외상이 자리하고 있다고 보았으며 이러한 외상이 천상병의 시가 지니는 시기별 변모 원인이라고 보았다. 이민호의 이러한 관점은 천상병의 시 연구에 있어 죽음의 현상화가 시인의 단순한 시적 상상력이 아니라 실존과 연관된 것임을 밝히는 기반을 마련해 주고 있다.

공포가 자신에게 위협적으로 다가오는 것에 대한 두려움이며 이 두려움으로 인한 공포는 외부로부터 오는 것이 아니라 내부에서 일어나

열린책들, 1998, p.17.
81) 천상병의 시에서 죽음 모티브를 비중 있게 다룬 논문으로는 조병기, 「천상병의 시세계」, 『인문논총』6, 동신대인문과학연구소, 1999를 들 수 있다.

는 심리적인 반응이듯이 죽음의식도 현존재 일반의 실존론적 가능성으로 이해되어야 한다. 이 죽음의식의 표출은 공포의 극한이다. 트라우마를 극복하고 그로부터 완전히 해방되기를 원한다면 공포와 쾌락을 동시에 이해해야만 한다.

프로이트에 따르면 생의 충동, 즉 자기보존의 성적 충동을 표현하는 에로스에 대립되어 타나토스라는 죽음 충동이 있다. 삶의 원동력인 에로스는 자신을 포함해 보다 큰 통일체를 지향한다. 에로스가 보존하고 통일하려는 충동의 총합, 곧 삶을 진지하게 탐구하고 이를 통해 삶의 의욕을 다지는 충동이라면, 타나토스는 파괴의 본능이다. 에로스가 통일체를 구성하는 힘이라면 타나토스는 그것을 해체하고 파괴하는 힘인 것이다.[82] 그리고 그것의 극한은 죽음이다. 인간은 본질적으로 파괴적 충동을 가지고 있으면서, 반면에 지속적인 생명력을 추구하는 에로스적 충동을 갖춘 모순적인 존재이다.[83]

죽음에 대한 인식은 죽음을 무자각적으로 받아들이는 경우와 자기성찰적으로 받아들이는 경우가 있다. 죽음을 무자각적으로 수용하게

---

82) 프로이트의 죽음 충동은 자기 파괴의 경향성으로 또는 외부로 향하는 공격성으로 번역전환될 수 있다. 죽음의 충동에서 환자는 긴장을 회피하고자 하며, 결국에는 비유기체적 상태로 되돌아가고자 한다. 여기서 프로이트가 말하는 죽음 충동을 긴장의 이완이나 비유기체적 상태로 이행을 말하는 것은 신경증(névros)의 현상이라기보다 정신병(psychose)의 현상이다. 프로이트가 1912년에 결정적으로 융(융은 이미 정신병이 신경증과 증상이 다르다는 것을 느끼고 있었다)과 결별한다. 이 이유는 정신병을 보는 시각의 차이이다. 그리고 전쟁을 겪고 난 뒤에, 프로이트는 의식을 생리적 차원의 종속에서 정신적 기제의 별개의 차원으로 인식하게 되었다. 그래서 프로이트는 죽음의 충동(타나토스)의 실재를 인식하고, 정신기제의 위상을 정립하는 것도 전후 시기이다. Antony Easthope, 앞의 글, p.253.
83) 프로이트는 전쟁 전까지는 에로스와 타자의 개념을 병치시키지 않고 타나토스를 에로스의 부수적인 의미로 여겼다. 즉 에로스가 본래의 기능을 충분히 발휘하지 못할 때에만 타나토스가 나타난다고 보았다.

되면 에로스에만 충족하게 되고 죽음을 자기 성찰로 받아들이게 되면 현실에서 늘 죽음에 대한 생각을 하게 된다. 이러한 죽음의 원인은 의식적 차원과 무의식적 차원으로 나누어진다. 의식과 무의식의 개념이 본능의 개념과 함께 적용될 수 없는 문제는 아니다. 본능은 결코 의식의 대상이 될 수 없고 다만 그것을 대변하는 표식만이 의식의 대상이 될 수 있다. 무의식에서도 본능이 감정 또는 정서의 형태로 나타나지 않으면 이에 대한 답은 유예시킬 수밖에 없다. 그러나 무의식의 감정 또는 정서라는 것은 억압의 양적 결과에 따른 것이다. 주체와 타자의 관계에서 인간은 언제나 어떠한 상황과 사건에 노출돼 있으며 이로 인해 세계 즉 타자와 갈등한다. 죽음의식을 표출한 내면에 대한 질문의 맞은편에도 어김없이 이 세계의 문제가 존재한다. 역사와 현실에 대한 질문 또는 역사와 현실을 통한 답하기의 자리가 여지없이 있는 것이다.

　　　환한 달빛 속에서
　　　갈대와 나는
　　　나란히 소리 없이 서 있었다.

　　　불어오는 바람 속에서
　　　안타까움을 달래며
　　　서로 애터지게 바라보았다.

　　　환한 달빛 속에서
　　　갈대와 나는
　　　눈물에 젖어 있었다.
　　　　　　　　　　　　　－「갈대」 전문, 51. 2.『처녀지』

프로이트의 메타심리학은 무의식과 의식 또는 전의식의 경계에서 억압이 이루어지며 억압은 자극의 양적 크기에 따라 무의식에서 활동 가능한 상태로 존재한다. 천상병의 전기 시에서 나타나는 죽음의 표징은 대부분 무의식적 억압의 표상이라고 할 수 있다. 그 억압은 불안한 심리에 기반하고 있는데, 죽음이 표징된 시편 상당수가 한국전쟁기에 발표됐다. 그러므로 전쟁이라는 역사와 현실을 그의 시에서 배제시켜 논할 수는 없다. 이 시가 발표된 1951년은 전시중이나 천상병이 서울대학교 상과대에 재학하던 무렵이다. 그가 가장 왕성한 시작 활동을 하던 해에 발표된 이 시는 죽음에 대한 별도의 표식이 존재하지 않으므로 이 죽음에 대한 인식은 무의식의 차원에 속한다고 할 수 있다.

이 시의 주된 정조는 외로움과 슬픔으로, 이 정서가 달빛 속에 서 있는 '갈대'를 통해 표상되고 있다. 이 시는 '갈대'의 실존적 운명을 통해 현존재의 근원적인 소외의식을 발산하고 있다.[84] '눈물'은 달빛과 조응돼 고요하고 은은한 시적 분위기를 형성하며 시인의 감수성과 더해져 섬세한 아름다움으로 그려지고 있다. 여기에서 두 주체가 발견되는데, '갈대'로 표상된 현상적 주체와 '나'로 표상되는 절대적 주체가 그것이다. 이 주체는 무의식 세계를 포함한 '복합적인 나'이다. 물론 자기 보존

---

84) 「갈대」는 1950년대 시에 자주 등장하는 소재로 천상병 이외에도 김춘수, 신경림 등이 '갈대'라는 시를 발표했다. 이들은 갈대라는 소재를 통해 인간 존재의 근원적 고독을 형상화한다. 이러한 경향은 당대의 실존주의적 경향과 연관돼 있다. 1950년대의 한반도는 한국전쟁으로 인한 절망과 불안의 상황으로 점철됐으며 당대의 상황을 진단하고 극복할 수 있는 시론으로 서구의 실존주의 또는 실존주의 문학이 적극적으로 수용됐기 때문이다. 또 1950년대는 '실존주의 시대'라고 부를 만큼 당대는 사르트르, 까뮈, 하이데거, 릴케 등 실존주의의 영향력이 지대한 시기였다. 고은, 「실존주의 시대」, 『1950년대-폐허의 문학과 인간』, 향연, 2005, pp.536~537 참조. 천상병도 전쟁과 이데올로기로부터 양태된 불안에 대한 위기감과 그 불안의식을 극복하고자 실존주의적 휴머니즘을 지향했다.

의 차원에서 보자면 이는 삶에 대한 주체의 의지이기도 하다.

한정호도 전시 중에 발표된 천상병의 시들이 전쟁기 현실을 반영하고 있지만 이 시편들은 현실을 극복하려는 것이 아니라고 보았다. 그는 이 시기의 시를 형이상학적 사유의 산물로 여겼는데 "전쟁의 폐허는 그로 하여금 현실에 눈 뜨는 계기를 주었다."[85] 죽음은 대부분 장년기가 시작될 때 중요한 문제가 되는데, 주체의 실존 의미를 추구해나가는 과정에서 포착되는 죽음의식은 또 다른 실존적 통과제의와 같은 측면을 지니고 있다.[86] 그러나 천상병은 다른 사람의 죽음에 적극적으로 개입할 의사가 없다. 한정호의 이러한 견해는 바꾸어 말하면 활동 가능한 상태로 머물러 있는 억압의 표상과 동의어이며 절대 타자로서의 죽음의 표상과 연관된다. 무의식적 차원의 죽음은 다른 말로 절대타자로서의 죽음이다. 이러한 죽음에 대한 주체의 수용 태도는 「강물」, 「나무」, 「무명」, 「등불」, 「어두운 밤에」, 「새」 등의 시편을 통해 살펴볼 수 있는데, 이 시편들은 근원적인 원죄와 운명적인 업고의 설움을 죽음을 통해 표현하고 있다. 자신과 친숙하지 않은 타자의 죽음은 단지 자신의 존재론적 인식의 차원을 강화시킬 뿐이다.[87]

---

85) 한정호, 앞의 글, p.182.
86) 소외된 시적 주체의 특징은 자신의 존재적 현실을 감당하기 위한 한 인간의 성장과정을 보여준다고 할 수 있다. 통과제의를 온전히 마치지 않은 상태의 시적 주체는 고유의 순수함을 지니고 있다. 김준오, 『시론』, 이우출판사, 1988, p.219 참조.
87) 레비나스가 보기에 죽음은 살아 있는 실존을 지배하는 것이 아니라 그 실존의 마지막 과정일 뿐이며 죽음은 인간의 인식 밖에서 찾아오는 알 수 없는 현상이다. 그에게 타인의 죽음은 이에 대한 존재론적인 이해를 가져오는 것이 아니라 주체로 하여금 타인에 대한 책임을 묻게 하는 실존적인 사건이다. 레비나스에게 죽음은 실존을 움직이고 지배하는 차원의 것이 아니라 타인에 대한 희생과 책임의 윤리를 강조하며 각자성의 죽음을 뛰어넘는다. 주체의 내면적 갈등은 세계와의 갈등을 만들며 이는 다시 삶을 억압하는 요소에 대한 방어기제로써 삶은 죽음의 문제로 환원된다. 그러므로 천상병 전기 시에서 포착되는 죽음에 대한 사유는 고립된 개인으로서 죽음이라는 인간의 유한성에 직면하면서 허무와 불안을 느낄 수밖에 없었던 전후세

실존의 근본적인 결핍에 의해 죽음이 문제가 되는 것은 나의 죽음이 아닌 타자의 죽음이다. 주체가 자신을 구성하는 관계들과 더 이상 동일성 내지 전체성 속에 있을 수 없는 그러한 경험은 타자의 죽음을 통해서 나타난다. 타자의 죽음은 "죽어가면서 결정적으로 멀어져 가는 타인 가까이에 자신을 묶어 두는 것"으로 "거기에 공동체의 불가능성 가운데 나를 어떤 공동체로 열리게 만드는 유일한 분리가 있다."[88] 타자의 죽음을 경험한 주체는 지금까지의 자신과 결별하고, 새로운 동일성 속에 있는 또 다른 주체를 생성하게 된다. 이로써 공동체로의 진입에 새로운 입구가 생긴다. 이 존재론적 죽음의 문제는 역사와 이데올로기의 관념과 결합되면서 현실적으로 구체화된다. 죽음의 의미는 삶이 시작돼 끝날 때까지 언제까지나 삶에 스며들어 있다. 그리고 그것은 어느 한 시점에 다다라서야 하나의 사건이 된다. 동백림 사건 이후 몸과 마음이 황폐해진 천상병은 인생의 한계를 극복하기 위해 죽음을 생각한다.

삶과 죽음, 존재와 부재에 동일성을 부여하고자 한 죽음에 대한 양면적 긴장 관계가 실존의 한계를 넘어서고자 미래적인 삶의 가치를 형성한다는 점에서 치열한 생존의 정신이었다고 볼 수 있다면 자신과 친숙한 타자의 죽음은 나르시시즘과 연관된 죽음과는 거리가 있다. 이 죽음의 개념은 그 자체로 파괴성과 동일시된다. 그것은 그가 삶을 실현하는데 있어 큰 의미와 가치를 준 존재자의 잇단 죽음이 연관되어 있다.

천상병의 어머니는 1967년에 작고했으나 당시 그는 동백림 사건에 연루돼 어머니의 임종도 지키지 못 하는 상황에 처하게 된다. 이후 1969년 4월 7일과 1970년 8월 30일에 그의 가장 친한 동료시인인 신동엽과 김관식이 각각 사망하며 이와 비슷한 시기인 1968년 5월 17일과

___

대의 그것과는 거리가 있다.
88) Maurice Blanchot · Jean Luc Nancy, 앞의 글, pp.13~27.

6월 18일에 조지훈과 김수영이 각각 사망에 이르게 된다. 또 최계락[89] 이 1970년 7월 4일 40세의 나이에 간암으로 돌연사를 하는 등 자신과 절친했던 동료들이 한꺼번에 세상을 떠나게 된다. 그러던 중 그는 1970 년 『현대문학』에 「김관식의 입관」을 발표한 후 그해 겨울 종적을 감추게 된다. 그가 종적을 감춘 1970년 겨울부터 1971년 7월까지 그는 몸이 많이 쇠약해져 부산에 있는 형님 댁에서 몇 개월을 누워 지냈다.[90] 그

---

89) 최계락은 1930년 경상남도 진양(晉陽)에서 출생했으며 진주중학교를 졸업하고 동아대학교 국문과를 중퇴했다. 『소년세계』, 『전선문학(戰線文學)』 등의 편집 기자를 거쳐 1956년 『국제신보』 문화부장을 지냈다. 1947년 『소학생』에 동시 「수양버들」을 발표하면서 아동문학가로 활동했고 1952년 『문예』에 「애가(哀歌)」를 발표, 본격 데뷔했다. 1959년 『꽃씨』, 1966년 『철둑길의 들꽃』 등의 동시집을 냈다. 1964년 부산시문화상 수상, 1967년 제3회 소천(小泉)아동문학상을 받았다. 1970 년 7월 4일 40세의 아까운 나이에 간암으로 세상을 떠났다. 이형기는 서평을 통해 「최계락, 그 인간과 문학」에서 최계락 시인은 "실제로 글과 인간이 같은 사람"으로 평가하며 "우리나라 동시를 시의 경지, 아니 시 이상의 경지까지 끌어올린 빛나는 공적을 남긴 분"이라며 그의 문학적 업적을 극찬하고 있다. 그의 시 「꼬까신」, 「꽃씨」는 초등학교 교과서에 수록돼 있다. (『꼬까신』, 문학수첩, 1998.) 신현득에 따르면 한국전쟁 이후 아동문학은 통속기를 맞게 되는데, 당시 통속문화의 주류는 소년소설이었고 작품의 80%가 정비석, 박계주, 김내성, 최요한, 조흔파, 장수철 등 성인문학가에 의해 쓰였다. 그러나 동록 최계락은 50년대의 '통속팽창기'에 동시의 순수성을 지켜온 시인 중 한 사람이었다. 한우리독서문화운동부 교재편집 위원회 편, 「독서자료론, 독서지도 방법론」, 위즈덤북, 2005, p.173.

90) 주지하듯이 이 시기에 천상병이 극도의 정신적 황폐현상을 보이다가 어느 날 홀연 종적을 감추어 버렸다. (국제신문, 2001. 2. 19.) 홀연 종적을 감춘 후의 사연을 천상병은 그가 작고하던 해에 비로소 밝히고 있다. "동백림 사건으로 인해 정신적으로나 육체적으로 많이 괴로웠고 고통이 따랐다. 1970년부터는 몸이 많이도 아팠다. 내가 할 수 있는 일이란 시와 평론을 쓰는 일밖에 없었다. 그러나 70년 겨울부터 71년 7월까지 나는 자리에 누워서 꼼짝도 하지 못할 만큼 고통을 받았다. 부산에 있는 형님 댁에서 나는 그렇게 몇 개월을 누워서 지냈다. 그러다 조금 걸을 수 있을 정도가 되어서 나는 그때 훌쩍 서울에 오고 싶어 달려 왔던 것이다. 그래서 서울로 오던 날 저녁에 그만 길에서 쓰러졌던 것이다. 그때 경찰백차가 순찰을 하다가 나를 행려병자로 오인을 해서 시립정신병원에다 나를 수용시키고 말았던 것이다." 천상병, 「사월을 여는 이야기」, 『현대문학』, 현대문학사, 1993, 6.

의 영혼을 분열시킨 현실의 압박은 동백림 사건의 '악운'만은 아니었으며 사랑하는 이들의 죽음이라는 실제 경험이 존재했던 것이다. 특히 자신에게 가장 중요한 존재였던 어머니의 영면 소식은 그에게 깊은 상실감을 심어주었다. 「서대문에서―새」, 「김관식의 입관(入棺)」, 「곡(哭) 신동엽」 외에도 이 시기에 발표된 「삼청공원에서―어머니 가시다」, 「진혼가(鎭魂歌)―저쪽 죽음의 섬에는 내 청춘의 무덤도 있다(니체)」, 「귀천―주일(主一)」, 「소릉조(少陵調)―70년 추석에」, 「한가지 소원」, 「편지」, 「어머니 변주곡4」[91], 「불혹의 추석」, 「미소―새」 등이 모두 죽음

---

91) 「어머니 변주곡 4」는 작시점이 재고될 필요가 있다. 「어머니 변주곡 4」은 전집의 제2부 1972년에서 1979년에 사이에 수록돼 있다. 전집의 작품 수록 기준이 각종 매체에 작품이 발표된 이후 처음으로 실린 시집을 우선으로 하고 발행된 시집의 간행 연도를 후순으로 감안했기 때문이다. 그런데 이 시는 매체의 발표를 거치지 않고 바로 1991년 『요놈 요놈 요 이쁜놈!』에 실렸고 『요놈 요놈 요 이쁜놈!』 편자들은 이 시의 제목이 「어머니 변주곡」과 동일하다는 것 때문에 「어머니 변주곡」과 나란히 지면을 할애했다. 이후 전집의 편자들 또한 이 시가 연작시임을 감안해 제2부 1972년에서 1979년 사이에 실고 있는 것이다. 그러나 천상병은 『요놈 요놈 요 이쁜놈!』의 서문 '시집을 내기까지'에서 1970년도에 써놓았던 미 발표작은 그가 1971년도에 서울에 올라와서 곧 시립정신병원에 입원하기 직전에 썼다고 밝히고 있다. 이 작품들은 당시 부산 국제신문사 논설위원이던 김규태가 간직하고 있다가 소한진을 통해 목순옥에게 전달된 것으로, 그는 이미 발표작들의 작시 시점에 대해 "주검의 문턱까지 갔다 온 후"이며 「새」 이후의 작품이라고만 부연하고 있다. 그가 고문의 후유증과 심한 음주로 인한 영양실조로 거리에서 쓰러진 때가 1971년이며 동백림 사건에 연루되어 옥고를 치른 것이 1967년이다. 이후, 6개월간 옥고를 치른 후 1968년과 1971년 사이, 그는 그의 형이 살고 있는 부산에 머물 때가 있었다. 『요놈 요놈 요 이쁜놈!』에 발표된 미 발표시들을 당시 부산국제신문사 논설위원이던 김규태가 소장했던 것으로 보아 이 시는 1968년과 1971년 사이에 썼을 가능성이 높다. 왜냐하면 1974년도까지의 작품이 『주막에서』에서 발표됐고 이후에 간행된 『천상병은 천상 시인이다』, 『저승가는 데도 여비가 든다면』, 『귀천』 등은 1984년도까지의 작품을 엮었는데, 이들 시집은 선집인 관계로 중복되는 시가 있었다. 그럼에도 불구하고 「어머니 변주곡4」은 단 한 번도 그 모습을 드러낸 적이 없었기 때문이다. 또 「어머니 변주곡」은 시 구상 작시 시점이 명확하게 드러나는 반면 이 시는 그렇지 않다. 정리하자면, 천상병의 어머니는 1967년도에 작고했으며 당시 그는 동백림 사건에 연루돼 어머니의 임종을 지키지 못했다. 시의 분위기상

을 형상화하고 있다.[92] 이 시편들의 저변에 흐르는 죽음의식은 의식적 죽음의 표징이다. 의식적 죽음은 그것이 해방과 구원의 피난처라는 확신이 있어서가 아니라 더 이상 외부환경과 화해할 수 있는 길이 없다는 인식에서 비롯되는 마지막 가능성의 모색이라고 볼 수도 있다. 이러한 점에서 의식적 죽음의 형상화는 나르시즘적 죽음의 형상화와는 다르다. 이 죽음은 더 이상 외부환경과 화해할 수 있는 길이 없다는 인식에서 비롯되는 마지막 가능성의 모색이라고 볼 수 있다. 그러한 인식은 아래와 같은 글에서 단초가 드러나고 있다.

> 1
> 아버지 어머니, 어려서 간 내 다정한 조카 영준이도, 하늘 나무 아래서 평안하시겠지요. 그새 시인 세 분이 그 동네로 갔습니다. 수소문해 주십시오. 이름은 조지훈 김수영 최계략입니다. 만나서 못난 아들의 뜨거운 인사를 대신해 주십시오. 만나서 못난 아들의 뜨거운 인사를 대신해 주십시오. 살아서 더없는 덕과 뜻을 저에게 주었습니다. 그리고 자주 사귀세요. 그 세 분만은 저를 욕하지 않을 겁니다. 내내 안녕하십시오.

이 시의 작시점은 어머니의 영면 시점과 가까운 것으로 보인다. 그렇다면 이 시의 작시시점은 그가 서울에 올라오기 이전, 부산에 머물 때인 1971년 이전으로 추정된다. 한편 「어머니 변주곡」에서 작시 시점이 드러난 부분을 소개하면 다음과 같다. "(전략)그 무렵, 어머니께서는 형님과 나의 전승을 기도 하면서/집에서 대기하셨겠지만은/그 어머니, 지하에 계신지 10년도 넘는다." 『요놈 요놈 요 이쁜놈!』의 편집자는 "5·6부에 수록된 미발표작은 천상병 시인이 70년대 가장 몸이 불편했던 시기에 썼던 시로 여러 사람의 손을 거쳐 보관돼 오다 이번에 책으로 엮어졌다. 여기에 수록된 천상병 시인의 전기 시 40여 편은 당시의 시인의 심정과 생활의 일면이 잘 나타나 있다."라고 밝히고 있다.

92) 어머니에 대한 화자의 그립고 원통한 심정은 시간이 갈수록 깊어 갔고, 이러한 감정을 떨쳐버리지 못한 화자는 「어머니 생각」(『문학사상』, 1987, 11.), 「어머니」(『요놈』, 1991.) 등에서 지속적으로 어머니를 형상화했으며 수필 「그리움」, 「절간 이야기」에서도 어머니를 향한 그리움이 짙게 녹아있다.

2
아침보다 햇빛보다
더 맑았고

전세계보다
더 복잡했고

어둠보다
더 괴로웠던 사나이들,

그들은
이미 가고 없다.

– 「편지」 전문, 71. 8. 『현대문학』

천상병은 이별이 괴롭다고 말한 적이 있다.93) 죽음은 다른 어떤 종류의 이별과 비교할 수 없을 만큼 천상병에게는 아픔이고 슬픔이다. 그런데 그와 절친했던 시인 조지훈, 최계락, 김수영 등이 모두 이 시기에 그의 곁을 떠났다.94) 그는 이미 어머니를 잃었지만 어머니의 영면을 아직도 인정하지 못하고 있는 상황이다. 그런데 '저를 욕하지 않을', '유일

---

93) "좋은 일로 만나면 더 기쁘고 좋지 않은 일로 만나면 슬프고 괴롭다. 그리고 가슴이 아프다. 그러나 죽어서 헤어짐보다 괴로운 만남이 더 값지지 않을까? 살아있는 사람은 언제나 어느 곳에 있든 만날 수 있다는 여운을 남기고 그리워하며 기다리는 보람을 갖지만, 죽어서 저세상으로 가버린 사람들에게는 아무리 그리워하고 찾아 헤매도 소용이 없다. 이것이 만남과 헤어짐의 차이가 아닐까. 나는 때론 만나고 싶은 사람이 있다. 지난날 나를 아껴 주고 사랑해 주셨던 부모님 얼굴, 그리고 돌아가신 선배, 친구들, 또 하나밖에 없던 나의 처남, 나를 돌보아 주셨던 김종해 박사님, 참 보고 싶고 만나고 싶다. 그러나 이미 돌아가신 분들. 그리워하며 슬퍼할 따름이다. 언제 어느 때 다시 만나리…." 전집–산문, pp.135~136.
94) 조지훈과 김수영은 이미 1968년에 작고했고 최계락이 1970년에 갑작스럽게 세상을 떠났다.

한 세 분'이 모두 이 시기에 세상을 떠난 것이다. 하이데거의 말대로라면 죽음은 '단번에 그리고 영원히 우리에게 익숙한 것들로부터 모든 것을 추방해 버리는 이상하고 두려운 것'이다. 죽음을 만난 사람에게 귀향이란 없다. 여기서 귀향이란 실존을 이르는 것으로, 단번에 영원히 추방되었기에 다시는 현실로 되돌아 갈 수 없는 것이다. 현실로 돌아올 수 있는 사람은 화자 자신뿐이다. 화자는 삶의 고통으로부터 도망쳐 죽음의 유혹에 이끌리게 되더라도 존재의 화합을 이루기 위해서는 어떻게든 이 두려움과 유혹을 극복해야만 한다. 그래서 화자는 한동안 이들의 죽음에 대해 묵언해왔다.

이들이 화자에게 각별한 이유는 화자가 실존의 한계를 극복하는데 정신적, 경제적인 버팀목이 되어주었다는 사실이다.[95] 특히, 당시 국제신문 문화부장이었던 시인 최계락은 그의 주요 용돈 조달창구였다. 천상병이 예고도 없이 찾아가 원고료 명목으로 손을 벌렸지만 그는 이를 거절한 적이 없었다.[96] 이들은 관청과 내통하며 특정 문인에게는 그토

---

95) 조지훈이 작고한 해는 1968년이고 신경림이 조지훈을 마지막으로 본 것은 그가 작고하기 전해인 1967년으로, 그는 김관식과 함께 조지훈이 있는 성북동으로 세배를 간 적이 있다. 그는 거기서 시보다 시사를 더 많이 화제에 올렸던 것으로 기억하고 있는데, 그때가 대통령 선거와 국회의원 선거를 앞두고 야당의 합종연횡(合縱連橫)이 되풀이되고 있었기 때문이다. 그에 따르면, 당시 김관식과 자신이 한 귀퉁이에서 태동하고 있던 진보세력을 맹목적으로 두둔한데 반해 조지훈은 부도덕하고 경박한 진보주의자보다 도덕적이고 성실한 보수주의자가 역사에 더 많이 기여한다는 지론을 지니고 있었다고 회고했다. 김관식과 천상병의 관계는 익히 잘 알려져 있으며 신경림과 김관식이 조지훈에게 세배를 간 것으로 보아 천상병과도 그 이상의 친분이 있었던 것으로 짐작된다. 또 김수영과의 관계는 앞 절에서 살펴보았듯이, 1960년대에서 70년대로 넘어오는 시기에 그의 영향을 받은 작품들을 통해 그 관계를 설명할 수 있다. 김수영 시의 영향을 받은 작품으로는 「간의 반란」, 『새』의 뒤쪽에 발표 연대 없이 실려 있는 「미발표」시들을 들 수 있다. 신경림, 앞의 글, pp.26~29 ; 김우창(1979), 앞의 글, p.168.

96) 떠돌이 시절, 천상병이 비교적 자주 오래 머문 곳이 부산이었다. 부산은 고향 마산에서 가까웠고, 노모와 형님이 부산의 수정동에 살았기 때문이었다. 빈털털이인 그

록 발 빠른 행동을 하면서 순수 시인을 외면하는 당시의 일부 경남 문인들과는 거리가 있었다.97) 이 시에 소개된 조지훈, 김수영, 최계락은 화자에게 있어 중요한 시인들이었다. 화자가 그들의 죽음으로부터 멀어지지 위해서는 이 상황을 극복하고 실존을 껴안아야 한다. 그러나 그는 이 사건들을 한꺼번에 감당하기가 어려웠다.

죽음이란 처음에는 단순히 피할 수 없는 것이라는 인식과 함께, 실재와 함께 등장했다가 이내 사라져 버리는 사건에 대한 인식에서 출발하게 된다. 그러나 이들이 더 이상 실재와 함께 하지 않는다는 상실감을 체험함으로써 사라져간 삶의 모습들은 주체에게 정신적 충격을 주었다. 고통스러운 삶을 살고 있지만 자신도 언젠가는 죽음을 맞게 된다는 사실을 전혀 깨닫지 못하던 화자는 친구의 죽음을 통해 죽음과 대면하게 된 것이다. 죽음을 응시할 때 그것은 삶에 도사리고 있는 암흑의 힘이지만 타자의 눈을 통해 볼 때 그것은 실존에서 무슨 수를 써도 떼어낼 수 없는 진리이다. 그는 더 이상 이러한 광경을 목도하기가 두렵다. 그래서 이제 다른 사람의 눈을 통해 그곳에 비친 모습을 보기를 희망한다. 다른 사람의 눈을 통해 볼 때 우리는 세상의 모습뿐만 아니라 그것들과 맺는 관계까지도 보게 되며 결국은 주체 자신을 보는 것과 같다.

를 뿌리치지 않는 부산 문인들의 후덕한 인심 또한 그에게 부산을 정들게 한 요인이었다. 특히 국제신문 문화부장이었던 시인 최계락은 그의 주요 용돈 조달창구였다. 그는 무시로 찾아가 손을 벌렸으며, 자리에 없으면 옆자리의 사람에게 빌려서라도 갔다. 썼거나 말거나 모두 원고료 명목이었다. 그가 출옥해 가장 먼저 찾은 곳도 부산이었다. 그는 김규태를 비롯해 박응석, 박태문, 이인영, 임수생 등의 시인들에 의지해 문사들이 자주 출입하는 술집이나 다방 등을 전전하며 떠돌았다. 특히 동갑내기 천상병(千詳炳)의 단골 용돈 조달창구였던 최계락은 그가 자리를 비운 사이 천상병이 다른 직원들에게 얻어간 돈을 갚기도 했다. 원고료 가불 명목으로 천상병은 수시로 손을 내밀었지만 그는 거의 거절한 적이 없었다. 국제신문, 2000, 12, 8. ; 2001, 3, 1. ; 2001, 2, 19.

97) 「천상병 없는 마산」, 경상도민일보, 2003. 4. 25.

이제 그들의 죽음을 통해 화자는 죽음이 에로스의 한 요소임을, 나아가 삶의 모든 것이 언젠가는 사라져야한다는 사실을 깨닫게 된다. 왜냐하면 이들은 자신이 가장 사랑한 '아버지 어머니, 어려서 간 내 다정한 조카 영준이'와 대면할 수 있는 존재이기 때문이다. 그의 죽음에 대한 인식은 다음의 시에서 보다 명증해진다.

> 심통한 바람과 구름이었을 게다. 네 길잡이는
> 고단한 이 땅에 슬슬 와서는
> 한다는 일이
> 가슴에서는 숱한 구슬.
> 입에서는 독한 먼지.
> 터지게 토(吐)해 놓고,
> 오늘은 별일 없다는 듯이
> 싸구려 관 속에
> 삼베옷 걸치고
> 또 슬슬 들어간다.
> 우리가 두려웠던 것은,
> 네 구슬이 아니라.
> 독한 먼지였다.
> 좌충우돌의 미학은
> 너로 말미암아 비롯하고,
> 드디어 끝난다.
>
> ─「김관식의 입관」부분, 70. 7.『현대문학』

천상병은 「방법과 본질의 상극」,[98] 「현대동양시인의 운명─방법과 본질의 이율배반성」,[99] 「불교사와 한국문학─고전은 언제나 싸운다」[100]

---

98)『세계일보』, 1958. 1. 4. ; 1. 5.
99) 이 글에서 그는 동양의 본질을 서양적 방법으로 표현할 수밖에 없는 운명에 대한

등에서 동양의 본질을 서양적 방법으로 표현할 수밖에 없는 동양 시인의 운명에 논의한 바 있다. 천상병은 이차돈이 순교함으로써 당시의 문명이 전환기를 맞았듯이, 현대문학에서는 이러한 민족적 희생의 역할을 서정주가 했다고 보았다. 이 글에서 그는 전력을 다해 신라의 이미지 환기에 집중하고 있는 서정주가 불교를 제외한 여타의 외래 사조와 대결함으로써 스스로를 불교적(전통적)으로 재건하게 된 경력을 이차돈과 비교하는 것은 결코 이단적인 논리가 아니라고 피력했다. 즉 그는 당대의 사상적 혼란을 일소하고 불교문화를 정착시킨 이차돈의 순교와 서구 문학사조의 난립으로부터 '자기상실의 위험'[101]에 빠지지 않으려는 서정주의 신라정신을 같은 맥락으로 보고 있는 것이다.[102] 천상

문제의식을 보여준다. 또 김구용과 김관식의 난해시 실험을 동양담론 속에서 적극적으로 해석하여 현대문학 계열 시인들의 시가 동양담론과 맺는 관계의 다양성을 암시한다. 천상병은 "동양시인의 어쩔 수 없는 운명"을 김구용과 송욱을 통해 언급한다. 김구용의 경우 「관음찬」, 『현대문학』 1957년 7월을 예로 들며 "동양의 불교적 이념"을 "전형적인 서구의 발상체"로 표현하고 있다고 지적한다. 김구용 시의 난해성은 "내용과 형식의 엄청난 불일치"에서 나온다는 것이다. 그는 김구용의 경우는 그래도 동양의 본질을 아주 잃어버리지는 않았지만 다른 쪽 극단에 있는 송욱의 경우는 "방법 때문에 본질을 송두리째 뺏긴 시인"이라고 지적하며 지향을 비판적으로 논급한다. "송욱 씨는 내용면에서 그 이율배반에 도전한 것입니다. 그러니까 사고 자체를 그 결과가 무엇인지를 보겠다는 식으로 나아간다. 따라서 송욱의 난해는 내용의 난해가 되는 것입니다" 천상병의 동양적 내용과 서구적 방법의 불일치를 극복하는 "동양의 방법"을 찾으려는 노력이 김구용과 송욱의 난해시를 낳았으며 그것은 동양시인의 불가피한 운명이라고 주장한다. 천상병은 이 벽에 맞서 동양의 방법이라는 매력에 끌린 많은 시인들이 지금 커다란 작업을 꾸준히 하고 있다고 기대를 표하면서 성찬경, 박성룡, 구자운, 김종문 등을 거론한다. 천상병, 「현대동양시인의 운명─방법과 본질의 이율배반성」, 『현대시』, 1958, 8.

100) 『자유공론』, 1959, 3.

101) 염무웅, 『추모 20주기 천상문학포럼』 앞의 글, p.10.

102) 천상병은 한용운의 '임'에는 불교에 대한 비성숙성의 모든 이유가 숨어 있다며 현대 한국시인은 그로 인해 소승불교적 전통과 중절됐으며 이광수의 천박한 유교적 관념이 합세해 전통과 단절하기에 이르렀다고 진단했다. 전집─산문, pp.254~257.

병은 불교를 수용한 신라의 전범이 한국문화의 전형이 될 수 있다고 보았는데, 김관식의 죽음 앞에서 「현대동양시인의 운명-방법과 본질의 이율배반성」과 연관시켜 「동양시인의 어쩔 수 없는 운명-김관식의 귀천을 슬퍼하며」를 다시 구성하고 있다.[103) 천상병이 「현대동양시인의 운명-방법과 본질의 이율배반성」에서 송욱과 김구용의 시작에서 문제 삼은 것은 '서구식 앙포르메'였다. 그에 따르면 송욱과 김구용은 우리가 배운 교육과 교양의 그 逆으로 가서 또 그 역으로 가서 다시 그 역으로 돌아가는 방법을 역이용하고 있었을 때 김관식은 우리의 사정과 본질에 들어맞는 방법으로 그 위대한 시인들을 농간했던 것이다. 천상병이 지적한 이들의 양극에는 송욱과 김관식이 있다.[104) 천상병은

---

103) 「젊은 동양시인의 운명-김관식의 귀천을 슬퍼하면서」, 『창작과 비평』, 1970. 이와 관련해 염무웅은 "그는 끝까지 서구 문화를 기피하고 그 대신 다소의 열등감을 서구 문화에 지니고 있었다. 천상병의 평론에 등장하는 '동양', '서구'의 개념은 오늘의 문맥에서 재조정될 필요가 있는 것이 사실이지만, 여하튼 그가 말하고자 하는 바의 진의가 오늘이라고 해서 무의미해진 것은 아니다. 한 마디로 그것은 서세동점(西勢東漸)이 지속되는 '피식민지적' 상황에서의 자기상실의 위험에 대한 경고였다. 그가 시집 구름과 장미 시절 즉 초기의 김춘수에게 심취했다가 릴케 시학의 사도로 변모한 김춘수에게 강력한 비판을 가한 것, 또는 김춘수의 동년배로서 김춘수와 더불어 후배 시인들에게 끼친 영향력을 양분했다고 할 수 있는 김수영에게 별다른 언급이 없는 것은 서구주의에 대한 그의 완강한 경계심을 반영하는 것으로 해석될 수밖에 없다."라고 말한다.

104) 정규웅에 따르면 김관식은 1950~60년대 한국문단에 숱한 일화를 남긴 시인으로 유명하다. 17세 때 흠모하던 서정주를 찾아가 시적 영감을 이어 받은 그는 조지훈과의 만남을 계기로 시작에 몰두한 끝에 처녀시집 『낙화집(洛花集)』을 상재한다. 서정주와 처음 만났을 때 4년 연상인 서정주의 처제 방옥례(方玉禮)에 끌려 3년 동안이나 일방적으로 구애한 끝에 마침내 1954년 결혼하는 데 성공하여 문단에 화제를 뿌렸고, 1955년 동서인 서정주의 추천으로 『현대문학』을 통해 정식 등단한 후 동양적 감성의 특이한 시풍으로 주목을 끌었다. 1959년 『세계일보』의 논설위원으로 재직하게 되어 생활의 안정을 찾는다. 그러나 1960년을 전후해 그는 작품활동에 열을 올리는 대신 주로 선후배 문인들과 어울려 폭음하기를 일삼았다. 그와 자주 어울리던 사람들은 동년배의 젊은 문인들과 아직 문단 데뷔를 하지 20대 문학지망생이었다. 김현, 이청준, 염무웅 등 서울대 문리대 동기들의 회고를 시작으로 이어령과 김현,

「동양시인의 어쩔 수 없는 운명—김관식의 귀천을 슬퍼하며」에서 "동양시인의 어쩔 수 없는 운명"을 극복하려는 시도를 김관식이 했다고 밝힌다.

천상병이 말하는 '동양문화의 정수'는 유교와 불교였는데, 그는 "인도철학사상의 본질적 내용이 반드시 힌두교에만 연관되고 있는 것이 아니라 불교적 사상으로도 연관되어 있음"[105]을 확신한다. 그가 보기에 우리의 사정도 이와 다르지 않은데, "불교가 국교로서 폐지된 이성계의 이조시대에도 불교가 소멸되었다고 (물론 문학적인 면에서) 오해한다는 것은 지극히 피상적인 견해에 지나지 못 한다."[106] 그러므로 이 시는 불교와 관련해 해석하는 것이 유용해 보인다. 구슬은 불교에서 불법佛法 혹은 불성佛性을 상징하기도 하고 구슬의 어근이 '굿'(굳)이고 이 것은 아름답고 귀중한 것을 비유적으로 이르는 말이기도 하다. 찰나와 같은 삶을 사는 인간은 매순간마다 생의 의미를 추구하며 동시에 존재적 한계를 초월한 영원을 꿈꾼다. 화자는 바로 이러한 인간의 생명력을 김관식에게서 발견한다. 화자는 김관식의 일상을 향해 애정어린 눈길을 보내고 있다. 그 변함없는 지지는 '먼지'를 통해 형상화된다.

먼지는 미미한 파편으로 자연스럽게 분해되어 사라지는 존재이다.

최인훈 등에 얽힌 일화를 거쳐, 신동엽의 죽음과 김지하의 등장까지 1960년대 문단의 숨겨진 이야기들을 회고하고 있다. 정규웅은 이 책에 대한 기획 의도는 1970년 중반부터 있었으나 20여년이 지난 후에야 책을 출간하게 되었는데, 그 이유는 1960년대 기록으로 남아있는 자료가 부실한 데다 극히 피상적이어서 사람들을 직접 만나 취재해야하는 했기 때문이라고 글의 "끝내면서"를 통해 밝히고 있다. 그는 이러저런 핑계로 고사하고 있다가 1980년대 후반 『동서문학』의 주간이었던 김선학(金善鶴)의 권유로 다시 이글의 작업에 들어갈 수 있었다고 회고했다. 그가 이 책의 자료를 수집한 지는 30여년, 글을 시작한 지는 20년이 걸린 셈이다. 정규웅, 『글동네에서 생긴 일』 앞의 글, pp.298~303 참조.

105) 전집—산문, p.251.
106) 전집—산문, p.255.

그러나 만물은 결국 이 먼지와 같이 작은 입자로 구성되며 분해되는 존재라는 것을 상기할 때, 먼지는 존재의 본질을 함의한다. 화자는 이 예술적 승화를 통해 '너'의 존재실상을 밝히고 먼지가 가진 생명력을 독자에게 강력히 인식시킨다. 또한 먼지는 어떤 규정할 만한 개념의 틀이나 패턴이 없는 자유를 표방함으로써 삶의 고뇌 그 자체의 치유와 정화를 드러낸다. 먼지는 미미하지만 소리 없이 쌓이는 힘이다. '가슴에서는 숱한 구슬. 입에서는 독한 먼지. 터지게 토(吐)해 놓고' 그렇게 '너'는 그렇게 사라져 갔다. 화자가 자신이 그렇게도 좋아했던 시인을 미천한 존재로 인식되는 먼지로 형상화한 것은 '좌충우돌의 미학을 지닌' 숭고하고 거룩한 존재의 상징으로서 비장한 최후를 걸어간 그 존재의 비밀을 증언하고자 한 것이다.107) 그런데 '너'라는 존재는 평소 자주 있었던 것처럼 '또 슬슬 들어'갈 뿐이다. 화자는 김관식의 죽음 앞에서 태연한 척 애써보지만 '드디어 간다'라는 어구를 통해 죽음에 대한 아이러니를 노출시킨다. 죽음을 대면한 주체는 통절하고 애절한 고통을 느끼지만 이때 슬피 우는 자의 눈은 더욱 생사에 대한 문제를 깊이 탐색하고 고통을 통해 영원의 세계에 도달함으로써 주체는 재탄생하게 되기 때문이다. 이러한 주체는 삶과 죽음 어느 것을 선택해 하나를 우위에 두지

---

107) 1950년대 중반 『현대문학』은 동양담론을 문학장으로 수용하면서 학술장의 상징 자본이 되고 있는 신비평에 대응하는 동양적 시론을 개발하려고 했다. 이들의 동양의 담론은 단순히 전기 아시아론이나 민족주의라는 일반론으로 해명할 수 없다. "고전은 언제나 싸우고 있다"라는 그의 명제는 고전을 현대문학의 이름으로 지우지 않고 당당하게 병치시킴으로써 새로운 통합을 제시하려는 서정주의 신라정신으로 수렴될 수 있다. 동양의 방법을 찾는 프로젝트는 1950년대 후반에 동양담론의 효과 속에서 중요한 흐름을 형성하고 있었다. 김종후의 경우 서정주의 신라정신에 의해 촉발되어 동양적 시론을 계발하고자 하는 현대문학 진영의 집단적 프로젝트를 노정했다면 천상병은 시론에 한정되지 않는 시 창작에 주목하면서 서정주의 신라정신이 촉발한 "동양적 방법"을 명시하고 있다. 김익균, 앞의 글, pp.188~191 참조.

않고 둘을 병렬적으로 한 궤도 위에 올려놓음으로써 삶과 죽음을 상호 침투시키고 교체시키고 있다.

죽음에 대한 두려움과 유혹을 극복하고 죽음과의 만남에서 삶으로 돌아온다면 그때는 좀 더 명확하고 날카로운 초월이 존재하게 된다.

> 나 하늘로 돌아가리라.
> 새벽빛 와 닿으면 스러지는
> 이슬 더불어 손에 손을 잡고,
>
> 나 하늘로 돌아가리라.
> 노을빛 함께 단둘이서
> 기슭에서 놀다가 구름 손짓하며는,
>
> 나 하늘로 돌아가리라.
> 아름다운 이 세상 소풍 끝내는 날,
> 가서, 아름다웠더라고 말하리라…….
>
> ―「귀천」 전문, 70. 6. 『창작과비평』

인간이 살아가면서 나름대로 가장 중요한 시기에 경험하게 되는 고통의 절정은 삶의 비극성과 무의미성을 깨닫는 시간이 된다. 레비나스는 고통이 존재자가 자신의 비극을 완전히 실현하는 사건으로 본다. 그 고통은 자기 자신과의 관계가 어떠한지, 그 관계가 어느 정도 강한지, 나아가 자신이 누구인지를 결정해주는 요소가 무엇인지를 체험하게 한다. 그리하여 거기서 새로운 초월성에 도달할 수 있다. 화자는 자신의 운명에 대해 깨닫게 되고 영혼이 단련됨으로써 단순히 살고 죽는 것이 아니라 삶과 죽음이 하나인 존재의 화합을 이루게 된다. 바로 이런 이유에서 비록 '아름다운 이 세상 소풍'을 끝낼지라도 화자가 다다른

'하늘'에는 어떤 초월이 존재하게 된다. 시간은 '새벽빛' 과 '노을빛'의 시간으로 묘사된다. 화자는 이 시간 속에서 유한과 무한을 동시에 포착하는데, 하늘은 실존은 판가름하는 시간을 드러내고 있다. 그래서 화자에게 죽음이란 아직 미지의 세계라는 측면을 지닌다. 죽음은 파멸이고 종말이지만 새로운 시작을 의미하기도 한다. 죽음은 곧 순수 세계로의 복귀를 의미하기 때문이다. 그래서 이 시에서는 죽음에서 깊은 휴식과 위로를 받는 모습이 선명하게 형상화되고 있다. 화자는 '나 하늘로 돌아'간 후에도 이 세상이 아름다웠다고 말할 수 있게 된다. '아름다운 이 세상 소풍 끝내는 날'은 죽음을 직시함으로써 그의 삶 위에 드리워져 있는 마법을 깨고 동시에 죽음 위에 드리워져 있는 마법마저 깨는 것이 된다. 또 이 시간 안에서 화자는 숭고로의 합일을 꿈꾼다. 숭고는 두려움 속의 안도감을 특징으로 하는 역설적인 감정이다. 이때 숭고는 현실의 두려움에 대한 극복이라기보다는, 두려움 가운데서 이미 찾아와 있는 안도감으로서 정신적 승리를 획득하는 것이다. 이 시에서는 두려움은 '스러지는' 과 '기슭에서 놀다가'로 표상되며, 화자에게 안도감을 주는 대상은 화자의 손을 잡아주는 '이슬'과 돌아갈 곳을 알려주는 '구름'으로 형상화된다. 이러한 관계에서 화자에게 두려움이란 이미 불안에서 벗어난 안도감이며 두려움과 안도감은 같은 편에 있다.108)

여러 문면에 걸쳐 중복되고 맥락화되는 죽음에 대한 표징을 다각도

---

108) 미학은 주체와 공동체가 두려움을 다루는 방식들과 관련돼 있다. 숭고의 미학이 그 가운데 하나다. 두려움을 다루는 또 다른 방식으로는 아리스토텔레스의 『시학』이 예시하는 미학이다. 라캉은 아리스토텔레스의 카타르시스 개념을 중심으로 아름다움의 미학을 제시한다. 그것은 『안티고네』라는 비극의 중심에 있는 안티고네의 아름다운 이미지가 갖는 기능에 초점을 맞추고 있다. 그 이미지의 개입을 통해 우리는 상상적인 것으로부터, 두려움과 연민으로부터 정화되고, 사물을 향해, 친숙한 세계 너머를 향해, 공동체 너머를 향해 나아간다. 반면에 숭고는 우리를 머물게 한다.

로 추적해본 결과 천상병의 시에서 죽음은 아이러니의 양상을 띤다. "삶이 삶 본능과 죽음 본능의 결합체라면, 죽음이란 더 이상 인간의 삶에 갑작스럽게 끼어든 낯선 타자가 아니다. 삶이 가치를 지니는 것은 삶 속에 죽음이 있기 때문에 비로소 가능하기 때문이다."[109] 이 시편들의 내면의식의 표출과 현실의 반영은 서로 거리를 둔 것처럼 보이지만 이 두 입장은 죽음의 카테고리로 연관될 때 서로 접합되는 동일지점이기도 하다. 그러므로 내면의식을 표출한 작품들과 역사와 현실을 반영한 작품들이 모두 삶과 죽음의 성찰에 접근해본 결과라는 점에서 이는 실상 아무런 변별요소를 지니지 못한다. 다만 그의 시에 형상화되는 죽음은 시인의 자전적 측면이 강하게 작용하고 있다. 어머니를 비롯한 사랑하는 사람들의 죽음으로 인해 주체의 모진 고통은 단련이 되고, 고통을 단련한 주체는 재탄생하게 되며 아름다운 시들이 탄생하게 된 것이다.

죽음을 극복하는 유일한 방법은 하나의 동의를 얻어내는 것, 즉 영적인 삶을 인정하고 죽음과 연관된 불안정성을 긍정하는 길밖에 없다. 불안정성에 동의한다는 것은 타자의 눈을 들여다보는 것, 신을 응시하는 것 모두에 동의한다는 것이다. 이러한 것은 「귀천」에서 '하늘'로 형상화되기도 하고, 「진혼가(鎭魂歌)-저쪽 죽음의 섬에는 내 청춘의 무덤도 있다(니이체)」에서는 '새'와 '무덤'으로 형상화되기도 하며 「불혹의 추석」에서는 '길'로, 「미소-새」에서는 '햇빛 반짝이는 언덕'으로 형상화되는데, 이는 모두 평온함과 고요함을 의미하는 것이다. 죽음을 수용함으로써 순수 세계로의 복귀를 획득하는 이러한 화자의 태도는 그의 '시정신의 근본이 외로움 보다는 생명과 인생의 찬양'[110]이라는 것을

---

109) 이창재, 『프로이트와의 대화』, 민음사, 2004, p.282.
110) 김우창, 『창작과 비평』제14권, 앞의 글, p.16.

보여 준다. 그러나 앞서 언급한 바와 같이 전기 시의 죽음의 표상이 전적으로 희망적이고 낙관적인 비전이 있다고는 말할 수는 없다. 「불혹의 추석」에서 비로소 떠나게 되는 '나의 길'에는 그의 비장한 감정이 서려있으며 「진혼가(鎭魂歌)—저쪽 죽음의 섬에는 내 청춘의 무덤도 있다(니이체)」에서 '새 무덤'은 전기 시의 시심이 머물던 먼 이상향에 대한 그리움과 직접적으로 연결되지 않는다. '새'는 그의 시에 대한 신념의 상징물로서 「미소—새」에서 '물결에 씻긴' 채 재탄생된 주체가 어느덧 「귀천을」 노래하게 된다. 모든 것이 사라지고 멈춰지는 불가지의 영역인 죽음을 오히려 존재의 이유로 전환함으로써 일종의 희망의 영역을 열어 놓고 있다. 그리고 그것은 타자에 대한 주체의 인식의 변화를 의미한다. 이러한 주체의 인식의 변화는 자신이 보호해야 할 또 다른 주체, 즉 타자를 생산해내는 것에서 발견된다.

　　해뜨기 전 새벽 중간쯤 희부연 어스름을 타고 낙심을 이리저리 깨물며, 사직공원 길을 간다. 행인도 드문 이 거리 어느 집 문밖에서 서너 살 됨직한 잠옷 바람의 애띤 계집애가 울고 있다. 지겹도록 슬피 운다. 지겹도록 슬피 운다. 웬일일까? 개와 큰집 대문 밖에서 유리 같은 손으로 문을 두드리며 이 애기는 왜 울고 있을까? 오줌이나 싼 그런 벌을 받고 있는 걸까? 자주 뒤돌아보면서 나는 무심할 수가 없었다.
　　아가야, 왜 우니? 이 인생의 무엇을 안다고 우니? 무슨 슬픔 당했다고, 괴로움이 얼마나 아픈가를 깨쳤다고 우니? 이 새벽 정처없는 산길로 헤매어 가는 이 아저씨도 울지 않는데……
　　아가야, 너에게는 그 문을 곧 열어 줄 엄마손이 있겠지. 이 아저씨에게는 그런 사랑이 열릴 문도 없단다. 아가야 울지마! 이런 아저씨도 울지 않는데……
　　　　　　　　　　　　　　　　　　—「아가야」 전문, 70. 2.『女苑』

3. 전기 시에 나타난 주체와 타자의 관련 양상 | 187

이 시는 '해뜨기 전 새벽 중간쯤 희부연 어스름'이 낀 배경을 열어놓음으로써 시작부터 애매한 분위기를 제시한다. 이 공간에서 화자는 공원길을 걸어가고 있다. 무슨 이유인지는 확실히 알 길이 없으나 화자는 지금 '낙심을 이리저리 깨물며' 자신의 답답한 심정을 표출한다. 낙심한 화자는 이 상황에서 더 이상 빠져 나갈 길이 없어 그 '낙심을 이리저리 깨물'고 있다. 이는 주어진 상황에서의 탈출구가 없다는 주체의 의식에서 비롯된 것이다. 이 상심의 공간에서 이 시의 대상인 아가가 함축하고 있는 의미가 주목을 끈다. 화자는 잠옷 바람의 '애띤 계집애'에게 온통 마음이 쓰인다. '지겹도록 슬피 우는' 어린 아가에게 도저히 무심할 수가 없는 화자는 자꾸만 뒤돌아보게 된다.

화자는 그 어린 아가를 진심으로 위로하며 '아가의 문을 열어줄 엄마 손'을 기대한다. 아가의 불안을 해소해 줄 수 있는 것은 어머니의 사랑이라고 판단했기 때문이다. 욕구하고 요구할 대상이 있는 아가의 불안이 곧 울음으로 표출된 것과 달리 화자는 정처 없는 현실을 살아가면서도 울 수가 없다. 자신의 세계는 '사랑이 열릴 문'도 없는 욕망의 세계이기 때문이다. '정처없는 산길로 헤매는 이 아저씨'는 자신을 위로해줄 '어머니'도 '열릴 문'도 없어 그저 불안한 상태에서 그 고통을 감내해야만 한다. 현실에 대한 이러한 비관적 전망은 주체가 처한 상황을 보여주는 동시에 자신이 보호해야할 또 다른 주체 즉 타자의 생성을 의미한다.

새로운 타자의 생성은 '꽃'을 형상화한 시편들에도 나타난다.

> 오늘만의 밤은 없었어도
> 달은 떴고
> 별은 반짝였다.

괴로움만의 날은 없어도
해는 다시 떠오르고
아침은 열렸다.

무심만이 내가 아니라도
탁자 위 컵에 꽂힌
한 송이 국화꽃으로
나는 빛난다!

－「국화꽃」전문, 69. 11.『현대시학』

천상병의 전기 시는 비교적 적은 수의 모티브들로 구성되어 있는데
'꽃'도 그 중의 하나이다. 위의 시에서 '꽃'은 '새'와 동등한 의미를 지녔
다고 할 수 있다. 이 시의 정점은 '국화꽃'이다. '무심만이 내가 아니라
도' 내가 다시 빛날 수 있는 것은 '국화꽃' 때문이다. 이 시의 화자는 '탁
자 위 컵에 꽂힌 한 송이 국화꽃'을 새롭게 인식하도록 유도하고 있다.
별은 반짝이고 아침은 열렸던 것과 같이 그 꽃은 빛나기 때문이다. 그
리고 그 빛나는 꽃은 다름아닌 '나'이다. 꽃은 시인의 마음이 동반된 상
관물로서 새롭게 탄생한다. 존재의 본질을 찾고자 하는 화자의 희망은
꽃을 통해 형상화되고, 여기서 꽃은 존재의 생명과 삶의 의미를 상징한
다. 이 시에서 주체는 '오늘만의 밤', '괴로움만의 날'로 표상되는 불안
한 자신의 환경에서 벗어나려는 욕구를 끊임없이 보인다. 그로 인해
'달은 떴고 별은 반짝였다.' 또 '해는 다시 떠오르고 아침은 열렸다.'

천상병이 꽃을 새로운 소재로 상정한 이유는 두 가지 차원에서 이해
할 수 있다. 하나는 '나'라는 존재의 가능성을 드러내기 위한 실존적 범
주로서의 상징물의 형상화이며, 다른 하나는 이를 극복할 심리적 대응
방식으로서 대상물이다. 이중 후자는 자신을 맨 처음 시인의 길로 들어

서게 한 김춘수와 연관 지어 고려될 수 있다. 천상병이 문단에 등단한 시기 한국문단을 주도한 것은 김동리, 서정주, 조연현 등을 중심으로 한 문인협회 세력이었다. 이 가운데 천상병은 조연현과 각별한 인연이 있었다. 천상병의 「강물」이 추천됐던 것이 『문예』라는 잡지였는데 『문예』에 「강물」을 추천한 사람이 유치환이었고 당시 『문예』의 주간이 바로 조연현이었다. 그런데 그전에 강물을 유치환에게 보낸 사람이 김춘수이다. 천상병은 자신이 문인이 된 데는 여러 가지 원인이 있겠지만 그 중 가장 큰 이유로 중학교 때의 스승을 들고 있다. 문학인으로서의 삶과 사회인으로 삶의 기로에서 그가 문학을 선택하게 한 것은 자신을 시인으로 살게 한 중학교 때 은사 때문이었던 것이다. 그 은사가 김춘수였다. 「꽃」은 김춘수의 대표작으로, 여기서 '꽃'은 감각할 수 있는 실체가 아니라 관념으로서의 꽃을 이른다. 김춘수의 「꽃」이 존재방식에 대한 철학적 해명을 노래한 것처럼 「국화꽃」에서도 '꽃'은 존재에 대해 말하고 있다. 주체는 현실의 고통에서 벗어나고자 꽃이라는 대상을 통해 '온화하기가 이를 데 없었던' 어린 시절 은사와 더불어 있기를 원한다.111) 이는 '꽃'이 '나'와 더불어 있는 세계—내—존재, 곧 공동존재라는 것을 의미한다. 천상병은 「국화꽃」에 이어 꽃을 소재로 한 「들국화」,

---

111) 천상병은 그가 마흔 네 살이 되던 해에 김춘수를 다음과 같이 술회하고 있다. "나는 해방이 되어 일본에서 중학교 때 나왔는데, 우리 나라 말을 할 줄 알았지만 우리나라 글은 전연 몰랐던 것이다. (중략) 국어 시간에 선생님이 '내가 그 책의 저자'라고 해서 나는 깜짝 놀랐고, 그래서 그 선생님을 매형이라고 부르는 아이에게 물어서, 주소를 알고 그날 밤에 찾아갔었다. 갔더니 애들도 여럿 되고 온화하기가 이를 데 없었다. 내가 음으로 양으로 시집의 유무를 물었더니 그 시집을 내게 한 권 주는 것이 아닌가. 『구름과 장미』라는 제목의 시집이었다. 저자가 바로 국어 선생인 김춘수 씨였다. 그러니까 내가 시를 읽기는 마산중학교 사학년인가 오학년 때인, 김춘수 선생님이 국어 교사로 오셨을 무렵부터였다. 그런데 나는 그때 책이라면 신성불가침의 존엄체로 알고 지냈던 터였으므로 김 선생님께 받은 『구름과 장미』라는 시집을 읽고 또 읽어 그날 밤을 새워버렸다." 천상병, 「무복(無福)」, 전집—산문, pp.77~78.

「만추(晩秋)」,「꽃의 위치에 대하여」등의 시편을 연이어 발표했다. 다음은 「꽃의 위치에 대하여」부분이다.

> 꽃이 하등 이런 꼬락서니로 필 게 뭐람
> 아름답기 짝이 없고 상냥하고 소리 없고
> 영 터무니없이 초대인적(超大人的)이기도 하구나.
>
> 현명한 인간도 웬만큼 해서는 당하지 못 하리니……
> 어떤 절색황후께서도 되려 부러워했을 것이다.
> 이런 이름 짓기가 더러 있었지 않는가 싶다.
>
> 미스터 유니버시티일지라도 우락부락해도……
> 과연 이 꽃송이를 함부로 꺾을 수가 있을까……
> 한다는 수작이 그 찬송가가 아니었을까……
> ― 「꽃의 위치에 대하여」 부분, 71, 8.『현대문학』

이 시도 꽃이라는 매개물을 통해 존재 방식을 형상화하고 있다. 폰타나에 따르면, 꽃은 여성적인 아름다움, 혹은 젊음과 생기의 보편적인 상징이지만, 오래가지 못하기 때문에 덧없음을 뜻하기도 한다.[112] 화자는 1연에서는 '아름답기 짝이 없고 상냥하고 소리 없'는 '꽃'을 통해 자기 자신을 미화시킴으로써 심리적인 만족을 얻고 있고 2연에서는 꽃을 '현명한 인간도 웬만큼 해서는 당하지 못'하고 '어떤 절색왕후께서도 되려 부끄러워'할 만큼의 위치에 둠으로써 심리적인 여유를 보이고자 한다. 그러나 '영 터무니 없이 초대인적(超大人的)이기도 하구나.' 라는 시연을 결합시킴으로써 화자가 처한 역설적인 사태를 표출한다. 이 시

---

112) David Fontana, 최승자 역,『상징의 비밀』, 문학동네, 1998, p.104.

에서 주체는 '꽃'이 현실과 어울리지 않게 '영 터무니없이 초대인적(超大人的)'임을 원망한다. '아름답기 짝이 없고 상냥하고 소리 없'는 '꽃'이라는 존재는 현실에서 위협을 받을 수 있다는 우려감을 표명한 것이기도 하다. 1연과 2연에서 꽃을 통해 화자 자신을 미화시켰다면 3연에서는 꽃을 통해 타자의 무참한 사례를 폭로하고자 한다. 그 타자는 넓게는 이데올로기의 폭압이며 좁게는 문단의 폐해를 의미한다. 시에 대한 신념이 있는 화자는 그(것)들이 '꽃'을 함부로 꺾을 수 없다는 확신을 지니고 있으므로 그들로 하여금 자기반성과 죄의식을 유발시켜 타자에게 심리적인 역습을 가하고자 한다.

　꽃의 형상화를 통해 천상병이 사회인으로서의 현실에 적응해야 한다는 입장과 문학인으로서의 순수 세계를 고수해야 한다는 입장 사이에서 고민하고 있음을 감지할 수 있다. 그러나 꽃을 형상화한 일련의 시편들은 언어의 본질에 더욱 접근하고자 하나 언어의 한계성에 절망하는 천상병의 불안감과 절망감의 표출에서 비롯된 것이라고 볼 수도 있다. 이는 동백림 사건 이후 새롭게 내세운 시에 대한 정의와 연관시켜 고려해 볼 수 있다. 앞서 언급했듯이 천상병은 신동엽의 시를 통해 현대시에 대한 정의를 내린 바 있다. 그는 현대의 시란 "현대라는 괴물 같은 현실을 외면하지 않으면서도 또한 그의 내면의 미감을 투입해 놓은 것"이라고 말한다. 천상병은 현실을 '괴물'로 인식하고 있다. 그러나 시는 시인의 의식의 소산으로, 시인은 존재의 본질과 의미를 최대한 잘 포착해야 한다. 여기서 존재란 시작으로 대치될 수 있다. 천상병에게 있어 시 쓰기는 최고의 인생 목표였기 때문이다. 이러한 맥락에서 볼 때 꽃의 시편들은 꽃의 생태적 속성을 시인의 시 쓰기에 대한 치열함과 고뇌와 결부시킴으로써 참다운 시작의 의미에 대해 쓴 메타시라고 볼 수도 있다. 타자로부터 자기 자신을 오롯이 유지하기 위해서는 시인 주체의 면모를 회복해야 하며 수많은 고통과 장벽에 부딪쳐야 한다.

타자에 대한 인식은 다음의 시에서 보다 명증해진다.

(1)
점심을 얻어먹고 배부른 내가
배고팠던 나에게 편지를 쓴다.

옛날에도 더러 있었던 일,
그다지 섭섭하진 않겠지?

때론 호사로운 적도 없지 않았다.
그걸 잊지 말아주길 바란다.

내일을 믿다가
이십 년!

배부른 내가
그걸 잊을까 걱정이 되어서

나는
자네에게 편지를 쓴다네
                              ─「편지」 전문, 69. 11. 『현대시학』

(2)
어느 구름 개인 날
어쩌다 하늘이
그 옆얼굴을 내어보일 때,

그 맑은 눈
한곳으로 쏠리는 곳
네 무덤 있거라.

잡초 무더기.
저만치 가장자리에
꽃, 그 외로움을 자랑하듯,

신동엽!
꼭 너는 그런 사내였다.

아무리 잠깐이라지만
그 잠깐만 두어두고
너는 갔다.

저쪽 저
영광의 나라로!

　　　　　　　－「곡(哭) 신동엽」, 69. 6. 『현대문학』

(1)의 시에서 '점심을 얻어먹고 배부른' 화자는 '배 고팠던' 또 다른 '나'를 고즈넉히 불러낸다. 화자는 늘 가난했지만 이에 개의치 않았다. 그런데 화자는 '오늘은' 가난한 자신을 새삼스럽게 위로하고 있다. 지금까지 살아오면서 화자는 늘 현실에서 가난을 인지해 왔고 오히려 그것을 자랑으로까지 여겨왔다. 그런데 상황이 달라졌다. 어떠한 것이 계기가 되었는지 구체적으로 알 수 없으나 화자는 이제 이러한 현실의 고통을 떨쳐버리고 싶다. 이 시에서 가난 속에서 하루하루 살아가는 시인의 애환과 절박함이 크게 느껴지는 것은 화자가 '배부른 내가 그걸 잊

을까 걱정'되는 것을 아는 사람이기 때문이다. '내일을 믿다가 이십 년!' 이십 년 전은 그의 나이가 열아홉 살이 되던 때로 문인으로 대접 받기 시작한 때이다. 훗날 그는 "열아홉 살에 일약 문인이 된 것은 빠르기도 해서 다소의 복이라고 할 만하겠지만 그 이후의 나는 복이 없기가 천하 제일이다."라고 술회한다. "사실 그놈의 문인이라는 것 때문에 나는 고생이 많지만, 줄곧 직장도 안 갖고 문인 행세를 하고 있"었던 것이다.113) 문인으로서의 삶과 현실의 삶에서 늘 괴리감을 느껴온 그이지만 이 시에서 유독 문인으로서의 삶에 회의를 느끼고 있다. 배고팠던 '나'는 배고픈 문인이 아니라 배고픈 현실 속의 '나'이다. 현실 속의 나를 발견했다는 것은 주체가 타자를 수용했음을 의미한다. 이때의 '나'는 다름 아닌 문인이 되기 전의 화자 자신으로 현실의 자신이 아니다. 이는 또 다른 '나'이며 달리 말하면 타자이다. 화자는 현실을 극복하고, 분열을 극복할 수 있는 새로운 가능성을 과거의 '나'라는 내재화된 주체 즉 타자에게서 발견한다.

(2)의 시는 1969년 6월, 신동엽의 죽음이 계기가 돼 천상병이 문필활동을 재개한 최초의 작품이다. 이 시는 이전의 시편들과는 다른 방식으로 타자를 새롭게 상정하고 있다. 이 시는 엄숙한 분위기로 신동엽을 추모하는 가운데 타자에 대한 주체의 의견이 표명되어 있다. 타자의 죽음을 '나'와 관계하는 유일한 죽음으로 떠맡으면서 화자는 '어느 구름 개인 날' 어쩌다 타자들이 말을 걸어 올 때도 '그 맑은 눈 한곬으로 쏠리'어 진중할 것을 주문한다. 이 시의 '잡초 무더기'는 좁게는 당대의 문인을, 넓게는 당대의 사회 형상을 반영한다. '잡초 무더기'는 '시인의 진실한 목을 비비꼬고 비틀고 있'던 타자였고, 한 시대의 대상들이었으며

---

113) 전집─산문, p.78.

그들은 다름 아닌 '그처럼 우정을 맺기를 즐거워'했던 자신이 '우정'을 맺기를 거부했던 동료들인 것이다. 화자는 '잡초 무더기'에 동조되지 말고 '저만치 가장자리'에서 '그 외로움을 자랑'하는 '꽃'이 되라고 말하고 있는데, 여기서 '꽃'은 진정한 문인을 형상화한 것이다. 이 시에서 화자는 '잡초'와 같은 타자들을 보고 시대적 이데올로기에 대항할 진지를 재구축해야 한다고 본다. 그러한 일에 나서는 것이 진정한 시인이자 지식인의 역할이라고 할 수 있다는 것이다. 시인 화자의 이러한 명증한 의사 표현은 신동엽을 자신과 동일한 관계로 이해한 데서 비롯된 것으로, 화자는 자신과 신뢰를 구축한 사람이 신동엽이라고 의식한다. 그러나 이 말 속에는 삶에 대한 회한과 자조가 깔려 있다. '잡초 무더기' 속에 선 신동엽은 어쩌다 대안을 제시했고 그 대안도 반밖에 되지 않았기 때문이다. 신동엽이라는 타자가 시인의 내면에서 차지하고 있는 가치의 경중을 좀 더 구체적으로 살펴보기로 한다.

> 그는 그 '더 많은 방법'에의 의지를 가로 막는 강철과는 우정을 맺는 것을 단호히 거절했다. 그처럼 우정을 맺기를 즐거워했으면서도!
> 그는 그것을 극복하지 않으면 안 되었다. 총을 들고 겨냥하는 싸움보다도 한 인간의 마음의 총질은 더 잔인하고 처참한 것이다.
> 시인에게 있어서 무엇인가에 대한 극복이란 무엇일까? 시인은 언제나 패배했다. 짐으로써 얻어지는 승리로 못 감을 눈을 감아왔다. 오늘 무수한 시인들이 입다물고 있을 때 신동엽, 너는 흙 속에 묻힌 좁디좁은 관에서 그래도 입을 열어보려고 애를 쓰고 있는지도 모른다.
> 이제는 마음 놓고 천상의 시를 쓰라, 신동엽![114]
> 　　　　　　　　　　　　　　　　　　　　　　　　－『월간문학』, 69. 6.

---

114) 천상병, 「신동엽의 시－그는 묻혔을 따름, 가지는 않았다」, 『월간문학』, 1969. 6.

천상병은 「곡(哭) 신동엽」과 비슷한 시기인 1969년 6월 이 산문을 발표했다. 그는 이 글에서 "우리 눈앞의 현실"은 강철처럼 가로막고 있는 장벽으로 인해 한 사람의 시인이 온전한 세계를 보기 어렵다고 말했다. 그가 보기에, 이러한 현실은 시대적 불행이며 한 시대와 그 시대의 현실이 신동엽이라는 '시인의 진실한 목을 비비꼬고 비틀고 있'었던 것이다. 천상병은 당대의 현실을 결코 부정하지 않았다고 말한다. 그러나 전체주의를 거론하면서 현실을 긍정하는 당대의 방법을 문제 삼는다. 화자가 보기에 신동엽은 남들과 친분 쌓는 것을 좋아했지만 '강철'과는 우정을 맺을 것을 단호히 거절했다. 여기서 '강철'이 상징하는 바는 문단 내부에 형성된 위기감을 조성하는 부류로 상정할 수 있다. 신동엽은 문단에서 살아남아야 한다는 존재론적 위기감과 통속성에 대한 반감을 극복하지 않으면 안 되었다. 신동엽의 이러한 사정은 화자가 충분히 공감하는 부분이다. '총을 들고 겨냥하는 싸움보다도 한 인간의 마음 속의 총질은 더 잔인하고 처참'하다. 그래서 화자는 신동엽과 같은 순수 시인은 언제나 패배했다고 판단했다. 그러나 화자는 그것이 진정한 패배가 아니라는 것을 알기에 신동엽의 죽음을 비통해 한다. 그리고 화자는 평소 품어온 불만이나 반감을 내색하지 않고 눈을 감아 온 신동엽에게 "너는 흙 속에 묻힌 좁디좁은 관 속에서 그래도 입을 열어보려고 애를 쓰고 있는 지도 모른다."라고 확신한다. 화자에게 신동엽의 죽음은 참다운 실존에 도달하는 데 필연적인 조건이 된다. 화자는 신동엽의 죽음을 통해 영원한 삶은 없다고 인식하게 되고 신동엽을 대신해 주어진 삶을 보다 가치있게 살아가고자 결심한다. 죽음의 신호를 받으면 미래는 좌절되기 때문이다.

지금까지 알레고리가 사용된 시편을 통해 실존의식을 고구한 결과 천상병의 전기 시는 역사와 이데올로기, 폭력에 대한 비관적 전망이 관류하고 있음을 알 수 있었다. 실존에 대한 비극적 인식의 대상이자 원인은 동백림 사건의 '찢어지는 고통'과 문인들의 '전체주의적 횡포'였다. 이중 동백림 사건으로 인한 고문은 천상병에게 치명적이었다. 이 사건이 천상병 삶에서 차지하는 위치를 가늠하는 것은 '이순(耳順)의 어린 왕자'를 자처한 자신의 말에서 여실히 나타난다.115) 동백림 사건은 '내 인생은 사실상 끝났던 것'만큼 시인에게 치명적이었다. 모든 것이 끝나고 다시 시작하는 시인에게 동백림 사건의 치욕과 불명예는 어떤 식으로든 그의 시적 변화에 개입하게 됨은 너무도 자명하다.116) 천상병은 의식적으로 자신의 트라우마를 숨기고자 했으나 곳곳에서 고통의 흔적이 나타나고 있다. 이는 이데올로기의 폭압 앞에서 좌절할 수밖에 없었던 주체의 유일한 방어기제로서 화자는 현실을 애써 타자의 삶과 병치시킴으로써 패러독스의 태도를 견지하고 있는 것이다. 이는 소외된 현실에서 낯선 타자의 폭압에 대한 유일한 대응책이기도 하며 주체의 처절한 반응에도 불구하고 아무런 대책이 없다는 데서 나오는 일종의 시니시즘이라고도 할 수 있다. 주체의 변이를 강요하는 역사의 외압은 공포의 대상일 수 있다. 육체적 고통과 정신적 고통은 별개가 아니다. 이데올로기의 폭압으로 인해 천상병은 자신만 기만하는 것이 아니라 타인도 기만해야 하는 처지에 놓이기도 했다. 명백하게 획득된 현실 상황에 대한 인식은 그에게 시대적인 상실감을 갖게 했다. 그러나

---

115) 돌이켜보면, 나는 정말 평탄한 놈은 아니었다. 1967년 7월 동백림 사건에 연루되어 내 인생은 사실상 끝났던 것이다. 그때 중앙정보부에서는 나를 세 번씩이나 전기고문을 하며 베를린 유학생 친구와의 관계를 자백하라고 했다. 죄 없는 나는 몇 차례 고 까무러쳤을망정 끝내 살아났다. 전집-산문, p.44.

116) "동백림 사건 이후의 세계는 술의 힘을 빌리지 않고도 자유로운 상태로 이를 수 있었다." 홍기돈, 앞의 글, p.16.

이미 역사와 현실 사이에서 딜레마를 경험한 그는 '새', '꽃' 등의 알레고리를 통해 현실을 극복하기도 한다. 알레고리가 침전된 전기 시는 타자와 교섭하며 그들의 고통에 대해 적극적인 연대와 책임을 느끼는 것이 아니라 존재의 탐색과 시적 언어에 집중하는 계기로 작동한다. 동백림 사건과 공포, 그리고 죽음의 고뇌, 이로 인해 축적된 에너지가 결국 다음 비약을 향한 중요한 발판이 되어 전기 시 창작의 기반이 되었다고 볼 수 있으며 이러한 타자 인식의 변화는 전기 시에서 후기 시로의 결별을 예고한다.

4. 후기 시에 나타난 주체와 타자의 관련 양상

3장에서 살펴보았듯이 천상병은 동백림 사건의 고문을 견디지 못하고 이데올로기의 명령과 금제에 굴복하였던 일을 평생의 치욕으로 간주한다. 극한의 폭력으로 경험된 역사는 그에게 강한 트라우마를 남겼던 것이다. 그러나 천상병은 이러한 것을 자기반성의 기폭제로 삼음으로써 자신에게 가해졌던 폭력의 역사를 도덕과 양심의 영역으로 옮겨놓고자 한다. 시간의 순환성을 잘 아는 천상병은 과거 이데올로기의 폭압에 의한 상처를 극복하고자 강한 마음의 평정을 추구하게 된다. 기존의 논의에서 천상병의 후기시는 의외의 발상과 이미지로 무욕과 순진무구한 동심의 세계를 그려내고 있다고 평가되고 있다.[1] 현실의 고통

---

1) 천상병의 후기시는 대체로 다음과 같이 평가된다. 이양섭은 천상병의 후기 시의 세계 인식은 무위와 무욕의 천진성으로 표출된다고 보았으며 박숙애는 후기시의 특성을 '일상적 현실인식' 및 '가난과 소외 의식'의 측면에서 살펴보았다. 전현미는 자아의 세계인식 방법에 따라 후기시를 자아와 세계의 화해관계 구조로서 파악하고 있으며 이은규는 후기시의 특징을 일상적 현실인식과 수용의지, 종교적 세계관과 미래지향점으로 정의하였다. 이 논의 외에 조태일, 최동호, 김재홍, 이경호, 이남호 등에 의해 티 없이 맑고 순순한 동심의 세계로 파악되기도 한다. 이들의 논의는 천상병의 후기시를 무욕과 순진무구한 동심의 세계로 파악하고 있다는데 공통점을 지닌다. 최동호는 후기시 뿐만 아니라 천상병 시 전반에서 무욕과 순진무구함을 본다는 특징을 지닌다. 그가 보기에 천상병의 시는 전 시기에 걸쳐 맑고 투명하게 사물을 인식하고 담백하게 제시하며 가난함을 말하면서도 구차스럽지 않다. (최동호, 「천상

과 억압으로부터 벗어나기 위해 만들어 낸 이 세계는 현실 사회가 상실한 공간과의 동일성을 지향함으로써 타자와의 화해를 바라는 공간이다. 이때 화자는 자아와 타자와의 동일시를 통해 이상적 주체를 재현하고자 하는데, 천상병의 후기시는 과거의 유아적 환상을 불러일으키고,

병의 무욕과 새」,『아름다운 이세상 소풍 끝내는 날』, 미래사, 1991.) 김재홍은 "천상병이 평소에 현실비판이나 저항을 외치는 민중시 계열보다는 일상을 충실하고 소박하게 쓴 서정주, 구상 등의 시를 칭송하였다"며 "쉽고 진실한 시, 일상적인 사소한 일에서 진미(眞味)를 찾아내는 시가 좋은 시라고 생각한다는 천상병의 말은 동심의 세계, 일상의 소박한 세계의 진실성과 그 순수성이 자신으로 하여금 긍정적 미래에 도래하게 했다는 의미라고 보았다. (김재홍,『생명 · 사람 · 자유의 시학: 김재홍 비평집』, 동학사, 1999, p.511.) 이경호는 무욕과 이어지는 천진성의 시학을 천상병 시의 요체로 파악하고 있다. 천진성의 미학은 모든 것들의 가치를 치고 모든 것들의 치장을 벗겨놓음에 있다. 그런 속성들이 시에 적용될 때 시는 간결하고 단순하면서도 핵심적인 정서와 사유를 간결한 문체 속에 담아내게 된다. (이경호,「보헤미안의 미학, 혹은 천진성의 시학」,『현대시학』, 1993, 6). 이남호는 "천상병의 후기시에는 삶에 대한 단도직입적 통찰을 내포하고 있다."며 그의 시가 보여주는 철저한 무방비 자세와 기교 없는 천진난만함은 형태에 구애받지 않는 천상병의 자유로운 시 세계를 보여준다고 보고 있다. (이남호,「뮤즈가 노래한 詩 이전의 詩 − 천상병론」,『녹색을 위한 문학』, 민음사, 1998과 이달의 시, 조선일보, 1990. 10. 14) 조태일은 천상병의 시는 전반적으로 부담 없이 읽히면서 티 없이 맑은 서정을 쉬운 말로 간결, 명료하게 표현하여 우리에게 넉넉한 휴식과 여유를 안겨 준다고 평가하면서도 후기시에 대한 날카로운 지적을 서슴지 않고 있어 주목된다. 그는 천상병이 정신적 육체적으로 갖은 난잡한 경험들은 겪은 뒤 그것을 말끔하게 여과시킴으로써 티 없이 맑고 순연한 동심의 세계에까지 이르고 있음이 대견스러우나 신체적인 외부 조건이 정신적인 내부세계를 압도함으로써 시인으로서는 금물인 창조정신의 해이함이나 스스로의 포기를 포함하고 있다고 평가했다. (조태일,『민중언어의 발견』, 창작과 비평, 1972, 봄.) 이에 가세한 이필규는 좀 더 진척된 견해를 보이는데, 후기시는 천상병의 천성인 순진하고 천진한 동심이 강화됐으며 이는 고문 후유증에 의한 두뇌 구조의 붕괴와 고문 후 세상에 대한 방어기제로써 심리적 위장 상태의 퇴행적 고착 등을 그 원인으로 들고 있다. 이필규는 첫째 그의 천성인 순진하고 천진한 동심의 강화, 둘째 고문 후유증에 의한 두뇌 구조의 붕괴, 셋째 고문을 받은 뒤 세상에 대한 방어기제로써 심리적 위장 상태의 퇴행적 고착 등 세 가지 측면에서 해석이 가능하다고 보았다. (이필규,「천상병 전기시의 '새'와 가난」,『북악논총』제18집, 2001, p.19.) 그러나 그 역시 전기적 측면의 가난에 집중함으로써 후기시가 이러한 세 가지 측면에서 해석이 가능하다고 보고 있을 뿐 구체적 언급이 미흡하다.

어린아이와 신이라는 절대적 타자와의 관계 속에서 자아의 존재를 부활시킨다.

아이의 시선으로 바라보는 후기시는 다른 수사학적 차원의 구조를 창조하지 않고 현실을 있는 그대로 그려내는 새로운 미학을 발생시킨다.[2] 즉 시적 공간은 동심을 통해 펼쳐지는 순진무구의 세계이며 화자는 시적 변용이나 수사 또는 상징적 의미를 배제한 채 삶을 투명하게 표현한다.[3] 후기시에서 이러한 동심의 세계는 술과 연관된다. 그는 오랜 음주로 인해 중년의 나이에 이미 알코올에 대한 신체의존[4]이 일어

---

[2] 1984년 시집『천상병은 천상 시인이다』, 1985년 천상병 문학선집『구름 손짓하며는』, 1987년 시집『저승가는 데도 여비가 든다면』이 간행된다. 1989년 전년도에 알게 된 이외수와 중광스님과 함께『도적놈 셋이서』와 시선집『귀천』을 발간하고, 이어 1990년부터 1993년까지 산문집『괜찮다 괜찮다 다 괜찮다』와 시선집『아름다운 이세상 소풍 끝내는 날』, 시집『요놈 요놈 요 이쁜놈!』, 시집『새』, 동화집『나는 할아버지다 요놈들아』가 연이어 간행되며 1993년 별세한 후 유고시집『나 하늘로 돌아가네』가 출간된다. 천상병은 자신의 시가 시집으로 발행되는 것을 원치 않는다고 밝혔으나 본인의 의사와 관계없이 발간된 유고시집『새』를 제외하면 1979년『주막에서』와『천상병은 천상 시인이다』의 간행 사이에 다소 간격이 있을 뿐 이후에는 거의 매년 발간물이 간행됐다.

[3] 시가 동호인이나 시인 자신의 위안거리에서 벗어나 많은 사람들에게 세계와 인간, 그리고 삶과 현실에 대해 새로운 눈뜸의 기회를 주려면 읽는 사람에게 쉽게 접근할 수 있어야 한다. 쉽게 다가가기 위해서는 보다 쉽게 이해되는 시를 쓰는 것이 첩경이다. 한시의 경우 이런 논의에 좋은 조언을 해 준다. 높은 수준으로 평가되는 한시, 예컨대 이백과 두보, 왕유 등의 한시에 사용된 한자는 대부분 그렇게 힘든 글자가 아닌 평범한 한자들로 구성되어 있는 점과 영국의 고전주의시가 낭만주의로 전환하는데 기틀을 연 워즈워즈가『서정시집』서문에서 주장한 '평범하고 일상적인 언어가 시어로 사용되어야 한다'는 것도 이러한 문맥에서 좋은 참고가 될 만하다. 김선학,『안 읽는 사람들과 사는 세상』, 동국대학교 출판부, 2011, pp.135~136.

[4] 알코올에 대한 의존은 신체의존과 정신의존으로 나눠지는데 알코올에 대한 신체의존이란 알코올이 들어와 있을 때는 언뜻 정상으로 보이지만 알코올이 떨어지면 손이 떨리거나 초조하거나 환각이 보이는 등의 퇴약증상(금단증상)이 나타나는 것을 이르며 정신의존 형성 판단 여부는 '마시고 싶다'는 충동을 억제할 수 없어 술을 찾는다면 정신의존 상태라 할 수 있다. 알코올에 대한 신체의존이 형성됐다면 정신의

났으며 후기에 들면 만성간경화중 진단을 받기에 이른다. 그러나 후기에 들면 천상병은 술을 절제하며 술을 미학적으로 전유하고자 한다.

4.1. 술과 동심을 매개로 한 타자와의 만남

천상병의 후기시에서 화자는 대상 속으로 파고들어가고 그 대상을 내면화한다. 이때 헤겔이 말한 '느낌'과 결합한 '현재의 세계를 자기 속으로 끌어들이는' 성찰의 순간이 존재하게 된다. 이 순간에 화자와 대상 간에 중재가 이뤄지는데 시인은 대상에 대해 느낀 감정을 동심으로 표상하게 되며 이러한 중재를 유도하는 매개체로 술이 존재한다.[5] 본 절에서는 후기시가 동심을 통한 유희의 시작이라는 특징을 지님과 동시에 이 과정에 술이 개입돼 있음을 밝히고자 한다. 이를 통해 '막걸리 기인'의 일상적이고 유치한 시로 폄하되었던 후기시를 새롭게 평가할 수 있을 것이다.

천상병의 시와 술과의 연관성에 대해 논의한 논자로 이경철, 김우창,

존도는 반드시 경험하고 있다. 양수 외, 『정신건강간호학』, 현문사, 2013, pp.213~253 참조.

5) 프로이트는 "생각이 엔진이라면, 감정은 가솔린이다."라고 말했고 니체는 "인간은 행동을 약속할 수는 있으나, 감정을 약속할 수는 없다"라고 말했다. 이처럼 감정은 이성보다 더욱 근본적이고 강력하다. 그것은 부수적이고 지엽적인 잉여가 아니라, 중대한 인간사를 좌우하는 핵심이다. 그러나 서양의 근대 학문은 감정을 소홀히 다뤄왔다. 이성 중심으로 세상을 바라보면서 비합리적인 영역을 외면했다. 그리고 감정을 오로지 개인의 내밀한 문제로만 보았다. 문학 텍스트에서 자아와 타자의 문제는 하나의 미적 질서를 창출하는 작동 기제이다. 주체 중심적 관점에서 출발하기는 하나 헤겔은 주체의 감정을 부각시킨다. 헤겔의 '세계의 자아화'는 주체로부터 소외된 객체와 고립된 채로 자가 발전하는 주체의 불균등한 관계, 일방적이고 독백적인 주체 우위의 관계를 상정한다. 이러한 것은 주체의 관점에서 모든 대상이 사유됨을 전제한다. 박현수, 앞의 글 참조.

김신용, 김종호, 정선희 등을 들 수 있다.6) 이 중 이경철은 천상병의 시에서 주체가 세계와 소통하는 매개로 술을 지적하고 있으나 이러한 양상을 전기시에 한정하고 있다. 이경철은 술이 형상화된 후기시는 시적 긴장을 상실했기 때문에 시라기보다 일상적이고 평범한 진술에 지나지 않는다고 평가한다.7) 그러나 이경철의 논의는 천상병의 시에 나타

---

6) 천상병의 전기시를 술과 직접적으로 연관 지어 언급한 연구자 중 이경철, 김우창, 김신용 등은 모두 「주막에서」를 그 대상으로 하고 있다. 이경철은 초기시 중 유일하게 술을 다룬 「주막에서」를 역설이나 현실 감각을 담고 있는 것이 아니라 이미지의 해방자로서의 술의 이미지를 사실적으로, 자연스럽게, 구체적으로 드러내고 있는 것으로 보고 있다. 이경철, 앞의 글, p.61. ; 김우창은 「주막에서」를 "세상이 순해 보이는 것은 몽롱한 눈 때문이요, 몽롱함은 장엄하다는 것도 역설적인 주장이다"라며 "날카로운 현실 감각을 갖추고 있어 더 효과적인 시"로 해석한다. 김우창, 앞의 글 p.287. ; 김신용은 「주막에서」의 부제를 통해 술의 세계 속에 펼쳐진 천진한 행동은 평화와 인간의 가치를 상실한 시대와 삶의 질곡 속에서 인간의 진정성을 찾기 위한 도끼질이었다는 것을 이라고 평한 바 있다. 김신용, 「무주총에 대하여―천상병 시인의 13주기 회고에 부쳐」, 천승세 외 34인, 앞의 글, p.105. ; 김종호는 천상병 시와 술과의 연관성에 대한 최초의 논자이다. 그는 천상병의 시에는 물의 변형태인 술이 자주 등장하는데 주목하고 천상병이 술을 통해 자신을 끊임없이 정화하고자 했다고 보았다. 그러나 그의 논의는 이를 극히 단편적으로 다룸으로써 설득력이 부족해 보인다. 김종호, 앞의 글. ; 정선희는 천상병의 문학과 술과의 연관성을 전면으로 내세우고 있어 눈길을 끄나 문학에 나타난 술의 형상화를 중국 문학, 한국고전시가, 서양 문학, 한국근현대문학 등을 그 범위를 과대하게 확장함으로써 천상병 문학과 술 연관성에 대한 논의는 상대적으로 미진하다. 정선희, 앞의 글.

7) 이경철은 천상병과 박용래를 통해 술과 시의 상관성을 포착하는데, 천상병 시인에게 있어서 술은 시인뿐만 아니라 세상을 순진무구하게 만든다고 보았다. 그에 따르면, 천상병의 술은 구차한 현실에서 해방시키고 유년기의 순진무구의 혼을 각성시켜 현실을 대체하게 만들며 그의 삶과 시를 순수의 세계에 이르게 한다. 천상병의 시가 비판적이고 재미있게 읽히는 것은 현실에서 오염된 우리가 그의 순진무구의 진정성을 거꾸로 역설적ㆍ해학적으로 받아들이기 때문일 것이다. 때문에 천상병의 시세계는 오염된 현실세계에 절체절명의 위기를 느끼며 김수영이 토해낸 "풍자냐 해탈이냐"는 시구를 떠올리게 한다. 천상병 시는 썩은 현실을 전복시키는 환각에 의한 풍자로 해탈의 순진무구의 세계로 곧바로 들어가고 있는 것이다. 천상병의 시에서 현실, 이미지의 해방자로서의 술은 그런 해탈의 세계로 안내하는 역할을 하고 있다. 그러나 이경철은 후기 '술시'의 대부분이 일상적 음주에 대한 평범한 진술이거나 감

난 술의 의미를 온전하게 평가하지 못하고 있다. 천상병의 시 353편 중 술이 제목이거나 술과 직접적인 연관이 있는 작품은 36편이며 55편의 수필 중 절반이 넘는 26편에서 술과 관련된 사실을 직간접으로 언급하고 있다.[8] 또 이러한 현상은 대부분 후기에 집중되어 있는데, 이는 그것이 어떤 의도의 산물임을 짐작하게 한다.

술과 예술과의 상관성에 대해 낯설다고 말하는 사람들은 없을 것이다. 그러나 알코올과 예술의 연관관계는 알코올은 사회악이라는 사회적 편견을 넘어 통념으로 발전돼 왔다. 주지한 바와 같이 천상병의 후기시가 폄하된 이유도 이와 무관하지 않아 보인다. 그러므로 술과의 연관성을 거론한 기존 논의의 한계점을 극복하고 천상병의 술과 미학의 상관성을 재정립하기 위해서는 우선 다양한 각도에서 술의 의미와 효과에 대해 살펴보아야 할 것이다.

마시모 도나에 따르면, 술은 우리에게 세상의 이치를 가르치면서 존재와 실재 간의 차이를 끊임없이 구성하고 환기시키는 대상이다. 그가 보기에 취함이 이성적인 절제를 깨고 만다는 현대의 해석은 보이는 것에만 비중을 둔 잘못된 것이다.

도나는 자유와 술이라는 이항식을 제안한다. 도나는 괴테가 『파우스트』를 통해 한정적이긴 하나 술의 마법에 대해 의미를 부여하고 있다

탄, 찬양이어서 시적 긴장은 찾아볼 수 없다고 본다. 그는 막걸리나 맥주 등 술과 술집을 제목과 주제로 삼은 시 12편 등 후기에는 술을 드러내 놓고 찬양하는 시들이 많이 씌어졌으나 전기에는 1966년에 발표한 아래의 「주막에서」가 술을 주제로 삼은 유일한 '술시'로 꼽고 있다. 이경철, 앞의 글, pp.59~61.

8) 천상병의 시 353편 중 술이 시의 제목이거나 술과 직접적인 연관이 있는 작품은 36편이다. 55편의 수필 중 절반이 넘는 26편을 통해 자신의 일상과 술 예찬론, 시작(詩作), 지인들의 이야기, 영양실조와 정신황폐증으로 인한 병원생활 등 술과 관련된 직간접 사실을 언급하고 있다. 정선희, 앞의 글. 필자가 이번에 찾은 미발표시 중 술 관련 시로는 「막걸리」가 있다.

고 본다. 도나가 고찰한 자유와 술에 대한 주제는 쇠렌 키르케고르에게
서 완벽하게 들어맞게 되는데 그것은 『인 비노 베리타스(술에 진리가
있다)』를 통해서다. 도나에 따르면, 키르케고르와 마찬가지로 쇼펜하
우어도 헤겔의 관념론에 반대하는 입장을 취하는데, 그는 『삶의 지혜
에 대한 아포리즘』을 통해 "모든 쾌락들은 쓴 입맛에 환영받는 포도주
와 같다"라는 말을 남겼다. 또 자코모 레오파르디는 술이 비참한 현실
을 망각하도록 하는 하나의 도구가 된다고 보았다. 레오파르디가 여러
번 체험했듯이 술은 이미지화와 예술적인 창작의 특별한 자극이 되며,
진리에 대해 사고하고 탐구하는 능력에 효과적인 자극제로 기능한다.[9]
도나는 쇠렌 키르케고르, 쇼펜하우어, 자코모 레오파르디 등이 술이 가
지는 구원의 힘을 인식했으며 이들은 자아가 인식하지 않는 새로운 주
체를 출현시킴으로써 현실에서 자유를 획득한다고 보고 있다. 자유를

---

9) 『인 비노 베리타스(술에 진리가 있다)』는 플라톤이 지은 『향연』에 대한 모방작으로
키르케고르가 현존의 유미적 순간을 다룬 흥미로운 작품들 중 하나이다. 여기서 주
인공들은 술잔과 술잔 사이에서 각기 존재에 대한 다양한 가능성을 재연하면서 대
화를 이어가는데 주제는 플라톤의 『향연』과 마찬가지로 사랑이다. 이 작품이 시도
하는 도전의 최종 목적은 바로 초대받은 사람들이 '한계점'에 최대한 가까이 다가선
상태에서 말을 하도록 부추기는 것으로 이른바 '취중진담'을 유도한다. 이 한계는 그
들 사이의 뚜렷하게 존재하는 두 상태를 분리 또는 결합하는 출발선으로, 한쪽은 자
기 통제에 의해 지배되며 취기에서 완전히 자유로운 상태이다. 또 다른 한쪽은 규
율이나 도덕에 위배되는 예측의 저편으로 여기서는 주체의 완전한 확신에 따라 대
화가 이루어진다. 키르케고르가 보기에, 진정한 대화가 개인의 자유를 제한하는 어
떠한 규율에 의해 한정될 수 없는 것이라면 이를 총체적인 연관성이 결여된 정신착
란 증세로 보아서도 안 된다. 이러한 배경에서 보다 진실한 로고스의 출현은 술의
효력에 의해서 더욱 풍부해진다. 술기운 안에서 의미의 본질은 총체적으로 불명확
한 대화에 의해 손상되지 않으며 고유성을 지닌 현존에 대한 완벽한 표현을 하게 된
다. 그러나 상황이 바뀌면 이러한 특징은 재현되지 않으므로 불명확한 사고에 진리
를 위임하는 것을 키르케고르는 완벽한 잘못이라고 본다. Dona, Massimo, 앞의 글,
pp.175~213 참조.

얻기 위한 새로운 주체의 출현은 술과 연관되어 있었던 것이다. 도나가 밝힌 술과 자유, 술과 주체의 연관성은 정신분석학을 통해서도 해명할 수 있다.

프로이트를 넘어선 라캉의 이론에서 술과 연관 지어 추출할 수 있는 것은 라캉이 말한 '나는 내가 전혀 생각하지 못한 곳에서도 존재한다' 는 것이다. 결국 자아란 따로 존재하는 것이 아니라 자신과 타자의 관계에서 의식과 무의식의 세계를 교차하면서 형성된다. 라캉의 주체가 자아와 타자의 범주 내에서 이뤄지듯이 의식과 무의식의 차원에서 음주는 프로이트가 해석한 꿈과 마찬가지로 의식과 무의식의 경계에 놓일 수 있다. 즉 라캉의 주체는 통일되거나 안정되지도 않았다는 점에서 레비나스의 주체와 동일하며 취한 주체는 타자로도 명명될 수 있다. 타자화된 주체는 대립과 갈등으로 가득 찬 상징계를 도외시 한 채 대립과 갈등을 무의식의 지점에서 의식적으로 조정하고자 한다.10) 술을 마신 주체도 이러한 무의식의 지점에서 세계를 의식적으로 조정한다. 이 세계는 거울에 비친 허상의 세계도 아니고, 상징적으로 조작된 기호의 세계도 아닌, 언제나 존재하지만 그 영역을 초월하는 실재계가 틈틈이 얼굴을 드러내고 있는 지점이기도 하다.11)

술을 마신 사람은 의도하든 의도하지 않든, 본래의 타자가 보기에는

---

10) 개념들의 혼합으로 구성된 상징계는 유동, 상이성을 띤다. 상징계는 자아와는 또 다른 주체가 탄생하는 곳이고 그렇게 탄생한 주체가 분리되고 중단되는 존재의 양태를 획득하는 곳이다. 상징계에서 부재라고 추정되는 바탕 위에서만 모든 것이 존재할 수 있으며 존재하지 않음으로써 존재한다. 라카이 상징계에서 강조하는 것은 매개기능이다. 라캉은 여기서 대타자(das Andere)와 상상계적 소타자(das imaginar acdere)를 구분하는 이론을 발전시키고, 자신의 대수학에서 이를 A와 a로 표현한다. 대타자는 기표, 믿음, 진리의 장소를 만든다. 그것은 무의식과 욕망이 드러나는 것이다. Widmer, Peter, 홍준기 역, 『욕망의 전복』, 한길사, pp.33~34 참조.

11) 홍문표, 『현대문학비평이론』, 창조문화사, 2003, p.385.

가면을 쓰는 것과 같다. 자기도 알 수 없는 자기, 그러나 더러는 만나보고자 하는 자기를 술의 힘을 빌려 비로소 만나보게 된다. 무의식의 자아를 통해 일상의 자아와 타자, 나아가서는 세계를 보는 것이다. 이는 '취한 자신이라는 타인'을 자신 속에 만들어내 그 변형된 자신을 친구로 삼는다는 미묘한 심리적 메커니즘 속에서 생겨난다. 천상병의 후기 시에서 술은 타자와의 관계를 맺는 경험에 기여한다.

천상병의 후기시에 나타난 술의 의미를 살펴보기 위해서는 우선 전기시에 나타난 술의 양상을 살펴볼 필요가 있다.

골목에서 골목으로
거기 조그만 주막집
할머니 한 잔 더 주세요,
저녁 어스름은 가난한 시인의 보람인 것을……
흐리멍텅한 눈에 이 세상은 다만
순하기 순하기 마련인가,
할머니 한 잔 더 주세요.
몽롱하다는 것은 장엄하다.
골목 어귀에서 서툰 걸음인 양
밤은 깊어 가는데,
할머니 등 뒤에
고향의 뒷산이 솟고
그 산에는
철도 아닌 한겨울의 눈이 펑펑 쏟아지고 있는 것이다.
그 산 너머
쓸쓸한 성황당 꼭대기,
그 꼭대기 위에서
함빡 눈을 맞으며, 아기들이 놀고 있다.
아기들은 매우 즐거운 모양이다.

한없이 즐거운 모양이다.

－「주막에서」전문, 66. 6. 『현대시학』

이 시의 화자는 의식적으로 취한 자신과의 관계를 통해서 현실을 조망하려 한 것으로 보인다. 화자의 술 마시는 모습과 술에 취해 머리에 떠오르는 이미지들이 자연스럽게 진술되고 있다.

술에 취한 밤은 더 깊어만 간다. 이 과정에서 주막의 주모 할머니는 화자의 할머니로 바뀌고 시공은 어느새 자신의 유년 시절 고향 뒷산으로 넘어간다. 거기서 아기들은 한없이 즐겁게 놀고 있다. 이 시에서 술은 화자를, 흐리멍텅하고, 몽롱하고, 어리석고, 주정뱅이로 만들면서 동시에 순하디 순하고, 장임하고, 천사로 주조하기도 한다. 화자는 술을 마심으로써 주체의 영역을 확장하고 타자의 영역을 축소하고자 하는 것이다. 술을 통해 주체의 영역이 확장됨으로써 화자는 유년시절로 돌아가게 되고 분별없는 세상과도 결별하게 된다. 취한 화자가 타자가 되는 지점이다. 분별없는 세상과 한걸음 멀어진 화자는 취한 자신을 친구로 만듦으로써 과거 자신이 속해 있던 총체적인 세계를 회복한다. 이로써 현실의 생령들도 만나게 되며 이때 술은 시간과 공간을 초월해 자유와 어우러지게 하는 매개로 작용하게 된다.[12] 다음의 전기시도 술을 통해 주체의 감정을 표상하고 있다.

---

12) 이경철은 술이 단지 음료만이 아니라 그 이상의 상징적 가치를 지니고 있다고 본다. 그에 따르면, 이 시에서 술은 천진무구의 순수혼을 부르는 초혼주(招魂酒)로써 역할을 한다. 초혼(招魂)은 사람이 죽었을 때 그 혼을 소리쳐 부르는 일을 말하고, 초혼주는 무속 제의에서 죽은 사람의 혼이나 신을 불러 대접하기 위해 마련하는 술이다. 그는 술을 마시는 것이 커피를 마시는 것과 같은 일상적 사회 행위의 한 부분으로 이해하는 것에서 나아가 술을 마시는 행위와 결부된 의례를 따짐으로서 이 시에 형상된 술은 지상의 현실을 곧바로 천상의 유토피아로 돌려놓기도 한다고 해석한다. 이경철, 앞의 글, p.63 참조.

나뭇잎은 오후, 멀리서 한복의 여자가 손을 들어 귀를 만진다.
그 귀밑볼에 검은 혹이라도 있으면
그것은 섬돌에 떨어진 적은 꽃이파리 그늘이 된다.

구름은 떠 있다가
중화전의 파풍(破風)에 걸리더니 사라지고,
돌아오지 않는다.

이 잔디 위와 사도(砂道),
다시는 못 볼 광명(光明)이 되어
덤덤히 섰는 솔나무에 미안(未安)한 나의 병(病),
내가 모르는 지나가는 사람에게 인사를 한다.

어리석음에 취하여 술도 못 마신다.
연못가로 가서 돌을 주어 물에 던지면,
끝없이 떨어져 간다.

솔나무 그늘 아래 벤취,
나는 거기로 가서 앉는다.

그러면 졸음이 와 눈을 감으면,
덕수궁(德壽宮) 전체가 돌이 되어 맑은 연못 물 속으로 떨어진다.
                        ─「덕수궁의 오후」, 56. 9.『현대문학』

　　1연에서 3연까지만 본다면, 위 시편의 화자는 공간적 구도와 회화적
이미지 형성에 주력하고 있을 뿐이다. 그런데 4연에서 술 취한 화자가
등장한다. 이 화자는 '어리석음에 취하여 술도 못 마신다'라고 스스로
를 묘사하고 있지만 이러한 상황이 실제인지 모호하다. 화자는 '연못

가'로 가서 돌을 주어 무심코 던지고 있다. 그러나 마지막 연에서 화자가 발길을 돌린 공간인 '연못'에 주목할 필요가 있다. '연못' 안과 밖은 나와 타자를 분리시키는 이원대립의 공간이다. 화자는 '연못'에서 연못 안의 세계와 연못 밖의 공간을 분리시켜 자아를 연못 안의 세계로 몰아넣고 있다. 마지막 연에서 화자가 '졸음이 와 눈을 감으면', '덕수궁(德壽宮) 전체가 돌이 되어 맑은 연못 물 속으로 떨어진다.' 화자가 잠을 청하는 순간 덕수궁 전체가 시적 주체와 함께 '돌'이 되어 추락한다. 회화적, 공간적 의식만을 강조하던 이전의 연들은 결국 마지막 연의 관념을 드러내기 위한 이미지들에 불과하다. 이 연은 시공적으로 일원적 차원을 벗어나고 있다. 화자는 취한 상태로, 무의식의 차원에 있다. 무의식에서의 주체는 현재가 시간적이고 체계적이라는 점을 의식하지 못한다. 화자는 지금, 덕수궁의 중화전을 대덕전大德殿으로13) 혼돈할 만큼 더 이상 '술도 못 마'실 처지에 있다. 취한 주체는 다양한 의식체험의 중심으로서 역할을 수행한다. 취한 상태의 모든 의식이나 행위는 주체의 행위이며 모든 행위는 주체로부터 생겨나고 그 행위 속에서 세계를 관찰한다. '구름이 중화전의 破風에 걸리더니 사라지고, 돌아오지 않는' 찰나 화자는 '다시는 못 볼 광명(光明)이 되어' 버린 자연과 시간에 경의를 표하며 '덤덤히 섰는 솔나무에 미안(未安)'해 한다. 그러나 이러한 겸손은 이미 '나의 병(病)'이다. 화자의 병을 알 리 없는 '내가 모르는 지나가는 사람'은 화자를 외면하고 있다.

화자는 자신이 취한 상태임을 의식적으로 표상하고 있다고는 하지만 사실상 전기시에서 술의 의미는 팽팽한 긴장감 속에 내재돼 있다.

---

13) 『현대문학』에는 '大德殿의 破風에 걸리더니 사라지고/ 돌아오지 않는다'로 발표되었다. 전집—시 p.56 재인용.

팽팽한 긴장감 속에 술이 내재되어 있는 것은 이 긴장감 속에 주체와 취한 화자가 대치하고 있기 때문이다. 취한 화자는 그것이 구성된 의미상 나 자신을 지시하므로 술이라는 메커니즘을 통해 탄생한 나 자신 또한 나 자신의 유사물이면서 타자이다.

술 취한 화자는 1969년 11월 『현대시학』에 발표한 「주일」과 1970년 6월 『창작과 비평』에 발표한 「크레이지 배가본드」와 같은 해 『詩人』에 발표한 「간의 반란」과 「불혹(不惑)의 추석」에 직·간접적으로 등장한다. 1970년 2월 『女苑』에 발표한 「아가야」에는 이러한 '해뜨기 전 새벽 중간쯤', '사직공원'을 거니는 화자가 등장하는데 이 또한 술이 매개돼 있는 것으로 보인다.

그런데 후기에 들면, 술은 더 이상 내재되지 않고 직접적으로 형상화된다. 후기시에 나타난 술의 이미지를 구체적으로 살펴보기 이전에 천상병의 음주와 음주에 대한 인식이 어떻게 변화되었는지를 살펴보아야 한다.

천상병의 음주와 관련해 박재삼은 "어떻게 사느냐 하는 것이 그에겐 하나도 문제가 되지 않았고 그야말로 동가식서가숙으로 지냈다. 호주머니에 돈 한 푼이 없어도 걱정을 하지 않고 그저 만나는 선배나 친구에게 손을 내밀어 요새 돈으로 백원 얻으면 그것으로 넉넉하게 생각한 사람, 그가 바로 천상병이란 사람이다."[14]라고 회고한다. 또 민영은 "백원은 당시 막걸리 한잔 값이었다. 골치 아픈 통속적인 세상과 화해할 수 없는 품성과 용모를 지닌 천상병에게는 돈이란 저축보다 술 한잔, 담배 한 갑 살 정도만 필요했다."라고 말하고 있다.[15]

---

14) 박재삼, 앞의 글, pp.75~76.
15) 민영, 「하늘로 날아간 새의 시인」, 천승세 외 34인, 앞의 글, pp.183~184. 천상병은 1964년 김현옥 부산시장의 공보비서로 약 2년간 재직했고 이후 간간이 출판사

다음의 글들은 모두 술과 관련해 천상병 자신이 후기에 쓴 것이다.

1)

몇 년도 아닌 이십년이란 세월을 술과 인연을 맺어 대학 때부터 문인들과 어울려 때를 가리지 않고 술을 마시기 시작했으니 내 몸이 돌덩이가 아닌 이상 몸이 정상일 수가 없었을 것이다. 거기다가 식사를 전폐하고 며칠이고 술에 취한 상태가 한두 번이 아니었으니까 그것이 내 생활의 반복이었으니 내 꼴인들 짐작하고도 남으리라 생각된다. 술이 생기는 일이라면 어떤 일이든 거절을 할 줄 몰랐으니 그 술에 대한 미련 또한 아편 이상으로 묘한 매력이 있는 것만은 사실이다. …

술이라면 이렇게 묘한 감정을 요리하는 마약의 생리라고 할까. 거기에 휘말린 나는 좀체로 빠져나갈 수 없는 구렁텅이에 빠지고 말았다. 술값이 없으면 친구들을 찾아다니면 술은 어느 곳에서든 나를 반기며 취하게 만들어 주었으니 결국 내 몸을 엉망진창으로 만들어 올가미를 씌우게끔 되었다.(중략) 병원비를 충당하기 위해 뛰어다녔을 수척한 아내의 얼굴을 바라보니 아무리 40여 년 동안의 고집도 그만 가슴이 뭉클하게 내 두 눈에 핑 도는 눈물이 남편이 되었다는 철이 든 생각에서 일까?16)

2)

지금은 나이가 마흔 네 살이 되어서 나이값인지 가만히 하루를 무위하게 지내도 술 마시고 싶은 생각이 일어나지 않아서 별로 술을 마시지는 않는다. 그렇다고 해서 내가 술을 전연 끊었다는 것이 아니고, 술을 가끔 가다 마시기는 마시되 기껏 마셔 봐야 왕대포로 한잔이나 두 잔 마시는 것뿐이었다. 안 취하는 것은 안 취하는 대신에 예전에 없던 현상이 일어났다. 뭔고 하니 얼굴이 빨개지기 시작한 것이다. 아니, 이건 무슨 까닭일까. 하기야 술을 마셔도 얼굴이 빨개지지 않는

와 공무원 주간 신문사, 잡지사에 취직하지만 2년 미만으로 그만두었다.
16) 천상병, 「절망과 인내의 시절」, 전집－산문, pp.39~42.

사람은 나쁘다고 하는 말을 들은 적이 있다. 건강이 안 좋다는 것이다. 얼굴이 빨개지는 게 원칙이란다. 그러고 보니까 예전에 (서른 여덟 아홉 살까지) 술을 마실 때는, 물론 매일같이 마실 때는 생활이 말이 아니었다. 그러다가 결혼을 해서 규칙적인 생활을 보내서 건강이 좋아진 것일까?[17]

3)

그렇게 약해진 술까지 끊으려고 하니 술에 대한 애착심이란 것이 가만히 있지 않았다. 세상 사람들은 지금껏 천상병이라고 하면 술부터 연상할 정도로 나와 술과의 인연은 깊고 깊은 것이었다. 나의 모든 죄책감은 술 때문에 비롯되었다 할 정도다. 출세를 못한 것도 남에게서 욕을 듣는 것도 그 흔한 문학상 하나 못 탄 것도 다 술 때문이었다. 나이 40이 넘고서 부터는 술로 말미암은 죄를 저지르지는 않았으나 40이 되기까지는 나는 술지옥에서 살았다고 해도 과언이 아니다.

술 아니면 못 사는 줄 알았던 게 40까지의 나의 인생이었다. 지금까지의 나의 실수와 과오는 다 술 때문에 일어난 것이었으니까 그 술의 위력은 굉장히 무섭다. 술은 그런 실수와 과오의 어머니였지만은 대신에 좋은 친구는 많이도 만들어 줬다. 나는 워낙 내성적인 놈이라서 친구들이 적을 성싶은데, 사실은 친구가 많다. 참으로 많은 것이다. 그들이 다 술로써 얻어진 친구요, 그리고 나는 이 친구들 도움 덕분으로 지금까지 살아온 것이다.[18]

4)

여러분, 이 세상에 술이 없다면 무슨 재미로 이 세상을 살아간단 말입니까? 생각만 해도 아찔하지요? 그러니 내 말은 술은 마시되 조금씩만 마시고 즐겨 마시라는 것입니다. 나 같은 어리석은 짓은 하지 말라는 것입니다. 술로 인해 몸이 망가지면 술은 못 마십니다. 그러니 지금부터 조심하여 오래오래 술을 사랑하고 즐기려면 나 같은 어리

17) 천상병, 「무복(無福)」, 전집－산문, p.78.
18) 천상병, 「나의 새 마음」, 전집－산문, p.145.

석은 짓은 하지 말라는 것입니다. 술이 없고 술을 못 마신다면 이 세
상은 끝나는 것이니까요.[19]

1)은 그가 '43년의 긴 여행이 끝났던' 1972년에 쓴 글이며 2)의 글은
'나이가 마흔 네 살'이 되던 1973년에, 3)의 글은 그가 '49세가 되던' 해
인 1978년, 4)의 글은 그가 '내 나이 육십'이 되던 해인 1989년에 쓴 글
이다. 위의 글들에서 그는 알코올에 의존했음을 스스로 인정하고 있다.
천상병이 1971년 '알콜에 의한 정신적 황폐증'으로 정신병원에 입원한
사실과 1988년 만성간경화증으로 춘천의료원에 입원은 잘 알려져 있
다. 그런데 천상병은 이 사이에 한 차례 더 정신병원에 입원한 적이 있
다. 결혼 이후 그는 자신의 의지와 아내 목순옥의 충고를 받아들여 술
을 절제하였다. 그러나 주변 사람들은 '이제 천상병의 시대는 끝났다'
고 아쉬워하자 다시 술을 마시기 시작했고 그 무렵 국립정신병원에 3
개월간 두 번째로 입원한다.[20] 입원을 하게 된 연유에 대해 후일 천상
병은 "정신병 증세가 없는데, 내가 자꾸 술을 사달라고 조르니까, 조르
니까, 이 가시나가, 억지로 입원시켰어"라고 말했다. 그는 자신의 의지
가 약해질 때마다 아내의 도움으로 술을 절제할 수 있었다.

1)과 2)의 글을 통해 천상병이 결혼 후 아내에 대한 미안함과 배려로
술을 자제하기 위해 노력했으나 결혼 초기부터 1970년대 후반까지는
여전히 술에 대한 자신의 판단이 옳은 것인지 명확하게 판단하지 못 하
고 있음을 알 수 있다. 천상병은 40세 이전까지 약물을 복용하지 않음
으로써 나타나는 불쾌한 육체적 · 심리적 징후를 피하기 위해 지속적
으로 알코올을 복용해야만 했고 그 이후에도 여전히 알코올에 의존했

---

19) 천상병, 「술잔 속의 에세이」, 전집 - 산문, p.151.
20) 천승세 외, 앞의 글, pp.78~80 참조.

다. 1)의 글에서 술은 '아편 이상으로 묘한 매력'이 있어 그는 '거기에 휘말린 채' '좀체로 빠져나갈 수 없는 구렁텅이에 빠지고 말았었다.' 그가 '출세를 못한 것도 남에게서 욕을 듣는 것도 그 흔한 문학상 하나 못 탄 것도 다 술 때문이었다.' 또 술은 가는 곳이면 어디서나 그를 반기며 취하게 만들어주었으니 결국 그의 몸을 '엉망진창으로 만들어 올가미를 씌우게끔 되었다.'

그러나 3)의 글에서 천상병은 자신의 친구들도 다 술로써 얻어졌다고 말한다. 그리고 그 친구들 도움 덕분으로 지금까지 살아온 것이라고 여긴다. 그는 '그 술의 위력 또한 대단하다.'고 판단함으로써 후기에 들면 술을 통해서 자신을 정화하고자 한다. 그래서 4)의 글에서는 술을 '지금부터 조심'하게 되는데, 그는 술을 마시되 조금씩만 즐겨 마시기로 마음 먹는다. 그 이유는 몸이 망가지면 술을 못 마시기 때문이다. 술이 없고 술을 못 마신다면 이 세상은 끝난다고 판단할 만큼 술의 유용성을 잘 아는 그지만 술의 중독성에 대해서도 잘 알고 있었으므로 술을 절제하기로 한 것이다.

술에 대한 인식의 변화는 그가 서울에 환도한 지 10년째 되던 해에 쓴 「우리들의 청춘묘지」에서 엿볼 수 있다. 그는 "사실 K의 말마따나 우리에게 술은 유일무이한 존재였다. 우리들은 자신의 존재를 추상적으로 추구하기를 꺼려하는 대신 술을 마셨다. 술을 위해 우리들은 눈물겹게 헌신하였던 것이다"라고 술회한 적이 있다. 그러나 환도 후 명동에서의 기억을 떠올리며 술 좋아하는 문인들과 "아침부터 명동에서 만났고 만나면 술이었다." 그러나 천상병은 "선배들 속에 끼어 앉아서 그날의 나는 무엇을 하고 있었을까."라는 자문에 "아무 생각도 나는 것이 없다"고 답하기도 했다.[21] 알렉상드르 라크루아는 술을 지속적으로 마신다는 것은 "역사적 흐름 속으로 들어가는 것이요, 정도의 차이는 있겠으나 가치와 제도를 전복하려는 기도에 참여하는 것"이라고 보았다. 라크루아가 보기에, 술을 마신다는 것은 생각의 장벽이 완전하게 제거됨을, 전통적 범주들이 무너짐을, 모든 모순들이 해소됨을 경험하게 한다.[22] 그러므로 그러한 방황과 술에 바쳐진 삶의 이면에는 하나의 미학적 계획이 의도돼 있었으며 이 의도는 세계와의 소통, 나아가서는 구원의 가능성과도 연관돼 있다고 볼 수 있다.

> 이 시를 쓰겠다고
> 아침 여덟시에
> 막걸리 팔십 원짜리 한 잔 마셨다.
> 그러면 나는 만족한다.
>
> 젊었을 때는
> 주로 소주를 마셨었지만
> 이제는 막걸리주의다.
>
> 세상만사 잘 안 되고
> 기가 꺾이면
> 나는 곧장 막걸리다.
> 좋을 때도 막걸리다.
>
> — 「막걸리」 전문, 97. 가을. 『시인정신』

이 시는 전집에 미수록된 시로, 작시점은 그가 춘천의료원에 입원하기 전인 것으로 보인다. 화자는 이제 시를 쓰기 위해 아침 여덟시부터

---

21) 천상병, 「우리들의 청춘묘지」, 전집—산문, pp.21~22.
22) Lacroix, Alexandre, 백선희 역, 『알코올과 예술가』, 마음산책, 2002 참조.

술을 마셔야 하는 상황이다. 그야말로 지독한 애주가이다. 사람은 심하게 술에 취하고 나면 우울해진다. 프로이트가 「슬픔과 우울증」, 『무의식에 관하여』에서 말하듯 "우울증의 정신적 특징은 근본적으로 고통스러운 낙담, 자기 비하의 느낌을 가지는 것"이다.[23] 그러나 천상병에게 술은 이러한 것과는 거리가 멀다.[24] 한 병도 아닌, 팔십 원짜리 한 잔의 술은 그에게 생명 의지를 지니게 하는 물질로 존재하며 삶의 의지와 결합돼 있다. 그래서 화자는 '세상만사 잘 안 되고 기가 꺾이면' 막걸리를 찾게 되며 '좋을 때도' 막걸리와 함께 한다. 즉 젊은 시절 몸을 망치게 했던 술이 말년에는 즐거움과 생기를 주는 양식으로 변모하며 온갖 고뇌를 해소하는 역할을 하게 된다. 그러므로 술은 '생의 윤활유'[25]로서의 성격을 지니게 되는 것이다. 생의 윤활유로서의 술은 타자와의 소통, 나아가서는 현실의 구원도 가능하게 하는 매개물이다.

그가 '이순(耳順)의 어린 왕자'를 자처하면서 쓴 글의 마지막에는 "작년부터 나는 아내에게서 매일 2천원씩 용돈을 타 쓴다. (중략) 하루에 맥주 두 잔 이상은 마시지 않겠다. 간경화 치료를 받고 난 뒤, 아내는 하루 주량을 맥주 두 잔으로 '언도'했는데, 나는 이것을 한 번도 위반한 적이 없다. 그리고 열심히 시를 쓸 것이다. 천상의 친구들을 만날 때까지."[26]라고 쓰여 있다. 말년의 그에게 낙이란 '맥주 두 잔'과 '시' 그리고 친구들과의 해후이다. 알코올 존가가 술을 절제하기란 일반인들보다 훨씬 어려운 것임은 두말할 나위가 없다. 그러나 천상병은 '시'를 쓰고자 하는 의지로 술을 절제했다. 그는 과도한 음주를 지양하고자 하는

23) Freud, Sigmund, 윤희기 역, 『무의식에 관하여』, 열린책들, 1997. pp.244~270참조.
24) 소래섭, 앞의 글 참조.
25) 김종호, 앞의 글, p.162.
26) 천상병, 「들꽃처럼 산 이순의 어린 왕자」, 전집―산문, p.46.

약속을 이행함으로써 때로는 막걸리로, 때로는 맥주로 현실을 감내하고자 했다.[27] 다음의 시에서도 술이 소재로 등장한다.

89년 4월 9일 일요일.
나는 날 따르는 최일순 여사를 데리고
비원 구경을
30년 만에 다시 갔다.
그 감개가 자못 (龍飛)로우니...
옛날에 비원에 왔을 때 한편의 시 <비원에서>를 써서
「한국일보」에 발표한 적이 있었는데..
그 당시 나의 술집은
명동의 '은성술집'이었는데
지금의 최불암의 어머니가
몸소 혼자 경영하던 술집이었오.

그런데 그 어머니가
그 「한국일보」의 나의 시
<비원에서>를 읽으시더니
막걸리 한 사발을 공짜로 주는 것이 아니었겠오!
시 때문에
한 사발 공짜로
얻어먹기는 처음이자
마지막이어오!

---

27) "누워 자다가 술이 먹고 싶으면 '엄마, 술이 먹고 싶은데요.' (에미가) 술을 꼭 아침에 막걸리 한 병 받아주고 가요. 그러면 '에미한테 전화해 봐라. 내가 받아 줄게' 그러거든. 그러면 전화를 한다. 전화를 해서 '나 술이 한 병 더 먹고 싶다' 지가 그래요. 그러면 내가 '노래를 한 번만 하면 술 반 병 더 받아줄게' 그러면 <타향살이> 그 노래를 해. '엄마 한 병 더, 한 병 더요.' 그러면 내가 한 병 더 사주고." 강희근, 경남일보, 2007. 12. 24.

다시 오니
비원못이 상상보다 훨씬 적고
사람들은 옛보다
훨씬 점잖고—
이래저래, 나는 풍운아였오.
　　　　　　　　　　　—「다시금 비원(祕苑)에 와서」 전문[28]

 '풍운아'가 된 화자가 이토록 기분 좋게 시를 쓸 수 있었던 이유는 '지
금의 최불암의 어머니가 몸소 혼자 경영하던 술집'에서 최불암 씨의 어
머니가 준 술을 공짜로 얻어먹었기 때문이다. 공짜를 마다했던 그가 공
짜 술을 얻어먹고 기분이 좋은 이유는 그녀가 자신이 쓴 「비원에서」라
는 시를 칭찬했기 때문이다. 그래서 화자는 흔쾌히 공짜 술을 허락했고
어린 아이 마냥 기분이 좋아진 것이다. 그래서 스스로를 '풍운아로 묘
사한다. 그런데 화자는 「한국일보」에 실린 그 시를 '비원에서'라고 적
고 있다. 그러나 그의 시에서 「비원에서」라는 제목의 시는 찾아 볼 수
없고 비원을 소재로 한 시로는 「꽃밭」이 있을 뿐이다.
 이와 유사한 상황은 앞서 살펴본 「덕수궁의 오후」에서도 나타난다.
이 시는 비원이 있는 궁궐을 형상화하고 있는데, 여기에 '중화전의 파
풍(破風)에 걸리더니 사라지고,'라는 부분이 있다. 이 시가 처음 발표된
현대문학에서는 중화전中和殿이 대덕전大德殿으로 표기되어 있고, 이
작품이 처음 묶인 『새』에서도 대덕전으로 되어 있다. 그런데 『주막에
서』와 『저승가는 데도 여비가 든다면』에서는 대덕전이 중화전中和殿으
로 바뀐 채 수록된다. 전집의 편자들도 이 부분에 대해 "덕수궁에 대덕
전이란 건물은 지금까지 없었던 점으로 미루어 어떤 착오가 있었던 듯

---

28) 전집—시, p.325.

싶다."고 말하고 있다.29) 천상병이 말한 대덕전은 영남루 천진궁의 옛
이름이다.30) 창덕궁은 광복 이후 1980년대 정부의 '창덕궁복원계획'이
시행된 1983년 7월 1일 이전까지는 계속 관광지로 사용됐다. 복원하기
전 식물원 동물원으로 사용되던 창경궁은 서민들의 발길이 잦았으며
천상병도 이곳에서 술을 마셨던 것으로 보인다. 술을 마시고 시를 쓰게
되면 술을 매개로 시 전체의 이미지와 화합되고 대상물 깊숙이 자신의
정서를 나타내게 된다. 그래서 이미지가 실재와 혼돈된 채 기억으로 남
을 수 있다.

술을 소재로 한 전기시 「주막에서」와 「덕수궁의 오후」의 화자가 '몽
롱한' 상태에 이르고, 졸음이 올 때까지 술을 마셨다면, 후기시 「막걸리」,
「다시금 비원(祕苑)에 와서」, 「구름집」31) 등에서의 화자는 막걸리 한
잔이 주량이다. 지독한 애주가가 술을 절제하기란 곤욕이었을 터인데
도 후기에 들면 천상병은 술을 절제한다. 천상병은 "괴로운 바다의 풍
랑과 고초를 잊기 위하여"32) 술을 마시기는 하나 술을 절제함으로써
자신의 소중한 내면의식이 투영된 「막걸리」, 「술」, 「맥주」 등의 술 연
작시를 탄생시킨다. 이 연작시의 장면들은 얼핏 보기에 너무도 단순하

---

29) 전집, p.56. 각주 1번 참조.
30) 천진궁은 영남루 경내에 있는 건물로 원래 이곳은 요선관이 있던 자리인데, 효종 3
년(1652)에 지었으며 공진관(拱振館)이라 부르기도 한다. 영조 15년(1739)에 불탄
것을 영조 25년(1749)에 다시 지었으며, 헌종 10년(1844)에 크게 수리했다. 1910년
에 경술국치를 당해 전패(殿牌)가 땅에 묻히고 객사의 기능도 중단된 채 일본 헌병
들에 의해서 옥사(獄舍)로 쓰이기도 했다. 1952년 단군봉안회가 생기면서 단군 이래
삼국의 시조왕, 고려 태조의 위패를 모시는 공간으로 바뀌면서 '대덕전(大德殿)'이라
하다가 1957년에 '천진궁'으로 이름을 바꾸었다. 1910년에 경술국치(庚戌國恥)를 당
하여 전패(殿牌)가 땅에 묻히고 객사의 기능도 해제된 채 일본(日本) 헌병(憲兵)들에
의해서 옥사(獄舍)로 강점(强占) 당하기도 했다. 문화재청 홈페이지 참조.
31) 『한국문학』, 1980, 8.
32) 천상병, 「괴로운 바다의 풍랑과 고초를 잊기 위하여」, 전집-산문, pp.161~163.

고 유치하다. 술을 소재로 한 전기의 시편들이 팽팽한 긴장감을 드러내고 있다면 술을 소재로 한 후기시는 아무런 형식과 어법도 없이 꾸밈없이 진술되고 있는 것이다. 그러나 이 시편들 속에는 삶의 양의성과 모순의 진리가 숨어 있다. 이 연작시들은 술이라는 대상을 전면에 내세우고 자신이 처한 현실의 고통을 잠재우기 위해 알코올 의존이라는 습관에 기대어 기계적으로 세계와 대면하고 있음을 폭로함으로써 온전한 서정을 이루는 대신 결핍을 노래하고 있기 때문이다. 삶의 양의성과 모순의 진리를 표상하는 이러한 술 관련시는 또 다른 미학을 전유하고 있다고 볼 수 있다.

술을 미학적으로 전유하는 후기시의 시작 태도는 천상병의 현실 인식이 보다 구체적인 공간으로 이동함을 보여준다. 술의 메커니즘을 통한 일상적인 공간으로의 변화는 새로운 상관물, 즉 타자를 발견하게 한다. 일상이라는 구체적 현실공간으로 나아간 지점에서 현실적인 타자와의 만남이 이루어지며 그 타자는 어린 아이로 형상화된다.

(1)
집을 나서니
여섯 살짜리 꼬마가 놀고 있다.

'요놈 요놈 요놈아'라고 했더니
대답이
'아무 것도 안 사주면서 뭘'한다.

그래서 내가
'자 가자
사탕 사줄께'라고 해서

가게로 가서

사탕을 한 봉지
사줬더니 좋아한다.

내 미래의 주인을
나는 이렇게 좋아한다.

—「요놈 요놈 요놈아!」전문33)

(2)
우리 부부에게는 어린이가 없다.
그렇게도 소중한
어린이가 하나도 없다.
그래서 난
동네 어린이들을 좋아하고
사랑한다.
요놈! 요놈하면서
내가 부르면
어린이들은
환갑 나이의 날 보고
요놈! 요놈한다.

어린이들은
보면 볼수록 좋다.
잘 커서 큰일 해다오!

—「난 어린애가 좋다」전문34)

---

33) 전집—시, p.343.
34) 전집—시, p.336.

위 시들은 유아적 주체로의 회귀가 형상화된 시편들이다. 이 시에서는 별도의 시적 장치 없이 화자와 어린 아이가 하나가 되고 있다. (1)의 시에서 환갑의 나이인 화자는 '여섯 살짜리 꼬마'와 친구가 된다. 화자는 외부세계와 동일성을 확보하거나 그 개체성을 뛰어넘으려는 상상력을 동원할 필요가 없다. 주체는 타자를 자기 세계에 소환할 필요가 없으며, 화자는 사탕 한 봉지로 여섯 살짜리 어린아이와 친구가 된다. 이는 화자와 어린아이 즉, 주체와 타자 사이에 불연속이 존재하지 않기 때문이다. 타자와의 거리가 없어진 화자는 대상과 자연스럽게 연속성을 확보함으로써 여섯 살짜리 꼬마가 되어 서슴없이 요놈이라 불러대며 함께 어울린다. '내 미래의 주인'인 어린 아이를 향해 다가가는 이러한 동심 지향은 그만큼 화자의 심성이 맑고 천진하다는 것을 나타낸다.

(2)의 시에서 '우리 부부에게는 어린이가 없다.'는 다른 말로 하면 '우리 집에는 어린이가 없다'가 된다. 집에 대한 상상력은 유년의 추억과 필연적으로 연관된다. 어릴 적 그리운 옛집은 아이들의 세계이다. 어머니에 대한 그리움과 고향에 대한 향수가 남달랐던 천상병에게 아이는 그대로의 자기 자신이다. 그런데 '그렇게도 소중한 어린이'가 화자에게는 단 한명도 없다. 어린이는 엄마의 품을 필요로 하는 사람의 처음이며, 동심은 어머니의 사랑을 받고 자라나는 마음의 시작이다. 그러므로 동심이야말로 인간의 참된 마음이라 할 수 있다. 그러나 타자성으로 인해 어린이는 고유한 자신을 잃어가고 동심은 서서히 흩어지게 마련이다. 동심의 상실은 근원적인 상실로서 필연적이고 자연스러운 것이다. 그런 점에서 화자가 지닌 동심은 고된 수련의 끝에서야 다시 얻게 되는 최상의 정신경지라 할 수 있다. 레비나스의 언급대로, 타자를 어루만짐으로써 주체와 타자 사이의 이타적 접촉이 가능하며, 주체로 하여금 진

정한 의미의 형이상학적 초월도 가능하게 되는 시기로 접어든다. 주체가 내면적 한계에 갇혀 있을 때 그의 시 속에는 타자의 존재가 들어설 자리가 없다. 이때 주체는 '나와 다름'이라는 점에서 타자가 담지하고 있는 불가지의 영역, 즉 타자성을 주체의 논리에 종속시킴으로써 타자를 소유한다. 결국 주체 중심의 인식과 욕구를 통해서는 타자와의 직접적인 접촉이 불가능하다. 그러나 주체가 내면성의 한계를 자각하고 타자가 계시하는 미지의 영역을 향해 다가갈 때 그는 이 세상에 홀로 존재하는 고독한 개체이기를 멈추고 타자들과의 관계 속에 있는 주체가 된다.[35) 주체가 타자와의 화해를 멈추지 않으려는 이러한 노력은 특정 타자와의 관계 속에서 실현되는데, 그 특정 타자가 바로 어린아이이다.

천진난만한 아이가 되어버린 환갑의 화자는 그 자체로 최상의 정신 경지에 이르렀다고 볼 수 있으며 아이들을 형상화한 「아이들」, 「아기 욱진」, 「네 살짜리 은혜」와 강아지를 형상화한 「똘똘이」, 「복실이1」, 「복실이2」, 「똘똘이와 복실이」 등의 시가 모두 그러한 정신 경지인 동심을 드러내고 있다. 이에 대해 이남호는 천상병의 후기시를 읽을 때 보통 때와는 다른 독법을 지녀야 한다고 말한다. 그에 따르면, 천상병은 시인 이전의 시인이고 그의 시들은 시 이전의 '시의 원료'와 같은 것이다. 따라서 그것들은 과도한 단순성과 심한 어눌함을 보여준다. 그렇지만 그것들은 순수한 원료이기 때문에 강한 에너지를 지니고 있다.[36)

천상병은 술과 동심의 관계에 대해 직접 언급하기도 했다. 다음은 「일곱 살짜리 별명」의 일부이다.

---

35) Levinas, Emmanuel, 강영안 역, 『시간과 타자』, 문예출판사, 1996 참조.
36) 이남호, 앞의 글 참조.

어쨌든 내가 가만히 생각해 보아도 일곱 살짜리 별명은 뗄레야 뗄
수 없는 내 별명임을 시인할 수밖에 없다. 그래서 나는 죽을 때 까지
도 이 별명을 가지고 살아갈 수밖에 없는 내 운명이라고 생각하게 되
었다. 그러나 나는 이 세상에서 가장 행복한 사람이란 걸 알아주시오.
하루에 맥주 한 잔을 마시고 기분이 좋아지면 마음 속에 담아둔 마음
의 애인들을 생각하고 어린 아기들을 생각하면서 콧노래를 부른다면
이 세상에 무엇이 부러우리오.[37]

천상병은 이 글에서 자신의 별명이 "일곱살 짜리"이며 자신은 "죽을
때까지 이 별명을 가지고 살아 갈 수밖에 없는" 운명을 지녔다고 말한
다. 말년에 그가 자신을 이렇게 정의할 수 있었던 것은 어린애 같은 순
진무구, 무위자연의 후기시가 생활이 안정되면서 어느 날 갑자기 자연
스레 튀어나온 것은 아니라는 것을 의미한다. 그것은 시적 긴장이 풀려
서가 아니라 "동네 아이들이나 귀천에 오는 어린이나 모두가 내 친구들
이다"라고 진심으로 인식했기 때문에 가능했던 것이다. 어린아이와 같
은 천진난만한 심성을 지닌 화자는 "거짓말을 하는 시는 시가 아니다"
라고 인식했기 때문에 후기에는 술을 직접적으로 등장시켰다. 이는 새
로운 방식으로 자신을 응시하고 타자와 세계에 대처함으로써 삶에 대
한 새로운 의의를 지각하고자 하는 주체의 면모를 가시화한 것이다. 또
한 일상이라는 구체적 현실공간으로 나아간 바로 이 지점에서 타자는
시적 주체에게 보다 구체적인 윤리적 출발점이며 주체를 정립하는 존
재론적 조건으로 변모함을 알 수 있다.

---

[37] 천상병, 「일곱 살짜리 별명」, 『금성정밀』, 1990. 7.; 전집—산문, p.88.

4.2. 신을 통한 윤리적 주체의 타자 극복

앞서 살펴본 바와 같이 천상병의 후기시는 동심을 통해 세계를 인식하고자 하는 한편, 동심의 표출 이면에는 술이라는 메커니즘을 통해 세계를 안식처의 공간으로 전환하고자 하는 주체의 의지가 있었다. 후기시에 나타나는 이러한 시적 대상과 시적 상상력의 전환은 그가 새로운 '주체 되기'를 통해 초월적 세계를 현상적 삶의 관점에서 궁구할 필요를 느꼈기 때문이다. 천상병이 새로운 시적 주체로서 새로운 시 형상을 추구한 것은 현실의 극복이라는 실존적 과제에 대응하는 시적 실천의 의의를 지닌다고 볼 수 있는데, 후기시는 일상의 긍정적 수용이라는 특징을 지니기도 한다. 일상적 소재를 통해 가까운 곳에서 행복을 느낌으로써 삶을 긍정적으로 수용하는 이러한 인식의 바탕에 신이라는 존재가 개입되어 있다는 것도 후기시의 또 다른 특징이다.[38]

후기에 들면 천상병은 인간 존재에 대해 다시 깨닫고 '지극히 위대한 것'을 경험할 것을 원한다. 이는 그가 인생의 황혼기에 접어들면서 시간을 재인식하기 때문으로 이해된다.[39] 인생의 황혼기에 들어섬으로

---

38) 기독교적 차원에서 신을 거론한 논자로 신익호, 민경호, 박순득, 강성미, 박미경, 김지은 등을 들 수 있다. 이외에 신을 거론한 논자로 성낙희를 들 수 있는데, 그는 천상병 후기시의 특징을 '종교철학적 담론'과 '일상 속의 비범함'이라는 항목에 따라 도가적 특성을 파악하였다. 기독교적 관점에서 이루어진 이외의 논문들은 전기적 측면을 부각시켜 시세계와 연관시키거나 삶과 기독교적 사상에 초점을 맞추기는 하나 지나치게 소략함으로써 이와 관련된 체계적이고 합리적인 텍스트 분석에 이르지 못하고 있다. 이중 신익호의 논의는 기독교적 관점에 입각한 최초의 체계적인 논문이라는 성과를 지닌다. 신익호는 초월의식의 연장선상에서 후기시가 종교적 공간개념 속에서 이루어졌으며 이러한 것이 새를 통해 형상화되고 있음을 확인시켜주고 있다.
39) 헤겔이 주체를 세계정신의 객관성과 실체성에서 소멸하게 했었다면, 키르케고르의 열정적인 주관성 속에서는 모든 객관적인 것과 보편적인 것이 증발해 버린다. 이때 개인이 다시 무한한 가치를 획득하게 되는데 키르케고르에게 있어 실존한다

써 그는 현실의 차원을 넘어서 어떻게 해서든지 세계를 초월한, 질적으로 다른 세계에 도달하는 길을 모색하며 그것을 경험하기를 원한다. 이는 하나의 선택이자 하이데거가 언급한 현존재가 스스로 자신의 영웅을 선택하는 과정으로 볼 수 있다.

현존재는 존재의 초월성을 강조하고 이 초월성이 실존의 기초 또는 기원이라고 주장함으로써 유신론의 형태를 취할 수도 있고, 절대적 자유로서 자신을 기투企投한다고 주장함으로써 무신론의 형태를 취할 수도 있다. 모든 형태의 실존주의의 공통점은 가능성에 기초하여 미래를 기투한다는 점에서 그 선택에는 위험이 따른다. 그러나 실존의 차원에서 미래는 현실적인 비참함과 고뇌의 저편에 존재한다. 천상병은 동백림 사건으로 인해 트라우마를 지닌 현존재로 변모되며, 이 주체는 위험한 수준의 소외의식과 주체의 도덕적 손상[40]을 수반하므로 미래가 불

는 것은 무엇보다도 인간이 개별자임을 의미한다. 하이데거는 '존재와 시간'에서, 존재자 ─ 우리 자신이 바로 존재자이다 ─를 분석하는 과제를 설정한다. 그는 이 존재자를 "현존재(Dasein)"라고 부른다. 현존재의 존재에는 극단적인 개별화의 필연성이 내재한다. 현존재는 항상 "각자 나 자신의 것(je meines)"이다. 이 존재자의 본질규정은 사실적인 무엇의 언급을 통해서 수행될 수 없다. 그의 본질은 오히려 오로지 그의 실존에만 있다. 이 현존재는 자신의 세계─내─존재(In-der-Welt-Sein)의 두려움 속에 있다. 하이데거에 따르면, 두려움은 현존재를 추적하며, 자기망각적 상실을 위협한다. 이때 현존재는 스스로 자신의 영웅을 선택한다. 그 선택은 반복 가능한 것에 대한 투쟁적 추종과 충실을 가능케 한다. Hans Welzel, 박은정 역, 『자연법과 실질적 정의』, 삼영사, 2001, p.295와 pp.297~301 참조.

40) 주체의 도덕적 손상이 조건을 이루는 것은 단순한 육체적 고통 그 자체가 아니라 자신이 타자로부터 인정받지 못하고 있다는 의식이다. 주체가 자신과의 관계에서 상처받을 수 있는 이유는, 주체가 자신에 대한 긍정적 관계를 맺고 유지하기 위해서 타인의 동의나 긍정을 필요로 하기 때문이다. 이러한 상호주관적 전제가 고려되지 않는다면 어떤 한 사람이 자신에 대해 갖고 있는 자기이해의 특수한 측면들이 특정 행위나 말 또는 상황에 의해 파괴될 때 왜 이 사람이 상처받게 되는지를 설명할 수 없다. 다시 말해 도덕적으로 부당한 것을 경험할 때 항상 해당 당사자는 심리적 충격을 받게 된다. 왜냐하면 그는 자기 자신의 정체성의 조건이 되는 어떤 기대가 충족되지 못하고 좌절된 데 대해 실망을 느끼기 때문이다. 따라서 모든 도덕적

안정하기만 하다. 그래서 그는 주체의 도덕적 손상에서 벗어나기 위해 신을 개입시킴으로써 또 다른 시적 변용을 시도한다. 술을 마심으로써 화자가 시적 대상 속으로 파고들어가 그 대상의 내면화를 시도하는 것이 결국은 모성 복귀의 서사와 맞물리듯이, 신을 통해 타자와 화해함으로써 나르시스 차원에 안주하는 것도 모성으로 회귀하고자 하는 주체의 의도가 내재되어 있다.

본 절에서는 천상병의 후기시가 보여주는 일상적 소재가 신의 수용과 연관된 것임을 밝히고자 한다. 후기시에 나타나는 신의 수용에 따른 주체와 타자의 성립에 대한 분석에는 영성적 종교를 철학적 기반으로 하는 레비나스의 사유를 바탕으로, 거기에 내재하는 주체와 타자의 담론을 활용할 것이다.41) 이때 신을 통해 주체와 타자의 관계가 드러나는

___

손상은 그것이 개인 행위능력의 본질적 전제를 파괴한다는 점에서 인격훼손 행위이다. 도덕적 손상을 통해 훼손되고 파괴되는 자기관계의 방식이 보다 근본적이면 근본적일수록 그 도덕적 손상은 더 심각하게 느껴지기 때문이다. 여기서 '자기관계'(Selbstbeziehung)란 한 개인이 자신의 능력과 권리와 관련해서 자기 자신에 대해 갖고 있는 의식 또는 감정을 말한다. 지금까지 이야기된 것에 따르면, 가장 기본적인 도덕적 손상은 한 개인이 자신의 신체적 안녕에 대해 스스로 결정할 수 있다는 확신을 빼앗아버리는 것이다. 이러한 식의 행위에 의해 파괴되는 것은, 모든 타인의 시점에서 자신의 필요가 존중받을 가치가 있다는 신념이다. 도덕적 손상의 현상학적 분석에 대해서는 Axel Honneth, 문성훈, 이현재, 장은주, 하주영 역, 『정의의 타자』, 나남, 2009, pp.228~230 참조.

41) '있는 것' 일반에 대한 논리적 접근은 존재론이요, 따라서 이제까지의 서양철학은 근본적으로 존재론이라고 레비나스는 주장했다. 그러나 시간이 흐름에 따라 '있는 것'들이 항상 논리적이고 체계적으로 되어 있지 않다는 것을 발견하게 되자 철학의 고민은 시작되었다. 이런 고민은 실존주의 철학자들에 의하여 가장 분명하게 나타났지만 일상언어 철학자들에게도 그런 것을 찾아볼 수 있고, 요즈음 유행하는 탈현대철학의 급진적인 항의와 함께 더욱 강조되고 있다. 손봉호, 『고통받는 인간 ― 고통문제에 대한 철학적 성찰』, 서울대 출판부, 1995, pp.16~17. 레비나스는 타자에 대한 인식이 서구 사상의 전통적인 도식에 따라 이루어지는 것에 반대하고 있다. 이 도식에 따르면 타자에 대한 인식은 인간의 자기 자신에 대한 의식에 항상 종속된다. 왜냐하면 우리가 타자에게 건네는 말 자체가 이미 이 의식에 종속돼 있기

경우와 타자를 향한 주체의 초월의지가 드러나는 경우에 다시 주목한다. 주체와 타자 간 내적 관계에 대한 레비나스의 통찰은 천상병의 신적 여정에 있어, 타자성이 주체의 자기 정립에 어떻게 관여하는지 밝히는 데 유용한 준거를 제공하며 주체의 인식과 논리로 환원될 수 없는 타자의 무한성에 대한 시인의 인식과 체계를 이해하는 데 유용한 틀이 될 것이다.

후기시에 나타난 주체와 타자의 관계가 드러나는 경우는 우선 그가 선택한 소재를 통해 확인할 수 있다. 이전 시기의 시가 세계의 무질서 상태를 대면하는 자아와 타자의 양상을 형상화했다면 후기시는 새로운 방식으로 신비에 도달하고자 신神이라는 낯선 문제를 취급해 자아와 타자의 화해를 시도한다.

> 나는 세계에서
> 가장 행복한 사나이다
>
> 아내가 찻집을 경영해서
> 생활의 걱정이 없고

때문이다. 그에게 언어는 이와 같이 의식의 포착을 결정짓는 조건이다. 헤겔에게 있어서 동일성의 철학 속에서 전체성을 건립하는 것이 화해의 시도에 부응했던 반면, 레비나스에 있어서는 전체성을 깨뜨리는 것이 바로 화해의 시도에 부응하는 것이다. 헤겔에게 있어서 평화는 모든 논쟁의 불가능성, 즉 분쟁을 금지하는 동일성에 의해 보장된다. 반대로 레비나스에 있어서는 대화의 재정의에 따라 절대적인 이타성을 확증하는 것, 즉 대화의 비폭력 속에서 보장할 수 있는 것이 평화이다. 그가 보기에 이러한 언어야말로 '공동의 지반을 창조해내는' 것이다. 레비나스의 독창성은 '나'가 '무한한 대화' 속에서는 절대로 '너'를 만날 수 없다는 통찰에 있다. 여기서 무한함이란 누군가가 말을 걸어올 때만 존재하는 대화자의 가능 조건과 같은 것이다. 따라서 존재론은 타자와의 무한한 관계라는 범주 속에서만 사유될 수 있다. Marie-Anne Lescourret, 변광배 · 김모세 역, 『레비나스 평전』, 살림, 2006, p.297, pp.304~305 참조.

대학을 다녔으니
배움의 부족도 없고
시인이니
명예욕도 충분하고
이쁜 아내니
여자 생각도 없고
아이가 없으니
뒤를 걱정할 필요도 없고
집도 있으니
얼마나 편안한가
막걸리 좋아하는데
아내가 다 사주니
무슨 불병이 있겠는가
더구나
하나님을 굳게 믿으니
이 우주에서
가장 강력한 분이
나의 빽이시니
무슨 불행이 온단 말인가!

─「행복」전문, 87. 5. 『한국문학』

　　천상병의 전기시에서 타자는 간혹 타인의 모습으로 나타나 주체와
관계를 맺기도 하지만 대부분 자연물이었다. 인간으로 나타나는 타자
는 화자의 동경을 불러일으키기도 하고 자연물로 등장하는 타자는 타
자에 대한 피상적 이해를 넘어서 그 본질에 닿으려는 시인의 염원을 담
아내기도 했다. 그리고 거기서 화자는 세계의 무질서 상태를 대면하는
존재로 등장했다. 그러나 후기에 들면, 사물과 주체를 동등한 자리에
세우기에 실패한 화자는 자신과 다른 외부 존재들의 낯섦을 인정하며

보다 넓고 깊은 세계를 향해 나아간다. 타자와 진정으로 교류하고자 하는 주체의 열망은 시적 감수성이 갖추어야 할 필수 불가결한 조건일 것이다. 천상병이 시도하는 교류는 화해로 치환되며 주체의 열망은 다른 말로 표현하자면 삶의 희망이다. 그것은 불합리한 세계에 합리성을 부여하려는 희망이다.

이 시의 화자는 '이 우주에서 가장 강력한 분'[42]인 '하나님'을 '빽'으로 두고 있다. 화자가 제일 가까이 느끼고 있는 존재인 신은 일상사에서 스스로 생각과 행동을 가다듬고 절제하게끔 만드는 강력한 힘을 지녔다. 후기시는 신이라는 관념의 산물을 설정함으로써, 외부 존재의 속성을 최대한 훼손하지 않고 이질성을 그대로 경험하고자 하는 것이다. 그래서 화자는 생활의 걱정이 없고 배움의 부족도 없고 명예욕도 충분하고 막걸리를 사주는 예쁜 아내와 집도 있고 후손이 없어 뒤를 걱정할 필요도 없다. 신적 존재로 인해 '일상의 비범함'을 획득하게 된 화자는 '하나님'이 자신을 보호해줄 것이라고 믿게 되는데, 일상에 자족하는 화자의 심리는 유아乳兒의 그것과 같다.[43]

몸이 비록 불편하여도
하나님은 보살필 대로 보살피신다.

---

42) 전집－시, p.273.
43) 앞 절에서 언급한 바와 같이, 프로이트는 종교의 기원은 유아의 심리에 있다고 보았다. 프로이트가 보기에 유아는 부모가 자신을 보호해줄 것이라는 믿음에서 삶의 활력의 얻는다. 프로이트가 무신론자이기는 하지만 유신론과 무신론의 차원을 벗어나 휴머니즘 차원에서 종교가 근본적으로 어린아이의 환상이라는 것은 부정할 수 없다. 인류 역사상 인간이 예술과 도덕 이전을 소유하기 이전부터 사회와 국가 조직 및 학문과 문화가 성립되어 있던 곳이라면 어디서든지, 어떠한 형태로든 신을 수동적으로 받아들여 왔기 때문이다. 그러한 사례들은 유대교나 그리스도교 등의 종교, 인도에서의 힌두교 · 불교, 중국의 유교 등에서 발견된다.

꿋꿋한 마음으로
보통 사람을 뒤따라라

지지말고 열심히 따르면
누구에게도 지지 않으리라
적은 일도 적은 일이 아니고
큰일도 이루리라

모든 것은 마음에 달렸다
언제나 하나님을 경애하고
앞날을 내다보면서
희망을 품고 살아가다오
　　　　　　　　―「신체장애자들이여」전문, 90. 봄.『외국문학』

　　이 시의 주요 메시지는 희망이다. '하나님'이 장애인과 비장애인을
다르게 보지 않는다는 내용을 전제로 하고 있는 이 시는 "형제들아 너
희의 부르심을 보라 육체를 따라 지혜 있는 자가 많지 아니하며 능한
자가 많지 아니하며 문벌 좋은 자가 많지 아니하도다"라는 고린도 전
서 1장 26절의 내용 및 "어리석고 지각이 없으며 눈이 있어도 보지 못
하며 귀가 있어도 듣지 못하는 백성이여 이를 들을 지어다"로 시작하는
렘 5장 21절의 내용과 연관된다. 장애자란 육체의 한 부분이 불편한 상
태에 있는 사람을 말한다. 이 성경의 구절 상 정신적으로 어리석고 지
각이 부족한 육체적 장애자들은 영적인 장애를 가진 자보다 낮지 않다
고 본다. 기독교에서 장애인은 하나님의 영광을 담보한 선택된 사람들
이라고 본다. 이 시의 화자는 그들의 삶 또한 하나님의 주관이므로 이
들은 하나님을 섬기고 따르기만 하면 된다고 본다. 화자는 그들을 격
려하는 동시에 자신의 신앙적 신념을 밝히고 있다. 이러한 신념은 우선

레비나스의 종교적 사유와 유사하다.

주지하다시피 레비나스의 종교적 사유의 핵심은 타자와의 관계에 있다. 타자성이란 '나'라는 주체가 타인들에 대해 구속력을 갖고 '나'라는 동일한 존재가 타자와의 관계를 통해 무한하게 존재하는 것을 나타낸다. 이런 의미에서 주체성은 타자성 이외의 그 무엇도 아니다. 따라서 레비나스에게 있어 삶이란 유아론적唯我論的인 '나'가 중심이 되는 삶이 아니라 타자들과 교섭하는 삶이며 심지어 '나'를 버리는, 타인에 대한 희생을 요구한다. 이때 타자는 사회적 약자를 이르며 참된 종교는 신적인 황홀이나 열광에서 벗어나, 나를 뛰어넘어, 나 바깥의 초월자와 관계 맺는 데 있다. 기독교 성경 윤리의 독특함은, 인간의 상호 대면의 역사에서 가장 어려운 문제로 정평이 난 문제를 다루는 부분에서 가장 여실히 드러난다. 그것은 이른바 이방인, 즉 우리와 닮지 않은 사람에 관한 문제다. 신약 성경 야고보서 1장에서 "참된 경건(종교)은 고아와 과부를 그 환난 중에 돌아봄에 있다"고 말하듯이 나의 바깥의, 나를 초월한 타자와의 만남은 고아와 과부, 나그네와 가난한 자에 대한 관심과 배려에 있다.[44] 천상병이 1990년 10월『문학정신』을 통해 발표한「전국의 농민들이시여」에서도 정부와 국회의 배려에서 소외된 농민들에 대한 관심과 배려가 담겨 있다.[45] 이 시도 화해를 통해 자아와 타자가 구체적 현실 안에서 구현해야 할 모습을 밝히고 있는데 천상병은 인간은 근본적으로 타자와의 관계망 속에서 자신을 실현해야 하는 사회적인 존재라는 것을 각인시킨다. 천상병은 인간(적)인 '너'인 '전국의 농민들'에

---

44) 강영안,『타인의 얼굴』, p.265, p.336 참조.
45) 가난한 자들의 고통을 동일시하는 이런 인식은 성경에서도 인식된다. 그것은 마태복음 25장 40절의 "분명히 말한다. 너희가 여기 있는 형제 중에 가장 보잘것없는 사람 하나에게 해 준 것이 바로 나에게 해 준 것이다."라는 구절이다.

게서 신적인 '당신'의 일부인 '하느님'을 인식하고자 한다. 자신과 모습이 다른 자에게서도 하느님의 형상을 보고자 하는 것은 자신을 남에게 내어줌으로써 스스로를 완성해 가야 한다는 취지에서 나온 것이다.

자아와 타자와의 관계 사이에 신이라는 존재를 설정함으로써 화자는 삶의 소외와 주체의 도덕적 손상을 극복하고 타자에 대한 관심과 배려를 통해 삶 자체를 희망으로 받아들이게 된다. 이로써 모순을 이루는 한쪽의 기본항인 불합리한 세계는 사라져 버린다. "불합리적인 세계가 사라져 버린 주체는 자아와 타자와의 관계 사이의 거리가 사라지고 이 둘은 서로 회감하게 되며"[46] 새롭게 성립한 주체는 나르시즘적 성향을 지닌다. 나르시즘적 경향에 빠진 주체는 타자를 통한 자기 존재 양식에 있어 근본적인 변화를 겪게 된다.

> 나는 아주 가난해도
> 그래도 행복(幸福)합니다.
> 아내가 돈을 버니까!
>
> 늙은이 오십 세 살이니
> 부지런한 게 싫어지고
> 그저 드러누워서
> KBS 제1FM방송의
> 고전음악을 듣는 것이
> 최고의 즐거움이오. 그래서 행복.
>
> (중략)
>
> 세상은 그저

---

46) Emil Steiger, 앞의 글, p.96.

웃음이래야 하는데
나에겐 내일도 없고
걱정도 없습니다.
예수님은 걱정하지 말고 했는데
어찌 어기겠어요?

행복은 충족입니다.
이 이상의 충족이 있을까요?

－「나는 행복(幸福)합니다」부분47)

이 시의 화자는 가난한데다 경제력까지 없어 아내가 생계비를 벌고 있는 처지이다. 그저 방에 드러누워서 음악 방송을 듣고 있는 화자가 행복할 리가 없다. 그러나 이 시의 화자는 현실의 삶에 충족하며 행복에 빠져든다. 걱정을 하지 말라는 '예수님'의 말만 되새기고 있기 때문이다. 화자는 '예수님은 걱정하지 말라 하셨는데 어찌 어기겠습니까?'라며 신에게 순응한다.48) 그래서 '나에겐 내일도 없고 걱정거리도 없다. 이러한 무반성적 신적 존재의 개입은 주체로 하여금 유아적 맹목성에 빠져 들게 한다. 일반 타자의 시선에 의해 내가 나의 존재를 외부에 가지고 있다는 사실을 알게 될 때 그는 스스로 인식하는 반성적 자의식을 지니고 하나의 주체로 서게 된다. 그러나 주체의 힘과 자유를 '예수님'이라는 타자에 양도함으로써 화자는 스스로 구획한 생활의 장 안에서 무반성적 존재로 남게 된다.

---

47) 전집－시, p.308.
48) 「광화문 근처의 행복」에서는 신의 은총에 감사하는 '행복한' 화자가 등장하기도 하는데, 이 시의 화자는 "신앙은 난해한 형이상학이 아니고 인간의 숨김없는 심정의 길잡이다."라고 말한다. 전집－시, p.248.

나는 시를 인생의 본질이라고 말했다. 우리는 한 가지 일에 충실해야 한다. 그래서 우수한 작품이 만들어질 수가 있는 것이다. 나는 아이가 없어서 그런지 더욱 고독하다. 이 고독을 극복하자면 자연히 든든해야 한다. 그러자면 자연히 굳세어야 한다. 그래서 언제나 센 마음으로 이 인생을 솔직하게 대하고, 굳세어야 하는 것이다. 굳세자니 책을 많이 읽어야 하는 것이다. 책을 많이 읽는 것뿐만 아니라 생각도 많이 하기 마련이다. 그래서 여러 가지 생각을 해야 한다. 그래서 시와 가깝게 지내고 있다. 가깝게 지내자니 자연히 시와 관계가 많아진다. 그래서 시인이 된지도 모른다.

시인인 내가 조심해야 할 것은, 아무 것도 아닌 가치없는 일에 사로잡힐까 그것이 걱정이다. 되도록 인생에 큰 무게를 주는 사실에 치중하여 그것을 시에 반영해야 하는 것이다. 나는 고독해야 하기 때문에 언제나 음산할 수밖에 없을 것이라고 생각하기 쉽지만 그렇지 않다. 하나님이 계시기 때문이다. 나는 하나님을 믿는다. 하나님은 나의 절대한 존재이다. 나는 고독할 때면 언제나 하나님을 생각하고 고독해지지 않으려고 한다.

그러니 어떻게 생각하면 언제나 고독하지 않다고 생각할 수도 있다. 나의 시에서 무고독을 생각하는 것은 일면의 진실이 있다. 우리는 언제나 있는 하나님을 믿음으로써 고독하지 않다. 하나님은 언제나 나를 위로해 주신다. 나는 언제나 시를 나의 생활 주변에서 찾는 것이 버릇이다. 생활 주변을 보면 시가 구르고 있는 것이다. 생활 주변은 항상 시에 가득 차 있는 것이다.

여러분 똑똑한 눈으로 생활 주변을 보면 시가 구르고 있는 것이다. 생활은 넓다. 가만히 혼자 있어도 시는 있는 것이다. 눈을 뜨고 있는 한 시는 언제나 구르고 있는 것이다. 이것을 잡기만 하면 시는 태어난다. 나는 생활을 사랑한다. 하잘 것 없는 일상에서도 무엇을 느끼게 하는 것은 많은 것이다. 이런 일상의 습성에서 나는 용케도 시를 잡는 것이다. 일상생활의 하잘 것 없는 물건이나 사건에서조차 시를 찾는 나는 풍부한 시적 소재를 잡는 것이다. 모든 것에서 나는 많은 테마를 얻는 것이다.

나의 가족이라고는 아내 단 한 사람뿐이고 쓸쓸한 편이지만, 모든 것을 사랑하라는 하나님의 말씀에 순종하는 나는 외롭지 않다. 너무 외로우면 시를 못 쓰는 것이다. 이거나 저거나 다 나와 무관하지 않다고 생각하는 나는 행복한 것이다. 돈도 못 벌고 아내 밖에 없는 내가 비교적 낙관적인 것은 이 때문이다. 생활은 복잡하지만 그래도 정신을 가다듬고 정리하면 아주 단순한 것이다. 생활을 단순하다고 생각하는 사람은 드물겠지만 나는 그 중의 한 사람이다. 시의 소재는 의미 있는 일에만 있는 것이 아니다. 이무렇지도 않는 일에서 나는 깊은 의미를 찾는 버릇이 있는 것이다.

하여튼 나는 나의 생활 주변에서 일어나는 모든 일에서 멋을 찾고 그리고 그것을 형상화한다. 그래서 하찮은 일에 나의 시가 되는 것이다. 아무쪼록 나는 맑은 눈으로 생활을 직시하고 있는 것이다. 그래서 하찮은 것들에서 나는 시를 찾고 있다. 그래서 생활은 나의 시인 것이다.

– 「나의 시작(詩作)의 의미」 부분49)

천상병은 믿음은 절대자에 대한 신앙이며 절대자에 대한 믿음이야말로 이 세계의 근본과 본질을 아는 것이며 "인생의 최고 원리"라고 보았다. '언제나 나를 위로해' 주는 신을 절대적으로 믿음으로써 이제야 그는 소외로부터 해방되고 그의 시는 '무고독을 생각'하게 하는 '일면의 진실'을 지닐 수 있게 된다. 그는 '고독할 때면 언제나 하나님을 생각하고 고독해지지 않으려고' 노력했다. 화자는 무한한 외경심을 노래하는 차원이 아니라 '어떻게 생각하면 언제나 고독하지 않다'고 자위한다. 그는 '아이가 없어서' 더욱 고독하고 '나의 가족이라고는 아내 단 한 사람뿐이고 쓸쓸한 편이지만' 이러한 심리를 극복하고자 이를 상쇄할 또 다른 타자와 세계를 제시하면서 심리적으로 병들어 가기를 거부한다.

---

49) 전집-산문, pp.378~379.

그래서 천상병은 '이거나 저거나 다 나와 무관하지 않다'고 인식함으로써 "가난하고 불쌍한 시인이지만 나는 후회없이 열심히 살고 있다"고 자처한다. 자아와 타자 사이의 거리가 사라지고 이 둘은 서로 회감하게 되며 후기시의 화자는 사소한 일에서도 의미를 찾을 수 있고 기쁨을 느끼게 된다. 그리하여 화자는 '언제나 시를 나의 생활 주변에서 찾는 것이 버릇'이 되었고 '생활 주변은 항상 시에 가득 차 있'게 된다. '사소한 일에서도 의미를 찾을 수 있고 그리고 기쁨을 느낀다면 그건 행복이다.'라고 말할 수 있게 된[50] 그는 하잘 것 없는 일상도 새롭게 느낌으로써 일상을 시적 대상으로 전환하게 된다. "인생은 생활인 것이다. 인생의 진실이란 생활 안에 있고 그리고 그 대표적인 것이다."[51] 라는 말은 '시란 생활인 것이다. 시의 진실이란 생활 안에 있다'로 바꾸어 말할 수 있으며 따라서 '생활을 직시한' 후기 시의 소재는 자연스럽게 신변잡기적이 된다. 대부분의 후기시에서 화자는 일상생활을 긍정하고 자족하고 있는 것이다.

「집」[52]의 화자는 "셋방이라도 있으니 영광이"라고 노래하며 「우리 집 뜰」[53]의 화자는 5월의 꽃들이 만개한 뜰과 마을버스가 있는 '우리 집'을 자랑하기에 여념이 없고, 「우리집」[54]의 화자는 세를 주고도 두 칸짜리 방이 있는 녹음이 한창인 '우리 집'에서 '평화롭고 따뜻한 우리 집은 공기 좋고 인심 좋고 말할 나위가 없다'고 자족한다.[55] 화자의 이

---

50) 전집-산문, p.380.
51) 전집-산문, pp.379~380.
52) 전집-시, p.286.
53) 전집-시, p.401, p.402.
54) 전집-시, p.425.
55) 현실 속에서 섭리가 구현되고 있다는 시인의 믿음은 그를 현실세계와 쉽게 친화하게 한다. 더 이상 이상과 현실, 자아와 세계는 대립하지 않고 상호 조화를 이룬다. 가난과 무욕으로 인한 해방감 그리고 자연과의 친화에서 얻어진 섭리에 대한 낙관

러한 자족의 마음 한편에서 신이 그를 부르고 있다. "그 부름에 응보(應報)하기만 하면 성사(成事)를 이룩하기 마련이"[56]라고 읊조린다. '언제나 나를 위로해'[57]주는 하나님을 절대적으로 믿음으로써 주체는 하나님의 보호 아래 놓이게 되고, 화자는 소외로부터 해방되며 동심의 시안을 지니게 된다. 이 시기 시인은 이미 정해진 타자의 현실 속에서 정해진 자신의 위치를 점유한다. 즉 그가 믿고 따르는 것은 신앙 자체라기보다 생활의 실천이다. 삶을 행하는 것, 그것은 도덕적인 행동뿐 아니라 제의적인 행위도 포함한다. 여기에서 타자성이 주체의 자기 정립에 어떻게 관여하는가의 특징이 적확해지는데, 신적 여정을 통해 탄생한 이 새로운 주체는 타자와의 관계를 통해 서로의 존재를 확인하고 타자를 적극적으로 경험하려 하지 않는다. 주체는 타자에 대해 반성적으로 지각하지 않고 다만 절대 타자인 신의 부름과 그 부름에 응보하기만 할 뿐이다. 다음의 글은 자신이 겪은 절대 타자의 부름과 그 부름에 응보한 일에 대해 언급하고 있다.

(1)
1980년 10월 5일 정오경
나는 종로 2가
안국동 쪽으로 꺾고 있었습니다.
길 꺾는 모퉁이에
한 그루 가로수가 있었는데,
그 밑을 지나는 순간
하늘에서

적 믿음은 시인으로 하여금 일상을 긍정하고 자족하게 만든다. 전현미, 앞의 글, p.44.
56) 전집―산문, p.318.
57) 전집―산문, p.379.

낮으막하나,
그래도 또렷한 우리말로
'명상은 안돼!'하는
말씀이 들리시더니
또 일분 후에
'팔팔까지 살다가, 그리고 더'라는
말씀이 들렸습니다.

－「하느님 말씀 들었나이다」 부분58)

(2)

(전략) 기도라는 것은 무엇입니까? 위기에 처했을 때 살려 달라는 목소리요 하나님을 찾는 몸부림입니다. 나는 비록 가난한 시인이지만 아직 한 번도 위기에 처한 적이 없었습니다. 그래서 기도가 적은지 모릅니다. 요사이 들어서 간절하게 기도드린 것은 나의 아내 찻집에 손님이 많기를 간절히 기도했습니다. 그랬더니 장사가 될 만큼은 손님이 온답니다. 기도의 덕분이라고 생각하고 있습니다.

(중략) 이 기도에는 한 가지 목적이 있습니다. 나는 88년에 사회참여시 <이세상은 왜>라는 시를 쓰고 89년에 출판하려고 하고 있습니다. 나는 지금까지 너무 서정시에만 치중하여 왔습니다. 그래서 이제 나이도 들고 했으니 사회에 대한 눈도 뜨이고 생각도 많으니 이제는 사회비판시를 써 볼까 하고 생각하게 된 것입니다. 여러분 혼자의 희노애락보다 사회전반의 희노애락도 중대하지 않습니까. 나는 그런 의미에서 사회참여시를 쓸까 합니다. 내일이 어떻게 되든 나는 모른다, 라는 태도는 위험천만입니다. 모름지기 온갖 사람들에게 책임을 지는 문인이 되어야 옳다고 생각됩니다. (중략) '하나님 이 나의 기도가 성공하게 해 주시고 하나도 어긋남이 없게 해 주사이다'라고 여러 번 기도하고 있습니다. 이 나의 기도가 들리도록 나는 열심입니다. 하나님 기어코 나의 이 기도가 이루어지기를 원하옵니다.(중략) 1981년

---

58) 전집－시, p.346.

10월 5일 나는 하나님의 목소리를 들었습니다. 그러나 그것은 하나님의 일방적인 목소리였습니다. 하나님이시여, 너무나 고맙습니다. 그렇지만 저의 사정을 들어주십시오. 우리는 한결같이 하나님과 대화하기를 바라고 있습니다. 살아계시는 하나님, 우리의 소원을 들어주십시오. 우리는 한결같이 이 건강한 몸과 마음으로 하나님을 기다리고 있습니다.[59]

천상병은 자신이 하나님의 부름을 받은 때가 (1)의 시에서는 1980년 10월 5일, 2)의 글에서는 1981년 10월 5일이라고 명시하고 있다.[60] 이 시기는 1979년 『주막에서』가 간행된 시점과도 비슷한데, 천상병은 『주막에서』가 발표되기 전까지 전기시의 시 경향을 이어가나 이 시점부터 그의 시는 이전 시기와 확연한 단절을 이루게 된다. 이와 관련한 논의의 공통점은 시적 변화의 전환점이 1970년대가 기준이 된다는 것과 후기시가 일상적인 삶을 긍정적으로 수용하고 있으며 나아가 이러한 것은 인간 본연의 모습을 탐구하는 자세로 이어진다고 보는 것이다. 이들 논의 중 천상병과 동시대인인 김훈과 김성욱은 후기시의 면모에 대해 비슷한 견해를 보이고 있는데, 김훈은 "그처럼 시와 인간이 일치하는 시인을 본적이 없다"고 평가했으며[61] 김성욱도 후기의 시적 변화

---

59) 천상병, 「나의 기도」, 전집―산문, p.141.
60) 『요놈 요놈 요 이쁜 놈』, 답게, p.33. 『요놈 요놈 요 이쁜 놈』에는 1950년으로 표기되어 있으나 전집의 편집부는 이를 명백한 오류라 보고 1950년을 1980년으로 바로잡고 있다.
61) 김훈은 천상병의 후기시에 대해 "그의 언어와 사유가 조형의 기율을 풀어놓고 사람의 풍경과 하중을 속수무책으로 개방해 버렸다."라고 보았다. 그는 통시적으로, 그의 시의 조형적 기율 의식을 청산해 나가는 과정으로 전개되며 말년의 시들은 그 결과로 볼 수 있으며 아울러 그는 삶 앞에서의 백치적인 순수미에까지 도달했다고 보았다. 같은 해에 출판된 회고록에서 김규동도 천상병이 자기 삶의 궤도를 바꾸는 일이 별로 없었다고 회고했는데, 그는 천상병이야 말로 가장 소박하고 원초적인 모습으로 살아갔거니와, 가진 것이라고는 아무 것도 없으나 마음은 언제나 낙원에서

양상이 시인의 삶과 시의 일치를 보여준다고 보았다.[62] 천상병은 이 시기에도 문학의 '순수성'과 '동양시인'으로서의 고뇌 등 몇 편의 비평을 발표했지만[63] 이전 시기의 비평문이 지닌 날카로운 비판정신과 직관적인 통찰은 사라진다. 비평과 더불어 시적 경향도 그 궤도를 같이 하는데, 지극히 형이상학적인 소재들을 관념적이고 추상적으로 표현하던 결혼 이전의 시 경향과는 분명한 차이를 두게 된다.[64] 이는 그가 신이라는 새로운 영역을 확보함으로써 세계와 타협하고자 한 데 연유한다.

"하나님 기어코 나의 이 기도가 이루어지기를 원하옵니다"라고 간절하게 기도를 하고 있는 (2)의 글은 「일신과 생활을 통한 기도」, 「영혼의 구원」, 「문학에 대한 기도」, 「나라와 인류를 위한 기도」, 「하나님과의 대화」 등 5편으로 구성되어 있다. 「일신과 생활을 통한 기도」편에서는 건강에 대한 감사를, 「영혼의 구원」편에서는 성서에 대한 찬양과 하나님의 부활을, 「나라와 인류를 위한 기도」편에서는 통일에 대한 염원을, 「하나님과의 대화」편에서는 하나님과의 동행을 기도하고 있다. 그런데 그가 "하나님 이 나의 시도가 성공되게 해 주시고 하나도 어긋남이 없게 해 주사이다"라며 가장 간절히 바라고 있는 것은 다름 아닌 문

노는 것같이 즐겁고 또 평화로우니 시단의 특이하고 귀한 존재가 아닐 수 없다고 말했다.

62) 김성욱은 "천상병에게 있어 시라 함은 사실 그 자신의 절실한 삶, 그것의 깊은 '비극'의 소리이기도 했다. 거기에서 그의 리리칼한 언어수법을 표출했으며, 삶의 뜻과 미의 소재를 찾고자 했다. 차디찬 지성미에 속하는 '관념 전환의 유희'가 아니면 '비개성적'인 정념을 쫓아 과학적인 조건에까지 가까워져야만 하는 지적 소양의 시 유추수법이란, 그와는 본질적으로 다른 언어세계로서, 그에게 있어서는 그러한 생리와 지성의 훈련이란 일종의 중압감까지 느끼게 한다"고 평가했다.

63) 천상병, 「김현승론」, 『시문학』, 1973, p.1.

_____, 「김윤성론」, 『시문학』, 1976, pp.7~9.

_____, 「나의 시작의 의미」, 『천상병은 천상 시인이다』, 1984.

_____, 「김남조론」, 전집—산문

64) 김석중, 「시인의 운명—천상병론」, 『시안』 제11권, 시안사, 2001, p.236.

학에 대한 기도이다. 그리고 여기서 그가 말하고 있는 시란 사회참여시이다. 그가 이러한 사회 참여시를 쓰고자 하는 이유는 "온갖 사람들의 행복을 비는 것이 문학"이라고 여기기 때문이며 나아가 "사회전반의 희로애락"과 공감하기 위해서이다. 신은 그의 삶인 시작 행위를 풀무질하는 동력이며 기도는 절대 타자 앞에서 유일하게 할 수 있는 주체의 행위이다. 여기서 천상병이 절대타자로서의 신과 절대관념으로서의 기도를 어떻게 이해하고 어떤 방식으로 관계하고 있는지 좀 더 세심하게 살펴보기로 하자.

후기에 들면, 천상병은 신적 존재가 자아와 타자의 경계 너머에서 생명을 창조하고 유지하는 존재라는 것을 인정함으로써 그가 신앙에 입문하던 1980년대 초와 사뭇 다른 의미로 신을 이해한다. 그는 80년대 후반에 「하나님은 어찌 생겼을까?」와 「하나님은 어떻게 탄생했을까?」의 시편들을 발표하는데, 이를 통해 화자가 하나님을 대우주를 지배하는 추상적인 의미로 지각하게 됨을 엿볼 수 있다. 이 시편들의 화자는 '대우주의 정기가 모여 되신 분', '무가 결정하여' 이룬 '그 처음의 유'인 하나님에게 의지하려고 한다. 하나님이 인간의 죄를 위해 예수를 보내서 인간을 구원하신 일보다는 하나님의 존재에 대해서 더욱 큰 의미를 가지고 종교를 이해하게 된 것이다.[65]

일반적으로 기도는 존재론적, 윤리적, 경험적, 심리적인 내용을 담고 있다. 천상병이 말하는 기도는 "위기에 처했을 때 살려달라는 목소리요 하나님을 찾는 몸부림"[66]이다. 종교적인 것은 원시적인 것을 의미하는 것이 아니라 창조주이자 만물의 근원인 하나님을 통해 실존적인 삶의 한계 속에서 이것을 뛰어넘고자 하는 삶의 가치를 형성한다. 기독교인

---

65) 김재홍, 앞의 글, p.447.
66) 전집-시, p.139.

인 경우, 이러한 삶의 가치는 교회에 나가 기도를 통해서 주문하기 마련인데 천상병은 '나는 교회에도 주일마다 나가지 않습니다. 일본의 우치무라 칸조와 선생님을 따라 나도 무교회주의자로 자처할 만큼입니다.'67) 라고 말한 적이 있다. 종로 5가의 연동교회에 열심히 다녔던 시기가 있기는 하나 이 시기를 제외하고는 그는 하나님이 항상 자기와 함께 있기 때문에 교회에 나갈 필요성을 느끼지 않았다.68) 그러면서도 그가 이토록 간절한 기도를 하고, 앞서 소개한 「나의 기도」에서 '매일같이 기독교 방송을 듣고' 있었던 것은 무교회주의자가 성서 연구에 중점을 두고 있는 것과 상통하는데, 여기서 주목할 점은 그가 중개자를 통하지 않고 직접 신과 교제를 추구하고 있다는 것이다.

레비나스에게서 바이블의 신과 철학적인 신은 원칙적으로 구분된다. 전자는 유다이즘에서 말하는 토라의 신이고 계시적으로 인간의 윤리를 이끌고 있는 신으로서 인간의 모든 이성주의를 초월한다. 이에 반해 후자는 인간의 본질을 존재론적으로 선구성하는 철학적 사유의 근거로서 제공되며 인간의 지성주의를 가능케 하는 사유주의의 신과 그 근거를 논증했던 신학적인 신을 의미한다. 레비나스는 철학적인 이성의 권력에 의해 신의 관념이 존재론적으로 사유되는 것을 비판한다.69) 그 관념은 이미 인간의 이성과 사유를 초월해서 존재한다. 즉 그는 이 지주의적인 방식에 의해 파악되는 신의 실체를 부정한다. 따라서 그는

---

67) 천상병, 『한낮의 별빛을 너는 보느냐』, 영언문화사, 1994, p.71.
68) 목순옥, 앞의 글, pp.55~57 참조.
69) 레비나스는 자아의 외부에 엄연히 존재하는 타인의 존재를 새롭게 파악한다. 그가 요구하는 타자 중심의 사유는 자아와 타자의 관계가 상호 차이와 독립성이 보존되는 분리인 동시에 유기적으로 조합되어야 한다. 이는 철학의 주제론이 자아와 존재를 넘어서 인간 중심의 사회적 윤리적 관계 중심의 윤리학으로 전환되어야 한다는 것을 함축한다. Emmanuel Levinas(2001), 앞의 글 참조.

신학적인 신의 관념이 바이블의 신을 인식의 대상으로서 가정한다고 비판한다. 그에 따르면 바이블의 신은 인간의 이지적인 사유를 뛰어넘어서 존재한다. 즉 신은 이성적인 개념들로 구성되지 않는다. 그가 이해하는 바이블의 신은 신성한 삶의 공간 속에서 인간을 초이성적으로 지배하는 주권자로서의 신이며 아브라함, 야곱 등이 신앙적으로 의지했던 유다이즘의 신이며 토라의 학습을 통해 인간에게 밝혀지는 초월자로서의 신이다.[70] 현대의 과학기술이 발전하면서 종교가 아닌 과학적 인식에 의해 세계에 대한 인간의 호기심을 충족시키고자 하지만 인간은 영생의 삶을 실현하려는 욕망을 갖는다. 그리고 이것은 레비나스가 말하고 있는 미래에도 종교가 존재할 수밖에 없는 이유이자 천상병이 영적 여정에 들어서게 된 이유가 된다.[71]

종교를 가진다는 것은 인간과 신의 합일이 이루어지는 과정이며 이과정에서 인간은 세계에 대해 새로운 희망을 제시할 수 있다. 또한 이때 지각된 사랑은 타자와의 관계에 애덕을 실천하는 바탕이 될 수 있다. 불교에서 영적 여정이 심리적 갈등 해소, 자신의 내면세계에 대한 세밀한 관찰과 통찰, 문제와 갈등에 대한 깊은 이해와 통찰 등을 가져온다고 보듯이 기독교적 관점에서도 영적 여정을 통한 삶은 인간 실존의 문제를 해소할 수 있다고 본다. 천상병이 신을 수용함으로써 타자를

---

70) 윤대선, 『레비나스의 타자철학』, 문예출판사, 2009, pp.69~70 참조.
71) 레비나스가 보기에 '종교적인 것'은 '과학적인 것'과 대비되면서 미신적인 것, 믿을 수 없는 것, 증명 불가능한 것 등으로 평가될 수 있다. 그러나 '과학적인 것'이라고 부르는 것 역시 인간의 실증적 믿음체제 즉 또 다른 가치이해에서 비롯되는 것이다. 인간의 인식에서 '과학적인 것'과 '종교적인 것'은 관습, 상식, 과학적 인식 등을 포괄하는 동일한 가치 패러다임에 의존한다. 우리는 종교가 신비적인 의식(儀式)과 교리를 가질 때 발생한 것이라고는 볼 수 없을 것이다. 인간의 종교적 심성은 종교적 제도 및 기관 바깥에서도 존재할 수 있는 인간적 삶의 가능성이다. 윤대선, 앞의 글, pp.360~361 참조.

환대하며, 인간의 근원적이고 보편적인 심성인 사랑과 고통에 보다 적극적으로 반응하고자 하는 면모는 레비나스의 종교성와 일치한다.72) 천상병이 '나는 비록 가난한 시인이지만 아직 한 번도 위기에 처한 적이 없었습니다.'라고 말하는 이유가 여기에 있다.73)

한편 신익호는 "천상병이 젊은 시절부터 말년에 이르기까지 간혹 신비 체험을 하며 일상 속에서 항상 하나님께 기도해 왔다"고 파악하고 있다.74) 신익호가 말하고 있는 신비주의를 확정짓기는 어려우나 이 신비주의는 그의 시에 형상화되는 새와 연관된다고 할 수 있다. 타자를 향한 주체의 초월의지가 가장 잘 드러나는 새를 통해 얻고 싶은 것을 얻고, 가고 싶을 곳을 가고, 하고 싶은 것을 다하며 그가 추구해 온 것을 신비라고 말해도 좋다면 말이다. 신익호가 말하는 신비 체험은 천상병의 전기시부터 지속적으로 '새'로 형상화되어 왔으며 후기시에도 「새소리」, 「희망」, 「마음의 날개」, 「새벽」, 「날개」, 「새 삶」, 「하늘」, 「봉황이여」 등의 시편을 통해 그 이미지가 지속된다. 다음의 시를 살펴보자.

---

72) 천상병은 김현승론을 통해 '사랑이라는 감정이 인간세계에 얼마나 귀중한 보석인가를 알겠다. 이 보석은 고귀하다는 것을 넘어서서 생명체인 것이다. 사랑은 생명의 연소이며 핵심'이며 '가장 아름다운 열매를 있게 하는 부단한 노고이고 광채로운 결실'이라고 말하기도 한다. 전집-산문, p.317.

73) 그러나 그의 말년은 가난으로 더욱더 생계가 궁핍해진다. 천상병의 지인인 화가 주재환의 증언에 따르면, 어느날 사무실에서 주재환이 천시인과 가까운 몇 사람들과 더불어 환담을 나누고 있는데 갑자기 천시인이 안절부절하면서 큰 소리로 "큰 일 났다, 큰일 났다"라고 말했다. 무슨 일인가 하고 주위에는 긴장감이 감돌았다. 그런데 그 까닭은 단골 술집이 내일 이사를 가니 오늘 꼭 외상값을 갚아야 하는데 돈이 없어서 큰일났다는 것이다. 좌중에서 그 금액을 물었더니 천상병은 "일천원이다, 일천원!"하고 심각한 표정을 지었다. 그 모습에 좌중이 한꺼번에 통쾌하게 웃었다고 한다. 주재환은 그 순간 다음과 같이 통쾌하게 읊었다. "지존이시어, 여기는 주막 전설의 고향입니다. 마음 편안히 외상술 많이 드십시오. '몽롱하다는 것은 장엄'함입니다." 강희근, 「경남문단 그 뒤안길」, 경남신문, 2008. 1. 7.

74) 신익호, 앞의 글, p.140.

새는 언제나 명랑하고 즐겁다.
하늘밑이 새의 나라고,
어디서나 거리낌 없다.
자유롭고 기쁜 것이다.

즐거워서 내는 소리가 새소리이다.
그런데 그 소리를
울음소리일지 모른다고
어떤 시인이 했는데, 얼빠진 말이다.

새의 지저귐은
삶의 환희요 기쁨이다.
우리도 아무쪼록 새처럼
명랑하고 즐거워 하자!

즐거워서 내는 소리가
새소리이다.
그 소리를 괴로움으로 듣다니
얼마나 어처구니 없는 놈이냐.

하늘 아래가 자유롭고
마음껏 날아다닐 수 있는 새는
아랫도리 인간을 불쌍히 보고
'아리랑 아리랑' 하고 부를지 모른다.

　　　　　　　－「새소리」, 83. 1.『월간문학』

　　이 시에 등장하는 '새는 언제나 명랑하고 즐겁다.' 화자는 '하늘 밑이
모두 새의 나라'라는 확신을 가지고 있다. 이는 화자가 신의 영역을 인
정하고 이에 대한 믿음을 가지고 있기 때문이다. 화자는 신의 차원에서

모든 일이 주관되고 그 신은 구원과 행복의 방향으로 자신을 인도할 것이라는 확신 때문에 자연의 섭리에 따라 '명랑하고 즐거워하자'고 말한다. 이 시에서 '새'는 더 이상 전 시기의 시편들과 같이 시인의 내면의식을 구체화시키는 상관물이 아니다. 감상적 낭만과 순수 서정의 결정체도 아니요, 순수 균형과 절대 정지의 절대감각도 아닌 것이다.

'새'는 전기 시의 상징적 이미지를 버리고 즉물적 존재로 재탄생한다. 새소리가 울음소리일지 모른다는 얼빠진 말을 한 "어떤 시인"은 무명無明을 노래하던 지난날의 자신을 지칭한다. 세계에 대한 모든 판단과 기준을 신에게 전가함으로써 이 시는 화자가 아닌 신이 주체가 되는 삶의 모습을 형상화한다. 따라서 화자는 신에게 그저 감사하듯이 '우리도 아무쪼록 새처럼 명랑하고 즐거워하자!'라고 종용한다. 새를 통해 형상화되는 절대적 환희는 "세상의 모든 아름다움과 평화를 '시인의 자유'로 읊을 수 있는 예술적 창의에 있었지 문학적 성과에 전도하는 '의도적 개선'의 용도로 추구된 적이 없다."75) 그러나 이들 후기시의 새의 이미지는 주체 초월의지가 드러나기도 하나 전기와 달리 신의 피조물로서의 역할이 가중되어 있다.

신적 차원, 신의 영역 안에서 일상의 나르시시즘에 빠진 후기시의 경향은 시인 자신의 무의식적 괴리현상과도 연관된다. 타자와 세계와의 화해를 선언한 화자는 현실에 대한 무의식적 부담감을 해소하기 위해 나르시시즘이라는 방어기제를 발휘한다. 방어기제는 자아와 외부조건 사이에서 겪게 되는 갈등에 적응하도록 하여 심리적으로나 정신적으로 도움을 준다는 면에서 효과적이라 할 수 있다. 그러나 근본적으로 갈등을 해소하지 못한 채 자신을 감추고 관점만을 바꾸는 방법을 주로

---

75) 천승세, 「평화만 쪼으다 날아가 버린 파랑새」, 전집-시, p.7.

사용하게 되면 오히려 세계에 적응하지 못하게 돼 화자들은 리비도적 나르시시즘[76] 성향을 지니기도 한다. 이러한 화자의 심정은 그가 작고 한 지 10년째 되는 2003년 4월 목순옥 여사가 찾은 미발표 유작에서도 발견된다.

봄이 오는 계절의 밤에
뜰에 나가 달빛에 젖는다
왜 그런지 섭섭하다
무엇을 해야할지 모르겠다

사람들은 자려고 하고 있고
나는 잠들기 전이다
밤은 깊어만 가고
달빛은 더욱 교교하다
일생동안 시만 쓰다가
언제까지 갈 건가
나는 도저히 못 쓰겠다
좋은 일도 있었고
나쁜 일도 있었으니
어쩌면 나는 시인으로서는
제로가 아닌가 싶다
그래서는 안 되는데
돌아가신 부모님들은
지금 무엇을 하고 있는가
양지는 없고

---

76) Arnold hauser, 김진욱 역, 『예술과 소외』, 종로서적, 1982, p.147. 소외와 같은 정신적 위기의 표현이며, 희망이 상실되고 저버려서 자아 속으로 퇴각하는 감각의 표현으로서의 나르시시즘을 이른다.

섭섭하다 무엇을 해야할지 모르겠다

나는 도저히 못 쓰겠다 어쩌면 나는 시인으로서는 제로가 아닌가
싶다

양지는 없고 봄이 오는 계절의 밤에

－「달빛」 전문, 미발표작

이 시는 부인인 목순옥(당시 65세)이 2003년 당시 집안 살림을 정리
하다가 발견한 것으로 그의 시의 특징인 간결성하면서도 평이한 무기
교의 특성이 잘 나타난다. 이 시의 작시 시점은 1987년 간행된 『저승가
는 데도 여비가 든다면』에 수록되지 않은 것으로 보아, 그가 1988년 삼
성의료원에 입원하기 전인 1987년 말로 추정된다.77) '양지가 없'는 곳
에서 살아가고 있는 화자는 할 말이 무척 많아 보인다.

이 시는 이승에서 저승을 예감한다는 점에서 이승과 저승을 넘나드
는 「귀천」과 더불어 쌍을 이루는 절명시로 평가된다. '좋은 일도 있었
고 나쁜 일도 있었으니'라는 시구는 「새」를 연상시키는데, 화자는 외롭
게 살다 갈 자신의 여생을 반추한다. 삶과 죽음을 드나들며 평생을 그
경계에서 살 것 같던 「새」의 화자는 '양지는 없고 봄이 오는 계절의 밤
에' 홀로 서 자신의 여생이 얼마 남지 않았음을 예감하고 있다.

봄이 오는 길목의 어느 밤 화자는 달빛 젖은 뜰에 나가 보지만, 교교
한 달빛은 밤으로만 달리고 새벽이 올 기미는 보이지 않아 섭섭한 감정
에만 휘감긴다. 그래서 화자는 무엇을 해야 할지 모른 채 무기력해진
다. 무기력해진 화자는 언제까지 시를 쓸 수 있을지 고민에 빠진다. 평
생 시인이기를 자청했으며 또 그렇게 살아온 화자는 삶의 회한을 이야

---

77) 천상병은 1988년 만성 간경화로 춘천의료원에 입원해 의사로부터 가망이 없다는
진단을 받았으나 그의 바람대로 기적적으로 소생했다.

기하기도 하고, '돌아가신 부모님'을 찾으며 삶의 근원에 대한 그리움
을 표시한다.

　이러한 주체의 욕망은 다시 「날개」의 시편을 생산해내기도 한다.

> 날개를 가지고 싶다.
> 어디론지 날 수 있는
> 날개를 가지고 싶다.
> 왜 하느님은 사람에게
> 날개를 안 다셨는지 모르겠다.
> 내 같이 가난한 놈은
> 여행이라고는 신혼여행뿐이었는데
> 　　　　　　　　－「날개」 부분, 84. 12.『현대문학』

　지금까지의 삶을 되돌아보니 화자는 여행을 단 한 번밖에 가지 않았
다고 고백한다. 그는 늘 가난했기 때문이다. 가난을 직업으로 삼을 만
큼 그것을 부끄러워하지 않았던 그가 지금에 와서야 가난에 의미를 두
는 것은 새 삶을 발견하고 거기에 새로운 의미를 부여하고자 하는 주체
의 욕망 때문이다. 가족과 친우들이 점차 소원해지던 시기 천상병은 목
순옥과의 결혼을 통해 삶에 대한 새로운 의의를 지각하게 된다. 목순옥
은 그에게 있어 아내이기 이전에 동생이자 친구이자 어머니이자 스승
이었다. 이를 통칭하자면 목순옥은 천상병에게 있어 '사랑'이었다. 천
상병은 새 삶을 살기 위해 신의 존재에 대한 새로운 이념을 만들어 냈
다. 그러나 이러한 것은 삶 자체에 의의가 없다면 무의미하고 어리석은
일에 불과한 것이다. 아내에 대한 사랑과 고마움이 컸기에 그에게 새로
생긴 이 욕망은 화자로 하여금 가난을 후회하게 만들고 있다. 그래서
화자는 언젠가 쥬피터에게 항의하듯이, 날개를 안 달아주신 하나님에

게 하소연하는 주체로 전환된다. 다음의 시에서 종교에 대한 관점이 명시되고 있다.

나는 원체가 천주교도인데
신부라는 이름이
도통 안 맞고
그리고 또
인공중절(人工中絶)을 금하다니
마음에 안 들어서
내 혼자만의
청교도라고
자부하고 있소.

신부라니
하나님 아버지란 말입니까?
개신교의
목사라는 말이
응당하다고 보아요.

오늘날
세계인구가
이렇게도 팽창하여
온갖 불합리의 원인이 되어 있는데
왜
인공중절(人工中絶)을 금한단 말입니까?

청교도인 천주교도
이것이 나의 신분증입니다.

— 「청교도(淸敎徒)」 전문[78]

천상병은 주체와 타자의 근본적 분리에 대한 자각을 통해 세계에 대한 새로운 시선을 정립하고 나아가 초월의 영역에 이르고자 한다. 이때 신이 개입됨으로써 실존을 초월한 새로운 주체를 생산하며 이 주체는 새로운 타자성의 차원을 열어 보이기도 했다. 신의 무한한 공간으로 확장되는 주체의 상상적 세계는 '신을 통한 일상의 나르시즘적 승화'로 특징지을 수 있는데, 이러한 세계는 화자를 비추어 주고 화자는 세계 속에 자신의 존재를 세우고자 했다. 이때 리비도적 나르시시즘 또한 나르시시즘과 마찬가지로 자아의 내면을 심층적으로 표출하는 시적 장치로서 후기시의 반복기제로 작용하며 자신의 한계를 벗어나게 한다. 그러나 고통을 극복하고 희망하고 믿음을 지닌 영적 자아임에도 불구하고 가난이 직업인 그에게 현실의 압박은 온전한 삶의 전환을 힘들게 했다.

그가 추구해온 목표는 바로 실존과 존재의 분리될 수 없는 결합이다. 그런데 그 결합은 손에 닿지 않는 곳에 있으며 그 자신도 그러한 사실을 철저하게 인식하게 된다. 그래서 그는 자신의 좌절을 스스로에게 위장하려는 목적에서 자신을 설득하기에 이른다. 그의 모든 욕망들의 일반화된 궤도 수정을 통해서, 그것만이 유일한 소유라는 것을 스스로에게 증명하기 위해 종교를 현실적 차원에서 접촉하고자 한다. 그것은 우선 전락한 천주교에 대한 불만으로 나타난다. 화자는 천주교의 '신부'라는 용어가 영 탐탁지 않다. 그래서 화자는 천주교의 신부를 신부라 하지 않고 개신교에서와 같이 목사로 칭하는 것이 옳다고 본다. 공동체의 질서를 구축하는 데 신의 영역이 절대적 위치에 자리한다는 것은 그 절대성만큼이나 심각한 폐해를 낳기 마련이다. 화자는 공동체의 윤리가 절대화되는 만큼 개인의 자유는 그것에 의해 통제되거나 침해될 가

---

78) 전집-시, p.362.

능성이 높다고 판단하기 때문이다. 이러한 것은 또한 이데올로기의 위험성이 내장되어 있으며 그것은 여러모로 비판을 받아온 전체주의적 기획을 연상시킨다. 화자는 이러한 위험을 방지하는 길을 찾지 않는다면, 개인의 자유의 가능성을 공동체의 일반의지로 이양하는 방식은 언제든 대중 동원의 정치적 논리로 귀착될 수 있다고 판단한다. 그것을 얼마만큼 경계하느냐는 천상병의 존재론적 성찰의 몫일 수밖에 없다.

리처드 백스터는 교회와 회중을 가족으로 표현하고 있는데, 목회자는 이 가족에 대해서 부모로서의 교역을 수행하는 것이 책임이라고 강조했다.[79] 천상병은 부드럽고 겸손하며 타인을 가르쳐야 하는 것은 목회자들의 일반적이고 당연한 의무라 보고 있다. 그가 바라고 기대했던 신적 공간은 초월의 공간이었지 교회나 성당이 아니었던 것이다. 그리하여 화자는 '청교도인 천주교도'가 되기로 한다. 청교도인 천주교도가 자신의 신분증인 화자는 신부를 상징적 큰 타자의 자리에서 한 단계 내려 앉힘으로써 그들 가까이에 서고자 한다. 타자의 무한성에 대한 시인의 인식과 체계는 '청교도인 천주교도'가 된 화자가 제공한다. 청교도의 여정은 삶은 구원이라는 구체적 목표를 가지고 있다. 인간은 누구라도 원죄자임을 망각해서는 안 되며 구원받기 위해서는 개개인이 항상 자신을 엄격하게 다스려야 한다는 극단적인 도덕적 태도를 견지한다. 타자나 세계로부터 겪은 소외를 극복하기 위해 지극히 위대한 것을 경험할 것을 원했던 천상병은 그러한 초월적인 세계가 시작(詩作)을 통해 발견되기를 바랐지만 불가함을 깨닫는다. 여기에는 주어진 현실의 흐름으로부터 자유로워져 초월의 세계에 시적 상상력을 새롭게 하고자

---

79) 청교도에 대해서는 Richard Baxter, 최치남 역, 『참 목자상』, 생명의말씀사, 2012와 David Martyn Lloyd-Jones, 서문강 역, 『청교도 신앙 그 기원과 계승자들』, 생명의 말씀사, 2013 참조.

하는 욕망이 내재돼 있다. 그러나 3연의 '오늘날 세계인구가 이렇게도 팽창하여 온갖 불합리의 원인이 되어 있는데도'에서 화자는 현실의 시적 극복이라는 미학적 응전이 비효과적임을 고백한다. 초월은 현실적인 비참함과 고뇌의 저편에 존재한다는 것을 다시 자각한 주체는 또다시 실존과 마주하게 된 것이다.[80]

삶의 질곡으로부터 벗어나 휴식과 영원한 평온을 바라는 화자의 바람은 후기시 중 비교적 이른 시기에 발표된 「흰구름」, 「무덤」, 「연기」 등의 시편에서는 무덤과 나무, 연기 등을 소재로 전주되기도 한다. 「장마」, 「어머니」, 「젊음을 다오」, 「초가을」, 「하느님 말씀 들었나이다」, 「노령」 등에서는 삶의 회한과 애착이 드러나기도 하며 「형님에게 가고 싶다」, 「고목」, 「고향이야기」, 「한가위 날이 온다」 등의 시편에서는 화자의 추억이 남아 있는 과거로의 회상 이미지가 포착되기도 한다. "아무것도 안 하는 것이 최고다"라고 말하는 「무위」의 시편과 "고심참

---

80) 다시 주재환의 증언이다. 한 25년 전에 일행은 천상병 선배를 모시고 전철편으로 경기도 역곡 변두리에 자리한 음악 휴게실 '티롤'을 찾았다. 주인 김수길이 개업했다는 소식을 듣고 인사차로 동료들이 어울린 것이다. 그 곳에서 이런 저런 말들을 주고받으며 마시고 있는데, 이상한 것은 서울에서 이곳에 당도할 때까지 술자리에도, 서울로 되돌아가는 길에서도 천시인의 한쪽 손은 바지 주머니 속에 깊이 들어가 있었고, 한 번도 밖으로 나오지 않았다. 궁금증을 참다 못해 "손을 다치셨어요? 아니면 무슨 특별한 까닭이……" 하는 물음에 뭐라 표현하기 어려운 특유의 몸짓과 음성으로 돈 봉투, 오늘 출판사에서 받은 시집의 인세라고 했다. 예나 이제나 시집의 인세라야 별돈이나 되겠는가. 그 쥐꼬리를 무슨 희귀한 보물인양 손바닥에 쥐가 나도록 꼭 움켜잡고 있었던 것이다. '가난이 내 직업'이고 '저승 가는 데도 여비가 든다면 나는 영영 가지 못하나'라고 자탄한 시인의 아픔은 비단 어제의 일만이 아니다. 담배값이 몇 백원 오른다고 항변했던 문인들의 속사정도 편차는 있겠지만 천시인의 경우에 못지않을 것이었다. 그날 천상병은 시집 '주막에서'를 자필 서명하여 일행에게 나누어 주었다. 주재환은 그 때 그 시집을 남에게 빌려 준 터라 최근에 다시 그 시집을 구입하여 살펴보았더니 표지와 체제가 새롭게 단장되었고 지금까지 28판이나 찍었음을 보고 놀랐다는 것이다. 강희근, 앞의 글, 2008. 1. 7.

담하게 다 알 필요 없고 필요상 덮어두자"라고 말하는 「해변」의 시편과 "기억해도 다 소용없네"라고 말하는 「추억」의 시편에서는 주체가 타자와의 관계를 갱신하는 과정에서 무기력해진 화자의 심정을 직접적으로 표출시키기도 한다.

피할 수 없는 현실의 고통에 대해 어떻게 반응하는가를 선택하고 실천하는 것은 주체의 자유이자 의지이다. 천상병의 후기시는 종교를 통해 주체의 자유와 의지가 드러나는데, 천상병의 종교적 사색은 우주적 질서와 역사를 동시에 살아가야하는 유한한 인간의 모순적 삶의 방식에 대해 해명하는 엘리아데식으로 이루어진다. 엘리아데에 따르면, 신앙은 어떠한 자연 법칙으로부터도 절대적으로 해방된 것이며 가장 드높은 자유를 의미한다.81) 이러한 자유에 대한 성찰은 당대의 현실에 대한 문학적 반응으로 볼 수 있지만 이를 종교와 연관시키고 자유에의 이행으로 본질화시킨 것은 천상병의 탁월한 면모라 할 수 있다.

---

81) 엘리아데는 우주와 역사를 통해 종교를 이해하고자하는데, 우주적 질서와 역사를 동시에 살아가야하는 유한한 인간의 모순적 삶의 방식에 대해 해명하고자 한다. 요컨대 엘리아데는 인간의 삶은 그것이 처한 현실의 한계에도 불구하고 초월을 지향하고 수용하는 데서 궁극적 가치를 확보한다고 믿는다. 엘리아데가 보기에 신앙으로부터 얻은 자유는 우주의 존재론적 구성에까지 간여하는 최고 경지의 자유이다. Mircea Eliade, 정진홍 역, 『우주와 역사』, 현대사상사, 1976, pp.220~221과 Mircea Eliade, 심재중 역, 『영원회귀의 신화』, 이학사, 2003, p.189 참조.

5. 맺음말

　본 연구는 지금까지의 이루어진 천상병의 문학연구가 일부 초기시에 집중되어 이루어져 왔으며 후기시는 상대적으로 조명되지 않았다는 문제의식에서 시작되었다. 기존의 연구가 서지적인 측면과 해석학적인 측면에서 후기시를 묵살한 것은 반성의 여지가 있는 것이다. 이에 본고는 타자에 대한 주체의 인식의 문제를 시기별로 살펴봄으로써 시적 경향이 형성된 근본기제를 살피고 천상병 시 전반에 나타나는 시의식을 고구하고자 했다.

　이러한 작업의 기초를 마련하기 위해 2장에서는 원전 확보의 과제를 수행하였다. 2장 1절에서는 전집에 미수록된 시를 찾고 기존에 발표된 작품과 비교작업을 통해 거기에 담긴 작가의 의도를 정확하게 파악하고자 하였다. 전집에 미수록된 이 시편들은 1997년『시인정신』가을호를 통해 발표되었는데,「古木(3)」,「古木(4)」,「金大中 총재 만세!」,「막걸리」,「청년에게 고하는 민족시-일어나라」, 청년에게 고하는 민족시-깃발」,「사랑」,「하늘」,「희망」,「빛」,「소리」 등 11편이다. 이 시편들은 두 가지 의미와 가치를 지니는데, 그것은 미수록시를 통해 기존 작품의 연대추정이 가능하다는 점과 시적대상에 대한 지각과 사유의 폭이 확장된 새로운 실험 양상이 발견된다는 점이다. 필자가 이번에 찾은

「고목(3)」과 「고목(4)」의 작시점을 1990년과 1993년 사이로 본다면 「고목·2」의 창작연대를 1972년부터 1979년 사이로 본 것은 전집의 착오라 할 수 있다. 또 이 시편들은 명령형의 종지법을 통해 화자의 마음을 역동적으로 표출하고 있다. 청년을 대상화한 미수록 시편들은 '일어나라', '나아가자', '힘쓰자' 등의 청유형 구문을 통해 화자는 '청년'과 내밀하게 소통하고자 했으며 이러한 시심에는 화자의 청년에 대한 사랑과 연민이 자리하고 있었다. 이는 후기시가 비록 단순해보여도 거기에는 복잡한 의미망이 구조화되어 있음을 의미한다.

2장 2절에서는 전집 미수록 및 보완 비평에 대해 살펴보았다. 1955년 『현대문학』에 발표된 「韓國의 現役大家—主體意識의 觀點에서」와 1967년 신구문화사에서 발행된 『현대한국문학전집』의 평론들은 천상병이 한국 문예 비평가의 선구자로서 치열하게 한국문학을 모색하고 있던 초기 비평의 경향을 잘 보여주고 있었다. 「韓國의 現役大家—主體意識의 觀點에서」는 최남선을 비롯해 이광수, 박종화, 김동인, 염상섭, 오상순 등 한국문학계의 거장들을 구체적으로 지명하며 초기한국근대문학의 과오를 지적함과 동시에 한국문학의 향방을 제시했다. 「愛憎없는 原始社會—은냇골 이야기」에서 천상병은 정면(正面)으로 파고드는 문학적 장치의 강화를, 「近代的 人間類型의 縮圖—꺼삐딴·리」에서는 세태에 대한 고발정신 확산을, 「自己疏外와 客觀的 視線—韓末淑論」에서는 세대 간 갈등의 완화를, 「自己告發의 誠實性—鄭乙炳論」에서는 자유의 절제와 도덕에 기반한 주제의 명시를 주문했다. 「韓國의 現役大家—主體意識의 觀點에서」에 나타난 천상병 초기 비평의 실재와 전모는 문학의 주체성 의 확립으로 수렴되며 『현대한국문학전집』의 비평은 대상과 주문이 상이하나 이 비평들은 초기 한국비평계의 선봉에 천상병이 자리하고 있었음을 확인시켜 주었다. 또 1966년 12월 20일

『동아일보』에 실린「罪없는者의 피는…」은 1966년 7월『현대문학』에 발표된「새」의 다른 해석을 가능하게 했다는데 의의가 있다.

3장에서는 '궁핍한 시대의 시인'이 존재할 수 있었던 이유를 주체와 타자의 양상을 통해 살펴보았다. 타자의 인식에 따른 주체화의 과정을 통해 그의 시에 나타나는 죽음의 의미 또한 고려될 수 있었다. 3장 1절에서는 전기 시와 비평에 나타난 타자의 관계 양상을 통해 주체의 소외의식의 발현과 그 극복 과정에 대해 살펴보았다. 주체의 자기 극복과 타자의식 양상은 다시 새, 주변 문인, 가족과 고향 등으로 구분해 살펴보았다. 그 결과 비애와 회의의 시선으로 주체의 소외의식을 표출하고 있는 전기시의 화자는 가족과 고향이라는 대상을 통해 적극적으로 현실을 극복하며 삶의 힘을 얻고자 함이 드러났다. 가족과 고향을 통한 사랑의 실현은 초기 시의식이 지향하는 내면의식과 결합되어 있는 문제이며 천상병의 시세계 전반을 여는 열쇠이기도 했다. 이는 현실의 한계상황에서 성찰한 존재론적 조건에 기인하며 실존적 삶의 결단을 따르는 자기인식에서 비롯된 것이라 할 수 있다.

3장 2절에서는 현실에 대한 공포와 이에 내재된 죽음의식을 타자의 양상에 따라 살펴보았다. 우선, 공포의 심리가 관류하는 시편들은 미래에 대한 불확실성, 사회의 불합리와 모순에 대한 분노와 연관되어 있었다. 공포가 침전된 시편들에서는 타자에게 무고하게 희생당하는 또 다른 타자가 목도되었다. 이 타자는 이데올로기에 희생되는 자신과 전쟁터에서 무자비하게 희생당하는 대한민국의 청년 등으로 형상화되었다. 타자와 갈등을 겪는 주체의 면모는 한국전쟁, 4 · 19 등 비극적 현실 체험과 연관되어 있었다. 그런데 공포의식이 점철된 대부분의 시편들이 동백림 사건 이후에 쓰인 것임이 또한 확인되었다. 천상병은 타계하기 직전, 동백림 사건이 더 이상 자신의 존재를 보전할 수 없을 만큼 치명적이었음을 고백한 바 있는데, 이러한 것이 고스란히 시로 형상화되었던 것이다. 본 절에서는 다시 주체화의 과정에서 포착되는 절대적 타자로서의 죽음의 의미를 살펴보았다. 전기시의 죽음의식은 일차적으로 나르시시즘과 연관되는데, 죽음의 양상을 무의식적 죽음과 의식적 죽음의 차원에서 살펴보았다. 그 결과 파괴성과 동일시되지 않는 무의식적 죽음의식은 삶과 죽음의 세계가 명확히 구분되지 않으며 죽음 역시 삶의 또 다른 낯선 세계로 인식되었다. 의식적 죽음의식은 더 이상 타자와 화해할 수 없다는 인식에서 비롯되는, 삶의 마지막 가능성의 모색으로 나타났다. 전기시에 나타난 아이러니한 죽음의식은 자신의 어머니를 비롯해 신동엽, 김관식, 최계락 등 사랑하는 사람의 실재 죽음과 연관되어 있었으며 화자는 이들의 죽음을 통해 자의식을 단련시킴으로써 삶과 죽음, 존재와 부재에 동일성을 부여하고자 했다. 즉 동백림 사건의 공포와 죽음의 고뇌가 전시기 창작의 기반이 되었다고 볼 수 있다.

4장에서는 후기시에 나타난 주체와 타자의 관련 양상을 살펴보았다. 4장 1절에서는 술과 동심을 매개로 타자와 만나게 되는 주체의 양상에 대해 살펴보았다. 후기에 들면, 천상병은 비극적 현실 체험의 트라우마를 극복하고자 강한 마음의 평정을 추구하는데 이러한 마음의 평정은 술과 동심의 매커니즘을 통해 구축되었다. 우선, 후기시는 술을 직접적으로 개입시킴으로써 주체의 욕망을 보여주고 있었다. 욕망의 변증법이 내재된 이러한 시적 장치는 현실을 타개하기 위한 시인의 또 다른 지혜로 볼 수 있다. 존재 사유의 틀 안에서 마음의 한계에 직면할 때 경험하게 되는 감정, 이를 지혜의 출발점이라고 볼 때 지혜는 한계를 인정하는 것이기도 하다. 마음의 한계를 자각한다는 것은 역설적으로 그 한계 밖에 존재하는 새로운 곳으로의 적극적인 전진을 의미한다. 술을 미학적으로 전유하는 이러한 시적 태도는 천상병의 현실 인식이 보다 구체적인 공간으로 이동함을 보여주는데, 이러한 변화는 주체로 하여금 새로운 타자를 발견하게 했다. 술을 통해 일상으로 나아간 지점에서 주체는 타자와 현실적인 만남이 가중했으며 이 타자는 어린 아이로 형상화되었다. 동심의 시안을 지닌 화자의 면모는 시적 긴장이 풀려서가 아니라 새로운 방식으로 타자를 응시했기 때문에 가능했다. 동심이 장착된 천상병의 후기시는 단순한 것을 의미심장하게 말하는 것이 아니라 의미심장한 것을 단순하게 말함으로써 시인의 임무를 수행하고 있었던 것이다.

4장 2절에서는 삶을 긍정적으로 수용하는 인식의 바탕에 신의 존재가 개입되어 있음을 살펴보았다. 본 절에서는 신이 개입된 시편을 통해 변화된 타자 양상과 새롭게 생성된 윤리적 주체의 면모 또한 밝힐 수 있었다. 신을 통해 타자와 화해를 시도하는 화자는 주체의 힘과 자유를 신이라는 타자에게 양도함으로써 무반성적인 존재가 된다. 무반성적인 존재가 된 주체는 일상을 긍정하고 자족함으로써 나르시즘적 승화를 이루게 된다. 일상적인 것을 소재로 한 천상병의 후기시는 그 자체로 미학을 지닌다. 일반적인 것에 한한 누구나 그것을 모방할 수 있지만, 일상적인 것에서 특별한 것을 찾아내는 것은 모방의 차원과 다르다. 그것은 시적 체험과 그로인한 감흥 없이는 쓸 수 없는 것이기 때문이다. 비극적 현실과 이로 야기되는 주체의 도덕적 손상에서 벗어나기 위해 술을 마심으로써 그 대상의 내면화를 시도하는 것이 결국은 실존의 서사와 맞물리듯이, 신을 통해 타자의 화해함으로써 나르시스 차원에 안주하는 것도 결국은 실존을 다른 이름으로 본질화한 시인의 의도가 잠재되어 있었다고 볼 수 있다.

참고문헌

1. 기본자료

천상병, 『새』, 조광출판사, 1971.

_____, 『주막에서 』, 민음사, 1979.

_____, 『천상병은 시인이다』, 오상, 1984.

_____, 『구름손짓하며는』, 문성당, 1985.

_____, 『저승가는데도 여비가 든다면』, 일선, 1987.

_____, 『귀천』, 살림, 1989.

_____, 『도적놈 셋이서』, 인의, 1989.

_____, 『괜찮다 괜찮다 다 괜찮다』, 강천, 1990.

_____, 『요놈 요놈 요 이쁜 놈!』, 답게, 1991.

_____, 『아름다운 이 세상 소풍 끝나는 날』, 미래사, 1991.

_____, 『나는 할아버지다 요놈들아』, 민음사, 1993.

_____, 『나 하늘로 돌아가네』, 청산, 1993.

_____, 『한낮의 별빛을 너는 보느냐』, 영언문화사, 1994.

이정옥, 『천상병 전집－시』, 평민사, 1996.

이정옥, 『천상병 전집－산문』, 평민사, 1996.

『죽순』, 『처녀지』, 『문예』, 『新作品』, 『전선문학』, 『藝術集團』, 『현대문학』,
『신세대』, 『협동』, 『현대공론』, 『현대시』, 『사상계』, 『시문학』, 『문학』, 『여상』,

『월간문학』,『자유문학』,『현대시학』,『女苑』,『자유공론』,『창작과 비평』,
『詩人』,『문학사상』,『한국문학』,『문예중앙』,『동서문학』,『문학정신』,『외
국문학』,『세계의 문학』,『주간조선』,『상허학보』,『한국 혁명의 방향』

2. 논문 및 평론

강경화,「1950년대 비평 인식과 현실화 연구」, 성균관대 박사논문, 1998.

강보미,「천상병 시 연구−동시적인 요소를 중심으로」, 명지대 석사논문, 2008.

강성미,「천상병 시 연구−기독교적 세계를 중심으로」, 목포대 석사논문, 2006.

강외석,「유토피아를 향한 노래: 천상병론」,『배달말』통권 42호, 배달말학회,
     2008.

고 은,「실존주의 시대」,『1950년대−폐허의 문학과 인간』, 향연, 2005.

고봉준,「귀소의 새/순수의 초상: ‘새’와 ‘물’의 이미지를 중심으로」,『천상병
     평론』, 고영직 엮음, 도서출판 답게, 2007.

구중서,「천상병의 시의 재평가」,『내일을 여는 작가』통권 33호, 작가회의출
     판부, 2003.

김 훈,「아름다운 운명」,『괜찮다 괜찮다 다 괜찮다』, 강천, 1990.

_____,「천상병이라는 풍경」,『풍경과 상처』, 문학동네, 1994.

김권동,「천상병의 소릉조 연구」,『인문과학연구』제15집, 대구카톨릭대 인문
     과학연구소, 2011.

김규동,「거지시인이 온다」,『실천문학』여름호, 2011.

_____,「방랑하는 시인의 혼」,『시인의 빈손』, 소담출판사, 1994.

김동리,「생활과 문학의 핵심」,『신천지』신년호, 1948.

김사인,「누군가의 시 한편」,『현대문학』통권 685호, 현대문학, 2009, 10.

김석준,「시인의 운명−천상병론」,『시안』제11권, 시안사, 2001.

김성리,「현대시의 치유시학적 연구− 김춘수 · 김수영 · 천상병의 시를 중심
     으로」,『한국문학논총』제59집, 한국문학회, 2011.

김성욱, 「새의 오뇌—천상병의 시」, 『시문학』13, 시문학사, 1972, 8.

김세령, 「1950년대 비평의 독립성과 전문화 연구」, 이화여대 박사 논문, 2005.

_____, 「천상병의 비평연구」, 『한국문학이론과 비평』제39집, 한국문학이론과 비평학회, 2008, 6.

김영민, 「천상병 시의 초월지향성 연구」, 건국대 석사논문, 2002.

김우창, 「순결과 객관의 미학: 천상병 씨의 시」, 『창작과 비평』, 제14권 제1호, 창비, 1979. 봄.

_____, 「예술가의 양심과 자유」, 『궁핍한 시대의 시인』, 민음사, 1987.

_____, 「잃어버린 서정, 잃어버린 세계」, 『천상병 전집』, 평민사, 1996.

_____, 「천상병 씨의 시」, 『주막에서』, 민음사, 1979.

김은정, 「천상병 시의 물 이미지 연구」, 『신경림의 시인을 찾아서』, 우리교육, 1998.

김익균, 「서정주의 신라정신과 남한 문학장」, 동국대 박사논문, 2013.

김재홍, 「무소유 또는 자유인의 초상」, 『나 하늘로 돌아가네』, 청산, 1993.

김재홍, 「무소유 또는 자유인의 초상」, 『한국현대시인비판』, 시와시학사, 1994.

김종호, 「한국 현대시의 원형 심상 연구」, 강원대 박사논문, 2006.

김지연, 「천상병 시의 변모양상 연구」, 숙명대 석사논문, 2010.

김지은, 「천상병 시의 세계인식 연구」, 경희대 석사논문, 2009.

김창남, 「청년문화의 역사와 과제」, 『문학과학』37호, 문학과학사, 2004.

김희정, 「천상병 전기시 연구」, 서강대 석사논문, 2000.

남기혁, 「아웃사이더의 시학 : 천상병론」, 『한국현대시의 비판적 연구』, 도서출판 월인, 2001.

노광래, 「선생님과 함께 한 십년 세월」, 『문예운동』겨울호 통권 116호, 문예운동사, 2012.

류진상, 「새의 미학—헤르만 헤세와 천상병」, 『헤세연구』제22집, 한국헤세학회, 2009, 12.

맹정현, 「죽음의 나르시시즘」, 『Jurnal of Lacan & Contemporay Psychoanalysis』

Vol. 13 No. 1, 2011.

문병욱, 「천상병 시 연구─그의 서정 경향에 관한 작품론적 고찰」, 『성심어문 논집』제22집, 카톨릭대 국어국문학과, 2002.

문세영, 「천상병의 시의 모성회귀성 연구」, 전북대 석사논문, 2003.

민　영, 「짜릿한 박하술 맛」, 『나 하늘로 돌아가네』, 청산, 1993.

_____, 「천상병을 찾아서」, 『괜찮다 괜찮다 다 괜찮다』, 강천, 1990.

민경호, 「천상병 시 연구─시 세계의 변모 양상을 중심으로」, 서남대 석사논 문, 2000.

박　설, 「천상병 시의 세계인식 연구」, 청주대 석사논문, 2010.

박남희, 「노장적 사유의 두 가지 모습」, 『한국시학연구』7권, 한국시학회, 2002.

박미경, 「천상병 시 연구」, 동아대 석사논문, 1997.

박성애, 「천상병 시 연구」, 성신여대 석사논문, 2002.

박순득, 「천상병 시 연구」, 한남대 석사논문, 2006.

박재삼, 「아무것에도 묶이지 않는 ‘새’」, 『나 하늘로 돌아가네』, 청산, 1993.

박정선, 「천상병 문학에 나타난 고향」, 『한민족어문학』제65집, 한민족어문학 회, 2013, 12.

박지경, 「천상병 시연구 : 세계인식을 중심으로」, 조선대 석사논문, 2008.

박철희, 「통일을 위한 문학─분단의 주제론」, 『자하』2월호, 상명대학교, 1986.

박현수, 「서정시 이론의 새로운 고찰」, 『우리 말글』제40집, 우리말글학회, 2007.

방수연, 「천상병 시 연구」, 창원대 석사논문, 2009.

배상갑, 「천상병 시의 시간성과 공간성 연구」, 대구대 석사논문, 2002.

백　철, 「고전문학과 현대문학」, 『현대문학』, 현대문학사, 1957, 1.

서경숙, 「천상병 문학 연구─ 1950─60년대 아비투스의 양상을 중심으로」, 대 전대 박사논문, 2014.

서경숙, 「천상병 시에 나타난 ‘주변인’ 양상 연구」, 대전대 석사논문, 2010.

서경숙, 「천상병의 저항의식 연구」, 『인문과학논문집』제51집, 대전대학교인 문과학연구소, 2014, 2.

서동욱, 「공명효과—들뢰즈의 문학론」, 『철학사상』제 27집, 서울대학교 철학 사상연구소, 2008.

서수경, 「술, 가난, 그리고 시」, 『현대문학』, 현대문학사, 1987, 8.

성낙희, 「천상병 시의 도가적 특성」, 『한중인문학 연구』17, 한중인문학회, 2005.

소래섭, 「백석의 시에 나타난 음식의 의미연구」, 서울대 박사논문, 2008.

송기한, 「서정적 주체 회복을 위하여」, 『서정시의 본질과 근대성 비판』, 다운 샘, 1999.

송희복, 「탈속의 방외인, 노래하다」, 『우리말글교육』제7집, 우리말글학회, 2005.

신봉승, 「그래 그랬었지, 상병아 」, 『나 하늘로 돌아가네』, 청산, 1993.

신익호, 「천상병 시 연구」, 『한남어문학』제21집, 한남대 한남어문학회, 1996.

염무웅, 「가난과 고통을 이겨낸 시의 순결성—천상병 시대에 관한 회고적 단 상」, 『추모 20주기 천상문학포럼』, 2013, 4, 27.

옥가희, 「천상병 시에 나타난 불안 의식 연구」, 경남대 석사논문, 2012.

유현주, 「도플갱어—주체의 분열과 복제 그리고 언캐니」, 『독일언어문학 제49 집』, 독일언어문학연구회, 2010.

이건청, 「전쟁과 시와 시인: 김춘수, 천상병, 신동문의 경우: 한국전쟁 시평론」, 『현대시학』65, 현대시학사, 1974.

_____, 「무욕의 정신과 자유인의 시: 천상병의 시세계」, 『현대시학』34권 2 호, 현대시학사, 2002.

이경수, 「천상병 시에 나타난 '가난'의 의미와 형식」, 『천상병 평론』, 답게, 2007.

이경철, 「한국 순수시의 서정성 연구—천상병, 박용래 시를 중심으로」, 동국대 박사논문, 2007.

이경호, 「보헤미안의 미학, 혹은 천진성의 시학」, 『현대시학』, 현대시학사, 1993, 6.

이남호, 「뮤즈가 노래한 시 이전의 시 — 천상병론」, 『녹색을 위한 문학』, 민음 사, 1998.

이민호, 「무위와 소멸의 시학—천상병론」, 『흉포와 와전의 상상력』, 보고사, 2005.

이양섭, 「천상병 시 연구」, 경희대 석사논문, 1992.

이은규, 「천상병 시 연구」, 한국교원대 석사논문, 2005.

이자영, 「천상병 시의 공간과 시간」, 동아대 석사논문, 1997.

이종호, 「1960년대 한국문학전집의 발간과 문학 정전의 실험 혹은 출판이라 는 투기」, 『상허학보』 32집, 상허학회. 2011.

이진홍, 「천상병의 <새>의 심상 연구」, 『대구산업정보대학 논문집』 제17집, 2003.

이창재, 「프로이트와의 대화」, 민음사, 2004.

이필규, 「천상병 전기시의 '새'와 가난」, 『북악논총』 제18집, 국민대 대학원, 2001.

임승빈, 「1950년대 신세대론 연구」, 『새국어교육』 제82호, 한국국어교육학회, 2009.

장영우, 「미친 떠돌이의 투명한 시 – 천상병 『새』」, 『소설의 운명, 소설의 미 래』, 새미, 1999.

전진성, 「트라우마 내러티브, 정체성 – 20세기 전쟁 기념의 문화사적 연구를 위한 방법론의 모색」, 『역사학보』 제193집, 역사학회, 2007.

전현미, 「천상병 시세계 연구」, 인천대 석사논문, 2003.

전혜림, 「Johannes Brahms viola sonata op.120 no.2 E b major에 관한 연구」, 이화여대 석사논문, 2013.

정규웅, 「북괴대남공작 사건으로 구속된 시인 천상병」, 『글 동네에서 생긴 일』, 문학세계사, 1999.

정규웅, 「유고시집으로 살아 돌아온 천상병」, 『글 속 풍경 풍경속 사람들』, 이 가서, 2010.

정선희, 「천상병 문학과 술 연관성 연구」, 동국대 석사논문, 2012.

정한용, 『한국 현대시의 초월지향성 연구 – 김종삼 · 박용래 · 천상병을 중 심으로』, 경희대 박사논문, 1996.

정호승, 「막걸리만 먹고 사는 시인 천상병」, 『천상병을 말하다』, 천승세 외, 답 게, 2006.

조병기, 「천상병의 시세계」, 『인문논총』 6, 동신대인문과학연구소, 1999.

조태일, 「민중언어의 발견-다섯 분의 시를 중심으로」, 『창작과 비평』, 창비, 1972 봄.

채재순, 「이미지 고찰을 통한 천상병의 시의식 연구」, 강릉대 석사논문, 1998.

천승세, 「평화만 쪼으며 날아가 버린 파랑새」, 『천상병 전집-시』, 평민사, 1996.

최동호, 「천상병의 무욕과 새」, 『아름다운 이 세상 소풍 끝나는 날』, 미래사, 1991.

하인두, 「우리시대의 괴짜 천상병과 박봉우」, 『월간중앙』159, 1989.

한송이, 「브람스 현악6중주 제1번의 분석 연구」, 한양대 석사논문, 2011.

한우리독서문화운동부 교재편집 위원회 편, 「독서자료론, 독서지도 방법론」, 위즈 덤북, 2005.

한정호, 「천상병의 초창기 문학살이 연구」, 『영주어문』제18집, 영주어문학회, 2009.

홍금연, 「천상병 시 연구」, 강원대 석사논문, 2004.

홍기돈, 「날개 꺾인 세대의식와 배반당한 혁명」, 『우리문학연구』제20집, 우리문학회, 2006.

_____, 「날개 꺾인 세대의식과 배반당한 혁명」, 『천상병 평론』, 답게, 2007.

홍기삼, 「새로운 가능성의 시」, 『세계의 문학』13, 민음사, 1979, 9.

홍용희, 「시와 시인을 찾아서 3-심온 천상병 편」, 『시와시학』가을호, 시와시학사, 1992.

홍준기, 「후설, 데카르트, 라깡의 주체 개념」, 『철학사상』14, 서울대학교 철학사상연구소, 2002.

_____, 「도박중독증에 대한 정신분석학적 고찰」, 『라깡과 현대정신분석』, 라깡과 현대정신분석학회, 2009.

3. 단행본

강대석, 『유물론과 휴머니즘』, 이론과 실천, 1991.

강영안, 『주체는 죽었는가』, 문예출판사, 1996.

_____,『타인의 얼굴－레비나스의 철학』문학과 지성, 2005.

고　은,『1950년대』, 민음사, 1973.

고영직,『천상병 평론』, 답게, 2007.

권영민,『한국현대문학사』, 민음사, 1999.

_____,『한국현대문학대사전』, 서울대학교출판부, 2004.

김　석,『프로이트와 라깡, 무의식에로의 초대』, 김영사, 2010.

김　훈,『풍경과 상처』, 문학동네, 1994.

김경순,『라깡의 질서론과 텍스트적 재현』, 한국학술정보, 2009.

김상환 외,『라깡의 재탄생』, 창작과 비평사, 2002.

김선학,『안 읽는 사람들과 사는 세상』, 동국대학교 출판부, 2011.

김연숙,『레비나스 타자 윤리학』, 인간사랑, 2001.

김열규,『한국의 신화』, 일조각, 1999.

김영민,『한국현대 문학 비평사』, 소명출판, 2000.

김윤식,『한국근대작가론고』, 일지사, 1974.

_____,『한국 현대 문학 비평사』, 서울대학교 출판부, 1982.

김인호,『니체 이후의 정신사』, 깊은 샘, 2001.

김재홍,『한국 현대시 형성론』, 인하대학교 출판부, 1985.

_____,『한국 현대 시인 비판』, 시와 시학사, 1994.

_____,『생명·사랑·자유의 시학: 김재홍 비평집』, 동학사, 1999.

김주연,『상황과 인간』, 박문사, 1969.

김준오,『시론』, 이우출판사, 1988.

_____,『현대시와 비평장르』, 문학과 지성사, 2009.

김태곤,『한국무속연구』, 집문당, 1991.

김학동,『정지용 연구』, 민음사, 1997.

목순옥,『날개없는 새 짝이 되어』, 청산, 1993.

문혜원,『한국현대시와 모더니즘』, 신구문화사, 1996.

박찬부,『라깡－재현과 그 불만』, 문학과 지성사, 2006.

백　철 외 편,『현대한국문학전집 1 오영수 박연희』, 신구문화사, 1965.

_____,『현대한국문학전집 2 유주현 강신재』, 신구문화사, 1965.

_____,『현대한국문학전집 3 손창섭』, 신구문화사, 1965.

_____,『현대한국문학전집 4 장용학』, 신구문화사, 1965.

_____,『현대한국문학전집 5 정한숙 전광용』, 신구문화사, 1965.

_____,『현대한국문학전집 6 이범선』, 신구문화사, 1965.

_____,『현대한국문학전집 7 오상원 서기원』, 신구문화사, 1965.

_____,『현대한국문학전집 8 이호철』, 신구문화사, 1965.

_____,『현대한국문학전집 9 차범석 오유권 추식』, 신구문화사, 1965.

_____,『현대한국문학전집 10 곽학송 최일남 박경수 권태용』, 신구문화사, 1965.

_____,『현대한국문학전집 11 박경리 이문희 정인영』, 신구문화사, 1965.

_____,『현대한국문학전집 12 선우휘 』, 신구문화사, 1965.

_____,『현대한국문학전집 13 하근찬 정연희 한말숙』, 신구문화사, 1965.

_____,『현대한국문학전집 14 최상규 송병수 김동립』, 신구문화사, 1965.

_____,『현대한국문학전집 15 이병구 한남철 남정현 이영우 강용준』, 신구문화사, 1965.

_____,『현대한국문학전집 16 최인훈』, 신구문화사, 1965.

_____,『현대한국문학전집 17 13인 단편집』, 신구문화사, 1965.

_____,『현대한국문학전집 18 52인 시집』, 신구문화사, 1965.

서동욱,『차이와 타자』, 문학과 지성사, 2000.

서문강,『청교도 신앙 그 기원과 계승자들』, 생명의말씀사, 2013.

손봉호,『고통받는 인간 – 고통문제에 대한 철학적 성찰』, 서울대 출판부, 1995.

신경림,『신경림의 시인을 찾아서』, 우리교육, 1998.

신익호,『한국 현대시 연구』, 한국문화사, 1999.

염무웅,『문학과 시대 현실』, 창비, 2010.

_____,『살아 있는 과거–한국문학의 어떤 맥락』, 창비, 2015.

우리사상연구소 엮음,『우리말철학사전 3』, 지식산업사, 2003.

우촌 이종익 추모문집간행위원회 편,『출판과 교육에 바친 열정』, 서울 우촌
　　　　　기념사업회출판부, 1992.

유종호 외,『한국 현대문학 50년』, 민음사, 1995.

윤대선,『레비나스의 타자철학』, 문예출판사, 2009.

윤동주,『하늘과 바람과 별과 시』, 정음사, 1948.

윤평중,『포스트 모더니즘의 철학과 포스트 마르크스주의』, 서광사, 1992.

윤효녕 외,『주체개념의 비판』, 서울대학교 출판부, 1999.

이기상,『하이데거와 실존언어』, 문예출판사, 1991.

이부영,『분석심리학』, 일조각, 1987.

이수자,『내 남편 윤이상』상, 창작과 비평사, 1998.

이어령,『장미밭의 전쟁』, 문학사상사, 2003.

이재선,『한국문학 주체론』, 서강대출판부, 1989.

임영봉,『한국현대문학비평사론』, 역락, 2000.

임헌영,『문학논쟁집』, 태극출판사, 1976.

정규웅,『글 속 풍경 풍경속 사람들』, 이가서, 2010.

＿＿＿,『글동네에서 생긴일』, 문학세계사, 1999.

정영자,『한국문학의 원형적 탐색』, 문학예술사, 1982.

정운현,『임종국 평전』, 시대의 창, 2006.

조두영,『프로이트와 한국문학』, 일조각, 1999.

조용훈,『에로스와 타나토스』, 살림, 2005.

진중권,『미학 오디세이』, 도서출판 새길, 1994.

천승세 외 34인,『천상병을 말하다』, 답게, 2006.

최시한,『가정소설연구』, 민음사, 1993.

최현배,『우리말본』, 정음사, 1978.

한자경,『자아의 연구』, 서광사, 1997.

한전숙,『현상학의 이해』, 민음사, 1989.

허 웅,『언어학』, 샘문화사, 1982.

홍명희,『상상력과 가스통 바슐라르』, 살림, 2005.

홍문표,『시어론』, 창조문학사, 1994.

홍문표,『현대문학비평이론』, 창조문화사, 2003.

가라타니 고진, 송태욱 역,『윤리21』, 사회평론, 2010.

Anika Lemaire, 이미선 역,『자크 라캉』, 문예출판사, 1994.

Bataille, Georges, 조한경 역,『에로티즘』, 민음사, 1989.

Baudrillard, Jean, 하태환 역,『시뮬라시옹』, 민음사 1994.

Baxter, Richard, 최치남 역,『참 목자상』, 생명의말씀사, 2012.

Benjamin, Walter, 반성완 역,『발터 벤야민의 문예이론』, 민음사, 1983.

Benner, David, 이만홍 역,『정신치료와 영적 탐구』, 하나의학사, 2000.

Calvin Springer Hall, Jr., 황문수 역,『프로이트 심리학 입문』, 범우사, 1991.

Carl Gustav Jung 편, 이부영 외 역,『인간과 무의식의 상징』, 집문당, 1995.

Deleuze, Gilles, 이정우 역,『의미의 논리』, 한길사, 1999.

Dona, Massimo, 김희정 역,『디오니소스의 철학』, 시그마북스, 2010.

Easthope, Antony, 이미선 역,『무의식』, 한나래, 2000.

Eliade, Mircea, 심재중 역,『영원회귀의 신화』, 이학사, 2003.

Eliade, Mircea, 정진홍 역,『우주와 역사』, 현대사상사, 1976.

Frankl, Viktor Emil, 이시형 역,『죽음의 수용소에서』, 청아출판사, 2005.

Freud, Sigmund, 윤희기 역,『무의식에 관하여』, 열린책들, 1997.

Freud, Sigmund, 정장진 역,『프로이트 전집』14, 열린책들, 1997.

Freud, Sigmund, 박찬부 역,『쾌락원칙을 넘어서』, 열린책들, 1998.

Freud, Sigmund, 김정일 역,『성욕에 관한 세 편의 에세이』, 열린책들, 2003.

Freud, Sigmund, 윤희기 · 박찬부 역,『정신분석학의 근본 개념』, 열린책들, 2003.

Freud, Sigmund, 홍혜경 · 임홍빈 역,『정신분석 강의』, 열린책들, 2004.

Friedrich, Hugo, 장희찬 역,『현대시의 구조－보들레르에서 20세기까지』, 한
길사, 1996.

Gay, Peter, 정영목 역,『프로이트 II』, 교양인, 2011.

Giddens, Anthony, 배은경 · 황정미 역,『현대사회의 성, 사랑, 에로티시즘』, 새물결, 1996.

Habermas, Jurgen, 이진우 역,『현대성의 철학적 담론』, 문예출판사, 1994.

Hartmann, Nicolai , 전원배 역,『미학』, 을유문화사, 1974.

hauser, Arnold, 김진욱 역,『예술과 소외』, 종로서적, 1982.

Heidegger, Martin, 신상희 역,『숲길』, 나남. 2008.

Herman, Judith 최현정 역,『트라우마—가정폭력에서 정치적 테러까지』, 열린책들, 2012.

Honneth, Axel, 문성훈, 이현재, 장은주, 하주영 역,『정의의 타자』, 나남, 2009.

Joffe, Helene, 박종연 · 박해광 역,『위험사회와 타자의 논리』, 한울아카데미, 2002.

Kant, Immanuel, 이석윤 역,『판단력 비판』, 박영사, 2003.

Krishnamurti, Jiddu, 권동수 역,『자기로부터의 혁명』2, 범우사, 1999.

Kristva, Julia, 김인환 역,『시적 언어의 혁명』, 동문선, 2000.

Lacroix, Alexandre, 백선희 역,『알코올과 예술가』, 마음산책, 2002.

Leon Edel, 김윤식 역,『작가론』, 삼영사, 1983.

Lescourret, Marie-Anne, 변광배 · 김모세 역,『레비나스 평전』, 살림, 2006.

Levinas, Emmanuel, 강영안 역,『시간과 타자』, 문예출판사, 1996.

Levinas, Emmanuel, 김동규 역,『후설 현상학에서의 직관 이론』, 그린비, 2014.

Levinas, Emmanuel, 김연숙 · 박한표 역,『존재와 다르게— 본질의 저편』, 인간사랑, 2010.

Levinas, Emmanuel, 서동욱 역,『존재에서 존재자로』, 민음사, 2003.

Philippe, Julien ,홍준기 역,『노아의 외투』, 한길사, 2000.

Precht, Richard David, 백종유 역,『나는 누구인가』, 21세기북스, 2008.

Sartre, Jean Paul, 방곤 역,『실존주의는 휴머니즘이다』, 문예출판사, 1985.

Sartre, Jean Paul, 손우성 역,『존재와 무』, 삼성출판사, 1990.

Sartre, Jean Paul, 정소정 역, 『존재와 무』, 동서문화사, 1994,

Sartre, Jean Paul, 박정태 역, 『실존주의는 휴머니즘이다』, 이학사, 2008.

Spranger, Eduard, 이상오 역, 『삶의 형식들』, 지만지, 2009.

Steiger, Emil, 이유영 외 역, 『시학의 근본개념』, 삼중당, 1978.

Ward, Ivan, 태보영 역, 『공포증』, 이제이북스, 2002.

Welzel, Hans, 박은정 역, 『자연법과 실질적 정의』, 삼영사, 2001.

Widmer, Peter, 홍준기 역, 『욕망의 전복』, 한울아카데미, 2007.

Zizek, Slavoj, 박정수 역, 『How to read』, 웅진 지식 하우스, 2007.

Zizek, Slavoj, 주은우 역, 『당신의 징후를 즐겨라:헐리우드 정신분석』, 한나래,
　　　1997.

4. 신문기사 및 방송

강희근, 「경남문단 그 뒤안길」, 경남신문, 2008년 1월 7일자.

김규동, 「현대시와 서정-낡은 세대와 교체되는 신세대」, 조선일보, 1956년 6
　　　월 4일자.

김규태, 「시인 김규태의 인간기행」, 국제신문, 2006년 8월 27자와 9월 3일자.

김병익, 「문단 반세기」(27), 동아일보, 1973년 5월 23일자.

박태순, 「술고래열전-한국문주사」, 동아일보, 1991년 8월 2일자.

신태범, 「신태범의 부산문화 야사」, 국제신문, 2000년 12월 8일자와 2001년 2
　　　월 19일자와 3월 1일자.

이봉래, 「서정의 변형」, 조선일보, 1953년 3월 8일자.

장석주, 「장석주의 '한국문단 비사'-시인 천상병」, 한국경제, 2002년 6월 2일자.

조연현, 「문학지를 통해 본 문단 비사-50년대 "문예"지 전후」, 중앙일보,
　　　1978년 7월 28일자.

천상병, 「불」, 동아일보, 1956년 12월 17일자.

천상병, 「방법과 본질의 상극」, 세계일보, 1958년 1월 4일자와 1월 5일자.

천상병, 「독설재건」, 국제신문, 1963년 11월 14일자.

최영진, 「정동초대석-40년 만의 귀향, 고(故) 윤이상 부인 이수자여사」, 주간
　　　경향 743호, 2007년 9월 25일자.

KTV, 「인문학 열전」118회- 새가 된 詩人, 천상병을 기억하다, 2010년 9월
　　　14일 방송

찾아보기

▌ 정유선鄭有善

경북 경주에서 태어남.
동국대학교 교육대학원 석사 졸업.
울산대학교 대학원 박사 졸업.
현, 울산대학교 강사.

천 상 병 의   시   연 구

무욕과 자유의 사이

| 초판 1쇄 인쇄일 | | 2016년 8월 14일 |
| 초판 1쇄 발행일 | | 2016년 8월 15일 |

지은이		정유선
펴낸이		정진이
편집장		김효은
편집/디자인		김진솔 우정민 박재원
마케팅		정찬용 정구형
영업관리		한선희 이선건 최인호
책임편집		우정민
인쇄처		국학인쇄사
펴낸곳		국학자료원 새미(주)

등록일 2005 03 15 제25100−2005−000008호.
서울특별시 강동구 성안로 13 (성내동, 현영빌딩 2층)
Tel 442−4623 Fax 6499−3082
www.kookhak.co.kr
kookhak2001@hanmail.net

| ISBN | | 979-11-87488-09-5 *93800 |
| 가격 | | 23,000원 |